LA VIE MENTIE

Né à Madrid, de père français et de mère espagnole, Michel del Castillo a évoqué son enfance et son adolescence chaotiques dans nombre de ses livres. Son dernier récit, *Le Temps de Franco*, est paru chez Fayard en 2008.

MICHEL DEL CASTILLO

La Vie mentie

ROMAN

FAYARD

ISBN : 978-2-253-12560-0 – 1re publication LGF

À Natacha Moyersoen,
en témoignage d'affection.

« ... pour notre esprit, le mensonge est devenu le pain de chaque jour. »

Miguel DE UNAMUNO.

I

Chaque fois que je rendais visite à Véra dans sa maison de retraite de Neufmoutiers, près de Tournan-en-Brie, je ressentais un malaise indéfinissable. Pas un remords (ma grand-mère vivait seule depuis des années, défendant avec raideur son indépendance), non plus qu'un regret (elle m'avait en partie élevé, mais nos relations n'avaient jamais atteint une véritable intimité) ; une insatisfaction confuse que je tentais d'expliquer par le spectacle navrant de ces femmes assises dans leurs fauteuils de rotin, attendant que la mort vienne les enlever à ces limbes où elles s'étiolaient jour après jour.

L'endroit n'avait pourtant rien de sinistre : une bâtisse construite vers 1840, longtemps un couvent de clarisses, d'une architecture régulière, coiffée d'un toit d'ardoises d'un gris bleuté, sa façade claire trouée de hautes fenêtres garnies de volets blancs. Sillonné d'allées sablées, le parc s'étendait sur près de trois hectares, avec une futaie de chênes qui donnait son nom à la propriété, « La Chênaie ».

Dans ce qui avait dû être le potager de la communauté, on trouvait une charmille de tilleuls taillés avec une rigueur militaire. Les beaux jours, les pensionnaires s'asseyaient sous la tonnelle pour lire ou papoter ; elles y recevaient leurs visiteurs en sirotant des rafraîchissements.

Était-ce la planéité du terrain, sans le moindre relief, la discipline austère de ces arbres alignés, le morne horizon de la Brie, ses champs boueux et détrempés ? Je détestais ce paysage morose. Dans les villages, les rues étaient vides mais, derrière les fenêtres, on devinait des regards suspicieux. Hormis la présence d'énormes tracteurs sur les routes rendues glissantes par les betteraves écrasées, tout paraissait figé dans un silence hostile.

Avec la minutie qu'elle mettait dans toutes ses démarches, Véra avait choisi seule cette maison où tout respirait l'ordre, une organisation exacte.

Pourquoi est-ce précisément ce décor que Véra avait préféré, elle qui avait parcouru toute l'Europe, vécu d'abord dans sa ville natale, à Berlin, puis en Espagne avec son mari, à Salamanque, à Madrid, à Grenade, trois ans ensuite auprès de mon père, à Oxford et à Londres, avant de se fixer à Paris ? Pourquoi cette cosmopolite parlant plusieurs langues, à l'aise dans tous les milieux, avait-elle élu ces horizons plats et fangeux ?

Sur la table de la salle à manger, dans son appartement de la rue des Fossés-Saint-Jacques, à deux pas du Panthéon, je revoyais les brochures qu'elle épluchait avec méticulosité, comparant les tarifs, évaluant les prestations offertes. Après avoir établi une liste, elle visitait les établissements, rayait ceux qui lui avaient laissé une impression fâcheuse, revenait voir les autres, interrogeait les pensionnaires, le personnel. Depuis la proximité d'un hôpital, la facilité des transports pour se rendre à Paris, la qualité de l'air et, surtout, l'hygiène, qu'elle mesurait aux odeurs, rien n'était laissé au hasard.

« Ici, répétait-elle avec une pointe de satisfaction à chacune de mes visites, ça ne sent pas la vieillesse. » J'étais tenté de lui rétorquer qu'on ne la respirait peut-être pas, mais qu'on la voyait partout. Je gardais ma réflexion pour moi parce qu'il était impossible de contredire Véra.

Sa retraite, elle l'avait préparée sans même solliciter l'avis de son fils ; c'était une affaire d'elle à elle où l'affectivité n'avait aucune place. Elle avait alors soixante-cinq ans, jouissait d'une excellente santé. « Ces choses-là, lâchait-elle du bout des lèvres, s'organisent quand on est en pleine possession de ses moyens. Ensuite, il est trop tard. »

C'était bien une bataille que cette femme énergique livrait dans ce paysage désolé, une de ces batailles perdues d'avance mais dont on peut, par un effort de volonté, faire une victoire sur soi.

Je devinais chez Véra une sensibilité d'autant plus étonnante qu'elle la tenait à distance. Était-elle ainsi dans sa jeunesse berlinoise, lorsqu'elle rencontra Rafael Portal, mon grand-père ?

Ses photos montraient une jeune fille élancée (près d'un mètre quatre-vingts) avec des épaules larges et de petits seins ; le visage était régulier, avec des yeux d'un bleu diaphane, un nez court au bout arrondi ; le regard avait déjà cette expression de sérieux qu'il a toujours gardée ; sa bouche souriait rarement. Tout au long de sa vie, elle conserva cette attitude froide et, dans mon enfance, j'étais étonné de la gravité cérémonieuse de ses relations avec mon père. Quelle intimité y avait-il entre ces deux êtres également corsetés ? J'aurais conclu à de la tiédeur si, à mille petits signes, je n'avais constaté la profondeur de l'attachement de Véra.

Lorsque, atteint d'une pancréatite, mon père se trouva près de deux mois entre la vie et la mort, je la vis ravagée par le chagrin, passant ses jours et ses nuits au chevet de son fils, dormant assise dans un fauteuil, enveloppée dans une couverture écossaise. Sa douleur ne se manifestait que par la lassitude du regard et la crispation des lèvres. Recroquevillée dans son fauteuil, le dos à la fenêtre, immobile et silencieuse, elle se levait pour donner à boire au malade, lui soulevait la nuque avec une délicatesse précise, essuyait ses lèvres ou son front, regagnait ensuite son poste. Elle que je n'avais jamais vue sans un livre entre ses mains étroites et fines ne trouvait pas la force d'ouvrir le volume posé près d'elle (les poésies de Hölderlin), et je me rappelle la fascination avec laquelle je contemplais ses mains posées à plat sur ses genoux. Inertes, comme épuisées.

Toujours cet accueil d'une banalité troublante lorsque je venais rendre visite à mon père : « C'est gentil de venir. Tu as pu quitter ton travail sans inconvénient ? Tu sais, Salvador, tu n'es pas obligé de te déranger, si tu as mieux à faire. Je veille sur lui. »

Véra n'avait rien de la mère juive telle que les séfarades, toujours emphatiques, la décrivent. Il y avait en elle quelque chose de prussien, c'est du moins ce que mon père disait avec un sourire attendri. Le travail et la réussite passaient pour elle avant toute autre qualité, avec ce mot qu'elle répétait d'un ton sévère : probité. Dans sa bouche, ça sonnait comme exactitude, rigueur, méthode, sincérité, une vertu au sens ancien. Il y avait quelque chose de viril dans son caractère.

Comme elle répugnait aux confidences, nous ne savions que fort peu de chose de son enfance berlinoise, de ses années d'adolescence. Elle avait grandi dans une famille de Juifs agnostiques, assimilés. Éditeur, son père avait fondé un journal de tendance libérale qui défendait la politique de Stresemann, un ami de la famille. Dans le nouveau quartier de Westend, les photos montraient un cottage trapu, encombré de meubles tarabiscotés ; les étés, la famille les passait au bord de la mer Baltique, dans une villa coiffée de tourelles qui évoquait un château gothique ; surplombant une longue plage, la propriété disposait d'un court de tennis et, raffinement rare pour l'époque, d'une vaste piscine. Ce mélange de conformisme bourgeois et de modernité hygiénique exprimait à mes yeux la personnalité de Véra, que j'imaginais nageant avec application dans le grand bassin ou disputant un match avec acharnement.

Littérature, théâtre, opéra, concerts, expositions de peinture, la famille Pelz tenait salon, fréquentait les artistes, recevait des journalistes et des hommes politiques. Entre ces deux pôles, le sport et la culture, oscillait la vie de la jeune Véra qui, depuis son enfance, étudiait aussi le piano dont, à en croire Gonzalo, elle jouait de façon tout à fait convenable.

Avec sa barbe majestueuse, le père ressemblait à Karl Marx ; originaire de Galicie, la mère, mince et pâle, les cheveux noirs coiffés en bandeaux, avait quelque chose de maladif. Elle mourut de phtisie alors que sa fille unique n'avait pas treize ans.

Ce sont les seuls renseignements que mon père m'ait fournis sur la jeunesse de sa mère. Je doute qu'il en ait su beaucoup plus.

Véra fit des études brillantes au Gymnasium, puis à l'université où elle choisit de suivre les cours de grec ancien. Comme ses parents, elle adhérait à la République de Weimar, professant un réformisme éclairé, ennemi des excès. C'était du reste l'une de ses expressions favorites : « C'est tout à fait excessif », phrase où elle mettait une nuance de dédain. Derrière « excessif », on croyait entendre « insignifiant ». C'est pourtant un déferlement d'insignifiance tonitruante qui assiégea bientôt ce havre de culture qu'était la maison de Westend, imprécations des bolcheviks, hurlements des nazis, parades et défilés, batailles rangées, sans compter la marée des chômeurs qui patientaient devant la soupe populaire.

D'après mon père, Jakob Pelz, doué pour les affaires, n'avait pas souffert de la crise économique, profitant de l'inflation pour arrondir sa fortune. Gonzalo pensait que, confiant dans la politique financière de son ami Stresemann, il ne s'était pas non plus inquiété de la montée du national-socialisme, n'y voyant que le fruit blet de l'inflation et de la misère. C'était un de ces Juifs viscéralement attachés à leur pays, incapables d'imaginer que l'Allemagne de Schiller et de Novalis, de Bach et de Mozart pût s'abandonner à des débordements brutaux.

Si Véra partageait ou non l'optimisme de son père, Gonzalo l'ignorait. Il ne savait pas non plus si elle avait aimé avant de rencontrer Rafael Portal. « On n'étale pas sa vie privée », tranchait-elle, coupant court aux questions.

Certains de ses portraits la montraient en robe de soirée, un indéfinissable sourire entre la lèvre inférieure et le menton. Comment interpréter ces documents plus sociologiques que personnels ? Véra assistait aux soirées offertes par ses amis, elle en donnait elle-même, invitant ses relations. Sans doute dansait-elle le charleston, le fox-trot et le tango. Elle jouait au tennis, nageait dans la piscine, faisait des randonnées dans la Forêt-Noire, visitait la Bavière au volant d'une Chrysler décapotable, séjournait à Paris et à Londres où le frère cadet de son père, Karl, s'était installé. Ses étés, elle les passait tantôt sur la Baltique, tantôt dans l'arrière-pays de Cannes.

Mon père ignorait les circonstances exactes de sa rencontre avec Rafael qui, doté par l'université de Madrid d'une bourse confortable, arrivait de Vienne où il était resté deux ans pour suivre des cours d'arabe littéraire. Ne connaissant personne à Berlin, il avait loué une chambre chez une veuve, dans le quartier de Charlottenburg. De ses lettres écrites à des amis espagnols, il ressortait qu'il avait commencé par détester la ville, la jugeant froide et « ostentatoire », c'est son mot. Il sortait peu, passait ses journées dans la bibliothèque de l'université, menant une existence studieuse et claustrée.

Cette exceptionnelle faculté de concentration, cette ardeur à étudier lui avaient valu, à Salamanque d'abord, à Madrid ensuite, des succès stupéfiants. Bachelier à seize ans, licencié à dix-neuf, il accumulait les diplômes, entassait les honneurs et les distinctions, au point d'incarner, à vingt-cinq ans, l'une des promesses de l'Université espagnole qui, pour lui permettre d'approfondir les matières de sa spécialité, la philologie orientale, arabe et hébreu, lui avait accordé puis renouvelé par deux fois une bourse d'études.

II

Sous le règne d'Alphonse XIII, monarque velléitaire qui passait d'une indolence aristocratique à une agitation brouillonne, l'Espagne, enrichie grâce à la neutralité qu'elle avait observée durant la Grande Guerre, voyait se former l'embryon d'une classe moyenne aisée dont les fils se tournaient vers l'Allemagne pour y acquérir un bagage intellectuel solide. La pensée de Karl Krause, philosophe vaseux qui prêchait un progrès continu à base de réformes graduelles, un perfectionnement moral accouchant d'individualités fortes, et qui, dans une utopie visionnaire, prêtait à chaque nation une étincelle de la Raison universelle, cette pensée biscornue exerçait une influence immense dans les milieux universitaires. Un vent d'optimisme soufflait dans cette minorité étroite où se recruteraient bientôt les futurs dirigeants républicains.

Rafael Portal faisait partie de cette cohorte d'esprits éclairés, persuadés que le pays ne sortirait de sa léthargie que par une lutte acharnée contre l'analphabétisme, par une séparation de l'Église et de l'État, par une modernisation de l'enseignement supérieur, par une réforme agraire hardie.

Dans ce climat, l'Allemagne représentait un exemple austère, aux antipodes des déclamations idéologiques des Français. L'invasion napoléonienne, la guerre patriotique contre les armées impériales, le débarquement des cent mille fils de Saint Louis venus avec Chateaubriand délivrer et remettre sur son trône le plus imbécile et le plus cruel des monarques, les interventions grossières des Français avaient anéanti le prestige de leur pays.

Pris entre le thomisme stérile des cléricaux et la philosophie des Lumières honnie depuis les combats fanatiques contre les troupes de Napoléon, les bourgeois libéraux de cette Espagne incertaine trouvaient dans le rationalisme fumeux de Krause un compromis. Ses spéculations teintées de mysticisme pouvaient satisfaire leurs nostalgies spiritualistes, cependant que la méthode rationnelle leur offrait un instrument de délivrance face aux rigidités dogmatiques de Menéndez Pelayo et de ses émules. Ils échappaient ainsi au reproche de rallier Descartes, bête noire des cléricaux.

C'est de l'Allemagne qu'Ortega y Gasset, maître incontesté de sa génération, tirera la puissance de ses analyses ; l'Allemagne inspira également Salvador de Madariaga, Eugenio d'Ors, Gregorio Marañon, toute une pléiade d'intellectuels avides de réformes et fatigués des systèmes.

Cette nouvelle classe qui montait hardiment à l'assaut du pouvoir ne représentait qu'une élite, coupée d'une population rurale plongée dans une arriération matérielle et intellectuelle ahurissante. Il y avait bien deux Espagne, séparées par un abîme ; il y en avait même trois si l'on regardait la Cour, la noblesse, l'Église et l'armée, bastions du conservatisme le plus obtus.

Doté d'une sensibilité qui l'inclinait à la compassion (c'était le jugement de mon père), Rafael souffrait de ce déchirement. Comment ne se serait-il pas senti écartelé quand son pays faisait plus que souffrir, pour citer Ortega y Gasset, d'une maladie de langueur, *étant lui-même* cette maladie ?

Peut-être Rafael aurait-il été moins sensible à cette dégénérescence si, dans ses années d'université à Salamanque (sa ville natale), il n'avait rencontré Miguel de Unamuno qui deviendrait son maître. Pour ce jeune homme grave, tout entier absorbé dans ses études, ce fut une éblouissante révélation.

III

Vice-recteur de l'université la plus prestigieuse du pays – il avait été démis de sa charge de recteur à cause de son opposition ouverte à la monarchie dont, partisan des Alliés, il condamnait la « neutralité hypocrite » –, président de la faculté de lettres et de philosophie, titulaire de la chaire de grec ancien, ce Basque abrupt, toujours emporté par des colères prophétiques, parlant haut et fort, adoré de ses élèves qui, autour de sa chaire, formaient une cour admirative, exerçait un magistère moral sur bon nombre d'Espagnols. Ses livres, notamment *Le Sentiment tragique de la vie* et *La Vie de Don Quichotte et Sancho*, étaient lus, commentés, discutés avec passion. Traduits dans la plupart des langues européennes, leur rayonnement dépassait le cadre de la Péninsule.

Imprévisibles, traversés de fulgurances, d'éclats poétiques qui transportaient son auditoire, ses cours ressemblaient à son personnage. Il lâchait tout à coup son Pindare pour déclamer un poème de sa composition, se lançait dans une diatribe virulente contre ce qu'il appelait une « dictature ignominieuse et grotesque », celle du directoire présidé par le général

Primo de Rivera, fustigeait l'indolence et la frivolité du roi ; puis, d'une voix de confidence et de murmure, les yeux clos, il disait une poésie de saint Jean de la Croix avant de plonger dans le silence.

Chrétien, les cléricaux le taxaient d'hérétique (ses livres avaient été mis à l'Index), cependant que les agnostiques voyaient en lui un prophète illuminé. Usant du paradoxe comme d'une figure de rhétorique, il ne cessait de se contredire et de se réfuter lui-même. Avec rage, il protestait contre la religion de la mort, celle d'une morale étriquée, juridique et comptable, incarnée par le jésuitisme, sa bête noire. Il définissait le christianisme comme une agonie au sens étymologique, un combat pour la vie, un écartèlement et une passion, voyant en Don Quichotte la plus sublime des métaphores spirituelles, l'incarnation de l'Espagne, sa folie magnifique.

Il fustigeait le roi, « fourbe et sournois du sommet du crâne aux semelles de ses bottes vernies », attaquait le dictateur, le général Miguel Primo de Rivera, avec une outrance qui désarçonnait même ses partisans. Au nom d'une Espagne idéale, il incarnait l'opposition aux gouvernements corrompus, puis, avec une violence redoublée, à la dictature militaire qui, lasse de ses provocations, finit par réclamer son bannissement.

Démis de ses charges, privé de son traitement, condamné à l'exil dans l'îlot de Fuerteventura, Unamuno refusa la grâce offerte, attendant avec orgueil son arrestation. Lorsque les policiers se présentèrent à son domicile, dans une ruelle proche de l'université dont il avait longtemps été le recteur, des milliers de personnes l'acclamèrent et lui firent escorte jusqu'à la gare. De Madrid à Cadix, port d'embarquement pour les Canaries, ce furent, à chaque étape, des vivats et des protestations. Embarrassé, le gouvernement dépêcha auprès de l'intrépide vieillard un émissaire chargé de négocier un marché, mais don Miguel s'obstina dans son refus de sacrifier sa liberté de parole, autant dire celle de sa conscience.

Le jour de son départ pour Las Palmas, capitale administrative de la Grande Canarie, la foule, une fois encore, se massa sur le quai, acclamant le vieux lutteur (il avait dépassé la soixantaine). À Salamanque, les étudiants mais aussi les ouvriers étaient en grève ; à Bilbao, sa ville natale, à Barcelone, à Madrid, dans tout le pays les manifestations n'arrêtaient pas, réprimées avec une violence maladroite ; dans toute l'Europe, en Amérique latine, l'indignation était unanime.

Le dictateur, le roi surtout, auraient voulu se débarrasser de ce proscrit ; espérant qu'il aurait la bonne idée de prendre la fuite, on l'installa sans surveillance dans un hôtel de Las Palmas. Le vieil homme ne mordit pas à l'hameçon : il n'accepterait, disait-il, qu'une libération et une réparation publiques, puisque publique avait été la condamnation.

On le transféra dans l'îlot de Fuerteventura d'où, installé dans l'unique hôtel, il poursuivait son combat, rédigeant des lettres vengeresses que ses amis argentins et français se chargeaient de diffuser dans toute l'Amérique et l'Europe. En Espagne, ses philippiques circulaient sous le manteau, lues avec avidité par tous les adversaires du régime. Rien ne semblait apaiser la colère de celui que ses élèves surnommaient le vieux hibou et qui, curieusement, interprétait son rôle avec une sourde tristesse. Rien chez lui de la mégalomanie rhétorique de Victor Hugo, mais une inquiétude souvent proche de l'angoisse : était-il absolument sincère dans ses emportements ? se demandait-il dans ses carnets intimes. Ne jouait-il pas le personnage que les circonstances lui présentaient ? Il sentait la part de comédie dans ses postures altières, et ce malaise lui causait des souffrances terribles.

Conscient d'incarner une force qui dépassait sa personne, il comprenait qu'il ne devait pas abdiquer, s'il ne voulait pas trahir l'espoir collectif. N'était-ce pas ce qu'il avait crié à la foule rassemblée autour de sa maison de Salamanque, quand les policiers l'avaient embarqué ? « Je reviendrai, non avec ma liberté, laquelle ne vaut rien, mais avec la vôtre ! »

Sa famille, ses fils, ses amis et ses admirateurs venaient lui rendre visite à Fuerteventura, emportant ses pamphlets qui seraient lus par des milliers de personnes. Tout comme il avait refusé la grâce, tout comme il avait renoncé à la fuite, il répondit par la négative aux propositions de ses enfants qui voulaient, à tour de rôle, s'installer auprès de lui.

Sa famille, notamment Concha, sa femme, était pourtant l'unique appui de ce caractère rongé par l'angoisse. Souvent il avait déclaré que s'il ne s'était pas marié, il aurait sombré dans la folie. Dans cette nuit d'agonie de 1897, alors que, bouleversé par la mort d'un de ses enfants, Raimuindin[1], devenu hydrocéphale à la suite d'une méningite tuberculeuse, Una-

1. Diminutif tendre de Raymond.

muno se débattait, tenté par le suicide, Concha l'avait pris dans ses bras, demandant : « Mais que t'arrive-t-il, mon enfant ? » Par ce cri, elle l'avait arraché au gouffre qui l'aspirait.

Celui qui, dans sa jeunesse, avait été un militant socialiste ardent, collaborateur de *La Lutte des classes*, le journal de Pablo Iglesias, s'était insensiblement éloigné du parti, découragé par le sectarisme de ses dirigeants qui, accrochés à la théorie, ne voulaient voir que la classe ouvrière, ignorant que près de soixante-dix pour cent des Espagnols étaient des paysans, le plus souvent analphabètes, réduits à la misère. Au nom de cet immense peuple ignoré par les marxistes, Unamuno se dressa, réclamant la régénération spirituelle du pays. Les événements lui donnèrent raison, puisque ces populations misérables, ignorées des théoriciens, se tournèrent vers l'anarchisme. Mais si le diagnostic était juste, que valait le pronostic ? se demandaient nombre de ses lecteurs parmi les plus lucides.

Convaincu que l'Espagne ne pouvait survivre sans une religion messianique, Unamuno prêchait un christianisme épuré, proche du protestantisme libéral, délivré des dogmes et du ritualisme clérical. Ce remède était-il réaliste ?

La terrible crise de 1897 ne marquait pas chez lui une rupture, mais un aboutissement. Depuis sa jeunesse estudiantine à Madrid, les crises d'angoisse se succédaient, accompagnées de toutes sortes de maux physiques : migraines, palpitations cardiaques, nausées, suffocations. Il se sentait mourir et, affolée, Concha pleurait d'impuissance, lui demandant avec inquiétude : es-tu devenu fou ? Mais aucune de ses paniques n'avait eu la gravité ni le retentissement de celle de cette nuit de mars 1897.

Hanté par l'obsession, non du trépas, mais du cadavre, il fut ébranlé dans tout son être par la maladie et la mort de son enfant, éprouvant, outre l'horreur et la révolte, un sentiment de culpabilité qu'il tenta de fuir en rejoignant le christianisme naïf de son enfance. Malgré ses efforts pour croire, malgré ses retraites et ses dévotions, Miguel de Unamuno ne réussissait pourtant pas à abandonner son rationalisme. Faisant de ce déchirement le fondement théologique de son credo, il érigea le doute en étalon de la foi authentique : « Je crois puisque je doute. »

Refuser la présence de ses enfants dans son exil de Fuerteventura, c'était pour le vieil homme choisir la plus radicale des solitudes. Il ne fumait pas, ne buvait pas, se montrait d'une parcimonie frôlant la lésinerie. Résistant aux invites de ses amis madrilènes, notamment à celles d'Ortega y Gasset, il avait refusé d'habiter la capitale, faisant de Salamanque, alors une ville de moins de trente mille habitants, glorieuse mais enlisée dans une routine médiocre, une république de l'esprit dont il était le dictateur admiré et détesté. Dans ce royaume onirique, il avait établi des habitudes austères : ses longues promenades, les discussions au Casino des Messieurs où il buvait un café accompagné d'un verre d'eau, ses cours et ses besognes administratives, sa famille surtout, Concha, ses huit enfants, autant de rites peut-être destinés à maintenir la folie à distance.

Pour ce vieillard casanier, le bannissement représentait un danger à la fois physique (sa santé commençait à faiblir) et psychique, puisque les barrières dressées contre l'angoisse du néant se trouvaient brusquement anéanties.

Au bout d'un an, Unamuno finit pourtant par accepter le projet d'un personnage loufoque, Raymond Dumay, directeur du *Quotidien*. L'homme tenait plus du directeur de cirque que du journaliste, et il imagina de faire avec le proscrit une vaste opération publicitaire : organiser son évasion, le conduire à Paris, l'exhiber, battre le tambour.

Le gouvernement espagnol ruina ce plan en graciant le vieil homme. Le philosophe se trouvait à Las Palmas, près d'embarquer pour la France, lorsque la nouvelle lui parvint. Plusieurs jours il hésita, pesant les termes de l'alternative : accepter la grâce accordée, c'était, d'une certaine manière, se soumettre ; refuser signifiait choisir un nouvel exil d'une durée indéfinie.

Il se sentait las, l'âge lui pesait, sa famille lui manquait. Au moment de son arrestation, il avait néanmoins promis à la foule rassemblée devant sa maison qu'il ne rentrerait en Espagne qu'avec la liberté collective. Fidèle à son serment, il s'embarqua pour Cherbourg.

L'homme qui débarqua à la gare Saint-Lazare n'était plus un banni mais un exilé volontaire, réduit à la pauvreté, séparé des siens, dérouté et comme égaré.

Logeant dans un modeste hôtel de la rue La Pérouse, à deux pas de l'Étoile, tout près de la place des États-Unis où cet infatigable marcheur allait se détendre, lisant assis sur un banc, Unamuno n'avait jamais aimé la grande ville. L'agitation de Paris le distrayait de lui-même, l'empêchait de se recueillir, irritait ses nerfs. Ni l'hospitalité généreuse de Georges Duhamel ni l'amitié de Jean Cassou ne réussirent à l'apaiser.

Ce francophile qui, lors de la Grande Guerre, s'était hardiment élevé contre la neutralité, accusant le roi d'hypocrisie, finit pourtant par établir des routines qui rendaient sa vie parisienne supportable, et même agréable. Il déjeunait avec une ponctualité monacale à La Rotonde où un cercle d'amis, exilés comme lui – des journalistes, des écrivains, des politiciens, quelques mouchards dépêchés par l'ambassade –, venaient le retrouver à l'heure du café, à partir de quatorze heures trente. Assis en cercle, à l'espagnole, ils discutaient jusqu'à quatre heures ; Unamuno rentrait à pied depuis Montparnasse jusqu'à l'Étoile, traversant d'abord le Luxembourg, puis, par le boulevard Saint-Michel, Notre-Dame, la rue de Rivoli jusqu'à son hôtel. A moins que, changeant d'itinéraire, il ne suivît les quais ou ne poussât jusqu'au Palais-Royal, son quartier favori.

De retour à l'hôtel, il se laissait tomber sur son lit sans défaire ses bottines, restait des heures allongé, contemplant le plafond.

Il faisait des conférences, écrivait des articles, un ouvrage même, *L'Agonie du christianisme*, puis un second, d'une amertume désenchantée, *Comment on fait un roman*, rencontrait des écrivains qui le regardaient avec une stupeur ironique. Quel était donc cet énergumène débitant d'une voix aiguë des tirades qui ressemblaient à des homélies ? De quel univers bizarre surgissait-il ? Il semblait appartenir à l'espèce des illuminés, citant Pascal, Dostoïevski, Kierkegaard ou Nietzsche, mais aussi sainte Thérèse et saint Jean de la Croix, annonçant une République idéale qui réconcilierait tous les Espagnols, y compris les adversaires de la république. Du haut de sa finesse d'intellectuel parisien, Valéry hochait la tête, souriait avec condescendance. Quel manque de délicatesse chez ce Basque mal embouché, perdu dans ses brumes mystiques ! Ne s'était-il pas emporté parce qu'un chroniqueur avait écrit qu'il avait été déporté sur ordre du dictateur ? « On ne m'a pas déporté ! criait-il de sa voix bizarre, haut perchée sans être criarde. Le roi m'a gracié et j'ai refusé sa grâce. Je suis un exilé volontaire ! »

Y avait-il de quoi battre les montagnes ? C'était une faute de goût et le vieillard irascible en commettait partout, tenant le crachoir des heures entières, emporté dans des monologues aussi abstrus qu'exaltés. Seul Georges Duhamel sut se montrer compréhensif ; lui et Jean Cassou, qui l'admirait et tentait de le secourir, furent sa plus fidèle compagnie.

Alors qu'il était invité par Cassou à parler de l'Espagne devant les élèves de l'École normale supérieure, rue d'Ulm, la voix du philosophe tout à coup dérailla, se brisa ; cachant son visage derrière ses mains ouvertes, il éclata en sanglots et, en silence, les élèves quittèrent la salle, émus et gênés.

La crise rappelait celle qui l'avait terrassé trente ans plus tôt, alors que, contemplant le visage de son malheureux fils, il se demandait : Pourquoi les enfants ? Pourquoi Dieu s'en prend-il aux innocents ? Mais, à Salamanque, c'était l'esprit qui produisait des symptômes physiques, alors que, dans la solitude parisienne, le corps usé par l'âge, épuisé, causait ce désespoir effroyable. Son attitude intransigeante, sa roideur coïncidaient-elles avec sa vérité intime ? Ne jouait-il pas la comédie de l'exilé indomptable ? – ces questions le tourmentaient. Comment être sûr qu'il ne trichait pas avec lui-même ? Cette inquiétude morale venue du plus profond des siècles ne pouvait que désarçonner l'esprit cartésien des Français, qui ne comprenaient pas davantage certains de ses propos. Comment interpréter l'affirmation que l'homme n'est pas une réalité mais, peut-être, un songe, le rêve de Dieu ? que l'Espagne n'est pas davantage une réalité, mais une illusion, une chimère ? Si Jean Cassou, lui aussi d'origine basque, hispanisant averti, connaissait la puissance qu'avait pour les Espagnols le mot *sueño*, la plupart ne voyaient dans ces considérations que des élucubrations fumeuses.

Les sollicitations dont il était l'objet achevaient de désespérer le vieil homme. On voulait le voir, l'écouter comme s'il avait été un animal de cirque, et, trop orgueilleux pour s'abandonner aux flatteries, il ne craignait rien tant que de céder à la vanité. Les mondanités l'épouvantaient, la légèreté française l'horripilait. D'ailleurs, Paris lui paraissait trop éloigné de l'Espagne.

Au bout d'un an il prit la fuite, se fixant à Hendaye où il retrouva avec bonheur le pays de sa naissance, ses montagnes et ses bois. Il pouvait regarder les eaux de la Bidassoa filant vers l'Espagne, les cimes des Pyrénées. Sa femme et ses enfants lui rendaient plus souvent visite, de nombreux admirateurs accouraient pour le saluer et l'encourager, il entretenait une nombreuse correspondance.

Il était devenu le symbole de la résistance à la dictature, l'adversaire le plus résolu de la monarchie : les Espagnols se partageaient entre unamuniens et anti-unamuniens. Mais les années passaient, sa santé se détériorait, le découragement et la lassitude devenaient de mois en mois plus lourds. Reverrait-il un jour son pays ?

Il resta cinq ans à Hendaye, résistant à l'administration française qui, pour préserver ses bonnes relations avec l'Espagne, voulait l'éloigner de la frontière. Il ne répondit pas aux convocations du préfet, attendant de pied ferme qu'on vienne l'arrêter. Les autorités n'osèrent pas s'en prendre à ce terrible vieillard.

Il avait toujours aimé marcher, faisant, à Salamanque, de longues promenades le long du Tormes. Haut et sec, les joues et le menton cachés par une barbe blanche, les joues émaciées, le front large et dégarni, le nez busqué, ses yeux myopes cachés derrière des verres à monture ronde, vêtu avec une élégance sévère – gilet boutonné haut, veston de clergyman anglican, coiffé d'un chapeau rond indéformable –, il avançait d'une démarche élastique, ne s'arrêtant de pérorer que pour contempler la ville. Ses jeunes disciples avaient peine à le suivre.

Il se tenait très droit, les reins cambrés, lâchant des paradoxes sibyllins. Fâché contre le monde entier, mais d'abord contre lui-même, le recteur éructait des tirades enflammées. Il avait, criait-il de sa voix aiguë, « mal à l'Espagne », et il frappait sa poitrine comme si l'Espagne se terrait au fond de ses poumons. C'était peut-être le cas.

Les chroniqueurs, les échotiers, les caricaturistes répandaient dans toutes les provinces son masque courroucé. On le comparait à une vieille chouette, et il prenait l'image à son compte, rappelant que la chouette, parce que son regard transperce la nuit, était devenue l'emblème de la divinité athénienne. Fils spirituel de Kierkegaard dont il avait traduit les œuvres (il avait même appris le danois pour mieux cerner sa pensée), lecteur attentif de Nietzsche et de Dostoïevski, Unamuno représentait, face à Ortega y Gasset, l'autre pôle de la conscience espagnole, le rejet d'une rationalité qu'il jugeait tyrannique, asséchée, sans vie, « cette saloperie de raison », écrivait-il avec dédain.

« Jetez toutes vos idées, lançait-il à ses élèves médusés, elles vous empêchent de penser ! »

Dans son exil de Hendaye, il partait chaque matin pour de longues randonnées, suivi d'une poignée de fidèles. Escaladant les pentes, il s'arrêtait au sommet d'une montagne d'où il pouvait apercevoir l'Espagne. Coiffé d'un béret (il ne trouvait pas en France son éternel chapeau), il restait de longues heures assis sur un rocher, buvant des yeux le paysage.

Le roi multipliait en vain les appels : le vieux hibou répondait avec orgueil qu'il ne foulerait pas le sol de sa patrie tant que Rivera, ce général burlesque, n'aurait pas été chassé du pouvoir. Avec une rage qui ne reculait pas devant la trivialité, il poursuivait son combat contre le dictateur, publiant des diatribes incendiaires dans la revue d'Ortega y Gasset et dans celle que dirigeait Blasco Ibañez.

Cette dictature militaire qu'Unamuno vilipendait, elle n'était pas, selon Gonzalo, bien redoutable, et Primo de Rivera, avec son goût des femmes et son penchant pour la bouteille, ressemblait à l'un de ces dictateurs latino-américains, un histrion grandiloquent. Même Blasco Ibañez, auteur d'un pamphlet au vitriol intitulé *Alphonse XIII démasqué, ou la Terreur militariste*, reconnaissait : « Miguelito (surnom dédaigneux donné au dictateur) n'a jamais assassiné personne », aveu qui affaiblissait la portée du mot terreur. C'est sur Alphonse XIII que le romancier faisait retomber la responsabilité de la violation de la légalité et de la terrible déroute subie au Maroc dans une expédition coloniale qui avait rendu la monarchie définitivement impopulaire.

Le général ne manquait pas de projets, ouvrant de vastes chantiers, encourageant l'industrie. Mais tous ses programmes s'enlisaient dans la désespérante inertie du pays sans qu'il eût la force de secouer l'apathie générale, ni de sévir contre la corruption. Il avait tous les pouvoirs, il lui manquait l'autorité.

Ce fut contre ce général lunatique que Rafael, âgé de vingt ans, organisa avec quelques camarades sa première manifestation politique.

Unamuno venait d'être démis de sa charge, condamné à l'exil, et, au concours ouvert pour pourvoir sa chaire, aucun candidat n'avait osé se présenter, jusqu'à ce qu'un prêtre navarrais posât sa candidature, soulevant un tollé de protestations. Parmi les contestataires figurait le jeune Rafael Portal, soupçonné d'avoir manigancé toute l'affaire. Il avait paraît-il rédigé de sa main le manifeste qu'un de ses camarades lut devant l'éblouissant portail de l'université : « *La jeunesse estudiantine s'insurge contre l'arbitraire qui a chassé de sa chaire son professeur le plus éminent et le plus respecté. Elle proteste contre l'humiliation infligée à la plus ancienne et la plus vénérable de ses universités. Elle refuse, en assistant aux cours d'un clerc ignare et ambitieux, de s'incliner devant une farce sinistre. L'Espagne, la jeunesse espagnole exigent le retour de don Miguel de Unamuno, symbole de leur dignité bafouée...* »

IV

Arrêté, transféré à Madrid, interrogé dans les locaux de la Sûreté, le jeune homme fut à son tour condamné au bannissement dans les îles Chafarines, chapelet d'îlots volcaniques perdus au milieu de l'océan, à une centaine de milles des côtes du Sahara marocain.

Avec une nuance d'ironie, mon père évoquait ce monde d'avant les grands massacres idéologiques, quand la répression gardait une humanité flegmatique ; dépourvu d'argent (ses parents étaient pauvres), le jeune Rafael voyagea en troisième classe, escorté de deux policiers qui, contre sa promesse de ne pas tenter de s'évader, renoncèrent à lui passer les menottes ; à Cordoue où ils firent étape, ils autorisèrent le jeune détenu à visiter seul la Grande Mosquée et l'ancien quartier juif – événement, rapportait Gonzalo, dont Rafael parlait souvent, tant la découverte de l'Andalousie et de l'architecture califale avait frappé son imagination, sans se douter qu'une bonne partie de sa brève existence se déroulerait dans ce pays.

Le lendemain, ses gardes lui permirent de flâner dans Málaga en attendant son embarquement, autorisation dont il profita pour contempler la mer. Assis sur une bitte d'amarrage, le long du quai, Rafael resta plusieurs heures immobile, ignorant la pluie qui le transperçait. Il resta également accoudé au bastingage tout le temps que dura la traversée, sans paraître incommodé par le roulis qui, dans le détroit, secouait le vieux cargo. Dans la violence du choc ressenti face à la mer, on flairait une personnalité émotive. Par cette exaltation il me devint proche, cessant d'être une bête à concours.

Dans cet îlot perdu, sans autre végétation qu'un tapis d'herbe courte et rêche ainsi qu'une poignée d'arbres rabougris, tordus par le vent, quelques familles, presque toutes vivant de la pêche, habitaient des cahutes en bois.

L'île principale avait huit kilomètres de long, six de large, et le « bagne », une baraque vermoulue, infestée de punaises et de cafards, se composait d'une unique pièce de vingt mètres carrés, meublée de châlits et d'une table bancale flanquée de deux bancs. Les commodités se trouvaient dehors, dans une cabane faite de planches vermoulues.

Dans leurs uniformes fripés, les cinq soldats composant la garnison traînaient leur ennui. C'était un monde oublié, abandonné à la désolation.

Pour précaires que fussent les conditions de vie des bannis, leur existence, certes vide, rongée par l'ennui, était tout sauf cruelle. Ni brimades ni sévices, une surveillance lâche, une nourriture monotone mais suffisante. Seule plainte émise par les compagnons de

Rafael : le désœuvrement, la rareté des communications.

Le lieutenant commandant la garnison habitait avec sa femme et leurs trois enfants dans l'unique maison en pierre, une masure blanchie à la chaux, flanquée de deux palmiers poussifs. Flatté de s'entretenir avec des intellectuels, il recevait les « prisonniers » dans son foyer, les invitait à sa table, écoutait leurs discussions exaltées, leur passait les journaux auxquels ils lui avaient demandé de s'abonner, payant de leur poche.

Avec une sollicitude presque paternelle, le lieutenant Navarro veillait sur Rafael, le plus jeune, le plus pauvre, lui procurant des livres et des friandises.

Craignant les emportements et les foucades de la jeunesse, ses compagnons d'exil l'avaient d'abord considéré avec méfiance, mais ils furent bientôt conquis par sa dignité et son sérieux. Rafael établit un programme auquel il se soumit avec rigueur. Six heures par jour il restait plongé dans ses livres, remplissant de sa petite écriture sage des fiches cartonnées, griffonnant des notes ; deux promenades quotidiennes jusqu'au promontoire où il restait assis sur une roche, observant la surface de l'océan, ses irisations ; une partie d'échecs avant le déjeuner, une seconde après le dîner : ainsi s'écoulaient ses journées, toujours égales. Il se montrait par ailleurs d'une humeur enjouée, sa seule inquiétude étant que ses parents fussent chagrinés par ses activités politiques. Une lettre de son père le rassura pleinement : don Francisco, un médecin sans fortune, lui exprimait sa compréhension ; sa mère, doña Isabel, lui envoyait de petites sommes d'argent et des colis de livres et de nourriture.

Soulagé, Rafael put s'abandonner à sa bonne humeur, explorant l'île, bavardant avec les habitants. Pour ce très jeune homme d'apparence encore adolescente, le bannissement était une aventure qui lui conférait un indéniable prestige auprès de ses amis. Il en tirait une vague fierté et plaisantait dans ses lettres, rapportant avec esprit les menues anecdotes de sa vie d'exilé politique.

Heureux de la compagnie de ce jeune homme studieux dont le caractère accommodant illuminait leur isolement, ses compagnons l'avaient pris en affection. Tous recevaient de l'argent de leur famille, et le rafiot qui, deux fois par mois, approvisionnait la garnison leur apportait de Melilla des revues, des livres, des friandises et des alcools. Ils faisaient profiter Rafael de leurs avantages ; ils les partageaient aussi avec le lieutenant Navarro, plus pauvre, plus solitaire et plus accablé qu'ils ne l'étaient eux-mêmes.

« Son bannissement fut pour mon père une période de vacances. Il avait aperçu l'Andalousie, il avait découvert la mer. Il avait mis à profit son confinement pour étudier avec acharnement. Il revint des îles Chafarines mûri, répétant qu'il avait vécu une expérience féconde », résumait mon père.

Son exil ne dura d'ailleurs que trois mois, le roi ayant décrété une amnistie à l'occasion de sa fête.

De retour à Madrid, Rafael passa un concours qui faisait de lui le plus jeune professeur du pays, précocité qu'on pouvait seulement comparer à celle de Marcelino Menéndez Pelayo, son illustre aîné.

Ne se sentant pas la vocation d'enseigner dans un lycée, il sollicita une bourse pour préparer son doctorat, choisissant comme sujet de sa thèse « Les influences du soufisme sur la poésie médiévale espagnole ». Il demanda à suivre les cours des meilleurs orientalistes allemands. Sa requête fut agréée ; avec ses félicitations, le jury lui allouait le maximum de ce qu'il pouvait accorder.

« Sa condamnation avait fait de lui un personnage, confiait Véra avec un vague sourire. En guerre avec la monarchie, l'université faisait, en envoyant Rafael en Allemagne, un pied de nez au roi. »

Entre la bourgeoisie éclairée et Alphonse XIII, la fronde ne cessait pas. Aux provocations, la monarchie répondait par une répression molle. La Cárcel Modelo, la plus moderne des prisons madrilènes, devenait une succursale de l'université. Professeurs, médecins, avocats, journalistes donnaient des conférences, rédigeaient des pamphlets, recevaient leurs admirateurs et leurs amis. Libres d'aller d'une cellule à l'autre, ils se rendaient mutuellement visite, discutaient de l'avenir, préparaient la nouvelle Constitution qui, pensaient-ils, ferait le bonheur des Espagnols.

Entendaient-ils les explosions des bombes que les anarchistes jetaient un peu partout ? Écoutaient-ils les appels à la violence révolutionnaire qui retentissaient d'un bout à l'autre du pays ? Alors qu'ils réfléchissaient aux réformes d'une République sage et libérale, des foules criaient : « À bas l'État ! Ni Dieu ni maître ! » ; les *braceros*, ces millions de paysans sans terre, envahissaient les grands domaines, tuaient les intendants et les caciques, s'emparaient des propriétés. Une violence sauvage se déchaînait cependant que, dans leurs cellules, ces bourgeois éclairés tiraient des plans sur la comète.

« Le futur nous appartenait » – par cette formule de Rafael, Gonzalo résumait les rares confidences de Véra, puisque c'est d'elle qu'il tenait ses informations.

Gonzalo n'avait pas six ans lorsque son père fut tué.

Avec un sourire désabusé, mon père ajoutait : « Alphonse XIII n'était ni Hitler ni Staline. Même ce fantoche, le dictateur Primo de Rivera, n'a jamais pensé à liquider ses adversaires. C'étaient encore des temps d'humanité. »

V

Depuis son exil, Rafael avait écrit à Miguel de Unamuno pour lui exprimer son respect et son admiration ; le philosophe lui répondit par une longue lettre ; s'ensuivit une correspondance que j'ai pu consulter chez Véra, lorsque je logeais dans son appartement.

Le recteur lui parlait de l'Espagne, de sa vocation tragique, de son idéalisme sublime ; il se confiait à son jeune admirateur, lui expliquant ce qu'il entendait par ce mot, christianisme : non un ritualisme *putride*, non des dogmes, mais une déchirure intime, une insurmontable contradiction. Selon lui, le doute seul faisait la foi, laquelle était moins une certitude qu'une aspiration à croire, à se survivre personnellement, dans un moi tourmenté par la soif d'immortalité. Théologie négative dont ses détracteurs cléricaux relevaient qu'elle ignorait la joie et la consolation de la Résurrection. Ne leur donnait-il pas raison en insistant sur l'agonie du croyant, sur son déchirement intérieur ?

« Il n'y a pas de théologie ni de philosophie chrétiennes, assénait-il. Le christianisme s'adresse à l'individu. C'est une expérience personnelle et singulière. Il n'y a pas davantage une politique chrétienne. La parole évangélique ne s'adresse pas à la société. Elle parle à ce qu'il y a en nous de plus secret. Elle veut bouleverser notre âme, émouvoir notre cœur. C'est un appel à la conversion. Faire de ce message une philosophie politique, c'est une imposture et une absurdité ! »

Les réponses de mon grand-père ont disparu : j'ignore s'il partageait ou non le point de vue de son maître. Au ton du vice-recteur, on devine pourtant qu'il existait entre eux une certaine connivence.

Chaque fois que j'ai voulu savoir si Rafael avait ou non la foi, Véra éludait mes questions.

« On ne disserte pas en de telles matières, lâchait-elle d'une voix brève.

– Je n'entends pas faire de la foi une dissertation. Mais vous avez été sa femme. Il a dû souvent vous parler de son admiration pour Unamuno.

– Nous en avons souvent discuté, oui, murmurait-elle d'un air gêné. Tu sais, Salvador, ce qui fait l'intimité d'un couple ne se raconte pas.

– Il s'agit de mon grand-père. J'essaie de deviner sa personnalité.

– C'était un homme très droit, avec un sens moral très exigeant.

– Il croyait en Dieu ?

– C'était un Espagnol, un Castillan, qui plus est. J'imagine que la question ne le laissait pas indifférent. Il ne fréquentait pas l'église, si c'est ce que tu veux savoir.

– Vous diriez que c'était un mystique, à la manière d'Unamuno ?

– Je n'aime pas les termes fumeux. Unamuno et lui avaient des points en commun, c'est tout ce que je sais.

– Il admirait aussi Ortega y Gasset : n'est-ce pas contradictoire ?

– La vie est faite de contradictions. Unamuno estimait Ortega. Ils se parlaient, s'écrivaient. Ils ont même signé ensemble un manifeste pour protester contre la dictature. Vois-tu, j'ai parfois l'impression que tu as du mal à saisir ce qu'était ce monde d'avant... On pouvait s'opposer, se quereller, même, sans pour autant cesser de s'estimer. Par-delà les divergences, il existait un accord profond.

– Fondé sur quoi, selon vous ? »

Véra détournait le regard, réfléchissait, haussait les épaules.

« Des valeurs communes : l'expression te convient ?

– Quelles valeurs ?

– Tu me rappelles ton père, avec ta manie de poser des questions ! L'esprit, la pensée, l'intelligence. Aucun de ces hommes ne croyait que, pour avoir raison, il fallait éliminer l'adversaire.

– Vous voulez dire que la pensée n'engageait pas toute la personne ?

– On peut très bien risquer sa vie pour des convictions tout en respectant celles de l'adversaire.

– Ça semble difficile.

– Pour vous, je suppose que oui. Pour nous... Excuse-moi, Salvador, ces conversations me fatiguent. Je ne suis pas sûre de leur utilité. »

Je n'insistais pas. Véra se cachait derrière sa réserve d'où, je le savais, aucun argument ne la délogerait. J'en étais réduit à interpréter ses réticences. Quel était ce monde d'« avant » qu'elle évoquait ? Quelle signification donner à une pensée qui se suffit à elle-même, sans tenir compte de ses conséquences pratiques ? Fallait-il regretter ou mépriser cette société policée, tolérante, où même le bannissement politique prenait l'allure d'une expédition ludique ? Comment le bouleversement s'était-il produit, rendant caduque cette vertu que Véra appelait probité ?

Je tournais et retournais ces questions.

VI

Passant d'une opinion à une autre comme défilent, sur les écrans de télévision, les convulsions du monde, une horreur chassant l'autre, une guerre la suivante, un tremblement de terre un ouragan tropical, je flottais, je dérivais. Par mes questions je tentais de déchiffrer le secret de la fermeté de ma grand-mère, de deviner les convictions qui la tenaient debout depuis sa jeunesse. À quelle morale s'accrochait-elle, si elle en avait une, pour résister à l'abandon ? D'où tirait-elle la force qui lui avait permis de surmonter des épreuves terribles ?

Ses esquives courtoises me renvoyaient à mes incertitudes. Faute d'une assise solide, je me cramponnais à des lieux communs : l'antifascisme, la dénonciation paresseuse de la Shoah, un refus nuancé du stalinisme qui, malgré ses massacres...

J'appartenais à une minorité privilégiée, je touchais un salaire élevé, j'habitais avec Faby un appartement agréable près de la Bastille, un loft aménagé et décoré par un architecte de nos amis. Nous mangions dans les meilleurs restaurants, fréquentions les théâtres, visitions des expositions, avec une préférence pour les peintres abstraits qui nous renvoyaient une image flatteuse de nous-mêmes. J'avais une femme belle, élégante, qui travaillait elle aussi dans la publicité, touchant un salaire confortable. Nous votions bien entendu à gauche, nous faisions l'amour de manière décontractée, nous accordant des entorses dont, d'un commun accord, nous évitions de parler. J'entretenais avec mes collègues et mes assistantes des relations sinon chaleureuses, du moins cordiales. J'admirais l'architecture moderne, notamment les gratte-ciel de Chicago, et je vantais le dynamisme des Américains, leur démocratie conquérante. J'achetais les livres dont tout le monde parle, lisais les journaux et les hebdomadaires qu'on lit dans mon milieu, *Libération* et *Le Monde*, souvent *Le Canard enchaîné*, sans oublier *Le Nouvel Observateur*.

J'avais l'impression d'appartenir au cercle restreint des élus. Quelles raisons aurais-je eues de me sentir insatisfait ? L'antiracisme flattait ma bonne conscience, quand bien même j'émettais, devant de rares intimes, des réserves prudentes sur l'intégration des musulmans dans la démocratie française. J'étais le parfait conformiste d'une gauche mondaine.

Après des études sans heurt dans une école de commerce réputée, j'avais séjourné aux États-Unis avant de décrocher mon premier poste, celui de chef de produits dans un grand groupe de cosmétiques. Puis, très vite, je connus une ascension fulgurante, due sans doute plus à la protection d'un magnat de la finance dont je devins le collaborateur qu'à mes seuls mérites. Je possédais à fond le jargon de ma fonction, je m'amusais à jongler avec des concepts, à manier les statistiques et à brandir des graphiques. Il y avait quelque chose d'irréel dans la virtuosité que je déployais dans nos séminaires et autres *brainstormings*.

Parfois, un léger doute m'assaillait : croyais-je vraiment à mes démonstrations étincelantes ? Ne trouvant pas la réponse, j'accélérais ma course.

Je me tournai vers la publicité, secteur alors prometteur, et obtins un indéniable succès avec deux ou trois campagnes dont l'ironie distanciée séduisit le public. Les adolescents chantonnaient l'air des chaussures Baram, mimaient les grimaces du petit monstre assis sur un aspirateur de la nouvelle génération. Je ne craignais pas de me montrer incisif, m'adressant sans avoir l'air d'y toucher à la clientèle homosexuelle, vecteur, expliquais-je à mes collègues, des nouvelles tendances. Je trouvais des formules percutantes sans reculer devant des jeux de mots équivoques.

Contrairement à certains de mes collaborateurs, je ne me faisais pas la moindre illusion sur les vertus informatives de la publicité. « La publicité n'a qu'un critère, leur lançais-je, l'argent qu'elle rapporte aux marques. Tout le reste, c'est de la poudre aux yeux. La publicité n'est ni bonne ni mauvaise, ni belle ni laide, elle est efficace ou elle n'est pas. Ceux qui la critiquent ne nous intéressent pas : ils se trouvent hors de la cible. Seuls nous intéressent ceux qui achètent les produits que nous vantons. »

Mes propos amusaient mes chefs, qui gardaient les yeux fixés sur la courbe de leur chiffre d'affaires. Comment se seraient-ils scandalisés de m'entendre dire ce qu'ils constataient chaque jour ? Ils y flairaient l'air du temps qu'ils résumaient en deux mots : frime et fric. Nous n'étions pas des enfants de chœur, nous savions de quoi il retournait.

Quand apparurent les premiers signes d'essoufflement, mes directeurs ne furent pas les derniers à changer leur fusil d'épaule. Le soupçon s'abattait sur les chefs d'entreprise ; des scandales éclataient. Patrons et hommes politiques défilaient devant des juges d'instruction qui gagnaient en un an ce qu'ils gagnaient en un jour. La presse augmentait ses tirages en dénonçant la corruption.

Nommé directeur d'une succursale de l'Agence Provalis, une petite société spécialisée dans la communication, Agi Média, j'organisai des stages pour les inculpés, leur apprenant comment répondre aux magistrats, comment feindre la transparence et l'humilité ; comment, surtout, paraître à la télévision. Je les aidais à choisir leur chemise et leur cravate, à répondre d'une voix égale aux questions les plus délicates, à sourire avec modestie, à peaufiner leur image de responsables confrontés aux défis de la mondialisation. Je leur soufflais la formule percutante que, d'un air naturel, ils glisseraient dans leurs interventions et que la presse unanime reprendrait, slogan publicitaire simple et primaire, assimilable par le grand nombre.

Ayant eu vent de mes succès, des hommes politiques vinrent à leur tour, soit qu'ils fussent mêlés à l'une de ces affaires dont les journaux faisaient leurs choux gras, soit qu'ils voulussent vendre leur probité candide, leur émouvante sincérité.

Convaincre de sa bonne foi est une technique ; je

l'enseignais au prix lourd ; satisfaits des résultats, les actionnaires de Provalis me montrèrent leur reconnaissance par des augmentations substantielles. Comptant quelques amis dans les milieux de la presse, j'obtenais par ailleurs des reportages bienveillants pour certains de mes clients, les plus importants, ceux que leur suffisance et leur morgue rendaient antipathiques à l'opinion.

Je n'avais pas pour rien milité dans les cellules trotskistes. J'avais appris que la conscience est une faiblesse bourgeoise, un reste de l'idéalisme des classes décadentes. Tous les coups sont permis si on les assène pour la bonne cause. La mienne était-elle bonne ? Je me persuadais qu'elle l'était, puisqu'elle précipitait la concentration du capital, hâtant ainsi sa chute. La dialectique trouve réponse à tout.

Je m'étais marié une première fois avec une militante communiste, féministe de choc. Elle était belle, faisait bien l'amour : notre union dura deux ans et s'arrêta quand, enceinte, Mado décida d'avorter. J'eus beau protester : « Mon ventre et ce qu'il renferme m'appartiennent », me lança-t-elle d'un ton farouche. Je la laissai avec ses possessions, goûtant les avantages d'un second célibat.

La libération sexuelle multipliait les occasions ; j'en profitai sans scrupules, baisant à droite et à gauche et tirant de ces coucheries des satisfactions diverses. Un matin, je m'aperçus que j'étais fatigué de ce manège.

Nous avions rejeté les vieilles règles au nom de la liberté, mais c'était l'argent qui tirait les ficelles. Le sexe était devenu un commerce florissant, le désir une marchandise, l'acte une prouesse technique. Médicaments et gadgets se proposaient de remédier aux pannes. Je ne souffrais d'aucune insuffisance, les gadgets me faisaient rire.

J'allais avoir trente-six ans ; j'étais encore ce qu'on appelle un homme jeune ; grand, svelte, je portais des costumes Kenzo, des chemises de Charvet, des mocassins anglais sur des chaussettes en fil d'Écosse. À l'idée de devoir, chaque soir ou presque, débiter les mêmes phrases, accomplir les mêmes gestes, je me sentais envahi d'une lassitude découragée.

« C'est la crise de la quarantaine, décréta Frédéric, l'un de mes rares amis.

– J'en ai trente-six.

– Ton travail te vieillit. D'ailleurs tu fais quoi de tout le fric que tu gagnes ?

– Que voudrais-tu que je fasse ?

– Tu as le choix : entreprendre une psychanalyse, de préférence avec un lacanien. Ça dure quinze, vingt ans, et ça vous laisse sur la paille. Ou changer de registre. Tu pourrais essayer l'échangisme, les partouzes. Il faut varier les plaisirs. Pourquoi pas le SM ? Tu es grand, mince, le cuir t'irait bien. Je connais un pote qui navigue dans ces milieux-là. Il pourrait te rancarder.

– Merci. Je ne me sens pas une vocation de mécanicien des vagins.

– Tu veux que je te dise ? Tu traînes un fond de moralisme bourgeois. Tu as mal à ta petite conscience tourmentée. »

Au lieu de me tourner vers l'échangisme, je regardai autour de moi.

Depuis deux ans, Faby (elle s'appelait en réalité Fabienne) travaillait dans un bureau voisin du mien. Je l'avais à peine remarquée. Je m'aperçus qu'elle était jolie – une petite brune piquante, avec des yeux d'un bleu soutenu –, élégante, qu'elle s'exprimait avec aisance sur les sujets les plus divers, la peinture cubiste, la musique de Stockhausen, le cinéma de Bergman, la politique monétaire de la Banque fédérale américaine.

Je crus me rappeler que, traversant son bureau pour accéder au mien, j'avais plusieurs fois surpris son regard moqueur. J'observai désormais son manège, répondis à ses sourires ; le soir, je m'attardais devant son bureau pour lui poser des questions sur mon emploi du temps. J'appris qu'elle venait de divorcer d'avec son premier mari, un Sicilien dirigeant une société de textiles ; qu'elle vivait seule dans un studio, près de la porte Maillot. Chaque matin, elle faisait du jogging dans le Bois de Boulogne et, le samedi, jouait au tennis. Elle n'avait pas d'enfant.

Un soir, je la convoquai dans mon bureau pour lui dicter un rapport. Nous fîmes l'amour sur la moquette. Nous n'étions pas pour rien les enfants du porno : nous connaissions par cœur le scénario et les dialogues. Il y avait quelque chose de puéril dans notre application à lâcher les mots les plus vulgaires.

Faby n'était pas seulement une élève douée du grand spectacle de la libération des mœurs : fille unique d'un riche soyeux de Lyon, elle parlait l'anglais, l'italien et l'espagnol, savait choisir ses toilettes. Partout elle évoluait avec aisance, prodiguant des sourires mesurés.

L'idée me traversa l'esprit que, dotée d'une ambition pressée, elle m'avait peut-être choisi plus que je ne l'avais choisie. Cette pensée, au lieu de me décourager, excita mon désir. Personne, surtout pas moi, ne déteste se sentir courtisé, quel qu'en soit le motif. J'assurai sa promotion dans la société que je dirigeais, observant la manière dont elle se coulait dans son personnage.

Nous prîmes l'habitude de nous retrouver au restaurant à la sortie du bureau. Nous dînions le plus souvent dans le XVIIe et Faby m'accompagnait dans sa Mini à la Bastille, puis quittait mon loft vers minuit pour regagner son studio. Un soir, elle resta dormir chez moi, puis les soirs suivants. Tout se fit le plus naturellement du monde.

J'étais content de ne plus courir de bar en boîte. Je pouvais siroter mon whisky chez moi en écoutant les *Variations Goldberg*, tranquillement installé dans mon fauteuil Knoll. C'est ainsi que je m'aperçus que je vidais chaque soir une demi-bouteille de whisky, sans compter les apéritifs, le vin... Je n'étais pas alcoolique, je buvais juste quelques verres de trop, sans doute depuis des mois.

Les déjeuners d'affaires arrosés des meilleurs crus, les cocktails, les verres que Bernard Lowe, notre P-DG, donnait chaque fois que sa société ou sa filiale décrochaient un marché « juteux » (c'était son mot, volontairement trivial) : les occasions de boire ne manquaient pas.

Au trente-sixième étage du siège de la société, dans une tour du quartier de la Défense, le bureau de Bernard, cinquante mètres carrés aménagés par Dujardin, le décorateur à la mode, exhibait ses murs de cuir repoussé, ses chromes, sa longue table de verre renforcée en demi-lune, sa moquette havane, ses tableaux abstraits ; une large baie donnait accès à la terrasse plantée d'arbres, abondamment fleurie, avec des banquettes et des fauteuils en bois de teck ; la vue s'étendait depuis les hauteurs d'Asnières jusqu'au mont Valérien et au-delà, sur un paysage de tours qui, toutes leurs fenêtres éclairées, créaient une impression d'irréalité.

Derrière la simplicité des relations, derrière le tutoiement de rigueur, une stricte hiérarchie distribuait les bureaux, leur surface et jusqu'à l'épaisseur de la moquette.

J'avais droit à trente mètres carrés, à une salle de bains privée, à une kitchenette flanquée d'un bar, et ma moquette, moins ouatée que celle de Bernard, était cependant de la même teinte havane. Ma double fenêtre garnie de rideaux ouvrait sur un balcon où végétaient des pétunias. J'officiais cependant au dernier étage, celui des principaux dirigeants, privilège qui me valait la considération des hôtesses et des vigiles. Je trônais au-dessus de la foule des conseillers et autres concepteurs dont je surprenais avec amusement, quand ils entraient dans mon bureau, le regard extasié. Eux n'avaient ni moquette ni balcon, ils empruntaient les ascenseurs de la piétaille, partageaient à plusieurs des bureaux à l'américaine, se rassemblaient devant les distributeurs de boissons.

Je savourais le contraste entre l'illusoire modernité de ce quartier d'affaires et mon loft de la Bastille. D'un côté, le mirage de la publicité, de l'autre, la permanence vieillotte de l'histoire. J'avais l'impression insidieuse de vivre à cheval sur deux mondes, sans vraiment appartenir à aucun.

Évoluant du bureau de Bernard, où Dalloyau dressait son buffet, à la terrasse, plaisantant, échangeant des potins, nous avions, lors des verres offerts par notre président, l'air de figurants dans l'un de ces films français frelatés à prétentions intellectuelles. Les conversations tournaient presque toutes autour du cul, puisque le sexe restait la marque de nos réussites à la fois évidentes et ambiguës. Nous en parlions avec brutalité, entrant dans les détails les plus scabreux, détaillant les sensations que procuraient telle ou telle position, nous moquant des goûts des uns et des autres, de leurs insuffisances ou de leurs échecs. À ce jeu, les femmes se montraient les plus cyniques, comparant les dimensions des bites, leur plus ou moins grande efficacité. On aurait dit qu'elles échangeaient des recettes de cuisine dont la réussite devait leur assurer cette satisfaction obligatoire, l'orgasme, droit qu'elles revendiquaient avec une franchise teintée de mépris pour ceux qui se montraient incapables de le leur procurer.

J'avais parfois l'impression de baguenauder dans une foire aux bestiaux.

L'alcool aidait à maintenir l'euphorie. Plus sensible que d'autres à ce climat de trivialité, j'en abusais, encouragé par Bernard qui, derrière son élégance voyante, avec ses bagues et ses bracelets, sa corpulence rougeaude, ses cheveux teints, son visage dix fois ravalé, étalait une vulgarité éclatante, un vocabulaire de corps de garde. D'un machisme provocant, il affichait son mépris des femmes. Dans la boîte, nous savions tous qu'il choisissait ses assistantes selon des critères précis : de gros seins, un « énorme cul », une peau claire et laiteuse ; nul n'ignorait qu'elles soulageaient sa tension en se glissant sous le plateau de verre de son bureau. Il prenait juste la peine de défaire sa braguette, marquant par des grognements sa satisfaction.

Si certaines, dans la société, dénonçaient ce droit de cuissage, la plupart se contentaient d'en rire. Bernard pesait non seulement ses cent dix kilos de graisse, il pesait aussi des dizaines de millions. Il est des fortunes qui désarment toute résistance, même les plus farouches.

De simple directeur de Provalis, Bernard en était devenu, par des placements judicieux, l'actionnaire principal ; négociant avec ruse le rachat des concurrents, notamment en Allemagne et au Japon, Provalis était devenue l'une des trois principales agences de publicité au monde.

Son succès faisait de lui sinon l'égal, du moins l'émule des plus grands patrons français. Il ne cachait pas sa satisfaction de traiter avec eux sur un plan de familiarité, de fréquenter les mêmes clubs, de dîner à leur table. Quand il s'installait sur la banquette arrière de sa Mercedes 300, son air épanoui avait quelque chose de réjouissant. Sans la moindre gêne, il savourait sa prospérité qui, pensais-je, le vengeait peut-être de mille petites vexations, d'autant d'humiliations mesquines.

VII

Plus que l'engourdissement où la boisson me plongeait, je trouvais plaisir dans le rituel dont j'entourais la cérémonie. Après l'amour, j'attendais que Faby fût endormie pour me glisser hors du lit ; j'enfilais une vieille robe de chambre, chaussais des pantoufles déformées, descendais dans l'atelier, prenais un disque, toujours le même, les *Variations Goldberg*, le glissais dans ma chaîne Bang & Olufsen.

Glenn Gould avait plusieurs fois enregistré cette partition qu'il ne cessait de creuser, d'interroger jusqu'à l'obsession, la folie. Je l'écoutais répéter les mêmes phrases, l'imaginant courbé sur son piano, les épaules bossues. Que cherchait-il avec une telle frénésie derrière ces phrases en apparence si simples ? Que cherchais-je moi-même ?

Je me calais dans mon fauteuil, versais le whisky, les glaçons, secouais mon verre. Je m'entendais soupirer d'aise, calais ma nuque sur le dossier, regardais le plafond.

Faby dormait ; aucun bruit dans la cour. L'obscurité appuyait contre la verrière. Je savourais avec volupté ma réussite.

Notre mariage découla naturellement de notre liaison qui, sans être passionnée, nous procurait une satisfaction tranquille. Si j'avais dû définir la nature de nos relations, c'est sans doute le mot stabilité que j'aurais choisi. Je me rangeais des voitures, ainsi que le disait Frédéric.

Nous évitions, Faby comme moi, le mot amour, trop vague, illusoire. Nous nous voulions lucides, nous méprisions les chimères. La fréquence des divorces suffisait d'ailleurs à nous prémunir contre les mirages de la fidélité. Tout comme les modes et les produits, dépassés dès leur apparition sur le marché, les liaisons ne duraient que le temps de flétrir. Dans cette course d'obstacles, il y avait des caps à franchir : trois mois, trois ans. Au bout, on accostait aux rivages de la solitude. Les uns s'y résignaient, d'autres tentaient par tous les moyens de rester dans le mouvement. Les cosmétiques, les thalassos, les implants, les perruques, la chirurgie, chacun essayait une ou plusieurs recettes, quand il ne s'évadait pas dans la spiritualité et la méditation.

Le mariage était un bail renouvelable. On le respectait tant que la satisfaction l'emportait sur les inconvénients, on l'abandonnait dès que la gêne l'emportait. Le contrat que Faby et moi avions souscrit comportait trois clauses : une liberté discrète, la synergie des intérêts, le respect de Sabine.

Comme tous les enfants de divorcés, nous avions une haute idée de notre responsabilité de parents. Nous lisions des ouvrages de psychologie infantile, dissertions gravement de psychanalyse, consultions des pédiatres. Françoise Dolto était notre bible.

Quand nous ne parlions pas du stade anal, nos conversations tournaient autour du travail, des intrigues de l'un, des ambitions d'un second, d'un dossier plus délicat que les autres, des augmentations de nos salaires respectifs et, bien entendu, de nos placements. Nous ne parlions en somme que d'argent, unique réalité tangible de notre monde.

Nous avions acheté une maison dans l'arrière-pays basque, une villa blanc et rouge, entourée d'un vaste terrain planté de chênes et d'hortensias. Le salon regardait les Pyrénées.

Scrutant les montagnes, je m'interrogeais : pourquoi n'avais-je jamais traversé la frontière ? Mon nom et mon prénom, Salvador Portal, me désignaient clairement comme Espagnol, à tout le moins d'origine hispanique. Mon père était né à Grenade, Véra avait passé près de dix ans en Espagne, jusqu'à la mort tragique de son mari. Pourtant, je n'avais jamais ressenti le besoin de visiter ce pays, préférant « faire » l'Italie, la Grèce, l'Égypte, les États-Unis surtout.

Faby ne jurant que par la Toscane et l'Ombrie, c'est dans un village des environs de Sienne, juché sur un piton, que nous avions décidé de concevoir un enfant. Nous disposions d'une aisance financière qui nous permettrait de l'élever dignement.

La fenêtre de la chambre ouvrait sur une oliveraie ; l'air embaumait le jasmin ; la nuit était claire, illuminée par une énorme pleine lune. Nous mîmes une certaine concentration à fabriquer ce rejeton dont nous avions déjà choisi le prénom, Sabine pour une fille, Stéphane pour un garçon. L'échographie trancha : ce fut Sabine.

Prévoyants, nous avions inscrit Sabine dans la plus huppée des écoles privées pour être sûrs d'avoir une place. En public, nous défendions l'école laïque et républicaine, mais ni Faby ni moi n'étions assez fous pour lui confier notre fille. Je demandai à l'évêque auxiliaire du diocèse de Paris de baptiser l'enfant. C'était un ami.

La cérémonie réunit une centaine d'invités triés sur le volet, dont deux des plus grands patrons du CAC 40, qui étaient aussi mes clients. *Le Figaro* consacra une demi-page à l'événement.

Gonzalo était venu de Londres, la famille de Faby – ses parents, des tantes, des oncles, des cousins – de Lyon. Prétextant qu'elle se sentait fatiguée, Véra déclina l'invitation.

Désapprouvait-elle notre décision de faire baptiser Sabine ? Je la croyais alors attachée au judaïsme, quand bien même elle ne mettait pas le pied à la synagogue. J'ignorais à peu près tout des convictions de ma grand-mère.

Tout, dans ma vie, se déroulait avec une facilité déconcertante. Pourquoi, quand je parlais avec Véra, quand j'interrogeais mon père ou que, assis dans le salon de notre villa du Pays basque, je contemplais les Pyrénées, pourquoi ressentais-je ce bizarre malaise, l'impression confuse de marcher à côté de ma vraie vie ?

Ni Gonzalo ni Véra ne m'avaient encouragé à franchir les Pyrénées, même après la mort de Franco et l'avènement de la démocratie. Dans mon enfance, aucun ne m'avait parlé de l'Espagne, se contentant de répondre de manière allusive à mes questions comme si la mère et le fils répugnaient à évoquer cette période de leur vie.

Je comprenais mieux la réserve de mon père que celle de Véra : il avait quitté l'Espagne à neuf ans pour rejoindre, en Grande-Bretagne, son grand-père maternel, Jakob Pelz. Il avait fait toutes ses études en Angleterre, il y avait enseigné, il s'y était marié. Il y vivait depuis son divorce.

Peut-être ne gardait-il de sa petite enfance que des souvenirs confus ?

VIII

Lors de mes fréquentes escales à Londres, je téléphonais à mon père qui vivait alors dans son cottage du Sussex, consacrant ses loisirs à son jardin dont il se montrait si fier. Il avait remporté plusieurs coupes qui décoraient le manteau de la cheminée de brique, dans sa bibliothèque. De tout le comté les visiteurs affluaient. C'était à ses yeux sa plus belle réussite et je devais, moi aussi, sacrifier au rituel, m'extasier devant les massifs, parcourir la roseraie, admirer les pelouses.

J'arrivais en fin d'après-midi, après mes rendez-vous et mes réunions, et repartais autour de dix heures pour l'aéroport.

À la fin des dîners insipides qu'elle nous concoctait, Margaret s'éclipsait en nous souhaitant une bonne soirée. Invariablement, elle ajoutait cette formule que j'aurais voulu ironique : « Je vous laisse bavarder entre hommes. » Aucun soupçon d'ironie, hélas. Très à cheval sur les conventions, Margaret respectait les usages.

Avec une identique componction, Gonzalo me tendait un verre de porto douceâtre et, installés devant la cheminée où un feu électrique clignotait avec des oscillations comiques, je feignais de déguster mon sirop cependant que mon père se calait au fond de son fauteuil. Monotone, la conversation traînait. Avec discrétion, je regardais l'heure à mon poignet, calculant le délai décent pour lever la séance. Chaque fois je me demandais pourquoi je me sentais obligé de perdre une soirée avec cet étranger qui, certes, était mon père, mais à qui aucun souvenir profond ne me liait. Depuis l'enfance et l'adolescence, nos relations avaient évolué sans que la moindre complicité s'installât entre nous.

« Tu sais, lâcha-t-il soudain un soir, Véra ne m'a jamais raconté dans quelles circonstances mon père a été tué.

– Tu veux dire que tu ne savais pas comment ton père était mort ? sursautai-je.

– Je l'ai appris par hasard en surprenant une conversation entre mes grands-parents paternels, dans leur maison de Salamanque. J'avais neuf ans.

– Comment Véra a-t-elle pu... ? Tu avais le droit de savoir, non ?

– Le droit ? Je ne sais pas bien quel est le droit d'un gosse de six ans. Véra ne voulait pas que je sois traumatisé, c'est son expression. D'ailleurs, elle n'était pas à Salamanque. Elle se trouvait alors en prison à Grenade. Je ne l'ai retrouvée que bien après la fin de la guerre civile, en 1942.

– En prison ? Pourquoi avait-elle été arrêtée ? »

Mon père baissa la tête.

Dehors, le crépuscule d'hiver se noyait dans un bouillard humide qui diluait les arbres. Malgré l'obscurité et la bruine, la campagne du Sussex sécrétait une impression de sérénité. C'était un monde feutré, tiède et rassurant.

« L'étonnant n'est pas qu'elle ait été jetée en prison. Ce qui aurait été stupéfiant, c'est qu'on l'ait laissée en liberté. À cette époque...

– Pourquoi l'ont-ils relâchée ?

– Elle s'est convertie, elle a été baptisée.

– Véra est devenue catholique en prison ?

– Je crois qu'elle envisageait depuis longtemps de se convertir. Elle voulait se sentir plus proche de mon père.

– Ils l'ont arrêtée parce qu'elle était juive ?

– Franco n'était pas antisémite, protesta-t-il d'une voix calme. Il a permis à des milliers de Juifs d'échapper à la déportation en les laissant traverser l'Espagne. Il a même sauvé bon nombre de Juifs des Balkans en leur faisant délivrer des passeports espagnols. Mais, au début de la guerre civile, l'influence de la Phalange était prépondérante et, à travers elle, celle de l'Allemagne nazie. Le "complot judéo-bolchevique" : le slogan s'étalait partout... Comme toute propagande, la formule contenait sans doute une part de vérité.

– Tu veux dire que "judéo-bolchevique" te paraît acceptable ?

– Il y avait bon nombre de Juifs parmi les dirigeants bolcheviques, non seulement en Russie, mais en Allemagne, en Hongrie, en Espagne.

– Je ne sais pas si tu te rends compte... C'est de l'antisémitisme !

– Vraiment ? Si je dis qu'il y a des Juifs idiots, tu me traiteras d'antisémite ?

– Tu joues sur les mots ! L'accusation...

– Je n'accuse pas, Salvador, je constate.

– Et tu en déduis ?

– En règle générale, j'évite les déductions.

– Je me demande parfois : quelle sorte de famille sommes-nous ? Des Juifs convertis qui...

– J'ai été baptisé, j'ai fait ma communion, je me suis marié à l'église. Aujourd'hui, je suis comme la majorité des gens, j'ignore à quoi je crois, si je crois à quelque chose. Mes origines juives ne comptent pas plus pour moi que des origines écossaises pour d'autres. Ça te semble si étrange que ça ?

– Ce qui est bizarre, c'est le silence. Personne ne dit rien. Véra trouve naturel de te cacher l'assassinat de ton père. De ton côté...

– Un demi-siècle après les événements, tout semble évident, n'est-ce pas ? Pour nous... »

Il regardait les lueurs des trois bûches artificielles dans l'âtre. Je l'observais à la dérobée, massif, les cheveux grisâtres, le menton lourd. Pourquoi me paraissait-il si ridiculement anglais dans son veston de tweed, avec son regard bleu, avec surtout son bégaiement faussement aristocratique ? Je le trouvais aussi incongru que ce feu imaginaire.

« Véra, murmura-t-il soudain, a fait ce qui lui semblait le mieux pour son enfant. Peut-être s'est-elle trompée ? Qui de nous ne commet jamais d'erreur ?

– Tu ne lui en as pas voulu ?

– Pourquoi lui en aurais-je voulu ? Elle m'a expédié chez les parents de mon père dès que la situation est devenue dangereuse. Quand mon père a été tué, elle leur a écrit pour leur demander de me préserver.

– Tu as souffert de son silence ?

– Je ne comprenais pas grand-chose à ce qui se passait. Si j'ai souffert, c'est à l'école, quand mes petits camarades me traitaient de “fils de Rouge”, qu'ils me tenaient à l'écart comme si j'avais été un pestiféré. »

J'essayais d'imaginer ce petit garçon solitaire et apeuré, trimballé de foyer en foyer, cerné par la mort. J'aurais voulu le plaindre. Entre cet orphelin et moi, une masse corpulente se dressait, opaque, d'un conformisme exaspérant, et ce corps trop lourd, trop épais, faisait obstacle à ma pitié.

« Tu es resté longtemps à Salamanque ?

– De septembre 36 à mars 39. Un peu moins de trois ans.

– Les parents de Rafael étaient franquistes ?

– Bonne question, fit mon père avec un ricanement bizarre. Le plus honnête serait de répondre : ils le sont devenus.

– Que veux-tu dire ?

– Salamanque a basculé d'emblée dans le camp nationaliste, avec toute la Vieille-Castille. La junte militaire en a fait sa capitale avant que Franco ne la transfère à Burgos. Mes grands-parents décoraient leur balcon de drapeaux nationalistes, saluaient le bras levé, cotisaient ponctuellement aux œuvres de l'armée. Ils allaient à la messe, se confessaient et communiaient.

– Mais, dans leur for intérieur ?...

– Dans une guerre civile, il n'y a aucune place pour la conscience individuelle. Je saluais moi aussi, bras levé, je criais "*¡ Arriba España !*". J'aimais d'ailleurs beaucoup les défilés et les processions. J'étais très fier d'arborer le béret rouge des carlistes et la chemise bleue.

– On te déguisait en phalangiste ? me récriai-je.

– C'était un costume bigarré : béret carliste, chemise des phalanges, un peu à l'image du régime, à la fois monarchiste, traditionaliste, militariste, clérical et phalangiste...

– Mais le soir, insistai-je, dans l'intimité, de quoi parlaient tes grands-parents ?

– Des opérations militaires, du ravitaillement...

– Ils ne faisaient aucune allusion à leur fils ? Quand ont-ils su qu'il avait été fusillé ?

– Au cours de l'hiver 1938, je crois. Le courrier fonctionnait à peu près normalement à l'intérieur de la zone nationaliste, donc entre Grenade et Salamanque. Quelqu'un a dû leur écrire.

– Comment ont-ils réagi ?

– Ils m'ont demandé de prier chaque soir pour l'âme de mon pauvre père.

– C'est fou ! m'écriai-je. Tout de même, ils devaient avoir une opinion...

– Ils devaient se dire que leur malheureux fils s'était fourvoyé, qu'il avait été embrigadé par les Rouges. Ils le plaignaient, je pense. Le motif de la sentence telle qu'elle leur fut communiquée était : "Activités anti-nationalistes", ajouta Gonzalo avec un vague sourire.

– Mais toi...

– À Grenade, je vivais dans la peur. À Salamanque je retrouvais l'angoisse et la mort. Je ne voyais rien au-delà. À cinq, six ans, je n'étais pas un prodige. Je manquais d'imagination. Je ne pensais guère. J'attendais juste le retour de Véra. Je crois, soupira-t-il, que j'ai toujours été quelqu'un de médiocre.

– Comment Véra a-t-elle pu te cacher... ? demandai-je en évitant de relever son propos. Les enfants ont droit à la vérité.

– La vérité, murmura Gonzalo, tournant vers moi son regard qui me rappelait celui de sa mère, du même bleu diaphane. Tu sais où elle se trouve, toi, la vérité ? »

Je renonçai à poursuivre la discussion, me levai pour prendre congé, me dirigeai vers le vestibule.

Dans le bureau où notre entretien s'était déroulé, des bibliothèques en chêne renfermaient des milliers de livres tous reliés, alignés derrière des vitres. Je pensai au désordre de mes bouquins, entassés un peu partout, formant des piles chancelantes. Je me disais que les vies de Gonzalo et de Véra étaient pareillement rangées, chaque horreur bien à sa place, époussetée, lustrée. Je ressentais cette même colère sourde que j'éprouvais lorsque je me rendais à Neufmoutiers. Songeant à ce que la mère et le fils avaient enduré, je gardais le silence.

Je tendis ma main que mon père serra dans les siennes.

« Nous avons grandi dans un monde... Personne ne nous a appris à parler. Mais je me demande parfois si vous, de votre côté, n'avez pas tendance à parler un peu trop. C'est une question d'équilibre, n'est-ce pas ? »

J'endossai mon imperméable, ébauchai un sourire crispé, sortis, respirant avec volupté l'air frais et humide.

Je roulai lentement vers Londres. Dans la bruine qui finissait par se condenser en un brouillard ténu, je conduisais avec prudence, écoutant une de ces stations qui ne diffusent que de la musique des années 60, les Beatles, les Rolling Stones, des airs qui résonnaient dans ma mémoire : *Michelle*, *Satisfaction.* J'entendais ces chansons chez ma mère, dans notre appartement de la rue Lauriston. Elles me semblaient alors d'une hardiesse magnifique. À présent elles me paraissaient douces, baignées de nostalgie. Peut-être en va-t-il de même de nos vies, pensai-je : le temps finit par déposer sur le passé une patine de tendresse et de regret.

VIII

Sitôt après son divorce, Léopoldine, ma mère, qui n'avait jamais pu s'habituer à l'Angleterre, décida de retourner en France et de m'emmener avec elle. Elle reprit l'appartement qu'elle louait meublé, depuis des années, à un couple de diplomates péruviens, rue Lauriston, un atelier d'artiste composé d'une grande pièce très haute de plafond et, taillées dans la loge en duplex, deux chambres minuscules.

S'attribuant l'une, Léopoldine me réserva la seconde qui, malgré son exiguïté, me ravit, puisque je pouvais y vivre à ma guise. J'en fis une caverne d'Ali Baba, entassant mes vêtements, mes disques et mes livres, couvrant les murs des posters de mes idoles, Piaf et Barbara.

À treize ans, je marchais à rebours de mon époque. Dans la mode, la musique, dans mes lectures, je vivais décalé, en porte-à-faux avec ma génération. Alors que mes copains écoutaient les groupes anglais et américains, je n'aimais que la chanson française ; puisqu'ils portaient les cheveux longs, je coupais les miens très courts, dégagés sur la nuque et autour des oreilles. Tout ce qui les rassemblait m'était antipathique. Je ne cherchais pas à me singulariser, j'aurais souhaité me fondre dans le groupe : je m'en excluais, peut-être par timidité, peut-être mû par une peur sourde de la foule.

Vive, gracieuse, Léopoldine aimait rire, manger, boire, danser. Après des années d'ennui en Angleterre, elle rattrapait le temps gâché. Née à Paris où son père occupait une fonction à la Direction des postes, elle s'abandonnait à la joie de renouer avec sa jeunesse.

Incapable de rester oisive, elle décida de reprendre l'activité qu'elle avait exercée avant de connaître Gonzalo : négociatrice dans une agence immobilière, près du Trocadéro. Son travail lui plaisait ; elle aimait, disait-elle, les contacts ; de leur côté, les clients appréciaient sa bonne humeur. Dans sa petite Peugeot, elle courait d'un rendez-vous à l'autre, partait visiter des fermettes et autres résidences secondaires en Normandie, dans le Perche, en Bourgogne ; quand elle restait à Paris, elle sortait le soir avec l'un ou l'autre de ses copains, allait au théâtre ou au cinéma, soupait au restaurant, finissait sa nuit dans une boîte.

Son mode de vie me laissait une liberté dont je me réjouis d'abord puis me lassai assez vite.

Alors qu'elle n'était ni pratiquante ni même croyante, Léopoldine m'inscrivit chez les jésuites, rue Franklin, conseillée en cela par Mme Bérard, la propriétaire de son agence, une sexagénaire aux cheveux platinés qui s'exprimait avec afféterie. Pour dire un jour qu'une propriété jouissait du plus grand calme, elle déclara : « L'endroit est tranquille. Il n'y a qu'une route et elle n'est pas *trafiquée* », ce qui avait réjoui le client, un académicien.

Pour Mme Bérard, Franklin offrait toutes les garanties de sérieux et de bonne moralité.

Je n'avais jamais approché les rejetons de la bonne bourgeoisie du XVIe. Derrière l'aisance des manières et le faux chic des tenues (blazer de chez Renoma, pantalon gris, chemise de flanelle anglaise, cravate rayée, mocassins de chez Weston), je découvris une espèce guère différente de celle à laquelle j'appartenais : des fils de divorcés et de familles recomposées, livrés depuis leur petite enfance à des gouvernantes et à des bonnes d'enfant.

Les convictions religieuses des parents ne les empêchaient pas de respirer l'air du temps. Le plus souvent, c'était le père qui prenait feu pour une fille de vingt ans sa cadette, plantant là femme et progéniture. Pour être en règle avec sa conscience, il versait une pension alimentaire généreuse et allouait aux fils un argent de poche extravagant.

Leurs rejetons se réfugiaient dans un cynisme de façade et se consolaient en achetant les gadgets les plus coûteux. Dans la cour de récréation, à la sortie du collège, c'était la foire aux vanités. Par réaction, je jouais le paysan du Danube, attifé des habits les plus démodés, chaussé de souliers à grosses semelles de crêpe. J'enfilais en hiver une parka trop grande pour moi ; je nouais une longue écharpe autour de mon cou. Grand, d'apparence fluette, ce déguisement me faisait une silhouette de clown triste. Au début, j'essuyai les moqueries et les quolibets ; on me rangea ensuite dans la catégorie des originaux, et on me ficha la paix.

C'était ce que je souhaitais : vivre tranquille à l'abri de mon personnage.

Je travaillais avec facilité, récoltais d'excellentes notes. Je devais tenir ce goût de l'étude de ma famille d'universitaires bûcheurs, peut-être de Rafael Portal. Je me distinguais surtout en français, naturellement en anglais et en espagnol que je parlais depuis ma petite enfance. J'avais le sens de la formule qui porte, du raccourci provocateur. Je fuyais les transitions, les charnières, les développements, vivacité qui conférait à mes dissertations une allure pressée. C'étaient déjà les qualités de la publicité.

Les professeurs de Franklin disposaient sur leurs collègues de l'enseignement public d'un avantage décisif : ils pouvaient se débarrasser des élèves médiocres ou turbulents. La réputation du collège reposait sur cet élitisme sévère : ne gardant que les meilleurs éléments, les résultats étaient assurés. Dans une large mesure, nous nous sentions responsables de nos échecs et de nos réussites. Chacun à sa place : les professeurs enseignaient ; les élèves travaillaient ou quittaient l'établissement. Le copinage équivoque, l'égalitarisme de façade nous étaient épargnés. Nous ignorions quelles étaient les opinions de nos professeurs, tous gardant la plus stricte neutralité. Nous ne voyions guère les bons pères qui étaient en petit nombre – quatre ou cinq ; les cours de religion étaient facultatifs ; ils comprenaient d'ailleurs l'islam et le judaïsme.

Je me fis deux bons copains dont l'un, Frédéric, est resté mon ami. Les études l'ennuyaient ; l'idée de travailler le déprimait. Son père, un banquier luxembourgeois, vivait à Genève avec sa seconde femme dont il avait deux enfants, possédait un voilier ancré à Concarneau et faisait chaque été le tour de l'Irlande. Grand, carré, c'était un sportif qui entretenait soigneusement sa forme. Il ne lui suffisait pas de posséder une grosse fortune, il fallait aussi qu'il séduise des femmes jeunes et jolies, témoignages de sa réussite accomplie.

Une ou deux fois l'an, Frédéric faisait un séjour dans la maison de Genève pour en revenir plus renfrogné, plus caustique, avec, au fond de ses yeux délavés, une amertume désenchantée.

Armelle, sa mère, vivait avec un amant qui avait trente ans de moins qu'elle et qui lui soutirait tout l'argent qu'il pouvait. Son dernier jouet était une Ferrari dans laquelle Bruno (c'était son prénom) se pavanait entre Portofino, Florence et Rome, sa ville natale.

« J'espère qu'elle en a pour son argent, fis-je d'un ton entendu.

– Il a, paraît-il, des arguments très convaincants, répondit Frédéric avec un sourire désabusé. Mais, comme l'imagination n'est pas chez lui aux dimensions de sa bite, Armelle se dit déçue. Aux dernières nouvelles, elle vient d'apprendre que Bruno lui avait caché l'existence d'une femme légitime et d'un bébé vivant à Rome. Il va falloir qu'elle retourne sur le marché. Elle n'est plus jeune, les prix ont dû grimper.

– Ta mère te raconte tout ça ?

– Ses liaisons sont publiques. C'est sa revanche, d'exhiber les jouets qu'elle achète.

– Ils acceptent sans se révolter ?

– Pour le fric, on accepte n'importe quoi.

– Tu crois vraiment qu'il n'y a que le fric ?

– Quoi d'autre, tu peux me dire ? Regarde autour de toi. »

Réfractaire aux modes, raillant les emballements de notre génération, Frédéric se tenait lui aussi à l'écart de son époque. Deux plis d'amertume au coin des lèvres, il traitait la musique anglo-saxonne de barbare, déclarait son mépris des déclamations pacifistes, vantait la beauté de la guerre. Avec une pointe d'affectation, il emportait partout *Orages d'acier*, les pamphlets de Céline, suscitant des hostilités qui avaient l'air de le réjouir.

Chez lui, il écoutait la musique de Couperin, méprisait Beethoven ; il se disait monarchiste, adversaire résolu de la démocratie ; amateur de littérature pornographique, toujours mis avec une élégance désuète et raffinée, son dandysme faisait de lui un personnage à la fois étrange et douloureux. Peut-être est-ce cette solitude altière qui m'attira vers lui ?

À la sortie du collège, mon ami venait souvent chez moi. Affalés sur le canapé, nous regardions la télévision en grignotant des chips et en sirotant un Coca. Nous flânions ensuite dans les jardins du Trocadéro, longions les quais, poursuivant ces conversations enflammées qui font les adolescences confuses.

Un jour, vers ma quinzième année, Frédéric m'entraîna vers le pont de Bir-Hakeim, descendit l'escalier tout en me décochant des regards ironiques.

Le soir tombait ; un crépuscule de printemps, lent et lascif, posait sur la Seine des scintillements roses ; tiède, l'atmosphère s'amollissait.

Dans l'allée des Cygnes, sur la petite île, Frédéric s'avança d'un pas faussement désinvolte, s'assit sur un banc, étendit ses jambes. Nous poursuivions notre conversation, mais je m'aperçus que, tout en parlant, mon ami suivait d'un œil narquois le manège de quelques promeneurs isolés qui, décrivant des cercles, s'approchaient à pas furtifs, tournaient autour de nous, nous décochant des regards incisifs. Avec un vague malaise, je sentais autour de nous ces silhouettes qui, fondues dans la pénombre, passaient et repassaient, feignant de regarder ailleurs, s'arrêtant parfois pour s'appuyer à la balustrade, repartant plus loin, revenant toujours.

« Ce sont des pédés, dit Frédéric avec un sourire moqueur. Ils n'osent pas nous accoster à cause de notre âge... Tu as déjà couché avec un mec ? demanda-t-il en se tournant vers moi.

– Non, et toi ?

– Deux ou trois fois.

– Ça t'a plu ?

– Je me fais tailler une pipe et je pense aux nichons de Lollobrigida. »

À quinze ans, Frédéric était déjà celui qu'il deviendrait : un obsédé du sexe.

L'amitié qui nous liait avait la couleur improbable de la tendresse. Tout naturellement, ces sentiments ambigus auraient pu se traduire par une intimité charnelle.

Plus précoce que moi, déjà initié aux secrets de la sexualité, Frédéric m'avait, en me conduisant en cet endroit, incité à toucher sa main qui effleurait mon épaule. Je me tenais immobile, très raide, sans oser répondre à cet appel, moins par refus que par ignorance. Nous n'avions ni l'un ni l'autre un penchant pour ceux de notre sexe. Simplement, la ferveur de notre amitié aurait pu nous conduire à en explorer les limites, et je crois que, plus que moi, Frédéric l'aurait souhaité.

Ce fut aussi Frédéric qui m'apporta le premier porno que nous regardâmes ensemble, affalés sur le canapé, nous branlant de conserve.

Je n'osai avouer à Frédéric que ces scènes d'une précision clinique, loin de m'exciter, me causaient un vague écœurement.

Mon ami avait peut-être raison : j'étais encombré d'une petite conscience tourmentée.

De son côté, Léopoldine collectionnait les copains dont certains passaient le week-end dans l'appartement ; ils allaient et venaient, nus ; le matin, je les entendais siffloter dans la cuisine, préparant le café et beurrant les tartines.

Très vite, je découvris l'avantage que je pouvais tirer de ma situation : pour gagner mes faveurs, les petits amis de ma mère me couvraient de cadeaux. Appliquant les conseils de Frédéric, je feignais de bouder pour leur soutirer des présents plus coûteux.

« Tu es un véritable voyou, me dit Léopoldine en éclatant de rire. Sais-tu que le chantage est une très vilaine chose ? »

Finaude, elle avait repéré mon manège. En réalité, je n'étais nullement jaloux de ses conquêtes ; la trouvant moi-même jolie, j'aimais constater qu'elle plaisait. Du reste, nos relations étaient gaies et détendues. Léopoldine me faisait ses confidences, me demandait des conseils.

« Tu peux me dire, Salvador, pourquoi je n'arrive pas à retenir les mecs ? Ils se taillent tous au bout de trois mois. Pourtant, ils me trouvent sympathique.

– Tu tiens vraiment à les retenir ?

– Tu es malin, toi. Au fond, ma liberté ne me déplaît pas. Le mariage, j'ai déjà donné. Tu ne peux pas savoir ce que j'ai pu m'ennuyer avec ton père. Je n'en dis pas de mal, remarque. C'est un chic type. Mais ce qu'il peut être conventionnel, sans la moindre fantaisie !

– Pourquoi l'as-tu épousé ?

– Ça, c'est *la* question. Pourquoi se marie-t-on ? Par habitude, je suppose. »

Elle tournait une mayonnaise dans la cuisine, je versais l'huile avec précaution. « Tu peux y aller, maintenant. »

Me décochant un regard affilé, elle ajouta d'un ton qu'elle voulait désinvolte :

« Je me demande, Salvador : tu ne préférerais pas être interne dans un collège ? Je n'arrête pas de courir les routes, je n'ai pas trop le temps de m'occuper de toi. Je ne suis d'ailleurs pas sûre de savoir élever un garçon... Ou bien, tu peux retourner chez ton père, en Angleterre ? Il a maintenant une copine, une collègue, Margaret, prof de littérature espagnole. Comme ça, tu vivrais dans un foyer normal et tu passerais tes vacances avec moi, en Bretagne.

– Tu penses te fixer ?

– Mais non, quelle idée ! Que vas-tu chercher ?

Rien n'est encore décidé. Flûte, la mayonnaise est en train de tourner ! Je vais essayer de la rattraper... Enfin, il est possible que je m'installe avec Norbert, tu sais, le grand blond qui est cadre dans les assurances.

– Il a l'air tarte.

– Pourquoi dis-tu ça ? Il est très gentil, attentionné.

– Je préfère ceux qui ne sont pas gentils.

– Tu es insupportable, Salvador. J'ai le droit d'être heureuse, non ?

– On dirait que tu le fais exprès, de les choisir barbants. Ensuite tu te plaindras.

– Ce n'est pas faux, ce que tu dis. Peut-être est-ce le mariage en soi qui est ennuyeux. Le temps passe. Je ne voudrais pas me retrouver seule, comme tant de mes copines qui, à cinquante ans, continuent de minauder.

– Je parie que Norbert baise mal.

– Ne parle pas comme ça, Salvador. Je n'aime pas ça. D'ailleurs, je voulais te dire... Je n'ai rien contre ton ami Frédéric, mais il a une mauvaise influence sur toi.

– Qu'est-ce que tu lui reproches ?

– Tu n'as pas remarqué la manière dont il regarde mes cuisses ? Il y a dans ses yeux quelque chose de malsain.

– C'est mal, de mater les chattes ? »

La gifle me brûla la joue. C'était la première fois que Léopoldine me frappait.

« Je n'aime pas quand tu joues les insolents. À toi de choisir, l'Angleterre ou le pensionnat.

– C'est tout réfléchi : le pensionnat. J'y avais déjà

pensé. Je ne trouve pas sain de voir les amants de ma mère se balader à poil dans l'appartement. »

Elle encaissa le coup.

« On m'a parlé d'un collège à Amiens, toujours les jésuites. C'est près de Paris, tu reviendras pour le week-end », expliqua-t-elle d'une voix radoucie.

Je ne voulais pas avoir l'air d'abdiquer trop vite.

« L'idée de passer mes week-ends avec ce type ne m'enchante pas.

– Tu as une meilleure idée ?

– Je pourrais loger chez Véra. Elle a un grand appartement, elle vit seule. Il y a une chambre sur la cour.

– Chez ta grand-mère ? Mais tu as toujours dit que tu la trouvais glaciale... »

Elle me fixait d'un air soupçonneux. Elle s'était attendue à des protestations, peut-être à des larmes.

« Je disais ça comme ça. En réalité, je la connais à peine.

– Comme tu voudras », dit Léopoldine, manifestement désorientée.

Il y avait du désappointement dans sa voix. Nous n'étions pas seulement mère et fils, j'étais, ainsi qu'elle le disait, son petit compagnon. Depuis plus de trois ans, nous partagions tout. Je venais de la trahir. Du coup, elle se sentait vieillie. Tôt ou tard, j'aurais fini par rompre le cordon ombilical.

J'allais avoir seize ans.

IX

Depuis mon retour en France, je passais chaque mois d'août à Londres où mon père s'était installé après sa retraite, ne séjournant dans sa maison du Sussex que les week-ends. Ayant hérité cet appartement de son grand-père, il disposait d'une surface de plus de cent mètres carrés dans l'un des quartiers les plus huppés, à deux pas de Holland Park. J'y avais une chambre qui regardait un square planté d'ormes et de tilleuls, ce qui me permettait de récupérer, après le marathon de la journée.

Timide, gauche, Gonzalo s'efforçait de remplir ses obligations de père. J'avais l'impression qu'il venait d'étudier un bouquin, *Comment éduquer son fils en dix leçons*, appliquant scrupuleusement les conseils d'un de ces psys qui s'exhibent à la télévision.

Sitôt le petit déjeuner avalé, nous quittions l'appartement pour franchir les obstacles du parcours éducatif obligatoire : parcs et jardins de Saint James's aux Kew Gardens, le Parlement, la Tour de Londres, les cimetières et les musées, les quais de la Tamise, le Pont de Londres, le Parlement, Westminster Abbey, le quartier du Temple.

Pour me détendre, j'avais droit à la cérémonie du thé chez Harrod's où mon père m'achetait des vestons de tweed, des chandails irlandais, des chemises de flanelle, des mocassins robustes. Je le remerciais, endossais ma tenue de bon fils de famille que je m'empressais, dès mon retour à Paris, d'enfouir au fond de mon placard.

Je n'échappais pas non plus aux théâtres et aux concerts, Margaret se chargeant de choisir le programme. Maigre et sèche, des cheveux d'un jaune grinçant, elle se disait mélomane et, avec une rigueur tout universitaire, n'aimait que la musique contemporaine. « Il faut écouter la musique de son temps », tranchait-elle, peut-être pour se donner du courage. Je dus ingurgiter Stockhausen et Webern, quelques compositeurs britanniques dont j'ai oublié le nom. Il n'est pas étonnant que je n'écoute plus que la musique baroque.

Durant tout mon séjour, Margaret affectait un enthousiasme de cheftaine. De toute évidence, je ne pouvais qu'être enchanté de découvrir les merveilles de la capitale anglaise. En réalité, je m'ennuyais à mourir, comptant les jours qui me séparaient de mon retour en France. Je comprenais ce que Léopoldine avait dû éprouver durant les années passées avec mon père. De mon enfance jusqu'à l'âge de treize ans, je ne gardais pas non plus des souvenirs exaltants. C'est à peine si je me rappelais l'école française, ma maîtresse, quelques promenades ennuyées dans Regent's Park.

Le conformisme de Gonzalo me causait un malaise mêlé d'irritation. Sa silhouette massive, son visage aux rondeurs molles, ses propos embrouillés, jusqu'à son bégaiement oxfordien, tout dans son personnage m'agaçait. Je n'aimais pas davantage la décoration de son appartement et de son cottage où le moindre objet donnait l'impression qu'il n'aurait pu se trouver ailleurs que là où il se trouvait.

Vers l'âge de dix-sept ans, je me rapprochai pourtant de Gonzalo, dont la personnalité m'apparut moins lisse que je ne l'appréhendais dans mon enfance. Je flairai en cet homme grand et lourd, avec ses yeux d'un bleu très pâle, son sourire crispé, une lassitude énigmatique.

J'avais épuisé toutes les joies touristiques de la capitale, vu au pas de charge tous les chefs-d'œuvre de la peinture, toutes les antiquités égyptiennes ou grecques, avalé des litres de thé dont je noyais le goût dans des rasades de lait. Margaret avait fini par s'apercevoir que j'étais absolument réfractaire à la musique dodécaphonique.

Sans nous concerter, nous prîmes, mon père et moi, l'habitude de sillonner la campagne anglaise en voiture, visitant des églises et des monastères, déjeunant dans des auberges. Profitant de cette intimité, nous essayions d'apprivoiser notre timidité.

Je découvris que Gonzalo avait une véritable passion pour les jardins, nourrie de connaissances botaniques étendues. Il aimait étaler devant moi sa science, me citant les noms latins des plantes, m'apportant des précisions sur l'espèce. Lorsque je le voyais penché au-dessus d'un massif, j'étais surpris par l'expression enfantine de son regard. Il plissait les yeux et un léger sourire flottait sur ses lèvres.

Nous laissions le plus souvent Margaret à Londres, quittions l'autoroute, parcourions lentement les petites routes du Sussex, devisant dans la Rover.

Ce jour-là, nous nous dirigions vers Rye, un charmant village entretenu avec soin. Il faisait un temps gris et lumineux. Douce et paisible, la campagne du Sussex défilait. Par bribes, Gonzalo me parlait de lui.

Je m'étonnais de la régularité de sa vie depuis son arrivée en Angleterre à l'âge de dix ans. Des études sages, sans échecs ni succès éclatants, toujours la bonne moyenne. Une chaire de philosophie allemande à Oxford, la routine d'un enseignement que j'imaginais terne, des publications dans des revues spécialisées, un livre sur Fichte que j'avais en vain tenté de lire ; son mariage avec ma mère, Léopoldine Bonneval, une Parisienne vive et intelligente ; ma naissance ; le divorce...

Aucune aspérité, aucun relief auquel s'accrocher. Il m'arrivait de me dire que Gonzalo n'était que l'ombre pâle de Rafael. Mais, à une remarque qui lui échappait et qu'il s'empressait aussitôt de diluer dans des propos confus, je devinais l'existence d'une vie secrète, dissimulée derrière la façade de l'universitaire anglais. Je me rappelais que cet enfant de dix ans débarquant à Londres en mars 1939 était un orphelin dont le père venait d'être assassiné, dont la mère croupissait dans un cachot ; qu'il débarquait dans un foyer – celui de son grand-père maternel, Jakob Pelz, de sa deuxième femme, Elisabeth – rempli de fantômes, les ombres de tous ceux qui avaient péri ou allaient périr dans l'ignoble boucherie.

Le secret de son adolescence n'était pas le sexe, mais la mort dont ces rescapés du grand massacre s'entretenaient à voix basse. Les mots crus que j'apprenais avec Frédéric avaient été, pour Gonzalo, ceux, énigmatiques et terribles, des arrestations et des déportations.

Je l'observais à la dérobée ; ses grosses mains sur le volant, ses yeux bleus fixant la route, il conduisait comme il vivait, avec une prudence craintive, respectant scrupuleusement le code de la route et les limitations de vitesse. Avec la même réticence il répondait à mes questions :

« En 1936, Véra habitait Grenade avec son mari ; flairant le danger, elle persuada son père de venir la rejoindre en Andalousie. Jakob Pelz accepta de rendre visite à sa fille et à son gendre, d'autant plus qu'il désirait me connaître, moi, son petit-fils. Il restait persuadé qu'il pourrait ensuite retourner en Allemagne.

– Il croyait vraiment que Hitler serait chassé du pouvoir ?

– Il n'était pas le seul à le penser ; une bonne partie de la bourgeoisie allemande partageait son avis.

– Ça semble insensé.

– Aujourd'hui, on a peine à comprendre... La seule qui ait tout de suite compris, c'est Véra. Elle a réussi à le convaincre de venir en Espagne. Il est arrivé à Grenade au mois d'avril, accompagné de Clarissa, sa nièce, âgée de dix-huit ans ; il est resté trois mois : dès que la rumeur du soulèvement de l'armée d'Afrique a pris corps, le 19 juillet, il s'est rendu à Málaga d'où il a pu embarquer à bord d'un cargo mixte en partance pour Lisbonne. Il a attendu deux ou trois mois avant d'obtenir un visa pour l'Angleterre. Il est arrivé à Londres en janvier 1937, toujours convaincu que son exil serait de courte durée.

– Comment pouvait-il croire... ? Les statuts de Nuremberg avaient déjà été promulgués, il y avait eu la Nuit de cristal, les premières mesures...

– Tu sous-estimes la volonté de survivre, l'espoir insensé...

– Vera n'était pourtant pas dupe, elle.

– Vera n'a jamais été dupe de rien. Elle n'arrêtait pas de mettre en garde sa famille, la suppliant de fuir tant qu'il était encore temps. Elle a réussi à persuader Clarissa de demeurer avec elle à Grenade, où cette nièce s'est d'ailleurs mariée...

– Qu'est-ce qu'elle est devenue ?

– Clarissa ? Elle vit à Madrid, je crois, lâcha-t-il d'un ton sec. Je t'en parlerai une autre fois. Si tu le veux bien, nous déjeunerons à Mermaid Inn, ajouta-t-il très vite pour détourner la conversation. Nous pourrions ensuite aller à Lamb House Garden. Il fait un temps idéal pour visiter un jardin : ciel gris, lumière égale. »

« Comment Jakob s'est-il débrouillé pour vivre à Londres ? Il lui restait de l'argent ? demandai-je alors que nous buvions un mauvais café dans cette auberge douillette.

– En 1934, il avait déposé quelques lingots d'or

dans un coffre de la Banque d'Angleterre. Avec ce petit pactole, il a ouvert une librairie d'occasion dans le quartier du Temple. C'était un bibliophile averti. Il avait le sens des affaires. Mais... (Gonzalo marqua une hésitation.) Je crois que ce n'était plus le même homme. Son frère, sa sœur, ses parents, des cousins... Le soir, dans le salon de Holland Park, c'était une interminable litanie des morts.

– Tu comprenais ce qui se passait ?

– J'avais douze, treize ans. Ces psalmodies funèbres me faisaient peur. Je crois que j'ai toujours eu peur.

– Il savait ce qui se passait en Allemagne ?

– Il recevait des lettres qui passaient par la Suisse. Il les lisait à voix haute, après le dîner.

– Tu n'as plus peur ?...

– C'est vague. L'impression d'une menace imprécise... Je suppose que tu n'as pas une haute idée de moi ? demanda-t-il brusquement.

– Pourquoi dis-tu ça ?

– Quand tu étais petit, tu m'intimidais. Je sentais que tu me méprisais.

– Tu m'intimidais aussi.

– Oui, dit-il en trempant ses lèvres dans sa tasse. Les pères et les fils ont du mal à se parler. Maintenant, c'est différent. Tu es presque un homme. »

Il reposa sa tasse, s'essuya méticuleusement la bouche, puis murmura d'une voix lasse :

« Toute ma vie j'ai essayé de me protéger.

– Jakob était sévère ?

– Sévère ? répéta mon père avec étonnement. Au contraire, c'était un homme doux, *trop* doux. Il parlait peu, avec un accent allemand terrible. Il restait des heures assis dans un fauteuil, près de la fenêtre, ses mains à plat sur les genoux, fixant le square. Je le voyais d'ailleurs peu. Il partait très tôt pour sa boutique, rentrait à la nuit tombée. C'était le Blitz. Chaque fois que les sirènes hurlaient, l'angoisse me paralysait... J'imaginais qu'il était enseveli sous des ruines, je pensais qu'il ne reviendrait pas. Je me demandais ce que j'allais devenir.

– Les bombardements t'effrayaient ? Tu descendais dans un abri ?

– Nous ne connaissions rien d'autre que la peur. Une peur insidieuse, lancinante. Nous étions habitués, nous n'y pensions même plus. »

Il fit une pause, examina la salle.

« Non, dit-il enfin, je n'allais pas dans un abri. Je descendais dans une station de métro en emportant avec moi le thermos de thé qu'Élisabeth préparait chaque matin...

– C'était dur ? »

Je m'en voulus de cette question que je jugeai stupide.

« C'était le monde, c'était notre monde ; nous n'en connaissions pas d'autre. Je suis content que tu n'aies pas vécu ça.

– Nous avons d'autres peurs », dis-je distraitement.

Gonzalo parut réfléchir à ma remarque.

« Oui, sans doute. L'imagination, voilà ce qui nous fait défaut. On croit savoir, on ignore presque tout. En ce moment même, il doit y avoir de par le monde des centaines de milliers de gosses qui ressentent ce que j'éprouvais à leur âge. Je le sais, je ne les vois pas. C'est affreux, cette cécité. J'essaie d'imaginer, ça reste flou. Il me semble que si nous pouvions voir, ce qui s'appelle voir, et sentir l'horreur du monde, la vie deviendrait impossible. Seule la légèreté nous sauve du suicide. »

Il avait lâché ces mots d'une voix mélancolique ; il régla l'addition et m'adressa un sourire d'une douceur bizarre.

« Que dirais-tu si nous allions regarder les fleurs ? L'automne est, avec le printemps, la meilleure saison pour les jardins anglais. »

Je flairais chez Gonzalo un secret qu'il défendait avec une courtoisie exaspérante. Je n'arrivais pas à me défaire de l'impression qu'il me cachait encore quelque chose. Dans sa maladresse, ses bredouillements, son attitude fuyante, presque honteuse, je croyais deviner un mystère.

Je retrouvais l'irritation que j'éprouvais lorsque je rendais visite à Véra, à Neufmoutiers.

En regardant, assis dans le salon de notre maison basque, les Pyrénées, je repensais souvent à cette conversation dans la vieille auberge de Rye.

Près de vingt ans avaient passé.

Je revoyais les jardins de Lamb House et de Wakehurst, les couleurs sourdes des chrysanthèmes et des dahlias. Je croyais entendre le chuintement de la bruine dans les grands arbres.

J'aurais voulu comprendre, mais y avait-il quelque chose à comprendre ? Toujours stricte et droite, Véra éludait mes questions ; mon père y répondait avec une lassitude qui me décourageait. Je me heurtais non pas à un mur, mais à une résistance molle et ouatée.

X

Véra accepta de m'héberger les week-ends dans son appartement du Panthéon où elle me réserva la chambre donnant sur un jardin planté d'arbres, sans doute un vestige de l'un des nombreux couvents existant jadis dans le quartier. Je ne sais toujours pas si ma présence la réjouissait ou la dérangeait. Elle était ma grand-mère, elle ne pouvait refuser de m'accueillir.

Je découvris un décor qui ne ressemblait ni à celui, net et convenu, de mon père, ni au désordre chaleureux de Léopoldine. Tout y était propre, méticuleusement rangé, les meubles époussetés et polis, mais chaque objet, les tableaux sur les murs, les photographies dans leurs cadres, jusqu'aux livres rangés dans les bibliothèques de chêne clair, tout donnait l'impression d'avoir été non pas choisi en vue d'obtenir un effet, mais d'être arrivé à sa place exacte, déposé par le flux de l'existence. C'était une partition dont on n'aurait pas pu changer une note sans altérer la mélodie. Le vieil or des rideaux, le cuivre éteint des fauteuils, le gris délicat des murs, la combinaison des couleurs produisait une impression d'harmonie subtile.

En inspectant les bibliothèques du couloir et du

bureau, je constatai la même rigueur nécessaire. Il me fallut plusieurs années pour deviner la signification de ces milliers de volumes qui, du sol au plafond, tapissaient les murs du grand couloir tenant d'abord lieu de vestibule, puis, après un coude à angle droit, desservant le salon, le bureau à droite, les chambres et la cuisine à gauche.

Quand une bibliothèque recèle les intérêts et les goûts d'une personne, elle raconte sa biographie la plus intime. Comment s'étonner si les écrivains allemands occupaient, dans celle de Véra, une place essentielle, notamment les poètes, Hölderlin et Novalis ? On trouvait ensuite les Espagnols, ceux surtout de deux générations, celle de 1898 – Unamuno en tête, Valle-Inclán, Maeztu, puis Ortega y Gasset, Madariaga, d'Ors –, celle des années 20 avec Lorca, les frères Machado, Alberti, Hernández, ainsi que les poètes et les romanciers latino-américains de Neruda à Borges, avec García Márquez, Vargas Llosa, Fuentes. De Montaigne à Saint-Simon, de Balzac à Proust, Bernanos, Mauriac, Camus, les Français remplissaient la deuxième partie du couloir, face au salon. J'y relevai d'étranges lacunes : pourquoi Mauriac, mais pas Malraux ni Montherlant ?

« Je n'aime pas les emphatiques », me répondit Véra d'un ton bref.

Les Russes, de Pouchkine à Gogol, jusqu'à Soljénitsyne, sans oublier Tolstoï et Dostoïevski dont les grands romans figuraient en plusieurs éditions, remplissaient tout un pan.

Chaque livre, rangé par ordre alphabétique, avait été lu, relu, et il attendait manifestement que la main de

Véra se tende pour le rappeler à la vie. La plupart étaient simplement brochés, leurs couvertures fanées et froissées. Ils évoquaient ce monde d'« avant » dont parlait Véra, suggérant l'existence d'une société non pas idyllique, mais humaine, intelligente et tolérante. Peu de philosophes, hormis Kant, et, détail étrange, les *Œuvres complètes* de Nietzsche, vingt-cinq volumes reliés de cuir rouge. Beaucoup d'Anglais, de Swift à Graham Greene, sans oublier les romancières de l'ère victorienne, les poètes et, bien sûr, les œuvres complètes des dramaturges élisabéthains, Shakespeare en tête.

Tous ces auteurs étaient présents dans leur langue originelle, si bien que je me demandais : combien de langues Véra comprenait-elle ?

De son Allemagne natale à l'Espagne, de l'Angleterre à la France, on pouvait suivre son itinéraire, sonder ses curiosités et ses inquiétudes. Je fus surtout frappé de l'importance accordée par elle à la poésie, comme si la musique des mots avait accompagné ses errances.

Dès mon arrivée chez elle, l'affrontement eut lieu.

Avachi sur le canapé, mes pieds posés sur la table basse, je regardais la télévision. Dans la cuisine, Véra préparait le dîner. Tout à coup, elle traversa la pièce d'un pas tranquille, éteignit le téléviseur, puis, me regardant avec une expression impassible :

« Je comprendrais que tu ne veuilles pas habiter chez ta grand-mère, mais si tu dois rester ici, je te demanderai d'adopter une conduite décente.

– Chez ma mère, j'avais le droit de regarder la télévision !

– Ta mère fait ce qu'elle veut chez elle. Ici, j'entends que tu respectes mon intimité. Je n'entrerai jamais dans ta chambre où tu pourras vivre à ta guise. Dans les espaces communs, nous devons veiller à ne pas nous gêner. Je ne suis plus jeune, Salvador. Bonnes ou mauvaises, j'ai mes habitudes. »

Mon premier mouvement d'humeur passé, je dus m'avouer que, loin de me peser, la fermeté de ma grand-mère me rassurait. Son sens de la discipline avait beau contrarier mes habitudes relâchées, je n'y décelais aucun caprice. Ses exigences étaient claires, dénuées de toute affectivité. J'appris d'elle les seules choses vraiment utiles dans ma vie : me brosser les dents avant de me coucher, me doucher chaque matin, manier convenablement ma fourchette et mon couteau, ranger mes affaires, répondre poliment quand un adulte me posait une question.

Une entente bizarre finit par s'établir entre nous. J'avais besoin de l'ordre que Véra, sans élever la voix, maintenait autour d'elle. Nous déjeunions et dînions avec une ponctualité immuable, à midi et demi et dix-neuf heures trente ; la télévision était éteinte à vingt heures trente sans discussion possible.

Avec surprise, j'entendais Véra tenir des propos que Léopoldine n'aurait jamais tenus :

« L'image est primaire et vulgaire, disait-elle avec dégoût. Elle s'adresse à ce qu'il y a en nous de plus bas : le sentiment. Elle brutalise et perturbe, empêchant la réflexion. »

Adhérais-je à ses jugements lapidaires ? Ils dérangeaient ma paresse, mais stimulaient ma pensée. Je me rappelais que le premier geste de Léopoldine, quand elle rentrait de son travail, était d'appuyer sur le bouton du téléviseur qui restait allumé toute la soirée sans que ma mère le regardât vraiment, allant et venant dans l'appartement. Une présence familière qu'on ne remarque même pas.

Une pareille distraction aurait paru veule à Véra, qui appliquait une attention méticuleuse à chacun de ses gestes. Détestant la dissipation, elle focalisait son esprit sur un point, sans se laisser distraire par rien. Quand elle lisait, elle suivait chaque phrase avec une intensité hypnotique, revenant souvent en arrière pour s'assurer qu'elle n'avait rien laissé échapper d'essentiel. Elle cuisinait avec ce même flegme, chaque geste enchaînant sur le suivant. Aucune impatience, nulle trace de nervosité. Alors que Léopoldine s'affolait, lâchait brusquement sa poêle en jurant, jetait les casseroles et les couverts dans l'évier, Véra rinçait puis rangeait chaque ustensile après s'en être servie, laissant la cuisine dans un ordre impeccable.

« C'est une habitude à prendre, me disait-elle de sa voix paisible. Si on se donne la peine de ranger au fur et à mesure, on gagne du temps, on s'épargne de la fatigue. »

Bientôt je me mis sans y penser à l'imiter. Je l'aidais à essuyer et ranger la vaisselle, je renonçai à laisser mes vêtements traîner sur la moquette. Même dans ma chambre où, respectant sa parole, Véra ne pénétrait jamais, je me surpris à ranger mes cahiers et mes livres, à plier mes vêtements. Je trouvais un plaisir nouveau à travailler dans une pièce ordonnée.

Le soir, après le dîner, je tenais souvent compagnie à ma grand-mère qui, assise sur le canapé, épluchait avec attention les programmes de radio et de télévision, cochant les émissions qui l'intéressaient.

Saisissant une photo sur le guéridon, je la contemplai longuement.

« Tu étais belle, dis-je.

– Il paraît. La beauté est un privilège et une fatalité. J'ai eu la chance de ne pas succomber au narcissisme.

– Là, c'est Rafael, mon grand-père ? Il a l'air tout jeune. On dirait un adolescent.

– Il a toujours gardé un air juvénile, jusqu'à la fin.

– Vous jouiez au tennis ?

– Dans la maison de Westend, oui. Il jouait mal. Ce n'était pas un sportif.

– Vous vous êtes tout de suite aimés ?

– Qu'entends-tu par “tout de suite” ? Ce ne fut pas un coup de foudre. Mon père l'appréciait et l'estimait. Il passait presque tous les week-ends à la maison.

– Il parlait l'allemand ?

– À la perfection. Juste une pointe d'accent qui nous faisait rire.

– Il aimait Berlin ?

– Pas au début de son séjour, non. Il trouvait la ville froide et solennelle. Ensuite, il s'y est beaucoup plu. Il aimait les forêts, les lacs, la lumière surtout, celle des mois de juin, avec l'odeur des tilleuls.

– Il a aimé Berlin parce qu'il t'y avait rencontrée ?

– C'est possible. Peux-tu me dire, Salvador, à quoi riment toutes ces questions ?

– J'aime bien savoir... Mon grand-père, je ne l'imaginais pas comme ça. Je le voyais plus vieux, plus grave, avec une barbe.

– Ni barbe ni moustache. Ses joues et son torse étaient glabres. Il avait un regard malicieux, presque candide. Son nez court et retroussé lui donnait une expression espiègle.

– Il n'a pas l'air espagnol.

– Né à Salamanque, ses yeux étaient bleus, ses cheveux d'un blond châtain. Et puis il était grand, plus d'un mètre quatre-vingt-cinq, presque maigre.

– Vous vous êtes beaucoup aimés ?

– Quelle question, Salvador ! Crois-tu que j'aurais épousé un homme que je n'aimais pas ? Tu es drôle...

– Je voulais dire : aimer vraiment ?

– Vraiment, oui.

– Vous n'avez jamais pensé à divorcer ?

– Divorcer ? Et pour quelle raison, je te le demande ?

– Je ne sais pas. Aujourd'hui, tout le monde divorce.

– C'est exact. Ça doit être une mode.

– Vous vous êtes mariés tout de suite ?

– Nous nous connaissions depuis un an.

– Vous vous êtes mariés en Espagne ?

– À Berlin. Dans une église catholique.

– Catholique ? Mais tu étais...

– D'origine juive, ce qui ne signifiait rien pour moi. J'ai accepté de signer un engagement, celui de faire élever mes enfants dans la religion catholique. Les parents de Salvador y tenaient beaucoup. Il était allé leur annoncer son mariage et ils n'avaient posé qu'une condition : que je m'engage à faire baptiser nos enfants et à leur assurer une éducation catholique. Je n'y voyais aucun inconvénient. Tout s'est fait très naturellement.

– Qu'ils soient juifs ou catholiques ne t'importait pas ?

– Pas vraiment, non. Je n'ai jamais rattaché l'idée de Dieu à une religion précise.

– Tu es déiste, alors ? Comme Rousseau.

– Certainement pas comme Rousseau ! protesta-t-elle avec véhémence.

– Pourquoi ? Tu n'aimes pas Rousseau ?

– Je déteste le pathos. Mais c'est un écrivain admirable.

– C'est quoi, le pathos ?

– La sensiblerie, les déclamations. Je me méfie des gens qui portent leur cœur en écharpe.

– Et l'Espagne, tu as aimé ?

– Passionnément. C'est un pays... Le contraire du sentimentalisme. La force, l'énergie, le courage. C'était...

– C'était alors très pauvre, non ?

– Misérable, même. Mais les gens y étaient d'une dignité extraordinaire... Bon, j'ai fini : tu jetteras un coup d'œil sur les programmes. Tu me diras si quelque chose t'intéresse. Je n'ai rien trouvé de passionnant. »

Véra se leva, arrangea sa jupe. Je la trouvais belle, majestueuse.

« Tu es un curieux bonhomme, Salvador. Tu me rappelles Gonzalo. Lui aussi voulait tout connaître. Il me harcelait de questions.

– Avec moi, il parle à peine.

– Il a cessé d'interroger, c'est vrai.

– Tu crois qu'il est triste ?

– Il est difficile de vieillir sans ressentir une certaine mélancolie. Il a ses jardins, la botanique. Il aime l'Angleterre. Il a fini par devenir anglais. Il avait besoin de se sentir chez lui quelque part.

– Toi, tu te sens française ?

– Je suis allemande. J'aime Paris. Mais ma vraie patrie, c'est l'Espagne.

– Pourquoi n'y es-tu jamais retournée ?

– Par superstition, peut-être. J'ai peur de ne plus rien reconnaître. Je rêve parfois de certains paysages, autour d'Avila, de la campagne de Soria. Vieillir, c'est pactiser avec les regrets. »

Avec les années, mon intimité avec Véra se fit plus étroite, sans pourtant se départir d'une certaine réserve. Je la sentais à la fois proche et distante.

J'avais fini par prendre mes habitudes dans l'appartement du Panthéon. Libre d'aller et venir sans avoir à fournir la moindre explication, je pouvais passer des jours entiers cloîtré dans ma chambre sans que Véra vienne frapper à ma porte. Lorsque j'eus mes premières liaisons, vers l'âge de dix-sept ans, elle ne me fit pas la moindre remarque, mais je sus, à des signes imperceptibles, qu'elle avait deviné. Un jour, elle me dit d'un air gêné :

« Tu es ici chez toi, Salvador. Si tu souhaites recevoir un camarade ou une amie, tu dois te sentir libre. »

Arrêté par un sentiment de malaise, je ne profitai pas de sa permission.

Le soir, il m'arrivait de sortir pour dîner au restaurant. Je trouvais Véra dans le bureau, assise dans un fauteuil à haut dossier recouvert d'une tapisserie ancienne aux teintes fanées. Sur le guéridon, elle disposait des crayons, un bloc de papier, des dictionnaires. Son profil éclairé par la lumière tombant de la fenêtre, elle lisait, penchée. Jamais elle ne lisait ailleurs, comme si la lecture devait pour elle s'entourer d'un rituel. Alors que j'éparpillais mes livres sur le lit, Véra n'en ouvrait qu'un seul à la fois, s'arrêtant parfois pour griffonner des notes. « Avec l'âge, me dit-elle un jour, la mémoire faiblit. J'ai besoin de noter pour ne pas oublier.

– Je sors, Véra. Je rentrerai peut-être tard.

– C'est bien, Salvador. Passe une bonne soirée. »

Je me penchais pour l'embrasser, mes lèvres effleuraient sa joue, je respirais un parfum de muguet.

« Tu n'as besoin de rien ?

– J'ai tout ce qu'il faut, ne t'inquiète pas. Je ne suis pas seule, j'ai mes amis, chuchotait-elle en tapotant son livre.

– Hölderlin, tu dois le connaître par cœur, non ?

– Je l'ai rencontré dans ma jeunesse. Il ne m'a jamais quittée. Je suis incapable de te dire ce qui m'attache à lui. C'est une Allemagne claire, un éclat de la Grèce.

– Tu aimes toujours l'Allemagne, malgré...

– J'y suis née, j'y ai laissé mes souvenirs d'enfance et de jeunesse. C'était un pays de douceur...

– Comment expliques-tu... ?

– Je n'explique pas, Salvador. Est-ce qu'on explique le délire ? »

Avant de franchir la porte du bureau, je me retournais une dernière fois. Je la voyais courbée, ses lunettes sur le nez.

Chacun de ses gestes me causait un étonnement étrange. Elle y mettait une grâce et une simplicité qui me fascinaient. Alors que tout, autour de moi, allait de plus en plus vite, que le mouvement du monde se précipitait, Véra maintenait un rythme tranquille, figeant le temps.

Il m'arrivait de découcher et de ne rentrer que vers six, sept heures du matin. Je la trouvais debout dans la cuisine, vêtue d'une robe de chambre strictement boutonnée, ses pieds dans des pantoufles. Les cheveux impeccables, le teint frais, elle préparait le café, grillait des tartines ; sur un plateau, elle disposait une tasse, le beurre, la confiture. Elle prenait tous ses repas sur la table dressée devant la fenêtre. Jamais un relâchement.

« Je crois que je vais dormir, disais-je en lui baisant la joue.

– Repose-toi, oui. Je te laisserai de quoi manger dans le réfrigérateur. »

Aucune question, pas un commentaire. J'admirais sa réserve, je la regrettais aussi. J'attendais parfois un instant, debout, l'air empoté. Rien ne venait. J'allais alors dans ma chambre, me glissais dans mon lit. J'étais en proie à un sentiment de vague insatisfaction, incapable de me l'expliquer à moi-même. J'espérais qu'abandonnant sa retenue Véra dirait un mot, j'ignorais lequel.

Ce malaise s'accompagnait d'une mélancolie confuse quand, prenant congé d'elle, le soir, je la voyais assise seule devant son repas. Au moment de refermer la porte de l'appartement, j'éprouvais un remords insidieux, le même qui, lors de mes visites à la maison de retraite de Neufmoutiers, me taraudait comme si je me sentais coupable de l'abandonner.

Une année, Léopoldine alla passer les fêtes de Noël avec Norbert dans les Alpes. Je restai avec ma grand-mère qui, plusieurs jours avant le réveillon, sortit d'une armoire une dizaine de cartons contenant des santons espagnols, une armée de bergers, de laboureurs, de vendeurs à la sauvette, de musiciens et de danseurs. Un à un elle les époussetait, les disposait autour de la crèche.

« Tu veux que je t'aide ?

– Volontiers. Tu n'as qu'à les essuyer et me les passer.

– Ils viennent d'où ?

– De Grenade et de Séville. Je les ai achetés avec ton grand-père.

– Je pensais que tu aurais décoré un sapin.

– Un sapin ? C'est un symbole idiot. Avec Rafael, j'ai appris à fêter la naissance du Christ.

– Il était religieux ?

– Il avait connu la crèche, dans sa petite enfance. Il restait fidèle à ses souvenirs. Et puis, ces figurines sont belles, tu ne trouves pas ?

– Très belles, oui... Quand tu étais seule, tu décorais la crèche ?

– Quelle question ! Tu penses que je le fais pour toi ? Ces petits personnages m'ont accompagnée partout. En les sortant des cartons, je retrouve mes souvenirs. »

Le dimanche matin, j'accompagnais Véra au jardin du Luxembourg dont elle faisait à pas lents le tour, s'arrêtant pour contempler les parterres, examiner les statues avec une attention déconcertante, contempler le bassin, admirer le palais. Parfois, elle me prenait le bras, s'y appuyait un instant. J'étais devenu un grand jeune homme trop maigre. Je m'étonnais parfois de la dépasser.

L'enfance, l'adolescence avaient défilé sans rien laisser dans ma mémoire que des images délavées et ce sentiment d'insatisfaction, l'impression d'avoir toujours vécu à côté de ma véritable vie. J'éprouvais parfois la nostalgie de la banalité : ressembler aux autres, me fondre dans une communauté. Alors que je me sentais étranger à mes contemporains, je croyais comprendre cette vieille dame altière et stricte, corsetée dans sa réserve.

Nous marchions en silence, échangeant de rares propos. Je m'abandonnais à la sérénité qui émanait de toute la personne de Véra. J'observais sa silhouette droite et svelte, son visage paisible, l'élégance naturelle de ses gestes.

Lorsque je lui avais proposé de l'accompagner dans sa promenade, elle avait posé sur moi son regard pâle : « Tu es sûr de ne pas t'ennuyer ? Enfin, tu peux toujours retourner à l'appartement, si ça te semble trop long. Je marche lentement. »

Je ne m'ennuyais pas avec Véra, je n'ai jamais éprouvé la moindre lassitude en sa compagnie.

Elle avait beau répondre à toutes mes questions, même les plus saugrenues, une nappe de silence semblait l'envelopper. J'avais l'impression qu'elle se trouvait ailleurs, dans une région inaccessible. Elle faisait son possible pour se rapprocher de moi, s'intéressant à mes études, me posant cent questions sur mon école ; mais son sourire trahissait une insurmontable fatigue. Peut-être avait-elle renoncé à comprendre le monde où j'évoluais ? Peut-être n'appartenait-elle déjà plus à ce monde ?

XI

Faby quittait l'appartement à sept heures et demie pour aller courir au Bois de Vincennes. Je disposais d'un répit pour boire mon café en écoutant du Bach, faire ma toilette, accueillir Martine, la garde de Sabine, jouer et bavarder avec ma fille.

Je l'aimais, certes, comment pourrait-on ne pas aimer son enfant ? Tout en écoutant ses babillages, je ressentais pourtant un vague soupçon. J'avais l'impression désagréable de jouer un rôle dans une comédie écrite par un auteur anonyme. Je me dédoublais, je me voyais courbé au-dessus de Sabine, je m'entendais dire des niaiseries. J'avais une fille comme je possédais un appartement, une voiture, une maison dans le Pays basque. J'en retirais d'indiscutables satisfactions. À mon âge, dans ma situation, on doit avoir des enfants pour lesquels, naturellement, on se dévoue ; qu'on admire et qu'on exhibe. Je ne coïncidais pas tout à fait avec ces obligations, et ce décalage ravivait mon malaise. Quand donc étais-je pleinement moi-même ?

Pour dissiper ma gêne, je me dépêchais d'embrasser ma fille, de rire avec elle.

Tout était dans l'ordre, sauf que cet ordre, je n'étais pas certain de l'avoir voulu.

En sortant de chez moi, je marchais jusqu'au kiosque à journaux, à l'angle de la rue Saint-Antoine et de la place de la Bastille, où je raflais quotidiens et magazines, mes instruments de travail. Je m'installais à la terrasse d'un café et feuilletais la presse en buvant une orange pressée. C'était un moment de détente et de réflexion puisque par cette lecture des journaux je découvrais les dossiers dont j'aurais à m'occuper – notamment en dépouillant *Le Canard enchaîné*, le mieux informé.

Un coup d'œil au titre du *Figaro* me suffit ce jour-là pour mesurer l'ampleur du scandale : la direction du groupe Bernottin venait d'annoncer simultanément le licenciement de huit cents personnes et des bénéfices records pour l'année. Ce n'était pas, je le savais, une provocation, rien que l'inconscience dans laquelle nous baignions et à laquelle j'avais fini par m'habituer sans tout à fait m'y résigner.

Les réactions des syndicats et des partis de gauche étaient prévisibles ; les chefs de l'opposition dénonçaient l'immoralité de la mondialisation qui, par pans entiers, déchirait le tissu industriel de la France. Accusant les fonds de pension américains d'être, par leur exigence d'une rentabilité à court terme, responsables du désastre, ils mettaient en cause le gouvernement, rhétorique qui leur évitait d'avoir à analyser une évolution qu'ils ne maîtrisaient pas mieux que leurs adversaires.

Depuis des années j'observais ce ballet, les deux camps agitant les bras à tour de rôle, au gré des alternances. Chacun se contentait d'accuser l'autre. Peut-être l'évolution nous échappait-elle ? Peut-être étions-nous incapables de comprendre ces forces qui laissaient nos sociétés à la dérive ?

En étudiant les articles consacrés à l'affaire, en soulignant au crayon des passages des principaux éditoriaux, je songeais que ceux que les journalistes vilipendaient, ces chefs d'entreprise que je côtoyais chaque jour, je songeais que les éditorialistes auraient été surpris d'en découvrir la bêtise et la fatuité.

Les ténors de la gauche imaginaient des hommes machiavéliques, obsédés par l'idée d'exploiter les travailleurs, mus par la volonté sournoise de créer de la flexibilité, c'est-à-dire du chômage ; c'étaient en réalité des esprits vaniteux et médiocres, abandonnés aux théories fumeuses du management et du marketing.

Tel un train lancé à grande vitesse, la machine financière roulait toute seule. Nul ne savait où elle filait, vers quelle destination. Il n'y avait personne dans la cabine, et les décideurs, quand on les rencontrait, se contentaient d'évoquer les aiguillages, les obstacles à contourner, les embouteillages à éviter. Les plus intelligents, les Scandinaves, réussissaient à réguler le trafic, à prévenir les accidents, assurant aux voyageurs un déplacement paisible. Les moins doués, souvent des Français, criaient qu'il fallait interrompre le trafic, casser les nouvelles locomotives, en revenir au charbon et à la vapeur.

La vérité est que les trajets ne se préparaient plus ni dans les usines ni dans les bureaux, mais à la Bourse.

Entre consommateurs et marchands, il existait un accord tacite, véritable pacte liant toutes les parties : acheter au meilleur prix sans regarder les conditions de la production – entente qui rendait illusoires et vaguement ridicules les déclamations et protestations. Personne n'envisageait sérieusement d'arrêter le convoi pour la bonne raison que personne n'osait envisager les conséquences, probablement catastrophiques. Certes, le choc finirait par se produire, chacun le prévoyait : il ne s'agissait que de retarder l'échéance en accélérant le mouvement.

Alors qu'une partie de mon cerveau dévidait ces réflexions désabusées, une autre, celle du directeur général d'Agi Média, fonçait elle aussi à toute vitesse, imaginant les moyens d'obtenir un marché qui s'annonçait non seulement « juteux », pour reprendre le mot de Bernard, mais surtout prestigieux.

Bernottin n'était pas une entreprise comme les autres, c'était, ainsi que le répétaient les éditorialistes de toute la presse, un des derniers « fleurons de l'industrie française », datant du Second Empire, une marque connue du grand public sur plusieurs générations. Son Berni, petit gnome rondouillard et rigolard, ornait les murs de nos villes depuis plus d'un siècle. Du grand-père à l'adolescent, les familles avaient grandi avec ce nain qui brandissait le pic du mineur, rappelant à tous la houille, la sidérurgie, plus tard la mécanique de haute précision, une aventure industrielle ayant suivi toutes les évolutions, épousé toutes les innovations. Autant qu'à la grosse industrie, Bernottin appartenait au patrimoine national.

Dans l'esprit du public, Bernottin, c'était aussi une

saga familiale, cinq générations enracinées dans le catholicisme social, avec ses cités ouvrières, ses syndicats chrétiens strictement encadrés, sa police des bonnes mœurs, ses écoles et ses camps de vacances. On naissait, on mourait Bernottin.

Chacun connaissait le visage maigre et triste des héritiers, leur apparence fade, leur air de respectabilité et de componction ; dans les magazines, on montrait (rarement, car la réserve des Bernottin frôlait la paranoïa) leurs maisons revêches, leurs voitures anonymes ; on les photographiait à la sortie de la messe, devant l'église du village, flanqués de leurs épouses et de leurs enfants, tous également ternes, vêtus avec une élégance provinciale.

Dans la société d'internet et du téléphone portable, la dynastie symbolisait une France d'un autre siècle, immuable, ancrée dans ses traditions. Ni Antoine ni Maxime, tous deux ingénieurs des Mines, arrière-arrière-petits-fils des fondateurs de la marque, n'avaient jamais quitté la région de Nancy ; les échotiers de la presse *people* rapportaient qu'ils n'avaient pas non plus passé leurs étés ailleurs que dans la propriété de Bretagne, une bâtisse de granit cachée dans l'arrière-pays de Douarnenez. Ancré dans le port, leur voilier affichait la modestie hautaine des familles patriciennes que toute ostentation offusque.

Au sein des organisations patronales, leur place, pourtant éminente, semblait excentrique, les Bernottin refusant d'être confondus avec ces nouveaux entrepreneurs qui, après avoir bâti leur fortune avec l'argent de l'État, condamnaient l'interventionnisme de la puissance publique. Tirant orgueil de leur qualité d'héritiers légitimes, ils affichaient la fierté d'avoir su défendre et préserver le capital familial contre vents et marées, sauvegardant leur indépendance. Citadelle que tous croyaient imprenable, les usines du groupe Bernottin se dressaient avec arrogance au-dessus des paysages lorrains.

La chute de cette forteresse, minée de l'intérieur par les taupes du management moderne, prenait une valeur symbolique : c'était la fin annoncée de la vieille industrie du XIXe siècle. Sans doute convaincus par les jeunes cadres qu'il fallait, pour assurer l'expansion du groupe, des apports financiers importants, les frères Bernottin avaient accepté d'ouvrir leur capital à des groupes étrangers, signant là leur arrêt de mort. Le scandale reflétait cette réalité triviale : les investisseurs exigeaient désormais de toucher des dividendes, ce qui se traduisait par une « restructuration » et une modernisation de l'appareil productif.

Antoine et Maxime n'avaient probablement pas mesuré l'effet dévastateur de leur double annonce. En publiant le chiffre des bénéfices enregistrés par leur groupe en même temps que celui des ouvriers licenciés, ils avaient l'air de défier l'opinion publique. Dans les journaux télévisés, les experts économiques dévidaient leurs ratiocinations ; le gouvernement multipliait les déclarations creuses, chaque ministre y allant de son couplet martial.

Connaissant un peu les usines lorraines du groupe, ayant respiré l'atmosphère compassée des bureaux de la direction, je prévoyais les réticences des Bernottin à solliciter les conseils de l'Agence Provalis. Rien ne serait dit, pas même suggéré ; je me heurterais à un silence éloquent, agrémenté d'un sourire furtif : Bernard, notre président, était juif ; juifs aussi, nos administrateurs. Sans être antisémites, les Bernottin appartenaient au catholicisme le plus traditionnel. On n'y déteste pas les Juifs, on se contente de les ignorer.

Il suffisait de regarder les deux frères à la sortie de l'église : leurs figures éteintes disaient assez leur éloignement des nouveautés du concile. Tenants de l'orthodoxie, ils restaient fidèles au latin de leur enfance, à l'austère beauté du chant grégorien et aux pompes de la liturgie. Provalis ne faisait tout simplement pas partie de leur monde.

J'imaginais Bernard dans leur bureau lambrissé de chêne blond avec, sur les murs, les portraits des ancêtres ; avec, surtout, ce silence d'un puritanisme lorrain ; je voyais leurs yeux pâles fixés sur mon président... Avec ses bagues et ses bracelets, avec ses costumes tapageurs, parlant d'une voix trop forte, agitant ses mains, soufflant et transpirant, Bernard aurait l'air d'un éléphant marin dans un boudoir Louis XV.

Il fallait à tout prix éviter l'incident. Ouvrant mon portable, je composai son numéro :

« Bernard ? Tu as lu ?

– J'attendais ton appel. Il faut absolument qu'on se parle. Cette affaire ne doit sous aucun prétexte nous échapper, quitte à perdre de l'argent. Notre offre doit être la plus alléchante... Tu m'entends ?

– Je t'entends, oui. Je serai là dans une demi-heure, je saute dans un taxi. En attendant, je me permets de te donner un conseil.

– Lequel ? aboya-t-il. Il n'y a pas une minute à

perdre. Tous nos concurrents sont sur la brèche, je me suis renseigné.

– Ne bouge surtout pas. Ne fais aucune offre. Reste immobile.

– Pour que l'affaire nous passe sous le nez ? Je me demande ce que tu as dans le crâne.

– J'ai les Bernottin. Tout mouvement intempestif risque de les effaroucher. Il faut paraître indifférent, garder son sang-froid.

– Tu as une idée ? Tu connais quelqu'un ? »

J'entendais bouillonner son cerveau. Je pouvais suivre sa pensée fonçant à la vitesse de la lumière.

« Un ancien copain du collège d'Amiens, il dirige la communication du groupe.

– Tu peux le toucher directement ? Tu as de bons rapports avec lui ?

– Assez, oui. Il m'écoutera.

– Et que vas-tu lui dire, si ce n'est pas indiscret ? »

Fin, malgré sa corpulence et ses manières frustes, Bernard avait parfaitement saisi mes sous-entendus. Je devinais son irritation, mais également sa subtilité. Le Juif se sentait froissé, le président de Provalis étudiait la meilleure stratégie à adopter.

« Je pense lui dire que nous ne sommes pas très chauds pour aller au charbon, car l'affaire se présente mal, difficile à défendre devant l'opinion. »

Il y eut un silence.

« Tu sais que c'est pas bête, ton truc ! Je vais adopter ta tactique et prendre un air désolé devant tous nos concurrents. De ton côté, tu avances tes pions... Bernottin ! Tu te rends compte de ce que ça signifie pour nous, un machin pareil ? Rien qu'en pub, nous crèverions le plafond. Je te fais confiance, petit. Moi, je ne bouge pas. Entendu comme ça ? »

Dix minutes plus tard, je parlais avec Richard Garaud, mon camarade de pension. Saisissant le prétexte d'une déclaration maladroite qu'il avait faite au *Figaro,* je lui conseillai, à titre purement amical, la prudence. Bien entendu, je me gardai bien de faire la moindre offre, me contentant de le mettre en garde. Comment la direction du groupe avait-elle pu commettre une pareille bourde ? feignis-je de m'étonner. L'affaire était mal partie ; c'était, dans tous les milieux, le branle-bas de combat, l'union sacrée des révolutionnaires de salon.

Je ne gardais pas de Richard le souvenir d'une intelligence foudroyante ; j'en eus vite confirmation. Mordant à l'hameçon, il me demanda d'une voix abattue :

« Toi, comment ferais-tu pour parer le coup ?

– Trop tard. La moindre erreur de tactique ajouterait au scandale. Il faudrait beaucoup de temps pour redresser l'image, des appuis dans la presse, une campagne de communication subtile. Je ne me sens vraiment pas en situation de réussir. Je le regrette pour toi. C'est un véritable gâchis. »

Assommé par mon diagnostic, Richard se taisait.

« Tu accepterais de rencontrer les patrons ? »

Je marquai une hésitation : ni trop ni trop peu, me répétais-je, tentant de maîtriser mon impatience.

« Que veux-tu que je leur dise ?

– Je suis sûr qu'ils seraient contents de parler avec toi. Nous sommes assaillis de propositions, mais toi...

– Provalis n'est pas tout à fait le genre de la maison.

– Ils ne traiteraient peut-être pas avec Provalis, mais avec Agi Média... Tu as fait tes études chez les jèzes, ça compte à leurs yeux.

– Je veux bien les rencontrer pour te faire plaisir, mais sans illusions. Je les vois mal acceptant des conseils en communication.

– Tu sais, Salvador, on se fait des tas d'idées sur leur compte. Ce sont des hommes modestes, intelligents. Cette affaire les bouleverse. La presse les traîne dans la boue. En réalité, ils ont agi pour sauver l'entreprise.

– Tu défends bien leur cause. Je pense que c'est par là qu'il conviendrait d'attaquer.

– Tu crois vraiment ? demanda-t-il d'un ton flatté. Écoute, Salvador, viens en Lorraine. Fais-le pour moi. Je vais leur demander de te recevoir.

– Entendu. Nous dînerons ensemble, nous évoquerons le bahut.

– Merci. Dès que j'ai la date du rendez-vous, je t'appelle. »

Une minute plus tard, j'entendais Bernard souffler dans l'appareil.

« C'est énorme, balbutiait-il. Fan-tas-tique !

– Bien entendu, tu ne sais rien.

– Tu me prends pour un con ? Je n'arrête pas de gémir. Rapplique vite. Il faut monter un dossier solide. Tu vois quelqu'un dans la presse pour nous filer un coup de main ?

– J'ai ma petite idée. Un ancien trotskiste. Un reportage sur les Bernottin le remettrait en selle. C'est un sujet vendeur, idéologiquement correct : la défense de la production contre les prédateurs de la finance internationale.

– Et à la télé ?

– Ce sera plus simple. Il faut se tourner vers le privé.

– Je t'attends. »

XII

Ainsi que nous le faisions une fois par mois environ, nous déjeunions, Frédéric et moi, dans un excellent chinois à deux pas du rond-point des Champs-Élysées. Rendez-vous du Tout-Paris des affaires, du show-biz et de la politique, la salle était comble, mais ma table était toujours réservée face à la porte d'entrée, situation stratégique permettant de saluer les habitués, de serrer quelques mains. On venait au Dragon Rouge autant pour être vu que pour y manger.

« Bien entendu, tu t'occupes de l'affaire Bernottin. »

Une simple constatation formulée d'une voix neutre.

Mme Song venait d'apporter les entrées, rouleaux printaniers pour mon ami, beignets de crevettes pour moi. Elle versait un peu de rosé dans mon verre et j'acquiesçais de la tête, adressant un sourire à la propriétaire.

« Pourquoi dis-tu ça ?

– Quand tes lèvres se pincent et que tes prunelles s'obscurcissent, c'est que tu es tendu.

– Rien n'est encore joué. Toutes les agences sont sur le coup.

– Excellent, le vin.

– Le rosé n'est pas un vin, tout juste une boisson.

– J'imagine que tu as fait jouer ton carnet d'adresses ? dit-il en reposant son verre.

– Je tente ma chance. Sans trop d'espoir. C'est un énorme morceau.

– Une affaire pareille fera de ta société l'une des majors de la com ?

– Naturellement, tu désapprouves ?

– Je ne trouve pas les Bernottin pires que les autres requins de la place. Pas meilleurs non plus.

– Ils durent depuis plus longtemps.

– C'est un argument ?

– Ils sont français, lorrains.

– Tu donnes dans le chauvinisme néostalinien, maintenant ?

– Entre les financiers de Wall Street et les ingénieurs de Nancy, on a le droit d'hésiter, non ?

– Je ne saisis pas bien la différence. Tout le monde se focalise sur l'annonce des licenciements. Ça fait belle lurette que les Bernottin délocalisent la production. Il y a deux ans, ils inauguraient deux usines en Chine ; l'an dernier, une autre au Brésil. Il n'y pas que les retraités de Floride pour dévaster la Lorraine.

– Tu tiens ça d'où ?

– Il m'arrive de lire la presse internationale, figure-toi : les journaux suisses en ont abondamment parlé... Si tu te mêles de vouloir rectifier leur image, l'information sortira, tu paries combien ? »

Je l'observais à la dérobée : la figure défaite, deux longues rides au coin des lèvres, des cernes profonds sous les yeux. Il devait avoir mon âge, peut-être un an de plus, il avait l'air d'en avoir cinquante. Une sexualité obsessionnelle le vidait petit à petit de toute son énergie. En arrivant au restaurant, il ne m'avait parlé que de ses partouzes, d'une monotonie sinistre.

Malgré son usure, Frédéric portait beau, habillé avec une élégance décalée : costumes des années 60 coupés dans les meilleurs tissus, nœud papillon, pochette assortie. Personnage d'une époque révolue, il fumait non sans ostentation, tenant sa cigarette entre l'index et le médius, rejetant avec lenteur la fumée, secouant sa cendre avec une nonchalance affectée. Refusant ce qu'il appelait la « dictature hygiéniste », il avait l'air de lancer un défi à tous les procureurs antitabagisme. Vivant de ses rentes avec une insolence crâne, il ne laissait pas passer une occasion d'afficher son dégoût du monde moderne, dandysme qui le rendait antipathique à beaucoup.

Cynique et désabusé, avec ce fond de mélancolie qui ternissait ses yeux délavés, il n'avait pas changé depuis Franklin.

« Je sais que l'information sortira, finis-je par lâcher alors que Mme Song disposait sur la nappe la suite du repas.

– Tu comptes devancer les journalistes, je présume ?

– Je n'ai pas le choix, si c'est bien moi qui écope du bébé.

– Tu l'auras, ton affaire. Tu es le plus malin.

– Je croise les doigts.

– Tu fais là un drôle de métier.

– Ce n'est pas un métier, c'est le monde tel qu'il

est. Je ne peux pas le changer, même si je le voulais. Il n'existe plus rien que l'image.

– Pour les ouvriers licenciés qui appartenaient corps et âme à Bernottin, je me demande quelle est au juste leur image. Tu vas me dire : ils n'existent pas, puisqu'on ne les voit pas.

– Avec chaque mutation technologique...

– Les métiers Jacquard, je connais le refrain, et l'imprimerie, la machine à vapeur. Tu oublies un détail : cette fois, il n'y a rien. Ce qui s'appelle rien ! murmura-t-il en me fixant et en appuyant sur le mot “rien”. À moins que tu ne tiennes l'argent pour une innovation ?

– Je t'en prie, Frédéric, les hommes n'ont jamais mieux vécu. C'est indigne de toi ! Je pourrais d'ailleurs te citer dix, trente inventions récentes qui ont bouleversé nos sociétés, d'internet au téléphone portable. Tu as toujours été fâché avec la modernité.

– Ce mot-là, modernité, a quelque chose d'obscène. »

Grimaçant un sourire, il se pencha sur son assiette, puis saisit son verre, but une gorgée.

« Si c'est ce que tu penses, tu es le plus heureux des hommes. Moi, ça ne me suffit pas, murmura-t-il.

– Et tu fais quoi, pour changer les choses ?

– Je baise, je picole, je fume du tabac et des pétards. J'abrège.

– Tu n'es pas sérieux. Tu peux vivre à ta guise parce que tu as hérité de ta mère et que...

– Je suis un privilégié, ne te fatigue pas. Il y a certains privilèges qui assomment... Je suppose que Faby tente de glisser son pied dans le dossier ? » laissa-t-il ensuite tomber d'un ton narquois.

Il n'avait jamais aimé Faby, qu'il tenait pour une intrigante. D'habitude, nous évitions le sujet. Une fois encore, sa lucidité me surprenait. C'est d'ailleurs cette perspicacité qui, depuis tant d'années, m'attachait à Frédéric. Plus il semblait distant, indifférent, blasé, plus on était frappé par l'acuité de son regard.

Deux semaines avaient passé depuis ma conversation avec Richard Garaud. Aucune nouvelle.

De jour en jour la fièvre montait au dernier étage de l'immeuble Provalis. D'une humeur exécrable, Bernard harcelait ses collaborateurs, appelait à tout bout de champ ses assistantes, défaisait sa braguette, arpentait les couloirs, tempêtait et fulminait, téléphonait sans répit.

Dans la grande salle des conférences, les réunions succédaient aux réunions. Sur le grand écran panoramique, on projetait dix fois les mêmes images d'Antoine et de Maxime ; on écoutait les rares interviews qu'ils avaient accordées aux journalistes régionaux ; on assistait aux mariages des deux frères, aux baptêmes de leurs enfants, deux pour Antoine, autant pour Maxime, comme si, même dans la paternité, ils s'étaient mis d'accord ; on scrutait les façades de leurs maisons, on les voyait embarquer sur leur voilier, marchant l'un derrière l'autre. « C'est un roman de Simenon ! » s'était écrié Jules, le directeur financier, remarque saluée par des rires. On s'interrogeait : avaient-ils une existence cachée ? des maîtresses ? des vices ? Quels secrets leurs figures énigmatiques cachaient-elles ? Dans tous les bureaux, on glanait des informations ; on épluchait le dossier de presse ; on étudiait l'histoire des usines Bernottin depuis leur fondation, en 1857 ; on dépouillait l'énorme biographie des fondateurs éditée par Gallimard ; on pondait des notes et des rapports que, bien entendu, personne ne lisait.

Chaque matin, Bernard présidait un *brainstorming* ; chacun y allait d'une formule percutante, d'un mot biscornu censé évoquer, dans l'esprit du public, l'existence d'un vaste continent immergé : le secret de ces figures énigmatiques.

Dans cette agitation où la nervosité le disputait à l'impatience, Faby se distinguait par une volubilité fébrile, pérorant dans un jargon truffé de mots empruntés à la psychanalyse. Bien entendu, les frères Bernottin étaient des névrosés, sans doute des paranoïaques ; elle évoquait leur éducation sévère, la dureté de leur père, la figure de leur oncle, Laurent Bernottin, arrêté par la police allemande en 1942, mort du typhus à Buchenwald en 1944, héros de la Résistance qui avait lavé son frère et ses neveux du soupçon de collaboration économique. N'était-ce pas, demandait-elle avec conviction, dans l'ombre de ce martyr qu'il fallait chercher la source de la culpabilité qui rongeait les deux neveux ?

De l'autre côté de la table, je faisais semblant de consulter mes notes pour éviter de la regarder. Habitué à ses interventions prolixes, je savais gré à Bernard de feindre de l'écouter, ponctuant ses formules de hochements de tête approbateurs. Il ne voulait pas me froisser en montrant le fond de sa pensée, que je lisais dans ses yeux et dans les imperceptibles sourires qu'il m'adressait lorsque nos regards se croisaient.

« Très intéressant, Faby. Il me semble que, grâce à vous, nous commençons à mieux comprendre la psychologie des personnages. »

Rougissant de plaisir, Faby repliait ses papiers, baissait le front. Incapable de douter d'elle-même, elle ne flairait pas l'ironie du compliment. L'idée qu'on pût la juger candide n'effleurait pas son esprit bardé de certitudes. Je n'essayais pas de la détromper. La publicité était sa religion. On ne réfute pas les dogmes.

Bernard n'ignorait pas que ces réunions et ces visionnages ne servaient strictement à rien, que ses collaborateurs brassaient du vent, se grisaient de termes extravagants puisés dans les manuels anglo-saxons de marketing et de merchandising. Cachant à peine son ennui, il réunissait ses cadres pour tromper son attente en se donnant l'illusion que nous faisions quelque chose.

Alors que nous rassemblions nos documents, Jules décocha soudain une flèche qui me visait explicitement :

« On parle de l'austérité de ces types, de leur morale étroite, et on adopte une stratégie tordue qui risque de les vexer. Je suis né dans une famille catholique de province, je sais comment on y réagit à des manœuvres pas très claires. Je crois que nous nous fichons le doigt dans l'œil. »

D'à peu près mon âge, mince et fluet, toujours habillé à la dernière mode, parlant d'une petite voix sèche et pincée, Jules me détestait. Nous n'étions pas en concurrence, de par ma position je ne lui portais aucun ombrage. Peut-être s'agissait-il d'une de ces antipathies aussi violentes qu'instinctives ? Mon air d'indifférence affectée, mes provocations, qu'il prenait pour du cynisme, mes réussites obtenues avec une apparente nonchalance, tout chez moi lui déplaisait.

Pour Frédéric qui l'avait rencontré plusieurs fois, la cause était entendue :

« C'est un homo refoulé, les pires !

– Il est marié, père de deux enfants.

– Non, mais tu vis sur quelle planète ? Il n'y a qu'à l'écouter parler, qu'à observer ses petits airs étriqués. Ce type étouffe dans son personnage fabriqué.

– Quand bien même tu aurais raison, ça n'explique pas son animosité.

– Tu es impayable ! Tu lui plais, donc il te déteste. C'est simple, non ?

– Pas vraiment, mais je crois comprendre ce que tu dis.

– À seize ans, j'avais le béguin pour toi, j'aurais pu te haïr.

– J'étais puceau, je me sentais idiot.

– Raison de plus pour te détester. »

Après la sortie de Jules, il y eut un silence ; autour de la table, tous les regards se tournèrent vers moi ; feignant de n'avoir rien entendu, je continuai mes gribouillages.

Du coin de l'œil, je vis Bernard se déployer lentement, redresser sa taille, appuyer ses coudes sur la table :

« C'est moi qui ai encouragé Salvador à poursuivre dans cette voie. Sa stratégie est la mienne, est-ce clair ? »

Mon regard croisa celui de Bernard qui se levait, écartant son fauteuil.

On n'aurait pu imaginer deux personnes plus dissemblables au physique comme au moral, pourtant il existait entre mon président et moi une entente complice.

Un esprit subtil se cachait derrière sa carapace de graisse et sa vulgarité affichée. Saisissant en une seconde toutes les facettes d'un problème, son cerveau fonctionnait avec la précision d'un mécanisme d'horlogerie. On devinait par ailleurs chez lui un mépris teinté de mélancolie : il ne se faisait aucune illusion sur personne.

« Tu ne l'aimes décidément pas, Faby, dis-je à Frédéric en finissant mes beignets aux pommes.

– Je devrais mentir pour garder ton amitié ?

– Non, j'aime ta franchise. Seulement... tu la connais mal. C'est une chic fille.

– Ce n'est pas le terme que je choisirais.

– Tu as des raisons de la détester ?

– C'est une péronnelle de la pire espèce, pardon pour le mot érudit.

– Elle parle beaucoup, je te l'accorde.

– Oh, parler, parler... Tout le monde jacasse. Elle ne doute jamais, tu comprends ? Je ne supporte pas les gens sûrs d'eux-mêmes. »

Nous quittâmes le restaurant, marchâmes jusqu'au rond-point, nous serrâmes la main.

« Sans rancune ? murmura Frédéric en m'adressant un sourire que je reconnus aussitôt, le même qu'il arborait à quinze ans, désabusé, vaguement morose.

– On s'appelle », dis-je en me glissant dans un taxi et en lui adressant un signe de la main.

Je le regardai marcher vers les Champs-Élysées, légèrement voûté.

XIII

Dans les bureaux de Provalis, la fièvre était retombée. Chacun feignait d'avoir oublié l'affaire Bernottin alors que tous y pensaient, les uns pour se réjouir de ce qu'ils pensaient être mon échec, les autres pour s'inquiéter de ce silence. Même Bernard se taisait, m'adressant, lorsque nous nous croisions dans les couloirs, un léger signe de tête accompagné d'un regard incisif. « Que se passe-t-il ? » me demandaient ses yeux gris. C'était aussi la question qui me taraudait.

Le soir, dans notre loft, Faby m'assommait de ses récriminations. Je ne la tenais au courant de rien, je m'enfermais dans le silence, je ne tenais aucun compte de ses avis et suggestions. Si elle avait été un homme, nous aurions discuté de l'affaire, mais, femme, elle ne méritait pas la moindre attention. Il y avait chez moi un réel fond de machisme. Avec Frédéric je me confiais, j'acceptais de discuter. Pourquoi ? Parce que c'était un copain, un homme.

Du même ton aigre, le réquisitoire se poursuivait jusqu'au dîner.

Cependant qu'elle s'occupait de Sabine, lui faisait prendre son bain, l'habillait pour la nuit, lui posait mille questions, je restais assis dans mon fauteuil Knoll à écouter ses griefs d'une oreille distraite tout en sirotant mon whisky. De temps à autre, je marmonnais une molle protestation : mais si, si, j'écoutais ses avis, j'en tenais compte.

Nous abordions l'un de ces caps dangereux du mariage, la cinquième année. Les routines émoussaient le désir et Faby se plaignait de mon apathie, me soupçonnant de chercher ailleurs des compensations. Ce n'était pas faux, pas non plus nouveau. Elle-même avait une liaison avec l'un des cadres du groupe, un dénommé Jérôme.

En se prolongeant, l'attente me plongeait dans un état d'insidieuse inquiétude. Je réussissais à paraître calme, indifférent, alors que, jour après jour, je sentais la nervosité me gagner. Peut-être ce flegme apparent irritait-il Faby comme il énervait Jules ? Pour apaiser mon impatience, je buvais un peu plus que d'habitude, ce qui fournissait à Faby un nouveau prétexte à récriminer.

« Tu deviens alcoolique, disait-elle d'un ton grave. Tu devrais peut-être consulter. Avant, tu buvais pour te détendre ; maintenant, tu bois par besoin. Ça s'appelle l'accoutumance. C'est pour ça aussi que tu ne bandes plus.

– Rassure-toi, je ne suis pas impuissant.

– Ravie de l'apprendre ! J'aurais des raisons de penser le contraire.

– Je ne te demande pas si Jérôme baise bien.

– En tout cas, il baise, lui.

– J'en suis ravi pour toi.

– Tu crois que cette situation peut durer ?

– Je me sens vidé, j'ai besoin de calme.

– Tu ne t'occupes même pas de Sabine. Avant, tu jouais avec elle, tu lui parlais, lui lisais des contes. Tu crois qu'elle ne s'aperçoit pas du changement ? Pour se développer normalement, les enfants ont besoin de l'attention *psychologique* du père. Dolto insiste sur ce point.

– Tu veux que je te dise ? J'emmerde Dolto !

– C'est charmant ! Tu te fiches aussi de Sabine ?

– Je t'en prie, Faby, je n'apprécie pas ce genre de conversation.

– Vous êtes bien tous les mêmes, les hommes ! Dès que quelque chose vous gêne, vous prenez la tangente. Il y a là une forme de lâcheté spécifiquement masculine. Lacan...

– Lacan ! Tu me donnes envie de relire Dumas père. »

La dispute finissait au lit, le sexe étant, selon Frédéric, le meilleur moyen de relâcher les tensions. Nous faisions l'amour avec une brutalité rageuse, sans véritable conviction. Nous en sortions détendus, mais guère apaisés. Une trêve, un court répit avant le prochain orage.

Ayant prouvé que l'alcool ne m'avait pas châtré, je pouvais retourner dans la grande pièce pour siroter un autre whisky.

Somnolant dans mon fauteuil, écoutant les différentes versions des *Variations Goldberg*, il m'arrivait de passer une nuit blanche, bercé par le bruit de la pluie sur la verrière.

Faby n'avait pas tort de dire que j'avais maintenant besoin de ma dose de whisky. Cela faisait des années que j'avalais quelques verres de trop. J'avais franchi un seuil. Comme je n'étais jamais ivre, tout juste imbibé, que personne ne s'apercevait de mon état, je pouvais nier l'évidence. Du reste, tous mes collègues buvaient, quand ils ne sniffaient pas. Sans qu'il fût possible d'accuser la direction, une pression sournoise s'exerçait sur chacun de nous. Bernard lui-même abusait de l'alcool. Il y avait dans l'air une fébrilité malsaine. Personne n'exigeait vraiment des résultats, mais nous gardions un œil sur les bilans et les courbes de croissance. Les actionnaires n'avaient même pas à se plaindre : nous connaissions les impératifs.

Les jours, les semaines, les mois et les années filaient, et je me demandais parfois : était-ce cela, vivre ? Toujours en proie à cet indéfinissable malaise, je pensais à Véra dans sa maison de retraite. À quoi occupait-elle ses jours ? Que pensait-elle de cette course insensée ? Parvenait-elle à rattacher notre société hagarde à la lenteur paisible de sa jeunesse ? S'inquiétait-elle pour nous ? J'aurais aimé connaître son sentiment. Je savais pourtant qu'elle se contenterait de me faire une réponse évasive, accompagnée d'un doux sourire. Depuis l'adolescence, j'attendais qu'elle se départe de sa réserve, me dise un mot, mais lequel ? Avec une sourde irritation, j'espérais qu'elle dissiperait ce malaise qui, au fil des ans, allait en s'aggravant sans que j'en saisisse la cause.

En arrivant le matin à mon bureau, ma secrétaire me tendit sans un mot le télégramme : « Rendez-vous fixé mercredi 7 novembre à 16 heures. T'attendrai à la gare de Nancy. Amitiés, Richard. »

Une secousse électrique parcourut tout mon corps. Surpris par la joie frénétique dont je me sentais envahi, je relus le message. Je restais debout, incapable du moindre mouvement. Toujours dédoublé, je m'interrogeais : n'était-il pas absurde de se réjouir d'une affaire qui ne me concernait pas directement ? Étais-je devenu ma fonction ?

Colette, la secrétaire, m'observait avec un sourire complice.

« Il vous attend », chuchota-t-elle en montrant de la tête la porte directoriale.

Lui rendant son sourire, je marchai jusqu'au bureau de Bernard qui, ayant suspendu sa veste au dos de son fauteuil, arpentait la pièce en bras de chemise, de la terrasse au bar, du comptoir en acajou à son bureau. En m'apercevant, il écarta les bras.

« Le jour J est arrivé ! s'écria-t-il. Je dois t'avouer que je n'y croyais plus.

– Moi non plus.

– Pourquoi ces connards ont-ils mis trois semaines à se décider ? S'ils pensaient que l'affaire allait se tasser, ils se gourent. Tu as lu *Libé* ?

– Ils ne racontent rien de neuf. *Le Figaro* dit la même chose.

– Remarque, tous des hypocrites. Alors qu'ils ne cessent de vanter la mondialisation, ils prennent des airs indignés. Quelle bande de tartuffes !

– La période est creuse, ils noircissent du papier.

– Les plus faux-culs sont les anciens soixante-huitards. Devenus des libéraux, ils succombent à de brusques accès de gauchisme infantile. »

Il se tut soudain, l'air de réfléchir :

« Merde, mais qu'est-ce qu'ils ont dans le crâne, ces Bernottin ! Tu as une idée de la manière dont tu vas attaquer ?

– J'ai préparé un argumentaire solide, rédigé dans le style faux-jeton. La morale, la responsabilité...

– Bien, très bien, je te fais confiance, Salvador. »

Il se rassit derrière le bureau, fit pivoter son siège, regarda la terrasse.

« Bien entendu, tu as carte blanche. N'hésite pas à diminuer nos conditions. Il faut que nous décrochions ce marché, tu m'entends ?

– Le contrat est prêt, je l'emporte avec moi. J'ai durci les clauses financières. »

La lueur grise de ses yeux me transperça.

« Tu crois ? demanda-t-il.

– Si nous baissons, ils penseront qu'ils nous intimident. Ce sont eux qui sont dans la merde, pas nous. Ils ont besoin de nous.

– Tu es malin, toi. Tu pourrais être juif.

– J'ai beaucoup de sang juif.

– C'est vrai, je l'oublie toujours. C'est sans doute pour ça que nous nous entendons si bien. Tu m'appelles à n'importe quelle heure, même en pleine nuit. Je resterai avec Sarah. Ça fait je ne sais combien de temps que nous n'avons pas baisé. Elle sera contente... Et toi, avec Faby, ça va ? »

Rien ne lui échappait.

« Il paraît que je ne l'écoute pas assez.

– Toutes les mêmes, ces gonzesses ! Il faudrait en plus qu'on les écoute. La psychanalyse, le dialogue : j'en ai marre de toutes ces salades !... Tu penses t'en tirer ? demanda-t-il d'une voix presque timide.

– Avec les Bernottin ? Il y a des chances, oui. Ils sont paumés. Ils font ce qu'on leur dit. Ils veulent être modernes.

– On leur vendra de la modernité. Je ne te souhaite... rien. Je te dis merde. Je vais attendre ton coup de fil. »

Deux jours plus tard, je me retrouvai sur un quai de la gare de l'Est. Il faisait sombre, une fine bruine se diluait dans l'air ; à onze heures, la lumière était presque crépusculaire. Mes journaux sous le bras, ma serviette de cuir dans l'autre main, je grimpai dans le wagon, gagnai ma place, étalai mes dossiers sur la planchette de mon siège tout en regardant la foule sur le quai. Enfin le train s'ébranla ; pendant que la banlieue défilait, je relus mon argumentaire. Je le connaissais par cœur : huit feuillets dans un style incisif, le maximum qu'un patron puisse lire, avec, de-ci, de-là, une formule percutante destinée à réveiller l'attention. Aucune originalité : les contraintes de la mondialisation, cette réalité incontournable des sociétés modernes, l'obligation, pour ne pas disparaître, de s'ouvrir aux marchés émergents, notamment ceux d'Asie, la nécessité de recueillir des capitaux pour assurer l'expansion. Une rationalisation inéluctable des méthodes de production. Quelques considérations sur la configuration de l'économie nouvelle : l'Europe vouée à l'innovation technologique, les pays asiatiques achetant les anciennes filières industrielles pour assurer le décollage de leurs économies. Enfin quelques brèves considérations morales, glissées furtivement, sur la responsabilité des patrons (j'avais écarté le mot entrepreneurs, inventé par Seillière qui, n'ayant jamais rien entrepris, s'en gargarisait) ; j'étais sûr que les Bernottin devaient dire « patrons », comme ils employaient sans doute toutes sortes de termes démodés.

Levant les yeux, je regardai défiler un paysage de collines molles, de prairies et de bois, sur lequel pesait un ciel bas, chargé de nuages sombres ourlés de blanc. Des troupeaux de vaches dressaient leurs museaux humides. Si elles avaient pu penser, qu'auraient-elles dit de mes élucubrations ? Même la terre, même ces champs gras et noirs semblaient appartenir à un univers lointain, presque oublié.

Refermant mon argumentaire, je m'interrogeai : croyais-je à ces considérations fumeuses ? Oui, en un sens. Elles exprimaient bien la réalité de nos sociétés. En les rédigeant, je n'avais pas eu à me forcer. Vrai aussi que l'ouverture des frontières, la suppression des barrières favorisaient l'expansion économique et la hausse du niveau de vie. D'un autre côté, ces lieux communs me plongeaient dans une mélancolie teintée d'amertume. Je me rappelai la réflexion de Frédéric, au Dragon Rouge : *Tu fais là un drôle de métier*. Était-ce un métier ?

On me payait, et fort bien, pour fabriquer des images avec des hommes de chair et de sang qui, par ailleurs, se voulaient des responsables. Tant que je faisais vendre des chaussures, des aspirateurs, des voitures, la séparation entre l'humanité et les objets me permettait de garder une certaine distance intérieure. Il y avait les choses et il y avait les gens. Je pouvais rester étranger aux premières, préserver mon moi. Mais, depuis la création de la société Agi Média, j'avais le sentiment que ce que j'appelais mon « travail » avait changé de nature. Maintenant, je vendais non des objets, mais des personnalités fantomatiques, réduites à une ou deux formules, à leur apparence, à leur sourire. En réduisant des hommes à des ombres télévisuelles, je jouais avec ce qu'il y a en chacun de plus intime, sa vérité intérieure. En regardant sur mon petit écran les hommes politiques, en les écoutant, je pouvais citer le nom de leur conseiller en communication. Avec une délectation sournoise, je guettais la répétition de la formule qui constituerait leur message simpliste, repris le lendemain par tous les médias. J'examinais également leur apparence : choix du costume, couleur de la cravate, rythme de l'élocution, ponctuation des sourires. Évaluant l'impact de leur prestation, j'appréciais en connaisseur le travail de mes concurrents. Rien n'était laissé au hasard, aucune place à l'improvisation. Même les réactions et les répliques qui semblaient les plus spontanées avaient été longuement étudiées, pesées, répétées. Un théâtre d'ombres où la sincérité des convictions serait, dès le lendemain, évaluée et quantifiée.

Petit à petit, je perdais toutes mes illusions ; je devenais cynique, désabusé. Je regardais mes semblables non plus seulement comme des consommateurs, mais comme des imposteurs et des hypocrites. Une solitude glacée m'envahissait. C'est peut-être pour défaire ce corset que je buvais de plus en plus.

Je faillis ne pas reconnaître Richard, que je n'avais pas revu depuis des années. Je gardais le souvenir d'un jeune homme pâle et blond doté d'un grand nez, d'une bouche mince ; je me trouvais devant un homme rondouillard et chauve qui me souriait avec une gentillesse naïve teintée d'admiration. Ma réussite l'épatait.

Nous nous dirigeâmes vers la voiture, bien entendu une Peugeot noire conduite par un chauffeur entre deux âges, coiffé d'un béret. Je l'aurais parié : une 605 aurait paru trop clinquante aux Bernottin, une 307 trop exiguë ; c'était donc une 407.

« Tu as dû t'impatienter, dit Richard d'une voix paisible.

– Non, pourquoi ?

– Ils ont beaucoup réfléchi avant de se décider. Ils pensent que modifier leur image est une forme de mensonge.

– L'image est un mensonge vrai, lâchai-je distraitement.

– Bien sûr. C'est ce que je leur ai dit et répété. Ils appartiennent à un autre monde, tu comprends. Ils ont des vertus anciennes, parlent un langage démodé : la probité, la sincérité...

– Ce qu'ils ont fait leur paraît honnête ?

– Mais ils ne pouvaient faire autrement ! Le marché intérieur décline, l'Europe même devient un cadre trop étroit. Pour exporter, il faut mobiliser des capitaux faramineux. Ils l'ont fait à contrecœur. Ensuite... tu connais la chanson. Les investisseurs exigent une rentabilité plus haute, une rationalisation.

– Tu dis : “il faut”. Pourquoi faut-il ? »

Je regrettai aussitôt la sécheresse de mon ton. Depuis le départ de Paris, je n’avais bu qu’un mauvais café. L’abstinence me rendait irritable.

Richard me décocha un regard désolé.

« Tu le sais bien, dit-il d’une voix timide. Pour se développer, pour assurer l’expansion du groupe.

– Tu as raison, Richard. Je réfléchissais aux arguments.

– Ce qui leur fait le plus peur, c’est la télévision. Ils ont horreur de s’exhiber en public. Ils se méfient de l’image.

– Ils n’ont pas tort.

– Je leur ai dit que l’image était notre monde, qu’on ne pouvait l’ignorer.

– Tu as bien fait. »

Une fois encore, je pensai à Véra, à son dégoût de la télévision, à ses réquisitoires contre l’image. Flairait-elle cette dérive ?

Nous quittions la ville, roulions dans un paysage de coteaux. Il faisait presque noir. Le paysage était gorgé d’eau, les prés semés d’énormes flaques. Aux fenêtres des fermes isolées, la lumière brillait.

Soudain, nous franchîmes un large portail flanqué d’un énorme Berni qui, brandissant son pic, souriait d’un air espiègle. Coiffé de son casque, le petit bonhomme revenait du fond de mon enfance, quand, avec Léopoldine, nous roulions vers la Bretagne pour les vacances d’été.

Nous traversions maintenant une vaste cité où les

rues se coupaient à angle droit, flanquées de maisons en brique, chacune avec son jardin ouvrier soigneusement entretenu. Dans cette lumière sale, ces habitations parfaitement identiques, ces carrés où poussaient des légumes, ces remises à bois dégageaient une impression désolante. Plusieurs générations, depuis plus d'un siècle, avaient vécu dans ce décor. Tous ces gens avaient aimé, s'étaient mariés, avaient élevé des enfants qui, à leur tour... Quelles illusions, quel rêves pouvaient germer dans cet univers confiné, avec, en arrière-fond, les bâtiments des usines, aussi lugubres que les logements des ouvriers ? En vain tentais-je de me raisonner : ce monde avait jadis représenté un indéniable progrès pour des milliers de femmes et d'hommes chassés de leurs fermes par la misère. Ils avaient trouvé là l'assurance d'un salaire régulier, d'une existence décente, d'une sécurité matérielle durable. Sauvés de la famine, ils se sentaient à l'abri de la maladie, des accidents de la vie. Même leur mort avait été prévue : on apercevait au loin le cimetière.

Des pancartes indiquaient le Centre de formation professionnelle, l'École d'apprentissage, le Centre culturel « Laurent-Bernottin », la Bibliothèque « Charles-Péguy », le Théâtre « Georges-Bernanos », la piscine, le stade, le dispensaire et la « Clinique Pasteur ». Ces réalisations ne parvenaient pas à dissiper ma morosité. Était-ce le temps froid, mouillé de bruine ? Ces figures revêches que j'apercevais ? Ces regards où je croyais lire une obscure rancune ?

Le syndicat maison d'obédience chrétienne, les milices, le flicage, ces méthodes autoritaires dont la biographie des Bernottin parlait avec réticence, cet ordre patronal à la fois inflexible et social me revenaient à la mémoire cependant que, calé au fond de la voiture, je contemplais ce monde clos, d'une accablante monotonie.

De la sentimentalité, bien sûr, et la plus facile. C'était oublier la grandeur de l'aventure, faire fi de l'époque, négliger la réalité de ce pays austère, la Lorraine, avec son culte du travail, son acharnement, son obstination. Des générations d'ingénieurs, de ceux qui avaient bâti cet empire, avaient, avec leurs vertus tristes et cartésiennes, fait une France disparue.

En Russie, dans tous les pays socialistes où je m'étais rendu, j'avais aperçu les mêmes cités sinistres, sauf que le Centre culturel s'appelait « Lénine », la Bibliothèque « Maxime Gorki ». Même désolation dans la Ruhr, à Manchester et à Liverpool : l'implacable organisation de l'ère industrielle avait essaimé dans tout l'Occident. C'était en réalité l'iniquité des conditions sociales qui causait ma tristesse, mais, je ne l'ignorais pas, elle se perpétuait dans notre société, peut-être de manière encore plus sauvage.

Peu de passants dans les rues. Tous tournaient la tête pour nous regarder. Comment, dans cet univers étroit, un secret pouvait-il se garder ? Chacun devait savoir qui j'étais, ce que je venais faire. Derrière les façades de brique, les familles exprimaient sûrement leur mépris pour le « Monsieur de Paris » venu justifier l'horreur, la rendre non seulement acceptable, mais nécessaire. Dans ma tête, j'entendais leurs commentaires. J'étais l'ennemi, le traître, un Judas. Avaient-ils tort ? Mon métier consistait bien à tricher, à vendre sinon du mensonge, à tout le moins de l'imposture.

Soigneusement pesés, mes arguments n'étaient pourtant pas faux ; la décision prise se justifiait peut-être. Je ne proférais aucun mensonge. Mais je n'étais pas assez naïf pour penser que je vendais des raisons : je vendais des consciences. Je leur donnais une apparence de transparence et d'honnêteté. Je les lavais.

XIV

Bordée de grands arbres, la route grimpait la pente d'une colline au sommet de laquelle se dressait une construction en meulière à l'aspect rébarbatif. Un perron à double révolution, coiffé d'une marquise, un garage à droite, et, plus loin, un tennis abandonné, seuls signes d'une puissance qui se cachait. Imposante, la bâtisse à deux étages offrait l'image sinon de la fortune, du moins de l'aisance, mais elle était aussi renfrognée que les maisons ouvrières, écartant toute idée de frivolité.

En descendant de voiture pour gravir les marches, j'eus soudain l'impression de me trouver non dans une usine, mais dans un monastère industriel. Tout le scandale dont j'étudiais depuis trois mois les mécanismes me devenait soudain clair. Ces hommes-là croyaient à leur entreprise comme ils croyaient en Dieu, à l'infaillibilité du pape, à l'Immaculée Conception, à la présence réelle du Christ dans l'eucharistie. Ingénieurs, ils avaient foi dans le progrès, incarné pour eux dans les machines. Peut-être lisaient-ils Teilhard de Chardin et s'imaginaient-ils avoir atteint un degré de l'assomption de l'humanité vers le Christ ?

Je devinais leur désarroi devant un monde qui ne répondait plus aux normes du progrès technique ; un monde entièrement dominé par la finance et la Bourse, où la marchandise devenait un pur fluide circulant d'un continent à l'autre à vitesse accélérée ; où les objets n'avaient plus aucune valeur solide.

La confirmation de cette intuition, je l'eus en voyant les deux frères debout devant la porte d'entrée, plus petits, plus étroits que je ne les avais imaginés, vêtus du même costume gris, de la même chemise d'un bleu pâle, de la même cravate à rayures. Malgré le froid et l'humidité, ils m'attendaient comme le châtelain accueillait jadis ses hôtes. Ponctuels, ils avaient prévu la minute exacte de mon arrivée, me tendaient des mains cléricales, furtives et craintives, ébauchaient un sourire contraint ; d'une voix sourde, ils me posaient des questions sur mon voyage, le temps qu'il faisait à Paris, m'invitaient à les suivre, me proposaient de boire un verre.

D'un gris jaunâtre, leurs rares cheveux laissaient apercevoir un crâne bossué, étroit et haut, d'une vague couleur violacée ; tout, dans leurs figures, paraissait d'ailleurs étrange, presque inquiétant : la pâleur du teint, la minceur des lèvres, les joues émaciées sous un front énorme, la fadeur du regard, la rétraction du sourire ; par-dessus tout, il y avait cette ressemblance qui aurait pu être celle de deux vrais jumeaux, avec les mêmes attitudes, la même façon de se tenir légèrement courbés, une simplicité où se devinait l'orgueil mortifié. Quand bien même ils s'acharnaient à paraître modestes, ces deux-là savaient ce qu'ils représentaient. En les regardant, on lisait leur vie. Ni spéculations ni collections prestigieuses, pas de villa somptueuse sur la Côte d'Azur, aucune de ces fantaisies que les nouveaux entrepreneurs s'accordaient avec générosité ; rien que cette certitude de symboliser une dynastie altière, vouée depuis plus d'un siècle au travail, à l'effort, à l'innovation ; l'austérité lorraine appuyée sur une foi sévère.

Écartant une porte, un maître d'hôtel en veste blanche nous introduisit dans la bibliothèque, vaste pièce rectangulaire pourvue de deux fenêtres ayant vue sur le parc, aussi austère que l'était la maison : rien qu'une immense pelouse bordée de grands arbres. Pas de parterres fleuris, juste quelques rhododendrons dans des caisses. Aux épouses des frères Bernottin, deux bourgeoises originaires de Nancy, les fleurs paraissaient sans doute une dépense frivole.

Derrière les vitres des bibliothèques qui, du sol au plafond, remplissaient trois murs, j'eus le temps de découvrir que la partie droite renfermait des ouvrages techniques et scientifiques, avec quelques éditions rares datant du XVIIIe siècle, cependant que la gauche – une cheminée surmontée d'une glace séparait les deux – contenait des livres religieux, avec les œuvres complètes de Péguy, de Bernanos et de Léon Bloy dans de belles reliures gravées au fer. Tout respirait l'ordre des convictions inébranlables, le progrès scientifique et technique, la spiritualité chrétienne, une morale de la contention.

Même le buffet dressé devant la cheminée où quelques bûches se consumaient donnait une impression d'astreinte ; rien ne manquait, du champagne au whisky en passant par un assortiment de vieux xérès, des sandwiches aux olives et des biscuits fourrés, le tout d'une excellente qualité, mais rien n'était en trop. Une parcimonie réfléchie, le refus du gaspillage.

Aux murs des toiles d'artistes lorrains, d'honnêtes artisans qui peignaient avec application des portraits et des paysages.

Attendant que je lui fasse signe d'arrêter, le vieux maître d'hôtel me servit un whisky ; je le laissai remplir mon verre aux trois quarts, m'excusant ensuite d'un sourire hypocrite : tant pis, lui dirent mes yeux ; mais je pensais : tant mieux. Je lus dans ses yeux qu'il avait deviné.

Dans cette maison où rien ne se disait, où régnait un silence conventuel, le moindre signe était perçu, interprété, jaugé.

En avalant la première gorgée, je sentis une bonne chaleur m'envahir ; mes nerfs se relâchèrent petit à petit ; une vague euphorie me rendit d'humeur enjouée.

« Vous avez fait vos études chez les jésuites, je crois, avec notre collaborateur M. Richard Garaud ? demanda Maxime d'une voix neutre.

– Trois ans, oui. Auparavant, chez les jésuites de la rue Franklin.

– Ce sont d'excellents maîtres, commenta Antoine. Mon frère et moi avons été pensionnaires chez eux. Nous en gardons un très bon souvenir. »

Les deux frères se tenaient devant moi, si ressemblants que j'en éprouvais un léger malaise. Enfants, je les imaginais vêtus du même costume, marchant du même pas, parlant d'une voix dédoublée, inséparables. Aucune expression dans leurs regards d'une clarté sourde, ni non plus la moindre intonation dans leurs voix étouffées. Pourtant, j'apercevais dans leurs prunelles une lueur d'attention impassible. Sans en avoir l'air, leurs yeux ternes m'évaluaient.

« Je pense que dans votre jeunesse, vous avez dû avoir directement affaire aux vrais jésuites. Nous, nos maîtres étaient des laïcs. Nous apercevions rarement les pères.

– Les temps ont changé, remarqua Maxime.

– L'Église s'est ouverte au monde, elle a fait son *aggiornamento*, enchaîna Antoine.

– Toute la société a dû s'ouvrir au monde, dis-je en avalant une nouvelle rasade.

– Vous désirez sans doute un autre whisky ? reprit Maxime du même ton impassible.

– Avec ce temps humide et froid, on a besoin d'un peu d'alcool pour se réchauffer, dit Antoine en poursuivant leur duo. Nous deux, nous ne buvons que du jus de tomate, dit-il, tournant la tête en direction du vieux maître d'hôtel qui, saisissant au vol, vint remplir mon verre.

– Nous avons un ulcère à l'estomac, expliqua Antoine, comme s'il était naturel qu'ils eussent aussi la même pathologie.

– Ces derniers temps, nous avons eu pas mal de soucis, compléta Maxime.

– Les médecins prétendent que l'ulcère est souvent d'origine psychosomatique. Dans ma profession, nous avons tendance à recourir à l'alcool », fis-je en levant mon verre.

Rêvais-je ? J'eus l'impression que leurs prunelles

s'éclaircissaient et que la lueur y devenait malicieuse, presque complice.

« On peut le comprendre, dit Antoine.

– L'alcool est préférable aux somnifères et aux tranquillisants », ajouta Maxime.

Tout était dit. J'admirais la rapidité de l'intelligence cachée derrière l'apparence engourdie.

« Quand vous voudrez, nous pourrons monter à la salle du Conseil, au premier. Le nouveau directeur financier du groupe, M. Blates, doit déjà nous y attendre », fit Maxime.

C'était clair, M. Blates – un Anglais ? un Américain ? – n'était pas admis dans l'intimité de la famille. Sans que la voix de Maxime Bernottin eût marqué le moindre changement, on y décelait une froideur proche de l'hostilité. Deux camps s'affrontaient au sein du groupe : celui des héritiers, celui des nouveaux investisseurs, représentés par ce M. Blates. Lequel détenait la majorité ? Toute la question était là. Si ç'avait été les frères Bernottin, ils auraient marqué moins de défiance, n'auraient sans doute pas eu à se plaindre d'ulcères. Quel pourcentage ? me demandai-je. 60/40 ?

Je réfléchissais à toute vitesse sans cesser de sourire, et je sentais leurs cerveaux suivre le mien.

« Nous pouvons y aller, dis-je. Je suis à votre disposition.

– Prenez votre verre, dit Antoine d'une voix affable.

– En haut, il n'y a que de l'eau minérale. Notre père n'aimait pas qu'on boive de l'alcool durant les réunions, expliqua Maxime.

– La tradition s'est maintenue, reprit Antoine.
– Je ne voudrais pas enfreindre la règle.
– Les traditions sont faites pour être bousculées, commenta Maxime.
– Mais pas abolies. »
Les deux regards me transpercèrent.
« Non, dit Maxime, pas abolies.
– Si on peut l'éviter », corrigea Antoine.

XV

M. Blates, qui se prénommait Andrew, était américain, né à Philadelphie, domicilié à New York où il dirigeait l'une des plus importantes banques d'investissements à risques, probablement ce qu'il était convenu d'appeler *hedge funds*. En chemise à manches courtes d'un bleu électrique, le nœud de cravate desserré, des dossiers étalés devant lui, il téléphonait lorsque nous entrâmes dans cette salle lambrissée de chêne clair où trônaient les portraits des ancêtres Bernottin, depuis celui du fondateur jusqu'à ceux des deux frères.

Se levant et s'éloignant pour achever sa conversation, Andrew Blates nous fit un signe désinvolte, puis, refermant son portable, revint vers la table et me secoua vigoureusement la main.

« Ravi de vous connaître, Salvador. Appelez-moi Andrew, voulez-vous ?

– Enchanté, monsieur Blates.

– Nous attendions tous votre venue avec impatience. Je suis sûr que vous saurez rétablir l'image de l'une des plus belles firmes françaises. Messieurs Bernottin ont beaucoup souffert de l'acharnement de la presse.

– Je ferai de mon mieux si nous arrivons à nous entendre. »

Grand, athlétique, le teint hâlé, le sourire épanoui, Andrew faisait sûrement du sport, tennis, natation, peut-être du jogging. Il ne devait boire que de l'eau et des jus de fruits, suivait sans doute un régime diététique. Il avait le ventre plat, le regard d'un gris teinté de vert, des dents d'une porcelaine éclatante. Nets et décidés, ses gestes soulignaient des manières simples et familières. C'était la belle franchise protestante, une inaltérable confiance dans une élection sanctionnée par la réussite. Parlant d'une voix haute et claire, il affichait une assurance qui contrastait avec l'effacement timide d'Antoine et de Maxime Bernottin, assis côte à côte en bout de table et dont les figures mornes et cireuses prenaient, sous l'éclairage avaricieux d'un lustre de bronze, une pâleur maladive. Leurs mains croisées devant eux, la tête inclinée, ils attendaient sans dire mot.

« Je ne vous cacherai pas, fis-je d'un ton froid, qu'il sera très difficile de restaurer l'image de la marque. L'annonce simultanée du bilan financier et des licenciements, cette maladresse a choqué. Le scandale a pris des proportions d'autant plus grandes que l'affaire révèle tous les dangers de la mondialisation. Je ne me prononce pas, remarquez-le, sur la justesse de la décision. Je m'en tiens à la communication.

– Vous pensez pouvoir rectifier la... comment dites-vous ?... perception – c'est bien ça ? – de l'affaire ?

– Il faut d'abord s'entendre sur les arguments, ne pas se fourvoyer dans les explications. Tout ce qui *peut être dit*... doit l'être de façon claire.

– Je vous approuve, Salvador. Nous n'avons rien à cacher. Je trouve – excusez mon... jugement ? – que les Français ont tendance à toujours dire les choses à demi-mot. Nous autres Américains sommes plus directs. C'est une opération très simple : si elle ne veut pas être... *out*, dépassée, la firme Bernottin doit se développer, notamment à l'étranger. Elle avait besoin de fonds pour assurer son expansion, nous avons investi dans la société.

– Dans quelles proportions ? »

Andrew regarda les deux frères qui, au bout d'un instant, inclinèrent la tête. Ils m'accordaient leur confiance.

« 53 % pour nous, lâcha Andrew.

– Messieurs Bernottin conservent une minorité de contrôle ? »

Deux regards brefs répondirent à ma question.

« Mais *of course* ! Ma banque ne désire pas faire main basse – c'est l'expression juste, non ? – sur une société historique. Nous apportons les capitaux, là s'arrête notre rôle. Aucun malentendu. »

Pour quels dividendes ? aurais-je pu demander. Pour combien de temps ?

Je gardai le silence.

« Si je vous demande ces précisions, c'est que toutes, enfin *presque* toutes les informations sortiront au moment où nous lancerons une campagne de communication.

– Nous n'avons rien à cacher, répéta Andrew.

– Quel lien entre l'apport de capitaux et les licenciements annoncés ? fis-je en me tournant vers les deux frères.

– Les usines françaises ont des effectifs en surnombre, dit Maxime. Elles tournent à un peu plus de la moitié de leurs capacités.

– Et perdent de l'argent, compléta Antoine.

– En France, Salvador, le travail est trop cher : le double de ce qu'il coûte en Chine ou au Brésil. Trop de charges, trop de bureaucratie. Impossible de s'en sortir comme ça ! s'esclaffa Andrew.

– Nous avons longtemps hésité, lâcha Antoine dans un souffle. Licencier des ouvriers a été pour nous une décision très dure à prendre. Le personnel fait partie de la maison.

– Nous nous sentons responsables de leur sort, avoua Maxime.

– Vous savez, bien sûr, qu'on parlera justement, dans la presse, de vos usines en Chine et au Brésil ?

– Vous pensez ? demanda Maxime d'une voix qui tremblait légèrement.

– Dans l'esprit du public, pour les journalistes, tout est lié : les investissements étrangers, les licenciements, les délocalisations. Un même mouvement, une seule logique.

– Évidemment ! dit Andrew. Vous voudriez revenir au XIXe siècle ? On ne peut plus restaurer le protectionnisme, se refermer dans les frontières nationales. C'est fini, ce monde clos ! Nous vivons dans un monde ouvert, libre, les capitaux et les marchandises circulent partout, en tous sens.

– À votre avis, monsieur Portal, y a-t-il moyen d'expliquer... ? demanda Maxime.

– Nous ne sommes pas des cyniques, nous comprenons l'émotion..., finit Antoine.

– J'ai préparé un argumentaire serré auquel il faudra se tenir si l'on veut modifier l'image du groupe. Il n'existe aucune plaidoirie efficace. Il ne reste que l'attaque.

– Bravo, Salvador ! Je suis de votre avis. Attaquer, secouer... le cocotier, j'aime beaucoup cette expression ! Il ne faut pas avoir peur. »

Comment ne comprends-tu pas, disais-je par-devers moi, que ces deux-là ont toujours eu peur de tout ? De mal faire, de pécher, d'aller en enfer ? Il suffisait d'observer leurs figures lézardées, de plonger dans leurs regards. Poussés par une force qui les dépassait, s'inclinant devant une obscure fatalité, ils consentaient à commettre la faute la plus grave : trahir la confiance des familles dont ils se sentaient responsables.

Ce n'étaient pas des saints, loin de là ; dans leur fief, ils avaient longtemps appliqué les méthodes les plus dures, combattant avec brutalité le spectre du communisme. Le flicage, la délation, le renvoi, l'intrusion dans la sphère privée, la surveillance des bonnes mœurs – refus d'embaucher des divorcés, des adultères, des déviants sexuels : tout était bon pour imposer leur ordre. Mais ces contraintes, ils les justifiaient par leur mission telle que les enseignements de l'Église la leur assignaient.

C'était cela que, devant cette longue table d'acajou verni, sous les portraits des membres de la dynastie, ils voyaient s'écrouler : l'ordre moral. N'ayant rien d'autre à quoi se raccrocher, je les sentais flotter, emportés par le courant.

Une fois de plus, je pensai à Véra qui s'était convertie dans sa prison. Comment eût-elle regardé cette scène ? Comment eût-elle jugé ces deux hommes manifestement perdus ? Fût-elle restée froide, impassible devant ce naufrage ?

« Je vous laisse ce document, dis-je en posant l'argumentaire sur la table. Je vous demande de l'étudier attentivement et de me dire si vous êtes d'accord avec ma stratégie. Voici aussi le projet de contrat.

– Votre caractère me plaît, Salvador. J'aime votre franchise. »

J'esquissai un sourire, mais j'étais loin de me réjouir du compliment. Que venait faire la franchise dans cette affaire ?

« Je dois aborder un point qui, je le devine, risque de vous froisser, dis-je en me tournant vers les deux frères. Pour réussir, il est indispensable que vous vous montriez à la télévision à une heure de grande écoute. »

Leur regard se posa sur moi.

« C'est vraiment indispensable ? demanda Antoine.

– Notre père disait toujours : pour vivre heureux, vivons cachés. Les Bernottin n'aiment pas s'afficher, développa Maxime.

– Je sais. C'est ce qui rend votre apparition nécessaire. Elle fera l'événement, elle sera le message.

– Les journalistes poseront toutes sortes de questions, hasarda Maxime d'une voix timide.

– Ils empiéteront peut-être sur notre vie privée.

– Faites-moi confiance. Nous obtiendrons la communication des questions, nous préparerons ensemble les réponses. Toutes les chaînes vont se battre pour vous avoir.

– Nous n'avons pas grand-chose à dire, objecta Antoine qui, visiblement, perdait pied.

– Notre vie personnelle est sans intérêt, ajouta Maxime du même ton défait.

– Ce que vous direz n'a aucune espèce d'importance. Ce sont vos visages qui seront le message.

– Nos visages ? demanda Maxime.

– Nous sommes quelconques, nous ne sommes pas des vedettes, soupira Antoine.

– Justement, vous êtes des hommes, rien que des hommes. Le téléspectateur s'identifiera à vous. Il sentira que, puisque vous sortez de votre réserve, c'est que ce scandale vous ébranle, vous émeut. Il aura compris et pardonné sans que vous ayez besoin d'expliquer.

– Très bon, s'esclaffa Andrew. Aux États-Unis, vous feriez fortune !

– Je gagne très bien ma vie.

– Si vous le souhaitez, nous pouvons en discuter. Nous avons besoin d'hommes de votre espèce.

– Merci, monsieur Blates. Mais je me sens appartenir à la vieille Europe. Je n'aimerais pas vivre ailleurs.

– Dommage pour nous, fit Andrew dans un grand éclat de rire d'où émanait une universelle sympathie.

– Je devrai aussi, dis-je, tourné vers les deux frères, rectifier légèrement votre apparence. Un costume moins austère, une cravate plus gaie. Des détails.

– Vous croyez qu'il faut aller jusque-là ? protesta faiblement Antoine.

– Toute la vie nous nous sommes habillés ainsi, ajouta Maxime avec une nuance de mélancolie.

– *Come on*, Maxime ! Il faut vivre avec son temps.

Vous aurez l'air plus jeune. Vous ferez peut-être des conquêtes ! »

Je me levai.

« Excusez-moi, vous savez dans quel hôtel je suis descendu. Vous me téléphonerez votre réponse. Je me sens un peu fatigué, j'ai besoin de repos.

– Ma réponse est oui, Salvador. Je n'ai pas besoin de lire votre papier. Je suis sûr que c'est OK. Vous êtes un homme intelligent.

– Je suis content de vous avoir connu, monsieur Portal. Le chauffeur va vous reconduire à Nancy, dit Maxime.

– C'est un très bel hôtel, sur une place superbe. Vous connaissiez la Lorraine, monsieur Portal ? demanda Antoine.

– J'étais venu une fois pour admirer les œuvres de Gallé.

– Nous possédons une très riche collection de vases. Si ça vous intéresse, nous vous la montrerons.

– Ce sera un plaisir, je vous remercie. »

Installé dans la Peugeot, je fermai les yeux. Il faisait nuit noire, la bruine était devenue une pluie battante poussée par un vent qui soufflait en rafales.

« Fantastique ! cria Bernard. J'augmente tes stock-options, je te cède mille actions. C'est la plus belle affaire que nous ayons décrochée depuis des années. Bravo, Salvador ! Tu sais, je n'ai jamais douté. J'étais sûr que tu réussirais. »

Après avoir pris une douche et changé de costume, je dînai au restaurant de l'hôtel avec Richard : un repas morne, interminable. Volubile, mon ancien camarade de collège me raconta sa vie par le menu. Hochant la tête, souriant, relançant son monologue par une question banale, je buvais un excellent vin blanc, sec comme je les aime, puis un châteauneuf-du-pape, mon préféré. Richard, lui, semblait ravi. Je l'avais écouté : il avait donc l'impression que nous avions, selon son expression, « discuté ».

Le raccompagnant jusqu'à sa voiture, je fis ensuite le tour de la place, admirant l'ordonnancement des bâtiments, le raffinement de la décoration. Le froid devenait plus vif, la pluie glacée me transperçait.

En m'engouffrant dans l'ascenseur pour regagner ma chambre, j'avais la migraine.

Le lendemain matin, je trouvai dans mon casier les exemplaires du contrat signés, accompagnés d'un premier chèque et d'un court billet manuscrit :

« Cher Monsieur Portal, Nous vous redisons notre satisfaction de vous avoir rencontré et vous assurons de notre entière confiance. Avec notre sympathie – Antoine et Maxime Bernottin. »

XVI

Les semaines suivantes, je travaillai d'arrache-pied, calculant chaque intervention, choisissant avec soin chaque média. Ainsi que je l'avais prévu, journaux, radios et télévisions se livraient une lutte acharnée pour obtenir un entretien exclusif avec les Bernottin.

Je connaissais mon métier, je savais que l'endroit et la manière dont le message est délivré comptent plus que son contenu.

Exercice délicat : pour être efficaces, il fallait que les apparitions soient rares ; je devais en même temps veiller à ne pas froisser des susceptibilités, puisque, un jour ou l'autre, j'aurais besoin des journalistes écartés. Toutes mes journées, je les passais au téléphone, dans des rendez-vous ou des repas, négociant subtilement, résistant aux pressions, déjouant les tentatives de chantage.

La période était creuse ; ni guerre ni famine, une situation intérieure d'un calme plat. L'apparition sur la scène médiatique des frères Bernottin, personnages quasi mythiques qu'on avait rarement vus, jamais entendus s'exprimer, mettait les rédactions en émoi.

Qualifiée de quatrième pouvoir, la presse était en

réalité devenue le premier puisqu'elle décidait, selon des critères d'audience ou de tirage, ce qui méritait d'être dit, montré. Pour le plus grand nombre, ce qu'on appelle réalité n'était plus que sa représentation. Aucun journaliste n'ignorait cette évolution. Derrière le désabusement, le cynisme, se devinaient chez la plupart la morgue et la vanité.

Profession à la fois vide et courtisée, les journalistes s'irritaient de leur illusoire puissance. Pour alimenter la machine, ils avaient besoin d'une matière première, l'information, recueillie auprès des décideurs et des politiques, qui eux-mêmes avaient besoin, pour être entendus et reconnus, de cette caisse de résonance : les journaux et, surtout, la télévision. Chacun s'appuyait sur l'autre, chacun essayait de tromper l'autre : partie de cache-cache qui suscitait une complicité inavouée. Dans les restaurants que nous fréquentions les uns et les autres, je pouvais voir les journalistes à la mode attablés avec des députés, des ministres. Rien n'avait changé depuis Balzac.

Mon plan était simple : un grand entretien dans un journal classé à droite, *Le Figaro*, un portrait dans un quotidien de gauche, *Libération*, deux radios d'audience nationale, une heure de télévision à vingt heures trente, bien entendu sur TF1, la chaîne la plus regardée. Je savais que toute la presse reprendrait les propos des Bernottin, émettrait de longs commentaires, publierait des éditoriaux. Inutile de multiplier les interventions.

Pour *Le Figaro* et TF1, l'affaire était entendue ; il ne restait qu'à fignoler les détails : thèmes abordés, ordre des questions, respect absolu de la vie privée ;

pour *Libération*, la direction m'avait donné son accord, la seule interrogation étant la personnalité du journaliste chargé de brosser le portrait. Aucune difficulté non plus avec les radios, Europe 1 et France Inter ; j'avais déjeuné et longuement discuté avec les deux rédacteurs en chef, mettant au point chaque détail.

Il ne restait plus qu'à décider de l'ordre des interventions. Des tirs groupés pour créer l'événement, ensuite une répartition étudiée. Trois semaines en tout : la presse écrite d'abord, une radio ensuite, puis la télévision, apothéose de la campagne. Si Poivre d'Arvor acceptait de mener l'entretien, on battrait des records d'audience.

La préparation de la campagne remplissait mes journées et lorsque je rentrais le soir, je me sentais vidé, n'ayant plus qu'une envie : m'asseoir dans mon fauteuil, mettre les *Variations* sur la platine, déguster mes whiskies.

C'était le moment que choisissait Faby pour me harceler. Ne supportant pas d'être tenue à l'écart, elle ressassait ses griefs d'un ton de plus en plus aigre. Je faisais exprès de la tenir à l'écart, je la négligeais et l'humiliais. Tous les cadres la regardaient avec ironie. Elle se sentait ridicule. Quand je rentrais à la maison, c'était pour me saouler en solitaire.

N'ayant pas la force ni peut-être le désir de répondre à ses accusations, je marmonnais des excuses ineptes. Notre couple se fissurait ; la distance entre nous se creusait. Même le contact de sa peau me devenait pénible. Je repensais aux propos de Frédéric. Ni la personnalité de Faby ni ma volonté n'étaient en cause. L'affaire Bernottin recouvrait des malentendus plus profonds. Tous les couples autour de nous connaissaient ce délitement.

Je pensais à Véra et à Rafael : qu'est-ce qui les maintenait soudés au-delà même de la mort ? Notre génération semblait condamnée à la précarité. Était-ce dû à l'émancipation du désir ? à la transformation des relations entre les sexes ? Qui portait la responsabilité de ce gâchis ?

Rejoignant Sabine dans sa chambre, je bavardais avec elle, me forçais à me montrer d'humeur enjouée. Assis sur son petit lit, le volume des *Contes* de Grimm entre mes mains, je regardais avec accablement l'amoncellement des jouets éparpillés un peu partout. Quel sens donner à cette profusion de cadeaux pour la plupart inutiles ? Voulions-nous cacher nos carences sous ces montagnes d'ours en peluche, de poupées, de cuisines miniatures et autres présents coûteux ? Je lui lisais un conte, éteignais, laissant la porte entrouverte derrière moi.

Quand je descendais pour dîner, que je me hissais sur un tabouret devant le comptoir d'une cuisine à l'américaine aussi propre et rangée qu'un laboratoire, avec toutes sortes d'appareils et ustensiles superflus, je souriais avec amertume : à quoi bon tant de machines ménagères alors que ni Faby ni moi ne cuisinions ? Comme dans la chambre de ma fille, j'étais frappé par la surabondance des objets. Nos existences, pensais-je, sont à la fois vides et encombrées. Nous entassions les gadgets les plus onéreux, les plus perfectionnés, mais nous ne savions plus très bien où se trouvait notre vie véritable.

Tout en servant le repas – des plats congelés de chez Picard –, Faby reprenait son réquisitoire.

« Cette situation ne peut plus durer, je pense que tu en es conscient ? Nous devons faire quelque chose.

– Sûrement. Je suis vidé.

– Tu ne l'es pas dans ton travail. Tu trouves la force de courir d'un rendez-vous à l'autre, de déjeuner au restaurant avec tes clients, de fréquenter les cocktails. Pour tes mondanités, tu es en pleine forme. Ton épuisement, tu me le réserves. Devenir l'infirmière de mon mec n'a jamais été mon rêve, figure-toi.

– Tu n'as qu'à t'installer avec Jérôme.

– Laisse Jérôme tranquille, veux-tu ? Est-ce que je me mêle de savoir avec qui tu couches ? Si tant est que tu aies la force de baiser, parce qu'avec ce que tu bois...

– Nous avons déjà discuté de ça. Si tu es malheureuse ou insatisfaite, le plus simple est de nous séparer.

– Et Sabine, qu'est-ce que nous en ferons ? Tu as pensé à elle ?

– Peut-être tes parents... ?

– Tu ne te rends pas compte de ce que tu dis ! Sabine a besoin de sa mère et de son père.

– Je suis là, non ? J'essaie de m'occuper d'elle.

– Tu n'es là qu'en apparence. Ta tête est ailleurs. Tu crois que ta fille ne s'en aperçoit pas ?

– Je fais de mon mieux.

– C'est une excuse facile, Sabine a besoin de bien

plus. Ton travail te dévore, il aspire toute ton énergie. Regarde-toi, tu as l'air d'une loque. Est-ce cette image de toi que tu veux donner à ta fille ? »

L'orage finissait par passer. Installé dans mon fauteuil, mon verre de whisky à portée de main, écoutant cette musique que Faby qualifiait de stupide, je m'abandonnais à la volupté d'une solitude inexpugnable. À l'instar de Glenn Gould qui creusait sans répit les mêmes petites phrases, les reprenant, les approfondissant, j'avais l'impression que je répétais moi aussi les mêmes questions, les tournant et les retournant dans ma tête. Une ritournelle dont le motif s'appelait Véra.

Comment eût-elle jugé cette vie à la fois défaite et bousculée ? Si elle avait entendu nos disputes conjugales, qu'eût-elle pensé de ce gâchis imbécile ? Je me promettais de lui rendre visite dès que l'affaire Bernottin serait close, dans un mois. Je m'assiérais auprès d'elle, regarderais son beau visage, essaierais de forcer sa réserve. Nous parviendrions peut-être à nous parler vraiment et je connaîtrais le fin mot de l'énigme.

Deux fois par semaine, le mardi et le vendredi, les frères Bernottin venaient à Paris. Ils logeaient à l'hôtel La Pérouse où ils avaient leurs habitudes depuis des années. Ce palace discret, également choisi naguère par de Gaulle, allait avec la Peugeot, avec la maison biscornue, avec le parc sans fleurs, avec leurs costumes étriqués.

À dix heures du matin, leur chauffeur les déposait devant la tour Provalis où l'un de mes assistants, Luc ou Michel, les attendait pour les conduire jusqu'à la salle de réunion attenante à mon bureau. Les séances duraient jusqu'à treize heures où un déjeuner leur était servi ; menu invariable : salade, sole grillée, fruits, eau minérale (de la Châteldon). Aucune viande : c'était aussi dans l'ordre.

Lorsque je réussissais à me rendre libre, je participais au repas, les tenant au courant de mes démarches. Jamais ils ne faisaient la moindre remarque, se contentant d'opiner de la tête. Ils avaient parfaitement saisi ma stratégie. L'approuvaient-ils pour autant ? Ils en reconnaissaient la pertinence, comprenaient le but poursuivi. Là s'arrêtait leur adhésion au projet.

Les séances de travail reprenaient à quatorze heures trente et se prolongeaient jusqu'à dix-huit heures, heure à laquelle leur chauffeur apparaissait pour les reconduire à l'hôtel.

Sur le grand écran installé au fond de la pièce, nous projetions les séances du matin, arrêtant parfois l'image pour relever un détail, revenant en arrière. Plan par plan, nous disséquions leurs réponses, faisions des remarques sur l'expression de leurs visages ou l'opportunité d'un sourire. C'était la routine de notre travail. Parfaitement rodés à cet entraînement, Luc et Michel les bombardaient toute la matinée de questions abruptes ou insidieuses, tentant de les déstabiliser ou de les prendre en défaut. De jour en jour, ils accéléraient le rythme, empêchant les deux frères de réfléchir. Entre deux questions, mes assistants leur laissaient à peine le temps de souffler.

Cette joute, nous l'analysions dans l'après-midi, repérant les blocages, les raideurs. Avec patience, j'expliquais à nos clients pour quelle raison telle ou telle réponse sonnait faux, créait un malaise. Je leur demandais d'articuler, de parler d'une voix plus forte, plus distincte, de maintenir un ton posé. Les deux frères m'écoutaient, griffonnaient quelques notes, hochaient la tête. Élèves dociles, ils retenaient mes conseils, répétaient les formules que je leur avais soufflées la veille.

Nous ne fûmes pourtant pas longs à découvrir qu'ils retenaient les arguments, acceptaient certaines formules, mais refusaient avec une douce obstination tout ce qui pouvait ressembler à un soupçon de sentimentalisme. Nous avions beau leur répéter : la télévision, c'est l'émotion, ils écoutaient, mais n'entendaient pas.

Nous nous concertâmes longuement pour tenter de déjouer leur tactique. En vain. Il apparut clairement que jamais les frères Bernottin ne céderaient. Ils voulaient bien plaider leur bonne foi, expliquer avec des mots simples la justesse de leur décision. Ils n'exprimeraient ni regret ni tristesse, rien de ce qui pouvait évoquer un sentiment. Ils s'en tenaient au devoir, peut-être douloureux mais nécessaire. En aucun cas nous n'obtiendrions des deux frères plus qu'ils n'étaient prêts à nous donner. Il faudrait s'arranger de cette réserve.

Je compris alors que ce que ni le regard ni la mimique n'exprimeraient jamais, les paroles réussiraient à le leur arracher. Je glissai dans mes notes deux ou trois formules qui suggéraient un doute, un vague remords. Il me suffit de changer trois adjectifs : « douloureux » pour « nécessaire », « pénible » en lieu et place d'« inéluctable », évolution « regrettable » pour évolution « inévitable ». Le lendemain, ils proférèrent avec naturel les mots que j'avais écrits pour eux. Au silence de mes collaborateurs, je sus que la partie était gagnée. Ces adjectifs suffisaient à faire trembler leurs voix ; l'émotion dégagée était d'autant plus puissante que l'expression du visage demeurait impassible, le sourire crispé.

Nous avions réussi à contourner leurs défenses.

Enfin nous choisîmes la formule qu'ils glisseraient trois fois dans le cours de l'entretien. Après en avoir écarté trente ou quarante, trop évidentes les unes, trop alambiquées les autres, nous finîmes par retenir la plus simple : « Pour survivre, la France doit aller de l'avant », affirmation qu'ils ponctueraient d'un geste martial, le poing fermé jeté en avant. C'était une lapalissade, mais sa banalité entraînerait l'adhésion des téléspectateurs. Les frères Bernottin la répétèrent jusqu'à lui imprimer l'intonation souhaitée. Leurs personnages étaient désormais construits.

Colette, ma secrétaire, les accompagna chez un excellent tailleur et les aida à choisir un costume d'une couleur aussi sévère que celle qu'ils arboraient d'habitude, mais d'une coupe plus seyante, ce qui leur faisait une silhouette plus décontractée. Elle acheta des chemises, des cravates plus fantaisistes. Sans rien changer à leur apparence austère, ces imperceptibles modifications eurent raison de leur allure guindée.

Prenaient-ils goût à ces transformations subtiles ?

Ils me parurent tous deux ravis, presque joyeux, tels deux collégiens qui découvrent la coquetterie. Ce n'était pas la première fois que j'assistais à cette métamorphose chez des hommes qui n'avaient jamais eu le temps de se regarder dans une glace et dont personne, jamais, n'avait pris soin de s'occuper.

Quand Colette arrivait à leur hôtel, ils l'attendaient dans le hall, impatients de courir les boutiques avec elle, de promener leurs mains parmi des piles de chemises de soie, de cravates éclatantes, d'écharpes en mohair. Ils insistèrent pour acheter des mocassins italiens ainsi que des chaussettes en fil d'Écosse.

« On dirait, me glissa Colette, des adolescents en goguette. Parfois, je ne peux m'empêcher d'avoir de la peine pour eux. J'ai l'impression que leur vie a dû être si triste. »

Je comprenais la réflexion de ma secrétaire. J'éprouvais moi aussi une certaine peine à les voir se couler dans la peau de personnages qui leur ressemblaient, mais qui n'étaient pas tout à fait eux-mêmes. À force de répéter des phrases qui ne sortaient pas de leur for, d'étudier leurs sourires, de maîtriser leurs voix, de calculer leurs gestes, ils devenaient des automates. Ils ne faisaient que coïncider avec un moi virtuel, un étranger qui certes les habitait, qu'ils pouvaient reconnaître, mais sans le frémissement de la vie, sans plus la moindre spontanéité. Jour après jour, nous les malaxions afin de les faire entrer avec un apparent naturel dans le cadre de l'image. Ayant toute leur vie vécu isolés, retranchés de la société des hommes ordinaires, nous les jetions dans un univers virtuel. Spectral.

En sortant un soir de la salle, je me heurtai à Faby.

« Tu travailles avec Luc et Michel, et tu ne m'as jamais demandé de vous rejoindre. Ça te semble normal ?

– Ils collaborent avec moi depuis des années. Je n'ai aucune raison de changer nos méthodes de travail.

– Tu aurais pu te dire que la présence d'une femme apporterait peut-être dans ces séances un brin de sensibilité, quelque chose de... Mais non, tu n'envisages même pas de travailler avec ta femme, de partager avec elle ce qui compte le plus pour toi. Tu préfères envoyer Colette courir les boutiques avec les frères Bernottin plutôt que de me demander...

– Il s'agit de courses. Tu as mieux à faire, il me semble !

– Il ne t'est pas venu à l'esprit que j'aurais peut-être aimé rencontrer les Bernottin ?

– C'est absurde. Ce sont des clients !

– Ce sont plus que des clients, tu le sais très bien. Ils t'intéressent, ils te touchent. Nous ne partageons plus rien, Salvador. »

Renonçant à répondre, je traversai le bureau de Colette, m'engouffrai dans l'ascenseur. Je dînai seul au restaurant, allai ensuite de bar en bar, sirotant des whiskies, puis rentrai vers deux heures du matin et m'installai dans mon fauteuil. La migraine me vrillait les tempes.

Chaque matin, j'avais pris l'habitude de faire une apparition dans le bureau de Bernard pour le tenir au courant de l'évolution des événements. Détendu comme je ne l'avais jamais vu, il me faisait asseoir en face de lui, me posait mille questions, suivait avec une attention fascinée les différentes étapes du *formatage*. Nous étions convenus que la campagne débuterait vers le 12 janvier, après les fêtes. Cela nous laissait près d'un mois pour fignoler les détails.

« L'impact sera énorme, Salvador. On me téléphone d'Allemagne, de Londres, du Japon même. Ce qui est en cause pour les étrangers, c'est l'attitude de la France face à la mondialisation. Les Américains ne comprennent rien à notre frilosité.

– Ils ont toujours été libre-échangistes... pour les autres ! L'abolition des frontières arrange leurs affaires.

– Les nôtres également, petit, ne l'oublie pas. Jamais la France n'a connu une telle prospérité.

– Sauf pour les centaines de milliers de pauvres.

– Écoute, il y a toujours eu des pauvres, des mal-logés, des chômeurs. Pense à ce qu'était Paris au début du siècle. Ce qui a changé, c'est qu'on les montre, qu'on en parle. Personne ne meurt plus de faim en France. Les restos du cœur, d'accord. Tu sais fort bien que c'est une manière d'aider à boucler les fins de mois. Je ne dis pas que j'accepte ça de gaieté de cœur, je suis comme tout le monde, sensible. Moi aussi, je rêve d'un monde où personne ne serait laissé sur le bord de la route. Seulement, je sais que c'est impossible. “Il y aura toujours des pauvres parmi vous”, c'est dans l'Évangile, je crois ? Partout où l'on a essayé d'instaurer une égalité parfaite... tu sais mieux que moi comment ça s'est terminé. À vingt ans, je comprends que tu aies fricoté avec les trostkards.

Aujourd'hui, tu es adulte, vacciné. Bon ou mauvais, le capitalisme est le seul système capable d'assurer le bien-être à une majorité d'hommes. Tu es d'accord avec moi ?

– Peut-être, oui. Il m'arrive de ne plus très bien comprendre où nous allons, ni ce que nous voulons.

– Tu as trop travaillé, tu as besoin de vacances. Dès que cette affaire sera bouclée, tu devrais partir loin. Je te conseille les Seychelles, la mer, le sable fin, les cocotiers. Tu as bien mérité de te reposer. Tu as réussi la plus belle affaire que nous ayons jamais décrochée. On parle de Provalis dans le monde entier ! Pour ce qui est de nos deux zozos, je me permets de te donner un conseil : ne les change pas trop. Mon flair me dit que leur raideur va les servir. Il ne faudrait pas qu'ils paraissent trop décontractés.

– Aucun risque. C'est plutôt de leur froideur que je me méfie.

– Froids ? Parfait, Salvador ! Chaque mot qu'ils diront va peser une tonne. La brave ménagère de cinquante ans va se dire en les voyant : "Les pauvres ! Eux, si réservés, comme ils ont dû souffrir pour accepter de s'exhiber !" Le tour sera joué. Personne n'écoutera ce qu'ils diront : on ne verra qu'une chose, qu'ils sont contraints de se mettre à poil devant des millions de gens. C'est ça, le message.

– C'est bien là-dessus que nous travaillons.

– Tu connais ton métier, tu es le meilleur... après moi ! Je te fais confiance. »

Sans en avoir l'air, Bernard suivait l'opération dans ses moindres détails. L'agilité de son esprit m'éblouissait.

« Je voulais aussi te dire... Les services de la conception, boulevard des Italiens, pataugent. Depuis des mois, ils ne sortent pas une idée intéressante. Il faudrait remettre de l'ordre là-dedans, secouer un peu les équipes. J'ai pensé à Faby pour assurer la direction. Ce serait une promotion pour elle, tu ne l'aurais plus tout le temps dans les pattes. »

Un instant je restai sans voix, l'observant alors qu'il s'agitait nerveusement dans son fauteuil.

« Je ne voulais rien faire sans t'en avoir parlé.

– Je vous remercie. J'avoue que je suis un peu...

– Entre hommes, il faut s'aider. Avec leurs revendications, elles deviennent chiantes, toutes ces bonnes femmes... Mais ne lui dis rien. Je lui en parlerai moi-même. Je verserai de la sauce sur la salade. Elle sera ravie, je te le promets... Ah, je voulais encore te demander... Tu crois que les frères Bernottin accepteraient de dîner avec moi – juste nous quatre ? Ça pourrait se faire dans leur hôtel, très simplement. J'avoue que je serais curieux de les connaître, de les entendre parler. »

Il avait dit ça d'une voix timide.

« Je suis sûr d'arranger ça, oui. Je vous ferai passer une note, avec la date.

– Merci, Salvador. On s'entend pas mal, nous deux, hein ? On fait un drôle de tandem, moi le gros hippo, toi la girafe. Allez, bonne chance. Et, crois-moi, laisse retomber un peu le soufflé, qu'ils redeviennent ce qu'ils sont... enfin, *en partie*. N'oublie pas : ce qu'ils diront n'a aucune espèce d'importance. L'événement, c'est eux, leur apparition au grand jour. »

Si j'avais eu des appréhensions, je fus pleinement rassuré en voyant Bernard apparaître dans la salle à manger de l'hôtel La Pérouse. Dans un costume bleu d'une coupe stricte, ayant enlevé gourmette et bagues, la cravate discrète, il se montra simple et chaleureux, sans la moindre trace de suffisance ou d'obséquiosité. Une fois de plus je fus subjugué par la finesse de son intelligence. Commandant un menu diététique, lui qui dévorait des quantités invraisemblables de nourriture, se goinfrant de pâtés, de viandes en sauce, de pâtisseries et de sorbets, il ne tint bon que sur un point : le vin.

« Excusez-nous, dit-il avec un sourire, c'est un plaisir dont ni Salvador ni moi ne saurions nous passer. »

Et il étudia longuement la carte avant d'arrêter son choix sur un bourgogne blanc que nous savourâmes avec recueillement.

Comment il s'arrangea pour conduire la conversation vers des sujets théologiques, je me le demande encore. Ravis, Antoine et Maxime discutèrent avec enthousiasme, soulevant des objections, demandant des précisions. Jamais je ne les avais connus aussi diserts. De son côté, Bernard m'apparut sous un jour nouveau. Son judaïsme m'avait toujours paru fait d'un conformisme tribal. Avec étonnement, je m'aperçus qu'il avait des connaissances religieuses étendues ; féru des subtilités du Talmud et de la Torah, il avait lu cabalistes et mystiques. Toute la discussion tourna autour de la figure de Jésus, messie pour les uns, simple prophète pour Bernard qui, avec délicatesse, expliquait ce que la figure du Messie signifie pour les Juifs.

Échauffés par cette contradiction érudite, les deux frères alternaient à leur habitude leurs interventions, l'un complétant le raisonnement de l'autre ou y apportant une nuance, duo dont je ne m'étonnais plus mais qui semblait effarer Bernard. Aux objections et aux réfutations les deux frères ripostaient par des arguments tout aussi abstrus.

Émaillé de ces disputations, le repas passa très vite et, en quittant la table pour regagner leurs chambres, les Bernottin ne cachèrent pas leur satisfaction.

« Quels types ! s'écria Bernard dès que nous fûmes dehors. Tu te rends compte : en 2005 ! ! ! Ce sont des extraterrestres ! Je suis sûr qu'ils n'ont rien pigé à ce qui leur arrive.

– Je le pensais aussi. Maintenant je n'en suis plus aussi sûr. Sous leurs dehors cagots, ce sont des coriaces.

– C'est drôle, ce que tu dis. Tu sais à quoi je pensais durant le dîner ? Je pensais à leurs gosses. Je me disais qu'ils en avaient sûrement bavé. Tu te rends compte, grandir dans ce milieu ?... Tu rentres chez toi ? Je te raccompagne ? C'est sur mon chemin. Le chauffeur te dépose place de la Bastille. »

La Mercedes 300 descendait les Champs Élysées, illuminés pour les fêtes. Nous contemplions sans un mot les guirlandes.

« Quelle merveille, tu te rends compte ? Je suis né dans un bourg pourri de Galicie, en Pologne. J'ai vécu toute mon enfance dans la saleté. Ensuite il y a eu la guerre, les déportations. Mes parents sont morts à Treblinka. Je suis arrivé en France en 1947, sans un sou en poche. Et maintenant ! Je ne me lasse pas de ce spectacle. On prétend que les Juifs aiment l'argent. C'est vrai. Ils l'aiment parce que l'argent, c'est la liberté. Des siècles de peur et d'insécurité ont engendré ce besoin de s'accrocher à une bouée. Tu vois, petit, chaque fois que je m'assieds dans ma voiture, que je regagne ma maison de Vincennes, j'éprouve une formidable satisfaction. »

Place de la Bastille, nous nous serrâmes la main.

« Merci pour tout, Salvador. Je te revaudrai ça. »

La Mercedes démarra en direction de Vincennes.

Épaules baissées pour me protéger de la pluie, je me dirigeai vers la rue du Faubourg-Saint-Antoine.

Faby m'attendait dans la grande pièce.

« Ça s'est bien passé ? demanda-t-elle.

– Bernard a été grandiose. Une leçon de théologie. Je ne suis pas sûr d'avoir tout compris.

– J'ai une nouvelle à t'annoncer, dit-elle en observant ma réaction. Mais tu es peut-être au courant ?

– Au courant de quoi ? demandai-je du ton le plus neutre, sentant sur moi son regard.

– Bernard m'a proposé de prendre la direction du boulevard des Italiens, l'équipe de création. Il paraît qu'ils n'en fichent pas une rame. Dix-sept créatifs et concepteurs.

– Tu as accepté ?

– J'ai jusqu'à demain pour donner ma réponse. L'offre est tentante.

– Il t'augmente ?

– Évidemment. Je serai seule responsable du département. Je voulais t'en parler avant. Qu'en penses-tu ?

– Je ne sais pas quoi te dire. C'est incontestablement un poste important.

– Je pense qu'il n'est pas mauvais de mettre un peu de distance entre nous deux. Pour un couple, travailler ensemble n'est pas l'idéal.

– Quoi que tu décides, j'approuverai.

– Sabine devient vraiment marrante, tu sais, dit Faby d'une voix redevenue légère. Elle s'exprime de mieux en mieux. Elle tient de vrais raisonnements. C'est drôle, les enfants. On les voit petits, on s'habitue à leur parler de haut, puis, brusquement, ils vous traitent d'égal à égal... Bon, je te laisse. Tu as sûrement besoin de te détendre. Je crois que je vais dire oui. L'aventure me tente.

– Dans ce cas, n'hésite pas, fonce ! »

Avec délicatesse, elle déposa un baiser sur mon front, monta l'escalier. Quel adjectif avais-je employé avec Frédéric ? « Une chic fille ». Comme chacun de nous, Faby avait besoin d'être reconnue.

Me versant ma dose de whisky, je me calai dans mon fauteuil, étendis mes jambes, écoutai la musique, les mêmes motifs sans cesse repris, une algèbre de sons. Où le compositeur puisait-il cette certitude austère ? Pour nous, rien n'était plus assuré ; tout branlait. Au jour le jour, nous bricolions des opinions incertaines ; nous nous arrangions avec des sentiments instables. N'était-ce pas sur ces oscillations que je travaillais, fabriquant des chimères d'hommes, les dotant d'identités aléatoires ?

XVII

« Si tu m'invites en ce moment, c'est que tu veux me fourguer une camelote avariée. Je sais d'ailleurs ce que c'est. On ne parle que de ça, à Paris : les Bernottin ! Tu espères vraiment que je vais accepter de vendre ces fossiles du pire capitalisme industriel ? jeta Roger avec brusquerie en se penchant vers moi. Tu oublies leur attitude en 1936, lors du Front populaire. Des toits, leurs milices et leurs cadres tiraient sur les ouvriers en grève. Tu oublies le flicage, le syndicat maison...

– Je n'oublie rien. Je pense seulement que tu es le seul capable de procéder à une analyse objective.

– Analyse objective ! ricana-t-il. Tu te fiches de moi ? Ne me dis pas que tu en es encore aux analyses objectives ! »

À l'époque où nous militions dans la même cellule trotskiste, Roger paraissait déjà tendu, volontiers agressif, parlant d'une voix haletante, saccadée. On retrouvait cette violence dans sa prose qui bousculait les phrases, comprimait les mots. Nous admirions tous son talent, fait de sarcasme et de rage. Sans être le plus intelligent, il était le plus doué. Alors que nous

nous perdions en divagations brumeuses, il écartait avec brutalité les idées générales, fonçait, montrait. Trop imprévisible pour faire un militant discipliné, nous le jugions peu sûr. Fervent admirateur de Céline, il aurait pu, soupçonnaient certains, basculer à droite, non pas la droite conservatrice et louis-philipparde, mais la droite révolutionnaire, teintée d'anarchisme. Il avait plongé dans un autre extrême, la drogue, voyage dont il était revenu au bout de quinze ans, mais transformé, méconnaissable. Sa jeunesse insolente avait fondu. De sa beauté il ne restait que des vestiges, la séduction du sourire, le bizarre dessin des yeux étirés vers les tempes, la fine courbe du nez.

Du coin de l'œil, j'observais son costume de velours noir taché, usé, ses cheveux gris ébouriffés, son visage creusé de rides. Il se donnait l'apparence artiste, coiffait des chapeaux à large bord pour cacher sa calvitie, nouait de grandes écharpes rouges autour de son cou.

En Mai 68, Roger Mantois, élève à l'École normale supérieure, avait abandonné ses études pour se jeter avec ardeur dans le mouvement dont il était devenu l'une des figures marquantes. Haranguant les étudiants, parlant aux ouvriers de Renault, débattant à la télévision face aux vieux barons du gaullisme dont il se gaussait avec une ironie acerbe, on le voyait partout. Usant de formules à l'emporte-pièce, de trouvailles cocasses, sa voix impatiente résonnait dans toutes les radios. Autant que sa verve caustique, sa jeunesse et sa beauté faisaient sa popularité ; toutes les filles lui sautaient au cou. N'ayant que l'embarras du choix, il les collectionnait avec désinvolture.

Après le triomphe de la droite aux élections, il

s'était fait embaucher dans une usine, près de Clermont-Ferrand, disparaissant de la scène médiatique avant de couler dans l'héroïne ; il avait tout de même trouvé la force d'écrire et de publier un livre où il racontait ses expériences et ses désillusions, avec toujours ce talent combinant amertume et noirceur qui avait fait le succès de l'ouvrage. Depuis lors, il rédigeait de temps à autre une chronique éblouissante, puis disparaissait à nouveau. Il avait été marié, il avait eu deux enfants ; sa femme l'avait quitté. D'autres liaisons avaient suivi, toutes des échecs.

Vivait-il seul ? De quoi ? Comment ? Nous nous retrouvions de temps à autre sans qu'il fît la moindre allusion à sa situation.

Nous étions attablés chez Géraud, un bistrot caché au fond du XVIe, à deux pas de la Muette. Partout des vaches, en sculpture, en peinture, sur les assiettes et les murs, totem du patron qui servait une cuisine du Cantal sans chichis, accompagnée de vins solides. La clientèle venait chercher non des alchimies savantes, mais une certaine vérité.

Après nous avoir salués, Géraud décida du menu : quenelles, potée de choux, tarte à la rhubarbe, et un vin de pays dont il ne voulut pas nous dire la provenance, nous laissant le soin de la deviner.

Quand il versa le vin, je remarquai que la main de Roger tremblait pour saisir son verre. Je reconnus aussitôt cette fébrilité.

Nous goûtâmes une gorgée, laissâmes les arômes s'épanouir, reposâmes nos verres.

« Magnifique, décréta Roger.

– Superbe, dis-je en écho.

– Ça vient de mon patelin, dit Géraud. Un Belge s'est mis à faire du vrai vin, à l'ancienne. Un esthète. Lui aussi travaillait dans la com', il en a eu marre, il s'est reconverti dans la vigne. Évidemment, il a perdu tout le fric qu'il avait mis de côté. Maintenant, il commence à récolter le fruit de quinze ans de boulot. Bon appétit ! » ajouta-t-il en déposant les quenelles devant nous.

Petit à petit, Roger se détendait.

« Pourquoi moi ? Je n'ai aucune sympathie pour ce genre de monstres. Au cas où tu ne le saurais pas, je viens d'une famille catho. Mon père était notaire à Limoges, l'une des villes les plus chiantes de France. La morale, j'en ai bouffé matin, midi et soir, avec la responsabilité, l'engagement, le don de soi. Je ne suis pas le mieux placé pour évoquer ces dinosaures.

– Tu as le talent. Tu sais le bruit que cette affaire fait, va continuer de faire. Toutes les radios, tous les journaux sont sur le pied de guerre. Un article signé par toi peut te remettre en selle.

– Je suis un trop vieux canasson pour courir à Vincennes. Je ne suis pas non plus dans la dèche, si ma situation te préoccupe. Mon père est mort. Je vis de mes rentes

– Toi seul es capable de montrer le décor, de révéler les enjeux...

– ... qui sont ? Je me demande, reprit-il en secouant la tête et en fixant sur moi un regard ironique, si tu crois à ce que tu racontes. Vous êtes marrants, vous, les anciens copains : vous vous êtes glissés partout, à tous les postes influents, vous vous remplissez les poches, mais vous voudriez en plus garder une conscience révolutionnaire intacte ! Laisse-moi te poser une question : ça ne te dérange pas, cette dérive ? Tu ne te dis jamais : comment en est-on arrivé là ? Car ce n'est pas une débauche individuelle, tu l'admettras. Il s'agit bel et bien d'un opportunisme cynique et collectif. Qu'en dis-tu, toi, notre grand expert ès analyses objectives ?

– Je me pose la question. Je n'ai pas la réponse.

– Tu ne l'as pas, ou tu ne veux pas l'avoir ? Rappelle-toi nos discussions, souviens-toi des intellectuels que nous lisions. Ça ne te met pas la puce à l'oreille ? Moi, ricana-t-il, je n'ai fait que ça depuis quinze ans, me triturer les méninges. Je lisais vos noms dans les journaux, je vous regardais à la télé, j'écoutais vos élucubrations. Tiens, dit-il d'une voix changée, tu te rappelles Claude ? C'était le plus frénétique, le plus enragé, il ne pouvait pas lâcher une phrase sans citer Lacan, Althusser, Foucault, Marx et Trotski. Il y a trois ans, je tombe sur un article de lui dans *Libé*. Qu'est-ce que je vois sous sa signature ? Libéral-libertaire ! ! ! »

Éclatant d'un rire sinistre, Roger secoua la tête sans me quitter des yeux, avec un regard fiévreux, presque suppliant.

« Il fallait la trouver, celle-là ! Je me suis dit : voilà où nous en sommes ! C'est tout ce qui reste de nos agitations bavardes. Un libéralisme épicé de cul ! Même mon notaire de père n'aurait pas eu une trouvaille pareille. Il n'aurait pas osé... En 68, Claude Fayssot était prêt à mettre le feu à la planète, il bandait, couchait avec la Révolution ; puis, trente ans plus tard, la bedaine satisfaite, il vous sort : je suis un libéral libertaire ! Il y a de quoi mourir de rire, tu ne trouves pas ?

« Alors oui, ça vaut la peine de se pencher sur nos élucubrations. Et si tu es honnête, tu devras convenir que ce que nous sommes aujourd'hui, nous l'étions déjà en 68. Nous n'avons pas changé, Salvador. Nous n'avons pas changé, répéta-t-il d'un ton presque désespéré, toujours avec ce regard amer et implorant. Nous n'avions qu'un mot à la bouche, rappelle-toi : les structures ! Nous écartions avec mépris ce terme : *humanisme*, un mot indécent, pornographique.

« Pourquoi cette haine ? Parce que nous détestions les hommes, parce que nous nous détestions nous-mêmes. Oh, nous parlions de l'Homme, cette abstraction, mais nous haïssions les hommes, ces bestioles ridicules et mesquines. Nous étions des petits-bourgeois remplis de fiel, gonflés de haine et de suffisance. Nous savions parler, jongler avec les idées. Nous jouissions de notre petite célébrité. La Révolution, c'était le prétexte, mais le texte, c'était la plus vieille rengaine de la bourgeoisie : l'envie. Alors, cachés derrière nos théories, nous avons fait des carrières d'envieux.

« Je ne m'exclus pas de ce naufrage, tu l'auras remarqué. Je me mets dans le tas avec Claude, avec toi, avec tous les autres. Je n'ai fait que tirer les conclusions, j'ai cultivé la haine de moi. Il n'y a qu'une chose que j'ai refusée, que je refuse et que je méprise : la bonne conscience. »

Me dévisageant avec son air d'amertume et de dérision, il haussa les épaules.

« Et tu viens me proposer de défendre les Bernottin ? Tu le fais avec cynisme, sans prendre de gants. Ça te remettra en selle, me glisses-tu d'un ton de tartuffe.

« J'ai un faible pour toi, Salvador. Tu es... différent. J'ai toujours eu l'impression que tu finirais mal, c'est-à-dire bien. C'est pour ça que je te pardonne. Je ne crois pas aux idées, je crois à des hommes singuliers. Entre la justice et les amis, je choisirai toujours les amis. Mais n'abuse pas, je t'en prie ! Regarde-moi : je reviens d'un long voyage, j'ai tout saccagé, mon apparence, ma carrière. Il me reste quoi ? Un tout petit bout de conscience que je dois peut-être à mon notaire de père. Et tu voudrais m'enlever ça ? »

Dans sa voix il y avait une sorte de supplication épuisée.

Géraud venait d'apporter la potée. Nous mangeâmes un instant en silence, avalâmes une gorgée de vin.

« Il ne s'agit pas de conscience, Roger. Je fais mon boulot, qui vaut ce qu'il vaut. Je ne suis pas sûr d'y croire. Je ne défends pas les Bernottin. Quand je suis parti pour Nancy, je pensais comme toi.

– Tu as eu la révélation, comme saint Paul ? Tu as été foudroyé, c'est ça ?

– Non, j'ai vu certaines choses, j'ai cru en deviner d'autres.

– Raconte, ce sera plus clair. »

Je le retrouvais dans ce besoin non d'analyser ni de disserter, mais de voir, de sentir, de respirer. Je lui décrivis les usines, la ville ouvrière, les réalisations sociales, la maison sur la colline, la séance avec M. Blates. Mangeant sa potée, vidant son verre, il m'écoutait sans rien dire, posant de temps à autre une question précise : la lumière, le décor, les portraits aux murs, la couleur exacte de la chemise d'Andrew Blates.

« C'est gagné, coco, dit-il en reposant son verre. Tu as réussi à m'intéresser. Je trouve tes Bernottin effrayants, mais ton Blates me dégoûte. Ce que je déteste chez ces protestants, c'est leur suffisance. Ils ne doutent pas que Dieu soit avec eux, même quand ils font les pires saloperies. Je te parlais de mon père ; je le traitais de tartuffe. Sais-tu ce qu'il me répondait ? Il baissait la tête ! Oui, devant moi, un chenapan, le notaire se sentait coupable de n'être pas un saint, de pactiser avec le fric. Aujourd'hui, je lui sais gré de ce sentiment de culpabilité. Il savait que Dieu ne se cache pas dans les sordides querelles d'héritages, il admettait qu'il commettait un péché en plongeant ses mains dans ces affaires. Alors que ton Blates ignore le remords.

« Il n'y a rien à analyser là-dedans, reprit-il en vidant son verre. C'est le même capitalisme, brutal mais honteux chez les uns, plus éclatant et plus écœurant chez l'Amerlo.

« De toute façon, il ne sert à rien de se leurrer, lâcha-t-il d'une voix changée. Personne ne sait où nous allons ; probablement dans le mur. Il n'y a plus que le fric, les boîtes sont des enveloppes vides. C'est ce qui fait l'importance cocasse de ton métier. Tu vends du vent, tu fabriques des fantômes, mais il n'y a plus que ça dans notre monde : des images et du vent.

– Des gens aussi, des gens réels.

– Tu crois que je suis quelqu'un de réel ? Un fantôme ! Et toi, tu es sûr d'exister vraiment, d'exister pour toi-même ?... Tu sais ce qui nous rend malades ? Nous ne savons plus pourquoi nous vivons. Nous nous goinfrons, nous entassons des gadgets, nous étouffons sous les déjections.

« J'ai eu tout le temps de réfléchir à ce que nous faisions en 68. Derrière le verbiage révolutionnaire, on trouvait le pire cynisme. Nous le justifiions en démolissant la morale bourgeoise. Nous affirmions que tous les moyens sont bons pour en finir avec l'ordre ancien. De nos ergotages, nous n'avons gardé que le cynisme. J'en arrive à ressentir de la sympathie pour mon notaire de père qui, parce qu'il croyait à ce qu'il disait, avait honte de ce qu'il était.

« C'est ça qui m'intéresse chez les Bernottin : ce sont des tartuffes, mais ils possèdent une colonne vertébrale. Ils ont vécu debout. Mal, bien sûr, mais qui vit bien ?

– Tu dois les rencontrer.

– Pour quoi faire ? Je sais tout ce que je dois savoir pour écrire mon papier. On n'est jamais plus vrai que quand on invente. Il n'y a pas de réalité, sauf celle que tu fabriques : des images, des manipulations. Nos sociétés ne sont plus qu'une vaste imposture. »

Géraud apportait le dessert. Il finit de vider la carafe de décantation, m'interrogea des yeux. Je fis oui de la tête.

« Les ouvriers lorrains, eux, sont bien réels.

– Tu t'apitoies sur leur sort, tu décris leurs maisons comme une sorte d'enfer. Mais eux, bizarrement, se battent pour que leur enfer survive. Tu ne trouves pas ça bizarre, cette contradiction ?

– Ils n'ont peut-être pas le choix, lâchai-je à contrecœur, repris par ce bizarre malaise qui, depuis des mois, ne me quittait pas.

– C'est bien une réflexion de bourgeois, ça ! Tu leur prêtes tes sentiments, tu parles à leur place, et tu prétends ensuite que leur réalité, c'est l'idée que tu t'en fais. Tout ça parce que tu as besoin, pour justifier tes millions, de te sentir généreux, altruiste. C'est vraiment comique ! »

Faisant une pause pour boire une gorgée, il fixa sur moi son regard.

« Je vais te dire une chose, Salvador : nous avons eu tout faux depuis le début. Nous prétendions comprendre, expliquer ; nous ne faisions que flatter nos petits ego. Tu connais un peu ma vie. Les copains se demandent pourquoi j'ai abandonné mes études, renoncé à une situation qui me revenait par droit de naissance. Ils me traitent de fou, d'inconscient. Ils croient que je me suis dévoué à la Cause. Tu penses !

« Je ne sais absolument pas pourquoi j'ai quitté Paris et suis allé vivre en prêtre ouvrier dans un quartier minable, parmi des gens aussi médiocres et aussi stupides que ceux que je fréquentais à Paris. Toutes les salades que nous nous racontions sur la classe ouvrière, rien de tout cela ne résiste à la découverte que ce sont non des entités abstraites, mais des hommes, des individus. Tu déclares : ils n'ont peut-être pas le choix ; mais tu crois avoir le choix, toi ? Nul d'entre nous n'a le choix. »

Je l'écoutais avec une attention tendue, comme si ses propos faisaient écho aux questions que je ruminais sans réussir à les formuler clairement.

Dans sa jeunesse, Roger possédait déjà cette lucidité implacable, cette manière abrupte d'aller au fond des choses, de démonter nos échafaudages théoriques. Au fur et à mesure qu'il parlait, d'un ton que l'alcool rendait désabusé, je le revoyais tel qu'il était à vingt ans, d'une séduction troublante, avec ce sourire charmeur, d'une douceur caressante. D'une certaine manière, nous étions tous amoureux de lui.

« On s'est demandé pourquoi j'avais sombré dans la came – du moins ceux qui avaient un peu d'amitié pour moi se sont posé la question. La vérité, c'est que j'étais dégoûté de moi-même. Je voulais dormir, m'oublier. J'ai réussi à dormir, mais j'ai fini par me retrouver.

« Tu me sers tout un roman sur les frères Bernottin. Tel que je te connais, tu es sûrement sincère. Mais ce ne sont pas les Bernottin que tu vas défendre, c'est cet Andrew Blates, ce sont les nouveaux actionnaires, c'est la mondialisation, c'est le fric. Entre tes mains, les Bernottin ne sont que des pantins. Tu vas les mettre en avant pour mieux cacher ce qu'il y a derrière eux. Je ne te blâme pas. Chacun joue sa partition. Mais à quoi bon se leurrer ? En faisant avaler au grand public la pilule de l'inévitable reconversion économique, pour qui donc travailles-tu ? Regarde les choses en face, Salvador. Tu n'as que trop tendance à te cacher derrière ton intelligence.

« Tu parlais de choix ; les Bernottin ont choisi. Ils ont vendu, ils ont empoché le pactole. Pour sauver leurs usines ? On peut dire ça, on peut dire aussi qu'ils veulent sauver leur pouvoir – enfin, ce qu'il en reste... Tout ça est une sinistre farce. Allons, ne fais pas cette tête ! J'ai trop bu. Je bois trop. J'ai toujours tout fait avec excès.

« Je t'ai dit que je ferais le papier, dit-il, je l'écrirai. Je le ferai pour toi, parce que je t'aime bien. Je pense que les Bernottin sont d'honnêtes crapules, la pire espèce, et que nous sommes, toi et moi, de beaux salauds. Santé ! »

Je dus marcher longtemps pour dissiper le brouillard de l'alcool. La nuit était claire, le froid vif et coupant. J'enfilai la rue de la Pompe, la suivis jusqu'à l'avenue Victor-Hugo. Géométrique et glacial, ce quartier que je connaissais bien dégageait une impression de solennité pesante. Je me revoyais à seize, dix-sept ans, arpentant ces mêmes rues. Je me rappelai qu'alors j'étais gai et chantonnais tout en marchant.

J'évitais de penser aux paroles de Roger mais je les entendais tourner dans ma tête. Il y avait quelque chose d'implacable dans sa lucidité. Je revoyais la figure hilare de M. Blates, j'écoutais ses compliments. Lui ne se faisait pas la moindre illusion : il savait pour qui, en réalité, je travaillais.

Me dirigeant vers un taxi, au coin de la rue de la Pompe et de l'avenue Victor-Hugo, je repensai à Véra avec non plus de la mélancolie, mais une sorte de désespoir.

XVIII

Depuis plusieurs années, nous passions, Faby et moi, les fêtes de Noël dans les Alpes ; nous laissions Sabine à Lyon et la retrouvions pour le Jour de l'An que nous fêtions avec ses grands-parents maternels. Bouleversant nos plans, mon père s'invita subitement ; Margaret, balbutia-t-il au téléphone, était hospitalisée depuis trois mois, il avait besoin d'un changement d'air ; il avait pensé..., bredouilla-t-il. Au son de sa voix, je devinai que, désemparé, il ne se sentait pas le courage de passer Noël seul. Ému mais également inquiet de ce qu'il se fût tourné vers moi, j'avertis aussitôt Faby.

« Ça tombe bien, me dit-elle. En ce moment, je suis débordée de travail. L'idée de m'éloigner de Paris ne m'enchantait pas vraiment. Et puis, nous pourrons offrir à Sabine un vrai Noël en famille. J'ai déjà acheté ses cadeaux, j'espère que tu n'as pas égaré sa liste ?

– Je passe demain au Printemps.

– Si tu n'y vois pas d'inconvénient, je vais demander à mes parents de se joindre à nous. Ils descendront à l'hôtel. Comme ça, la petite aura toute sa famille autour d'elle, des deux côtés. Véra acceptera peut-être de quitter sa maison de retraite pour venir passer quelques jours à Paris ?

– Elle a toujours refusé, mais je vais essayer. Nous irons, mon père et moi, la voir le 23, nous partirons directement d'Orly. Nous rentrerons le soir.

– C'est tout de même bizarre qu'il débarque inopinément, tu ne trouves pas ? Ça fait des années qu'il refuse de venir.

– Je pense que Margaret est à l'agonie.

– Il te l'a dit ?

– Dans la famille on ne dit jamais rien, tu le sais bien. Il a seulement balbutié qu'elle se trouvait à l'hôpital depuis des mois. »

Dans le récepteur, j'entendis le petit rire de Faby.

« C'est vrai que vous n'êtes pas très expansifs... »

Puis elle reprit d'une voix changée :

« Puisque je t'ai au téléphone, je veux te dire que je te trouve étrange, depuis quelque temps.

– Étrange, comment ça ?

– Tu ne sembles pas dans ton assiette. On dirait que quelque chose te tracasse. Tu es sûr que tout va bien ?

– J'ai trop tiré sur la corde, depuis deux mois. Quand cette affaire sera bouclée, Bernard me conseille de partir pour les Seychelles.

– Il a raison. Tu as besoin de détente. Je ne pourrai malheureusement pas t'accompagner. Tu n'imagines pas tout ce qu'il y a à faire pour remettre l'équipe debout. J'ai viré la moitié des gars. Depuis plus d'un an, ils se tournaient les pouces.

– Tu emploies les grands moyens, à ce que je vois.

– Il ne faut pas ?

– Si. J'imagine que tu as raison.

– Je voudrais réussir. C'est important pour moi.

– Je comprends.

– Mais tu me trouves trop dure ?

– Pourquoi dis-tu ça ?

– Tu veux savoir depuis quand tu es patraque ? fit-elle d'une voix altérée. Ça a commencé tout de suite après ce dîner avec ton copain journaliste : Roger... j'ai oublié son nom.

– Mantois.

– C'est ça. Je ne sais pas ce qu'il t'a dit, mais tu n'es plus tout à fait le même. On dirait que tu n'y crois plus.

– Je ne crois plus à quoi ?

– Plus à rien. La pub, la communication, les Bernottin, tu as l'air de te ficher de tout. »

Je gardai un instant le silence.

« Tu m'entends ? demanda Faby.

– Oui, bien sûr.

– Tu n'as jamais pensé à changer de branche ? De tous côtés, on te ferait un pont d'or. Tu as le vent en poupe.

– Je vais y réfléchir.

– De vive voix, tu n'aurais jamais accepté de m'écouter. Impossible de parler avec toi. Tu es comme ton père, comme Véra : tu glisses. On n'arrive pas à te saisir... Au fait, j'ai rencontré Sandra, elle va venir travailler avec nous. Tu as du goût, elle est jolie, intelligente.

– Si j'avais mauvais goût, je ne t'aurais pas épousée.

– Merci du compliment.

– Et Jérôme, ça va ?

– Jérôme ? Largué. Le nouveau s'appelle Sébastien.

– Il est comment ?

– Une heureuse nature, il rigole tout le temps.

– Ça te change, je ne ris pas souvent.

– Ne sois pas idiot. Je ne resterais pas des années avec un comique. Bon, excuse-moi, je vais appeler mes parents. Nous offrirons à Sabine un beau Noël. Je t'embrasse.

– Moi aussi. »

Après avoir raccroché, je restai un long moment immobile, le menton entre les paumes, les coudes sur mon bureau. La nuit descendait ; l'une après l'autre, les tours du quartier surgissaient de l'obscurité, leurs façades de verre éclairées.

Faby ne se trompait pas. Depuis ma conversation avec Roger, quelque chose en moi s'était cassé. Ce n'étaient pas ses propos qui m'avaient ébranlé, c'était le son de sa voix, son regard, son sourire désabusé. Alors que j'avais du mal à me rappeler ses paroles, je revoyais sans cesse ses yeux fixés sur moi avec une attention presque douloureuse.

« Tu n'y crois plus » : il y allait de quelque chose de plus profond, une sensation d'autant plus irritante qu'elle restait insaisissable. C'était peut-être ce dégoût de soi dont avait parlé mon ami, une amertume proche de celle qui minait Frédéric, qui jetait tant de mes proches dans l'alcool ou dans la drogue. Un à quoi bon insidieux, lancinant. Durant des années j'avais foncé sans réfléchir, volant de succès en succès ; je me sentais invulnérable. Je planais toujours, mais au-dessus du vide. Plus le mouvement s'accélérait autour de moi, plus mon épuisement s'accentuait. Longtemps l'alcool avait réussi à colmater les brèches. Maintenant, j'avais beau augmenter les doses, les fissures s'élargissaient.

À moins, pensai-je soudain, que l'alcoolisme ne fût pas la conséquence mais la cause ? Peut-être s'agissait-il d'un simple dérèglement chimique ? d'une dépression larvée ? Il me suffirait de consulter un psychiatre pour obtenir, sous forme de diagnostic, une réponse claire et rassurante, accompagnée d'une ordonnance. Comme des dizaines de cadres de chez Provalis, j'avalerais en cachette des tranquillisants, des sédatifs, puis, le soir, des somnifères. Échangeant mon malaise intérieur contre une pathologie répertoriée, j'entrerais à mon tour dans la ronde des victimes du stress. Qu'aurais-je gagné au change ? me demandai-je sans quitter des yeux le spectacle fantastique des tours éclairées. User d'un langage sociologique plutôt que de forger ma propre langue, était-ce un avantage ? On me comprendrait, on m'assénerait des conseils, des recettes. Je n'étais pas sûr de vouloir être entendu à tout prix.

La seule personne dont j'aurais voulu obtenir un peu de compréhension, de qui je désirais écouter une parole, cette femme, Véra, attendait patiemment la mort dans une maison de retraite dissimulée au fin fond d'une campagne embourbée. Repliée sur ses souvenirs, cachée derrière un immuable sourire, elle fuyait dès que je tentais de l'approcher.

Rien n'expliquait mon affaissement : je venais de

réussir une affaire importante, je gagnais plus d'argent que je n'en pouvais dépenser. Mes relations avec Faby étaient redevenues paisibles. Nous faisions à nouveau l'amour sans brutalité équivoque, avec une douceur complice.

Depuis qu'elle dirigeait la succursale du boulevard des Italiens, Faby, manifestement heureuse de sa promotion, se montrait d'humeur égale. Avec la rigueur que les femmes savent mettre dans le commandement, elle réorganisait le service, taillait dans l'équipe. Le soir, elle me parlait de ses initiatives, sollicitant mes avis. Allant jusqu'à siroter un petit verre de whisky en ma compagnie, elle restait un long moment dans la grande pièce du bas, assise à mon côté. Nous retrouvions l'intimité de nos premières années de vie commune, parlant de Sabine qui se transformait de jour en jour, devenait une personne.

Parfois je sentais le regard de Faby s'appesantir sur moi avec une expression inquiète. Elle ouvrait la bouche pour poser une question, se ravisait, baissait la tête.

Se levant, elle déposait un baiser sur mon front, grimpait les marches, et je restais seul avec ma bouteille et ma musique.

XIX

L'avion atterrit à onze heures précises. Au bout de quelques minutes, j'aperçus parmi les passagers la lourde silhouette de Gonzalo, vêtu d'un manteau en poil de chameau, coiffé d'un feutre, une écharpe nouée autour du cou. Répondant à mon salut, il agita la main, marcha vers moi, m'étreignit gauchement. En reculant, je ressentis un choc en découvrant son visage boursouflé, son regard morne, son sourire flétri. Cachant ma stupéfaction, je l'accompagnai pour récupérer sa valise, puis le conduisis vers le parking.

« Tu vas bien ?

– Ça va, oui. Je suis désolé d'avoir l'air de m'imposer, je ne voudrais pas vous déranger. Vous aviez peut-être d'autres projets ?

– Tu ne nous déranges pas, au contraire. Faby est enchantée de passer Noël en famille. Elle a invité ses parents pour le réveillon. Pour la première fois, Sabine aura toute sa famille autour d'elle. Il ne manquera que Véra.

– Tu penses qu'elle ne viendra pas ?

– Elle n'a jamais accepté mes invitations.

– Ça ne m'étonne pas. Véra a toujours vécu seule,

indépendante. Je crois qu'elle se suffit à elle-même. Elle ne connaît pas l'ennui.

– Tu l'appelles Véra ; tu ne l'as jamais appelée maman ou mère ?

– Tiens, c'est curieux, ta remarque. C'est vrai : même petit, je ne l'appelais pas maman. C'était ma mère, mais c'était d'abord une personne.

– Il y a longtemps que tu ne l'as pas vue ?

– Sept mois. C'était à la fin du printemps. Je l'ai trouvée en pleine forme, lucide, très droite. Elle a changé ?

– Je ne crois pas... Tu étais à Paris à la fin du printemps et tu ne m'as pas appelé ? demandai-je sans réussir à cacher mon ébahissement.

– Je suis descendu à l'hôtel. Je sais que tu es débordé de travail.

– Il ne t'arrive pas de penser qu'un fils puisse avoir plaisir à revoir son père ?

– Si, bien sûr. Tu permets que j'ôte mon manteau ? J'étouffe... En réalité, reprit-il après avoir déposé son vêtement sur la banquette arrière, ça n'allait pas très fort. Je n'avais pas très envie de...

– Margaret ?

– Oui, les médecins venaient de diagnostiquer son cancer. Elle a durement encaissé le coup. Moi-même...

– Tu en as parlé avec Véra ?

– Elle a été parfaite. Elle trouve toujours les mots justes.

– Que devient Margaret ? »

Tout contre moi, je percevais la respiration oppressée de mon père. Le silence se prolongea, puis, toussant pour s'éclaircir la voix :

« Elle ne reconnaît plus personne. Il paraît que ça peut encore durer trois semaines, un mois, peut-être plus. Je me suis tourné vers toi, je te prie de m'excuser.

– Tu as bien fait.... Tu comptes en parler à Véra ?

– Quand bien même je ne lui dirais rien, elle devinerait. Elle devine tout. »

Après avoir contourné Créteil, je me dirigeai vers Nogent-sur-Marne, puis empruntai des routes secondaires en direction de Tournan-en-Brie.

Très haut, le ciel était d'un gris uni ; sur la terre noire, les arbres dénudés se détachaient, noirs eux aussi.

XX

Peu avant Tournan, j'arrêtai la voiture devant une auberge où j'avais déjà déjeuné. Il n'y avait que trois autres clients dans la grande salle éclairée par un lustre de bronze suspendu au plafond, sous les poutres. Nous nous assîmes à l'écart, près d'une fenêtre.

« Tu te rappelles ? dis-je. Je devais avoir seize ou dix-sept ans, nous avons déjeuné dans une vieille auberge du Sussex, j'ai oublié le nom du village.

– Rye, sans doute. Nous avons visité deux jardins merveilleux. Je me souviens de ce repas. C'est l'une des rares fois où nous avons parlé, toi et moi. »

Après avoir passé nos commandes, je sortis de ma poche mon paquet de cigarettes.

« La fumée ne te dérange pas ?

– Non, je t'en prie. J'ai longtemps fumé. J'ai dû arrêter à cause de mes bronches.

– Je ne t'ai jamais vu fumer.

– Nous ne nous connaissons pas très bien... Léopoldine va bien ? questionna-t-il d'une voix neutre.

– Je crois, oui. Elle s'est installée en Touraine avec Norbert. Je la vois peu.

– Ils sont heureux ?

– Ils ont l'air de bien s'entendre.

– Je suis content pour elle. C'est une gentille personne. »

Aspirant une bouffée, je jouais avec mon briquet.

« Dans cette auberge de Rye, tu as évoqué la nièce de Véra, Clarissa. Tu as refusé de m'en parler.

– Pourquoi est-ce que tu penses à elle ? Tu ne la connais pas ; moi non plus, du reste. Dans ma mémoire, c'est une silhouette claire et joyeuse. J'avais cinq ou six ans ; dans le patio, l'ombre était dense et lourde... Il y avait partout des fleurs : orangers, jasmins, daturas, orangers du Mexique. Véra disait toujours que seules les fleurs blanches dégagent un parfum puissant. Elle aimait les parfums...

« C'était le soir, fit-il après un court silence, Clarissa a traversé le patio en riant. Je crois la revoir sans être tout à fait sûr de mon souvenir.

– Pourquoi as-tu refusé de m'en parler ? »

La patronne servit les hors-d'œuvre, déboucha le vin, un saint-joseph de bonne cuvée, repartit après nous avoir souhaité un bon appétit. Nous attaquâmes l'entrée, bûmes un peu de vin.

« Dans toutes les familles, il y a un cadavre caché dans le placard, tu le sais bien. Dans la nôtre, c'est Clarissa.

– Qu'est-ce qu'elle a fait ?

– Je sais seulement ce que Véra m'en a raconté. Très attachée à sa nièce, elle la considérait comme sa fille. Au début de la guerre civile, Clarissa avait un fiancé, Manuel, un phalangiste, fils d'un commerçant de la ville. Voulant protéger Rafael que les nouvelles autorités militaires soupçonnaient de sympathies républicaines, elle a demandé à son amoureux de lui faire peur.

– Tu dis que les militaires soupçonnaient ton père ? Il était ou n'était pas républicain ?

– Tu as toujours posé des questions brutales, exigeant des réponses tranchées. Petit, déjà... Remarque, je posais mille questions à Véra, moi aussi. J'avais besoin de comprendre, de tenir la vérité entre mes mains.

– Véra te répondait ?

– Avec franchise et clarté, oui. Mais ses réponses, toujours nuancées, me laissaient sur ma faim. J'aurais voulu que les choses soient simples, évidentes. Avec elle, rien ne paraissait évident. Aujourd'hui, reprit-il après avoir bu une gorgée de vin, je sais que rien n'est simple, que rien n'est évident, et je me sens toujours frustré. Il n'est pas facile de vivre avec des ambiguïtés. C'est sans doute pourquoi les hommes se précipitent vers les religions, les idéologies. Pour ne pas penser, nous avons besoin d'une explication définitive. »

Nous avions commandé des grillades accompagnées de frites. Nous mangeâmes en évitant de nous regarder.

« Rafael était sûrement républicain, il croyait au suffrage universel, à la liberté de la presse, au respect des opinions, lâcha-t-il après s'être essuyé les lèvres. Il faisait partie d'une étroite minorité composée d'intellectuels comme lui : médecins, avocats, journalistes, instituteurs et professeurs, sympathisants pour la plupart de la Gauche républicaine. La majorité des partis étaient ouvertement antidémocratiques : communistes, anarchistes, une bonne moitié des socialistes, tous se disaient révolutionnaires, adversaires de la république bourgeoise.

« Sais-tu quel était le mot de ralliement des généraux rebelles, les premières semaines du soulèvement ? demanda-t-il brusquement avec un léger sourire. À la fin de leurs discours, ils criaient “Vive la République !”.

– C’est absurde, fis-je en haussant les épaules.

– Bien sûr, l’Espagne était folle.

– Comment s’y retrouver ?

– Tu t’y retrouves aujourd’hui, toi ? fit-il en levant soudain les yeux sur moi. Tu arrives à saisir ce qui se passe, tu saurais dire où nous allons ? Mon père était comme nous, paumé. Il aimait la liberté, aspirait à des réformes radicales, mais il réprouvait la violence des révolutionnaires comme il réprouvait la brutalité de la répression des nationaux.

« Tu m’as souvent reproché de fuir tes questions, dit-il d’une voix changée. Ce n’était pas seulement de la timidité, c’était une forme d’impuissance.

« D’après ce que je viens de dire, tu pourrais penser que Rafael vivait écartelé entre ses convictions et la sauvagerie de la guerre. Ce n’est pas faux. Mais ce déchirement ne le définissait pas. Sa vraie vie était ailleurs.

– Où donc ?

– Dans sa maison perchée sur les flancs de la colline de l’Alhambra, dans ce patio que le crépuscule remplissait d’ombre, dans les parfums des daturas et du jasmin. Près de Véra qu’il a aimée à la folie. De son fils, moi, dont il était si fier. Dans ses recherches sur le soufisme, parmi ses élèves qui l'admiraient et le vénéraient. Dans cette ville, Grenade...

– Tu insinues que la politique ne comptait pas pour lui ?

– Elle comptait moins que sa femme, moins que son fils, moins que ses travaux, moins que ce qui fait l'étoffe des jours. La politique était un horizon lointain, non une réalité quotidienne.

– Et Véra, que pensait-elle ?

– Elle était écœurée par l'inconscience des uns, la cruauté des autres. Elle ne se faisait plus aucune illusion sur rien. La montée du nazisme en Allemagne l'avait dégoûtée.

– Elle dit avoir aimé l'Espagne avec passion.

– C'est vrai. Mais ce pays ne se trouvait pas pour elle dans ses frénésies partisanes. Il était... dans l'atmosphère, la sonorité des voix, la musique et la poésie. »

Nous buvions le café. Le soleil avait réussi à percer les nuages, jetant sur le paysage une clarté pâle.

« Et Clarissa, dans tout ça ?

– Elle vénérait Rafael, elle voulait le sauver. Il faut te dire..., murmura mon père avec un geste de découragement. Tu n'as pas idée de ce qu'a été la répression dans Grenade. Syndicalistes, militants politiques, instituteurs, journalistes, médecins, professeurs d'université, chaque jour on abattait des centaines de suspects. Lorca, bien sûr, on ne se souvient que de lui... Il ne fut qu'une victime parmi toutes les autres. De nos jours encore, les historiens se chamaillent sur le nombre de tués : plus de cinq mille, sûrement. En deux, trois mois, tu te rends compte ? Grenade était une ville moyenne, un gros bourg de province. Essaie de transposer à l'échelle du pays...

« La capitale était assiégée, coupée du reste du pays ; dans les villages des environs, les révolutionnaires abattaient leurs adversaires avec la même fureur. En ville, l'atmosphère était irrespirable ; les rebelles savaient que les Rouges pouvaient reprendre Grenade d'une heure à l'autre. La peur les rendait enragés.

« Malgré mon âge, je ressentais cette tension. Nous restions terrés ; mes parents n'osaient sortir ; ils chuchotaient avec une expression de peur et de méfiance.

– Un jour, tu m'as confié que tu avais toujours vécu dans la peur, murmurai-je.

– Ça vient de là, je pense. Je ne comprenais pas ce qui se passait, mais je flairais partout le danger. Les gens abandonnaient leur domicile, se planquaient, trouvaient asile chez des amis. L'un des collègues de mon père, un vieil ami, lui a demandé de le cacher.

– Rafael a accepté ?

– Il aurait pareillement donné asile à un adversaire. C'était une question d'honneur.

– Et Véra ?

– Elle n'aurait pas pardonné à mon père de se dérober. Ce fut une décision prise en commun... L'homme s'appelait Fernando, don Fernando. Grand, très maigre, il enseignait la philosophie... Le jour, il restait retranché dans le grenier ; le soir, il descendait dans le patio.

« C'est curieux, après tant d'années, j'entends encore le son de sa voix de basse. Il récitait des vers de Lorca : *Verde, que te quiero verde...* »

Reposant sa tasse, mon père marqua une longue pause, tout en regardant au-dehors.

« J'aime ces journées d'hiver, sans le moindre souffle, chuchota-t-il soudain. Margaret les aimait aussi. Nous faisions de longues marches dans la campagne...

« Les phalangistes, reprit-il, recherchaient don Fernando qu'ils accusaient d'être franc-maçon, membre de la Gauche républicaine, le parti de Manuel Azaña. Ils surveillaient la maison. C'est alors que Clarissa a décidé son fiancé, Manuel, à intervenir. Elle voulait sauver mon père.

– C'est comme ça qu'il a été tué ? »

Gonzalo secoua la tête, tourna de nouveau le regard vers l'extérieur.

L'auberge se trouvait au bord de la route, des camions passaient, soulevant des gerbes d'eau.

« Je n'ai jamais compris comment Véra a pu choisir ce coin, dit-il à voix basse.

« Non, reprit-il en me dévisageant et en poursuivant son idée. Personne ne sait ce qui s'est passé entre Manuel et lui, ce qu'ils se sont dit. Pris de peur, mon père a demandé à son ami don Fernando de quitter la maison. Celui-ci a été arrêté deux jours plus tard, et abattu devant le mur du cimetière. »

Nous restâmes silencieux, regardant le défilé de camions.

« Tu boiras un autre café ? demandai-je enfin.

– Volontiers. J'ai dû me lever tôt. Avec leurs mesures antiterroristes, il faut deux heures pour embarquer. J'aurais mieux fait de prendre l'Eurostar. »

Je demandai deux cafés avec l'addition, allumai une cigarette et en tirai une bouffée.

« Don Fernando a parlé, bien sûr.

– Personne n'a parlé.

– Mais alors... comment ont-ils su ?

– Ils n'ont rien su. C'est mon père qui, trois jours plus tard, s'est rendu au gouvernement militaire pour protester contre la répression. Il n'en est pas ressorti. Véra a su plus tard qu'il avait été torturé, conduit à Viznar, lieu distant d'une quinzaine de kilomètres, là même où Lorca a été abattu près d'une vieille fontaine morisque. »

Fixant Gonzalo avec incrédulité, je tentais de comprendre.

« Comment a-t-il pu ? C'était de la folie !

– Il ne se pardonnait pas.

– La mort de son ami ?

– Sa défaillance. Il l'avait chassé, il l'avait envoyé à la mort.

– Mais Véra ? Elle l'aimait avec passion, m'as-tu dit. Pourquoi ne l'a-t-elle pas dissuadé ?

– Tu es son petit-fils, tu as connu une grand-mère douce et bienveillante. Véra pouvait aussi se montrer impitoyable. Dans mon enfance, je l'admirais et la redoutais à la fois.

– Tu veux dire qu'elle était dure avec toi ?

– Il ne s'agit pas de dureté ni de sévérité. C'était autre chose. Une exigence inhumaine. »

S'arrêtant pour remercier la patronne qui apportait les cafés, il défit avec soin l'enveloppe des sucres, puis fit tourner sa petite cuillère avec une étrange attention.

« Il y a des fautes qu'elle ne pardonne pas. Elle appelle ça franchir la ligne.

– À toi, elle a toujours pardonné, non ?

– Je n'ai jamais franchi la ligne. Mais je sentais... je savais que la sentence aurait pu tomber, ce qui suffisait pour que je vive dans la crainte. J'ai grandi dans la conviction que jamais je ne serais à la hauteur de mes parents. Fils de héros, le rôle dépassait mes capacités.

« Avec peut-être d'excellentes intentions, Clarissa avait, aux yeux de Véra, commis l'irrémédiable. Elle l'a chassée, n'a jamais voulu la revoir ni lui parler.

– Tu penses que Véra a accepté que Rafael aille à la mort ?

– Je pense, fit mon père en plantant ses yeux dans les miens et en détachant chaque syllabe, je pense que Véra l'a encouragé, conforté. Encore une fois, ce fut une décision commune, mûrement réfléchie.

– Tu ne trouves pas ça... monstrueux ?

– Admirable. Atroce et admirable. Véra n'est pas et n'a jamais été une personne ordinaire. Pour elle, c'était la plus haute preuve d'amour qu'elle pouvait donner à Rafael.

« J'ai longtemps éprouvé ce que tu ressens, dit-il en me dévisageant. Je ne me résignais pas à admettre. Maintenant...

– Tu veux dire que maintenant, tu la comprends ?

– On ne condamne pas une morte. Véra a été tuée en même temps que Rafael. Quand elle est venue me rejoindre à Londres, c'était une femme superbe. Des dizaines d'hommes l'ont courtisée. Elle est toujours restée fidèle à mon père, repoussant leurs avances. Sa solitude, c'est ça, Salvador. Véra n'appartient pas à notre monde. Je me demande si ce paysage plat et fangeux n'est pas à l'image de son esprit.

– Comment peut-on... ? protestai-je. C'est inhumain.

– Les guerres sont inhumaines, lâcha Gonzalo en soupirant. Les guerres civiles, plus encore. Véra ne supportait pas que Rafael sorte avili et humilié de cette épreuve, expliqua-t-il. Elle l'a rendu à lui-même.

« J'ai souvent tenté d'imaginer les deux jours qu'ils ont passés ensemble avant que mon père ne descende en ville. Je me demande de quoi ils ont parlé. Ils ont probablement fait l'amour. Dans ces cas-là, on fait l'amour, je pense. Eux – je suis gêné d'évoquer ce point – s'aimaient passionnément. Charnellement, avec une violence demeurée intacte. Même moi, je sentais leur intimité. Quand ils se regardaient, assis dans le patio, on éprouvait un vague malaise.

« Oui, ils ont sûrement fait l'amour.

« C'est à ce moment-là, fit-il d'une voix changée, qu'elle m'a confié à une famille amie, demandant qu'on m'envoie à Salamanque dès que la situation le permettrait. Je me souviens vaguement de la séparation, qui fut très calme, presque gaie. J'étais persuadé que c'était l'affaire de quelques jours. Des vacances, en quelque sorte. En réalité, Véra faisait le ménage, mettait de l'ordre dans sa vie.

« Je pense souvent, reprit mon père rêveusement, au moment où Rafael a franchi seul la porte du gouvernement militaire. J'essaie d'imaginer ses sentiments. Quand je suis retourné en vacances à Grenade, j'ai fait le trajet depuis la maison jusqu'à ce bâtiment. Vingt minutes à pied. C'est très long, vingt minutes. On a le temps de penser.

« Je sais que je n'aurais jamais eu la force. Il était espagnol, ça l'a peut-être aidé.

– Je n'aurais jamais cru, dis-je, que Véra pouvait être habitée d'un tel sens moral.

– Moral ? répéta mon père avec lenteur comme s'il examinait le mot, le tournait et le retournait. Ce n'est pas le terme que je choisirais.

– Quel autre ?

– Véra a toujours détesté la morale, qu'elle appelle d'ailleurs moralisme. »

Réfléchissant, je baissai la tête pour examiner ma tasse. Cet homme que, dans mon enfance et mon adolescence, j'imaginais balourd, sans imagination, j'étais tout à coup sidéré par sa finesse et son acuité. Me rappelant le passé, j'éprouvai un regret teinté d'amertume. Comment avais-je pu passer à côté de Gonzalo, sans me douter ?... C'était mon père et j'ignorais tout de lui, sauf qu'il aimait les fleurs, les jardins.

« Au nom de quoi a-t-elle accepté d'envoyer l'homme qu'elle aimait à une mort certaine ?

– La morale, disait souvent Véra, c'est de la lâcheté. Je crois qu'elle était tout simplement courageuse.

– Ça te suffit comme explication ?

– Je ne prétends pas expliquer.

– Elle croyait tout de même à quelque chose ? Elle avait une foi ?

– Elle croyait à tout, autant dire à rien.

– Elle s'est convertie au catholicisme, elle a été baptisée. C'est bien la preuve qu'elle croyait en Dieu.

– Ça ne prouve rien. Elle croyait sûrement en Dieu, mais pas à un Dieu comptable, pas à un Juge. Je me suis souvent demandé si elle ne croyait pas à tous les dieux.

« Baptisée ou pas, Véra reste juive, une Juive de la diaspora allemande, avec une très haute exigence. Pour elle, la recherche de la vérité compte plus que la vérité elle-même. C'est une femme libre, vraiment libre, qui pour rien au monde ne consentirait à abdiquer. À Dieu, si un dieu existe, elle parlerait d'égal à égal, raisonnant, discutant, pinaillant. Toujours droite, elle refuse de s'agenouiller. C'est une rebelle. Son unique croyance s'appelle l'intelligence.

« Elle s'est convertie, reprit-il après un court silence, pour être plus proche de Rafael, pour pouvoir me rejoindre, moi, son fils – une part de Rafael. Si elle ne s'était pas convertie, elle n'aurait pas été libérée ; je serais devenu orphelin. Cette considération aurait suffi pour la décider, car elle avait promis à mon père de veiller sur moi. Telle que je la connais, cette concession lui a coûté. Mais, pour elle, ce fut une confirmation de sa promesse de mariage.

– J'ai du mal à te suivre.

– J'ai moi-même du mal à comprendre.

– Si elle n'avait que son amour pour Rafael, comment a-t-elle pu accepter... ?

– Un jour, murmura mon père en tournant son regard du côté de la route, Véra m'a confié que l'amour était une pure invention – je ne sais plus au juste quel terme elle a employé. Il y a, me dit-elle, le désir charnel, la passion, et, pour demeurer ensemble, le mythe.

– Rafael n'aurait été qu'une fable ?

– Pas lui, leur union. Ils s'étaient inventé un mythe, et c'est à ce mythe qu'elle a voulu rester fidèle.

– Mais c'est... du nihilisme ! balbutiai-je en regardant mon père. Et qu'était, selon toi, le contenu du mythe ?

– Je peux te répéter ce qu'elle m'en a dit. La vie, rien d'autre que la vie, faite d'instants cousus ensemble pour constituer une durée. L'effort pour comprendre, la lutte.

– La vie ?

– Oui, la vie. Et donc la mort certaine, acceptée. Une vie digne d'être vécue... En 36, c'est leur vie qui se trouvait mise en cause. Ils ont choisi de mourir ensemble. Véra admirait Stefan Zweig. Lui non plus n'a pas supporté. Il s'est tué avec sa femme en Amérique du Sud. »

Dehors, le défilé des camions se poursuivait.

XXI

Nous quittâmes l'auberge sous un soleil anémié qui ne parvenait pas à réchauffer l'atmosphère. Dix kilomètres nous séparaient de Neufmoutiers et je conduisais lentement ; près de moi, mon père observait le paysage désolé. Enfin nous longeâmes le mur ceignant l'ancien couvent, atteignîmes la grille, pénétrâmes dans le parc.

Allées et pelouses avaient été balayées, les feuilles mortes rassemblées en tas. Arrêtant la voiture dans le parking réservé aux visiteurs, j'ouvris le coffre, sortis deux grands sacs contenant des fruits confits, des boîtes de chocolats, trois bouteilles de champagne et, soigneusement enveloppé, un grand châle pour Véra, son cadeau de Noël. En approchant du bâtiment, j'éprouvais une vague peur.

Jamais plus je ne regarderais Véra de la même manière. Depuis l'enfance, j'avais espéré qu'elle me dirait quelque chose, mais ce qu'elle aurait pu me dire me glaçait maintenant d'une épouvante mêlée d'admiration.

Depuis le hall, nous l'aperçûmes assise près d'une fenêtre, seule, très droite ; la lumière d'hiver ciselait son profil. Un livre était posé sur une table de rotin, devant elle ; elle avait posé ses mains dessus et, les yeux mi-clos, semblait plongée dans ses pensées. Avec ses cheveux blancs ondulés, son tailleur couleur lavande, elle avait l'air d'une créature immatérielle, d'un fantôme. Je me rappelai mon émotion quand je prenais congé d'elle, dans l'appartement de la rue des Fossés-Saint-Jacques ; avant de refermer la porte d'entrée, je l'observais et éprouvais un vague remords de la voir seule, assise devant la fenêtre. Peut-être, pensai-je, aimais-je Véra, ce qui s'appelle aimer ? Peut-être n'avais-je aimé aucune femme avec une telle intensité ?

Nous apercevant, elle leva la tête, nous adressa un sourire d'une douceur émue.

« Ça me fait plaisir de vous voir. Je me demande depuis combien de temps je ne vous ai pas vus ensemble. »

Elle nous embrassa du bout des lèvres, toucha la joue de son fils.

« Ça va, mon grand ? »

Il fit oui de la tête, s'assit à son côté sur une chaise, défit son manteau.

« J'espère qu'il te plaira, dis-je en lui tendant son présent.

– Qu'est-ce que c'est ? demanda-t-elle, et je surpris un éclair de malice dans ses yeux pâles.

– Un châle. C'est ce que tu voulais, non ? »

Je la regardai défaire avec soin le paquet, défroisser le papier en appuyant dessus, le plier, recommencer l'opération avec le papier de soie, y mettant la même attention, dénouer les rubans, les rouler. Je me rappelai que, dans son appartement de Paris, elle accumulait dans un coin du placard les papiers d'emballage, les ficelles, les rubans. Elle ne jetait jamais rien. L'une de mes copines m'avait raconté que sa grand-mère faisait de même. « C'est la génération de la guerre », avait-elle dit en haussant les épaules.

Cependant que Véra déployait le châle, je jetai un regard sur le titre du livre : *Les Frères Karamazov*.

Ses doigts caressaient l'étoffe de cachemire qu'elle mit ensuite contre sa joue.

« Tu es fou, mon grand garçon. Tu as dû le payer une fortune. C'est trop beau pour une vieille femme, mais ça me fait vraiment plaisir. Viens, que je t'embrasse. »

Une fois encore, je sentis le contact de ses lèvres sèches et froides, je respirai ce parfum de muguet qui me troublait tant dans mon adolescence.

« Je vais monter à l'étage pour distribuer mes cadeaux, dis-je en montrant mes sacs.

– Tu es trop généreux. À cause de toi, le personnel me gâte.

– Il mérite bien une attention, tu ne trouves pas ?

– Sûrement. Soigner des vieillards, écouter leurs radotages, ça n'a rien de très gai.

– Tu n'as jamais radoté.

– Ça viendra. »

Laissant la mère et le fils seuls, je m'éloignai vers le hall avant de me retourner.

Gonzalo avait posé sa tête sur l'épaule de sa mère dont la main caressait ses cheveux. Des spasmes secouaient le dos de mon père.

L'une après l'autre, j'allai saluer les infirmières, leur remettre des présents, m'attardant pour bavarder avec elles.

Dans un petit bureau, au fond du couloir, je finis par dénicher celui que Véra appelait « le petit Roland » et qui mesurait plus d'un mètre quatre-vingt-cinq. Blond, mince, d'une beauté délicate, son attitude et ses gestes trahissaient une sensibilité effarouchée. Dans mon métier, j'avais fréquenté assez d'homosexuels pour deviner que Roland ne devait pas courir après les femmes.

« Je voulais vous souhaiter un joyeux Noël et vous remercier de vos attentions pour ma grand-mère.

– Merci, dit-il en rougissant et en prenant le paquet que je lui tendais. Il ne fallait pas. Ça va sûrement vous paraître bizarre, mais j'aime m'occuper des personnes âgées. Je les trouve émouvantes. Et puis, certaines n'ont pas la chance de votre grand-mère. Personne ne vient les visiter. La solitude des vieux, je crois que c'est pire...

« Oh, c'est trop beau ! s'écria-t-il en brandissant la montre-bracelet et en la passant à son poignet. Je ne mérite pas ça.

– Ma grand-mère m'a dit que vous aviez perdu la vôtre. J'ai pensé que ça vous ferait plaisir.

– Je n'ai jamais possédé une montre aussi belle. Vous permettez que je vous embrasse ? »

Collant deux baisers sur mes joues, Roland tendit le bras pour admirer la montre.

« Personne ne m'a jamais fait un aussi beau cadeau.

– Ma grand-mère a beaucoup d'affection pour vous.

– C'est réciproque. C'est une femme merveilleuse. Je la trouve impressionnante.

– Impressionnante ?

– Elle m'impressionne, oui. Sa culture, son intelligence. Et puis il y a en elle quelque chose de solide, de rassurant. Je lui dis qu'elle est un roc. Elle me parle souvent de vous, vous savez. Elle est très fière de vous.

– Fière de moi ?

– Tous les jours elle épluche la presse pour voir si on parle de vous. Quand elle trouve un article où votre nom est cité, elle le découpe et le range dans son album.

– Un album ?

– Oui, c'est sa marotte. Elle collectionne tout ce qui vous touche ou vient de vous. Vous ne le saviez pas ? »

Je fis non de la tête. Ainsi, Véra qui jamais ne manifestait...

« Remarquez, dit Roland, c'est normal qu'elle ne vous en parle pas. C'est son jardin secret. Avec moi, c'est différent. Je vis dans son intimité, je lui rends de menus services... Elle me conseille aussi.

– Elle vous donne des conseils ? demandai-je, de plus en plus ahuri.

– Quand mon ex-ami m'a quitté, c'est elle qui m'a remonté le moral. Et quand j'ai rencontré Ariel, elle m'a dispensé de très bonnes recommandations. J'ai tendance à m'emballer, elle m'a calmé.

– C'est curieux, dis-je, je n'aurais jamais cru que Véra... Je ne la croyais pas très tolérante pour...

– Pour l'homosexualité ? demanda Roland avec un

petit rire nerveux. Vous vous trompez. Un jour, elle m'a confié que seules les femmes, enfin... certaines femmes comprennent vraiment les gays, parce que, a-t-elle dit, les gays et les femmes partagent un même mythe.

– Elle a employé le mot *mythe*, vous êtes sûr ? demandai-je en repensant à ma conversation avec Gonzalo.

– Oui, j'en suis sûr.

– Vous avez compris ce qu'elle entendait par là ?

– Je crois, oui, fit Roland dont les joues s'empourprèrent. Moi, j'appelle ça un roman, toutes les histoires qu'on se raconte quand on est amoureux, tout ce qu'on invente avant, pendant, après...

– C'est sûrement ça.

– Véra est une femme extraordinaire.

– Oui, dis-je en ébauchant un sourire. Si elle reste en forme, c'est un peu grâce à vous.

– Oh, elle est solide. C'est une coriace. Elle mène une vie régulière, toujours couchée à la même heure, levée très tôt. Le danger, avec de telles natures, c'est qu'elles peuvent s'écrouler brusquement. Je l'ai souvent constaté : un rhume banal et... hop, c'est la bascule !

– Il y a ici des médecins, une infirmerie...

– C'est juste pour les petits bobos. Dès qu'elles sont réellement malades, on les expédie à l'hôpital. Chaque fois, j'ai du mal à m'y faire. Ça va vous paraître idiot, je pleure. C'est plus fort que moi. À force de les soigner, de parler avec elles, beaucoup deviennent des amies. Alors, quand il faut plier leurs affaires, ranger la chambre... Heureusement, Véra vous a, vous. Je ne supporterais pas l'idée qu'elle meure seule. Vous me trouvez sûrement trop sentimental ?

– Non, Roland. Je suis touché... Excusez-moi, je dois rejoindre mon père. »

En descendant les marches, je repensai avec perplexité aux confidences du « petit Roland ». Nous ne connaissons jamais personne, me disais-je, pas même ceux qui nous sont le plus proches. Je n'avais jamais rien su de mon père, j'ignorais tout de Véra.

En arrivant dans le hall, je m'assurai que la crise était passée. Mère et fils devisaient calmement.

« J'ai parlé avec "le petit Roland", qui est plutôt grand !

– Oh, la taille n'a rien à faire là-dedans. C'est un très gentil garçon, un peu naïf. Il attend toujours le grand amour, il s'enflamme et, bien entendu, il est chaque fois déçu.

– Tu ne crois pas au grand amour ? demandai-je avec un sourire.

– Bien sûr que si, puisque je l'ai rencontré. Mais, si on veut le garder, il ne faut surtout pas l'idéaliser. Enfin, pas de la façon dont il le fait, pas en ignorant la réalité. C'est le futur qu'il faut inventer, pas le présent ni le passé. Un couple qui ne se projette pas en avant est appelé à se défaire.

– Un mythe, en somme, lâchai-je avec un sourire.

– Le petit Roland t'a rapporté ça ? Un mythe, oui, mais à rebours : non pas le récit des origines, mais celui d'un aboutissement. Aimer, c'est marcher du même pas vers un but, le plus haut possible.

« Ton père m'a transmis votre invitation, dit-elle d'une voix changée. Excuse-moi, Salvador, je préfère passer Noël ici... Tu te rappelles ma crèche espagnole ? Rue des Fossés-Saint-Jacques, tu m'aidais à l'installer. Je l'ai apportée ici, dans ma chambre. Elle me rappelle Rafael. Depuis plus de soixante ans, c'est avec lui que je passe mes Noëls. Je reste assise dans mon fauteuil, je regarde les figurines, je revis le passé. Avec l'âge, c'est tout ce qui reste, les souvenirs.

« Tu ne m'en veux pas ? »

Je fis non de la tête.

« J'ai toujours pensé que Noël était la fête des enfants. Petit, ton père était si excité qu'il n'arrivait pas à s'endormir. Nous montions le réveiller peu avant minuit pour boire une tasse de chocolat chaud avec des *churros* et du *turrón*... Tu te rappelles ? dit-elle en se tournant vers mon père.

– C'est très vague. Je ne me souviens de presque rien avant..., lâcha Gonzalo en laissant sa phrase en suspens.

– Même pas de l'entrée des Rois mages, le 6 janvier ? Vous descendiez en ville, ton père et toi, il te prenait sur ses épaules pour que tu puisses apercevoir le cortège. Tu aimais Balthazar. C'est curieux, tous les enfants préfèrent Balthazar, peut-être parce qu'il est noir. Les petits ignorent le racisme... Quand vous remontiez au *carmen*, tu découvrais les cadeaux autour de la crèche. Tu ne comprenais pas comment les Rois pouvaient se trouver à la fois dehors et dans la maison.

Tu avais un esprit très logique. Je ne sais plus ce que je te racontais. »

J'avais rarement vu Véra si diserte, avec une étrange douceur, son beau visage éclairé d'un sourire tendre. Était-ce de retrouver son fils ? de nous voir réunis autour d'elle ? Elle me tendit la main.

« Vous feriez bien de rentrer avant les retours. Inutile de vous trouver bloqués dans les embouteillages.

– Et toi, demandai-je en regrettant aussitôt ma question, que vas-tu faire ?

– Mais ce que je fais chaque jour, mon grand. Je vais boire une tasse de thé, lire quelques pages. Ensuite je monterai dans ma chambre, je resterai assise dans mon fauteuil, je regarderai la nuit monter à l'horizon, j'écouterai la radio. Ce soir, on diffuse un très beau concert, le Philharmonique de Vienne, la *Neuvième*. Je ne suis pas folle des symphonies de Beethoven, trop grandiloquentes à mon goût, trop bruyantes, mais je reconnais que c'est une musique admirable.

– Tu préfères Schubert ? fis-je avec un sourire.

– Tu te moques. J'aime Schubert, c'est vrai, parce qu'il laisse parler son cœur, simplement.

– Tu n'as pas d'amies parmi les pensionnaires ?

– Des relations, pas d'amies. Tu sais, dans la vie, on les compte sur les doigts d'une main, les amis.

– Tu ne t'ennuies pas ?

– M'ennuyer ? Le temps passe si vite et j'ai tant à penser !... Allez, mes grands garçons, dépêchez-vous de rentrer. »

Nous nous levâmes, je me penchai pour l'embrasser.

« Merci pour tout, Salvador. Merci d'avoir pensé au

petit Roland. Tu me rappelles Rafael. Lui non plus n'oubliait personne... Je ne t'ai pas parlé de ton travail. Pourtant, je me tiens au courant. Nous en discuterons la prochaine fois. Bonnes fêtes de Noël. »

Détournant la tête, je me hâtai d'enfiler mon pardessus. J'entendais la voix de Véra dans mon dos.

« Sois courageux, Gonzalo. Je suis passée par là. Je sais ce que c'est... »

Nous marchâmes vers le hall, nous retournâmes une dernière fois. Du bout des doigts, Véra nous envoya un baiser.

Dehors, le froid était devenu mordant. Deux corneilles s'envolèrent pesamment. Durant tout le trajet jusqu'à Paris, nous gardâmes le silence, chacun absorbé dans ses pensées.

XXII

Le menu du réveillon concocté par Faby ne comportait aucun de ces plats roboratifs qui laissent des impressions de lourdeur et provoquent, le lendemain, des migraines nauséeuses : un excellent saumon fumé, un gigot servi rosé, un gâteau de chez Le Nôtre, arrosés d'un bourgogne rouge exceptionnel, d'un champagne brut fruité.

Mon père ayant sympathisé avec les parents de Faby, les conversations furent animées et, autour de la table, l'atmosphère resta détendue. Durant toute la soirée, Gonzalo se montra loquace, d'une érudition aussi étourdissante que légère, se moquant de ce qu'il nommait sa *pesanteur universitaire*. Jamais je n'avais soupçonné que cet homme d'apparence balourde cachait un esprit aussi subtil et malicieux. Avec ébahissement, je l'écoutais disserter et plaisanter.

Dans un angle de la grande pièce du rez-de-chaussée, Faby avait installé un sapin sous lequel, à minuit, nous déposâmes les cadeaux, une dizaine de jouets pour la petite, une eau de toilette et une cravate de soie pour moi, un collier ancien pour Faby, des babioles pour Gonzalo et mes beaux-parents.

À minuit, je montai réveiller ma fille, la descendis dans mes bras cependant que les haut-parleurs de l'enceinte diffusaient un cantique allemand d'une sentimentalité doucereuse. Faby avait éteint les lumières, seules les guirlandes électriques de l'arbre éclairaient la pièce. Mal réveillée, Sabine frottait ses paupières, regardait sans proférer un mot, l'air ahuri.

Cependant que Sabine défaisait ses paquets, prenait une grande poupée dans ses bras et tournait, éblouie, son regard vers nous, j'allai m'asseoir dans mon fauteuil.

Depuis quelque temps, je ressentais une légère douleur au côté droit de l'abdomen, avec une sensation de lourdeur. Je pensai que je devrais freiner ma consommation d'alcool et me promis de consulter mon médecin.

Les soirs suivants, mon père prit l'habitude de me rejoindre et de rester un long moment avec moi dans la grande pièce. Je lui servais de vieux whiskies que nous dégustions avec recueillement. Me flattant de reconnaître les marques et les années, je me piquais d'être devenu un amateur. C'était la dernière ruse de mon alcoolisme.

« Je m'étais pourtant promis de ne plus toucher à l'alcool, lâcha un soir mon père d'un ton désabusé en fixant son verre. Ça fait près de dix ans que j'ai arrêté de boire. »

Je crus d'abord que j'avais mal interprété son propos : interloqué, je finis par lui demander :

« Tu... buvais ?

– Pendant près de quinze ans. C'est Margaret qui, à force de patience, a réussi... Maintenant...

– Quand j'étais enfant, tu buvais déjà ?

– Dès mon réveil, oui. J'emportais partout une fiole remplie de mauvais cognac.

– Je n'ai jamais rien remarqué.

– Je faisais très attention. Dès que tu regardais ailleurs, j'avalais vite une gorgée. Tu sais, les alcooliques sont rusés. Ils réussissent même à se duper eux-mêmes. »

Médusé, j'observai mon père. Ainsi, durant des années, il avait pu me tromper, se cacher de moi, se mentir à lui-même.

« C'est pour ça, reprit-il du même ton paisible, que tu me trouvais lourd, empoté. Je bredouillais, je voyais les choses et les gens derrière un nuage de brume. Ta dureté m'enfonçait davantage. Je croyais que tu m'avais percé à jour, que c'était la cause de ton mépris.

– Je ne crois pas que je te méprisais. C'était...

– Bien sûr que si, tu avais du mépris pour moi. Je te donnais d'ailleurs raison. Je me méprisais moi-même.

– Tu conduisais pourtant ta voiture...

– En tremblant, de peur d'être contrôlé ou de provoquer un accident. Je roulais très lentement, je respectais tous les panneaux.

– C'était donc ça, ta prudence ?

– La peur, oui. Chaque fois que je m'asseyais au volant, j'éprouvais une véritable panique.

– Pourquoi ? finis-je par murmurer, regrettant aussitôt ma question.

– Quand j'avais bu, je me sentais invulnérable. »

Nous levâmes nos verres en échangeant un regard. Nous avions fini par nous rejoindre, mais ce n'était pas dans les circonstances que j'aurais rêvées.

Comme si cet aveu nous avait soudés dans une trouble complicité, mon père abandonna sa réserve. Ressuscitant un passé qui m'était longtemps resté énigmatique, sa voix s'élevait dans le silence de la nuit, faisant surgir devant moi cet *avant* que Véra avait si souvent évoqué avec une douce impatience, peut-être découragée par ma nervosité. Alors que je cherchais des explications claires, je plongeais avec Gonzalo dans un univers aussi confus que celui où j'évoluais.

En 1927 ou 28, mon père n'était pas sûr de la date, Rafael rentra en Espagne après une absence de six ans. Débarquant à Madrid, il loua avec Véra un grand appartement rue Alphonse-XII, face au jardin du Retiro. Le salon de Véra devint bientôt le rendez-vous des artistes et des poètes qui, à n'importe quelle heure, débarquaient, discutaient, plaisantaient, récitaient des vers, chantaient en s'accompagnant au piano. Ils déboulaient en bande, sans prévenir ; affalés sur les canapés, couchés sur les tapis, ils restaient parfois jusqu'aux premières heures de la matinée, débattant fiévreusement. À son réveil, Véra les retrouvait là où elle les avait laissés et ils la rejoignaient à la cuisine pour prendre avec elle le petit déjeuner. L'un était allé chercher des *churros* dans le quartier de Santa Ana, et ils les mangeaient en les trempant dans leur chocolat. C'était chaque jour une agitation joyeuse.

Cette atmosphère de chants, de poésie, de rires, de discussions passionnées, je la reliais à celle de la jeunesse berlinoise de Véra qui, par ailleurs, fréquentait les théâtres et les salles de concerts, courait avec ses amis aux corridas de la San Isidro, dansait le *chotis* [1] dans des estaminets des Ventas ou de Cuatro Caminos, filait au volant de sa voiture jusqu'à Ségovie, Tolède, Ávila, skiait dans la sierra de Gredos.

En écoutant mon père, je l'imaginais insouciante, pleinement vivante. Je comprenais – du moins croyais-je deviner – pourquoi elle avait tant aimé l'Espagne, sa vitalité, son énergie passionnée. Je repassais dans ma tête la litanie des noms que Gonzalo égrenait, tous ceux qui fréquentaient l'appartement de Véra : les frères Machado, Alberti, Juan Ramón Jiménez, Salvador Dalí, Buñuel, Federico García Lorca et sa bande de copains... une jeunesse impertinente et libre.

Belle, intelligente, éprise de littérature et de musique, Véra se laissait emporter dans ce tourbillon.

Nommé titulaire de la chaire de philologie arabe à l'Université moderne en attendant que le budget de l'Éducation permît la création de l'Institut d'études arabo-andalouses dont il rêvait, Rafael était alors un homme jeune et fougueux qui supportait mal les lenteurs de l'administration. Jouissant d'une influence considérable dans l'enseignement supérieur, le clergé s'opposait à un projet qu'il jugeait équivoque. La Reconquête avait forgé l'unité nationale, fondée sur le

1. Danse populaire, un peu ce que la java était à Paris.

catholicisme. Vouloir exhumer la mémoire islamique revenait à légitimer l'hérésie.

Comme toujours, le roi louvoyait et plaisantait. D'une intelligence médiocre, il méprisait l'intellectualisme, adoptant des attitudes de *chulo* [1], parlant le jargon trivial des faubourgs, faisant montre d'une virilité provocante. Amateur d'uniformes et de parades, il se disait militaire parmi les militaires, goût qui l'avait entraîné dans la désastreuse campagne du Rif et avait fini par causer l'une des plus affreuses déroutes que l'Espagne eût connues : plus de six mille soldats tués, autant de prisonniers. Le général Silvestre, qui commandait l'expédition, s'était suicidé. Dans tout le pays, l'émotion avait été intense. Survenant après la perte de Cuba et des Philippines, cette débâcle consommait le déclin de l'Espagne, provoquant l'amertume et le ressentiment, suscitant aussi le réveil, une volonté farouche de régénération.

Pour échapper à sa responsabilité, mise au jour par les travaux d'une commission d'enquête parlementaire, le monarque suspendit la Constitution et remit le pouvoir à une junte militaire dirigée par le général Miguel Primo de Rivera, surnommé Miguelito par ses adversaires.

Entouré d'une camarilla de nobles, s'adonnant à la chasse, aux sports automobiles, au polo, courant les femmes, Alphonse XIII donnait l'impression de se désintéresser de la marche des affaires. Grand, d'une laideur sympathique, son sourire exprimait une mélancolie teintée de scepticisme. Avec désabusement il assistait à la déconfiture de la dictature brouillonne de

1. Voyou madrilène.

Primo de Rivera. Comme bon nombre de Madrilènes, il riait de ses bons mots, de ses retournements imprévisibles, de sa faconde et de ses aventures galantes. Toujours entre deux cuites, le ministre défaisait le matin ce qu'il avait fait la veille. Malgré son apathie blasée, le roi ne pouvait ignorer que les foucades de son Rivera, si elles n'aggravaient pas la situation précaire du pays, ne l'arrangeaient pas non plus.

Ainsi qu'il arrive souvent dans les fins de règne, on respirait pourtant un air léger, on vivait dans une sorte d'insouciance. Partout les Madrilènes chantaient et dansaient. Une gaieté pétillante. C'était le monde, soupirait Gonzalo, de la *zarzuela*, ce genre parodique, avec ses *verbenas* et ses bals populaires. Nourrices galiciennes en robes traditionnelles, *serenos* [1] qui, dans la nuit, psalmodiaient les heures : « *Las dos ! Todo està sereno !* » en faisant résonner leur bâton sur les pavés, bidasses dépenaillés et bonnes d'enfants aux coiffes amidonnées, *chulos* et *manuelas :* la capitale était une ville bigarrée, humaine, sans industries, peuplée de fonctionnaires ; les élégantes se pavanaient sur le Paseo del Prado, faisaient leurs courses sur la Gran Vía, artère dont la modernité semblait fantastique aux habitants, buvaient un chocolat chaud sur la place Santa Ana, cependant que, dans les allées du Retiro, les *señoritos* exhibaient, en un carrousel de fatuité, leurs automobiles rutilantes.

Avec ses mulets et ses chevaux, ses poulaillers et

1. Veilleurs de nuit qui, un trousseau de clés à la ceinture, ouvraient les portes des immeubles aux noctambules. Leur nom dérivait de la ritournelle qu'ils chantonnaient, annonçant les heures : « Tout est *sereno* (calme)... »

ses troupeaux de moutons, la campagne se nichait jusque dans la capitale. « L'ancien monde sentait le crottin », disait Véra, réduisant à cette odeur puissante la survivance des paysans au cœur des villes.

Une hideuse misère s'étalait partout. Dans l'aube glaciale des terribles hivers de Castille, quand, dévalant des montagnes, une bise sibérienne s'engouffrait dans les rues, on voyait les vendeurs de journaux, troupes d'enfants haillonneux, tenter de se réchauffer autour d'un feu allumé avec leurs invendus. Partout des mendiants, des infirmes, des invalides.

Au petit jour, les fêtards du grand monde sortaient éméchés des restaurants à la mode et des boîtes de nuit. Dans leurs capes jetées sur l'habit à grande queue, coiffés de hauts-de-forme, ils lançaient des piécettes que se disputaient des gosses faméliques. Peut-être, disait mon père, ce contraste était-il tout ce qui survivait de l'ancien régime, déjà condamné mais qui se prolongeait dans une nonchalance persifleuse.

Jusqu'au fond des provinces, notamment en Catalogne et en Andalousie, les théories anarchistes se répandaient. Idées d'un radicalisme fait pour séduire une Espagne imprégnée de religiosité. Moins une pensée politique qu'une mystique : la promesse, au bout d'un renversement sauvage, d'une parousie, avec l'émergence d'une humanité fraternelle. Aucune propriété privée, mais des coopératives libres, un refus absolu de toute hiérarchie et de toute autorité, l'abolition de l'argent, une égalité stricte, folle espérance qui engendrait une violence démente. Attentats, attaques à main armée, assassinats, incendies. Et là où les prédications de Bakounine et de Kropotkine n'emportaient pas les foules, aux Asturies, dans la région de Madrid, un socialisme généreux, celui de Pablo Iglesias, gagnait chaque jour des partisans. Ainsi les idéologies étrangères bouleversaient-elles l'Espagne qui leur insufflait sa passion dure et fanatique.

Une pièce après l'autre, les éléments de la tragédie se mettaient en place sans que personne s'en avisât.

Peu de temps après leur arrivée à Madrid, Rafael emmena Véra à Salamanque pour visiter ses parents qui habitaient un appartement vaste et mélancolique à deux pas de l'ancienne université. Sa belle-famille accueillit chaleureusement cette étrangère, juive de surcroît, ce qui la nimbait de mystère. Que pouvait bien être le judaïsme, pour ces Castillans ? Séduits par sa beauté, conquis par son intelligence, ils l'adoptèrent tout à fait. Personne ne résistait longtemps au charme de Véra.

De son côté, celle-ci découvrait avec émerveillement les plateaux de la Vieille-Castille, non seulement la splendeur des villes et des monuments, mais la nudité éblouissante des horizons, l'austère beauté des villages, la dignité des paysans. Ce fut pour elle une véritable révélation.

« Je croyais, murmurai-je, qu'elle aimait surtout l'Andalousie.

– Elle aimait l'Andalousie, mais la Castille... c'était une attirance secrète. Quand elle évoquait Burgos, Ávila ou Tolède, sa voix tremblait d'une émotion contenue. Plusieurs fois elle m'a avoué qu'elle aurait aimé finir ses jours dans une bourgade des environs de Soria. Quand tu penses, murmura mon père avec un vague sourire, qu'elle risque de mourir en pleine Brie... Quelle ironie du sort ! »

Chaque jour elle s'installait à la terrasse d'un café, sur la Plaza Mayor, sans prêter attention aux regards des hommes qui voyaient avec réprobation une femme seule absorbée dans la lecture d'un livre, détail incongru, presque scandaleux. De temps à autre, elle interrompait sa lecture pour contempler la place, la plus belle au monde, disait-elle. Elle suivait du regard la noria des étudiants qui passaient et repassaient. Un sourire ineffable se peignait sur ses lèvres.

« C'est cela, l'Espagne, déclara-t-elle à son fils : s'asseoir à une terrasse, suivre des yeux les changements insensibles de la lumière sur les pierres, observer la foule. »

Le soir, elle longeait la rivière, à moins qu'elle ne sillonnât la campagne avec Rafael.

La connaissant, je n'avais aucun mal à imaginer sa manière obstinée de regarder les choses. Sans doute retrouvait-elle en Castille, belvédère d'où les hommes, pendant des siècles, avaient scruté l'horizon avec une inquiétude farouche, cette attention tendue.

Le couple prit l'habitude de passer les étés à Salamanque, dans la famille de Rafael qui s'attachait chaque jour davantage à Véra, affection dont j'avais pu, en compulsant la correspondance, dans l'appartement de Paris, mesurer la force. Malgré le temps et les épreuves, jamais cet attachement ne se démentit, jusqu'à la mort des beaux-parents, le père en 1948, la mère en 1953.

En Espagne, Véra avait trouvé une famille et une patrie d'adoption. Ce furent des années de bonheur.

« Sans doute, corrigea Gonzalo en réfléchissant. Mais ce furent aussi des années d'angoisse, car Véra suivait de près l'évolution de la situation en Allemagne. Certains de ses amis de l'époque m'ont raconté qu'il lui arrivait brusquement de s'abîmer dans le silence, le regard chargé de tristesse, une expression que je connais bien. Elle plaisante, elle rit, et soudain ses yeux se voilent, elle détourne la tête. Comment peser la part de bonheur et celle de tristesse en ces années apparemment insouciantes, alors que les menaces s'accumulaient dans son pays et qu'elle pressentait la catastrophe ? Pour elle, tout ne fut pas que gaieté. »

La situation ne cessant de s'aggraver, émeutes et grèves se succédant, Alphonse XIII, sentant que la monarchie devenait chaque jour plus impopulaire, se résigna à congédier le général Primo de Rivera, qui s'exila à Paris où il finit par mourir, seul et oublié.

Le roi n'aimait pas trancher, il répugnait plus encore à se séparer d'un visage familier ; la décision lui coûta.

Ainsi que la majorité des hommes cultivés de sa génération, c'était un libéral au sens qu'on donnait alors à ce mot. Sans croire davantage à la démocratie qu'à la dictature, il était prêt à accepter n'importe quelle forme de gouvernement, puisque toutes se valaient à ses yeux. Durant son règne, jamais il n'avait fait montre de rigueurs inutiles, moins encore de cruauté. Par ses improvisations et ses caprices, il n'en avait pas moins causé la mort de milliers de soldats, fait des dizaines de milliers d'amputés et d'estropiés ; l'homme n'avait tué personne, mais le monarque entiché de stratégie militaire avait fait le malheur d'une foule de jeunes hommes. Tout se passait comme si le pouvoir était un jouet entre ses mains d'enfant ennuyé : assis sur un tapis, dans un salon du palais d'Orient, il déplaçait des bataillons de soldats de plomb, leur faisait franchir fleuves et montagnes, abattre des Maures enturbannés. Pour lui, les ravins du Rif étaient un décor d'opéra. Son absence d'imagination l'empêchait d'appréhender la réalité de la guerre ; manquant de vigueur, il remettait également à plus tard les réformes indispensables. Ainsi la désaffection des Espagnols résultait-elle moins de ses défauts que de son inutilité. C'était un homme bon, fidèle en amitié, accessible à tous, d'une galanterie démodée avec les femmes, mais qui, faute de croire en sa mission, ne servait à rien. Dès lors, la question s'insinuait dans les esprits : à quoi bon garder un roi inutile ?

XXIII

Avant leur départ de Paris, les frères Bernottin m'avaient fait promettre que je leur rendrais visite dès la première semaine de la nouvelle année. Ils voulaient me montrer leur collection de Gallé et me faire mieux connaître la Lorraine ; j'aurais été surpris de leur insistance si je n'avais été habitué à la bizarre intimité qui, au fil des jours, finissait chaque fois par s'établir entre mes clients et moi, comme si ce travail de remodelage auquel nous procédions les révélait à eux-mêmes, du moins à une partie d'eux-mêmes. Rien ne soude plus étroitement les hommes que ces rencontres hors de la réalité sociale, dans une sorte d'apesanteur, en des lieux et des circonstances insolites. Les prisons, les hôpitaux, les trains, les aérogares, autant d'endroits où se tissent des liens d'une intensité ambiguë, d'autant plus forte qu'on les sait éphémères, sans conséquences pratiques. Dans les situations exceptionnelles, un autre moi se révèle ; on se surprend à émettre des confidences, à livrer des secrets. On ne se montre ni plus vrai ni plus authentique, seulement plus vulnérable.

Contraints d'abandonner leurs défenses, de changer leurs attitudes, de calculer leurs propos, Antoine et

Maxime Bernottin venaient de subir l'une de ces initiations qui, sans la bouleverser, modifient une vie. Pour moi, l'expérience n'était qu'une pratique bien rodée ; je ressentais à leur égard une sympathie détachée. Sur eux-mêmes, sur ce qu'ils cachaient derrière leurs surfaces lisses, je n'avais rien appris. Mélanges de calculs et de sincérités, c'étaient des hommes semblables à tous les autres. Seule leur fortune les nimbait d'un prestige illusoire et d'un pouvoir sur les autres qui, lui, était bien réel.

Parce qu'ils avaient le sentiment de s'être en partie découverts, les deux frères s'imaginaient que je partageais leur ravissement. Comment se seraient-ils doutés qu'ils n'étaient pour moi qu'un matériau ? Chaque fois qu'un formatage s'achevait, j'éprouvais un vague remords. D'une séance à l'autre, ma curiosité s'émoussait, faisant place à une légère fatigue. J'avais hâte que la campagne de communication fût passée pour penser à autre chose.

Ils s'accrochaient à moi alors que, de mon côté, je décrochais. J'envisageais avec ennui de passer trois jours dans leur maison, de plonger dans une atmosphère étouffante, de participer à des conversations insipides. Ne pouvant me dérober, j'acceptai pourtant leur invitation, feignant de me sentir flatté.

En débarquant à Paris, Gonzalo m'avait annoncé qu'il rentrerait à Londres tout de suite après les fêtes. Je n'eus pas à insister beaucoup pour qu'il consentît à prolonger son séjour et attendît mon retour de Nancy. Peut-être soulagé d'échapper à l'atmosphère de l'hôpital, d'oublier sa solitude, il paraissait également heureux de passer de longues heures en ma compagnie.

Chaque matin, je l'entendais téléphoner aux médecins ; en s'asseyant dans la cuisine pour le petit déjeuner que nous prenions ensemble, il restait silencieux, le regard éteint, arborant une expression de lassitude. Je l'observais en me demandant : a-t-il aimé à ce point Margaret ? De celle-ci je me rappelais les cheveux jaunes, la figure anguleuse, les rires saccadés, le ton de voix doctoral. Quelle avait bien pu être la vie de mon père auprès de cette femme ingrate, dénuée de charme ? Et qu'avait-elle aimé chez cet homme lourd, maladroit, noyé dans son alcoolisme ?

Gonzalo se trouvait dans l'une de ces situations extraordinaires où le moi social se fissure, laissant apparaître non sa vérité, mais ses blessures intimes. Tout à coup désœuvré, égaré, il semblait flotter.

Je sentais sa bizarre légèreté au plaisir qu'il prenait, le soir, à évoquer devant moi le passé de sa mère. Peut-être était-ce un effet de l'âge ? Alors qu'il évitait d'aborder sa situation présente, il s'abandonnait à la nostalgie d'un temps qu'il n'avait pas connu, mais où il existait déjà à l'état virtuel, puisque la date de sa naissance approchait : le 6 septembre 1931. Au fond, c'est sans doute ce désir de lui-même qu'il explorait et sondait dans le caractère de ses parents.

De mon côté, j'éprouvais une étrange satisfaction à suivre un récit dans lequel, tout naturellement, j'en venais à trouver ma place exacte. Je m'apercevais de ce qui, à travers Rafael et Véra, me reliait à l'Espagne, et je devinais dans les propos de mon père que, pour lui plus encore que pour moi, ce pays représentait un mirage. Il y était souvent retourné, visitant les lieux, parlant avec des témoins de la vie de ses parents, mettant ses pas dans les leurs.

En l'écoutant, j'étais surpris par la finesse de ses observations, la lucidité de ses analyses, tout comme j'étais touché par la pondération de son ton, de ses hésitations, de ses scrupules. Dans cette rectitude je devinais l'influence de Véra. À son fils elle avait légué cette probité de l'esprit. Jamais un mot plus haut que l'autre, aucun excès, chaque affirmation devant être examinée, pesée, évaluée. Mais je sentais aussi quelle tension cette exigence avait créée chez mon père.

Craignant de se relâcher, il exerçait sur lui-même un contrôle incessant. Si je l'avais vu lisse et corseté, dans mon adolescence, c'est qu'il vivait à l'abri d'une armure invisible. Pour échapper aux épanchements, il se faisait gris. L'alcool, me disais-je, servait à desserrer l'étau. N'était-ce pas le comble de l'ironie que j'eusse à mon tour recours à la boisson pour dissiper mon malaise ?

Alors que j'avais longtemps espéré pouvoir nouer avec mon père des relations simples et confiantes, nous nous parlions enfin dans la complicité de notre commune maladie. Nous étions deux prisonniers partageant la même cellule et qui, sachant qu'ils ne se reverront plus, se confient leurs moindres secrets.

Assis le soir dans la grande pièce, sirotant nos whiskies, j'écoutais cette voix sourde, ponctuée de silences, entrecoupée de rires nerveux. C'était celle de mon père enfin découvert, mais c'étaient aussi celles de Jakob, de Rafael, de Véra, de l'Espagne, d'une Allemagne devenue folle, d'une Europe à la fois proche et lointaine. Calé dans mon fauteuil, jambes étendues, je regardais défiler le passé sur l'écran de l'imagination. Avec le sentiment de recouvrer une mémoire oubliée, je contemplais ces tableaux, je respirais l'odeur du crottin, j'entendais les diatribes et les déclamations, les rires et les pleurs, les chants et la scansion des vers, tout un monde aboli mais qui, mystérieusement, m'habitait.

J'avais repris mon travail. Assis derrière mon bureau, lisant des rapports ou rédigeant des notes, suspendu au téléphone pour fignoler les derniers détails de la campagne Bernottin, j'attendais le soir pour retrouver Gonzalo. Tel un enfant qui trépigne de connaître la suite du conte, je repassais en revue les propos de mon père, m'appliquant à retenir tel ou tel détail. Avec ébahissement, je m'apercevais que, par sa manière simple et directe de relater les événements, de restituer une atmosphère, de rendre les couleurs et les sons, de distribuer les lumières et les ombres, Gonzalo m'avait guéri de la manie de réduire situations et gens à des catégories abstraites. Cessant d'être une entité sociologique, chaque personne redevenait un individu singulier, acteur ou figurant d'une histoire à la fois collective et unique. Sans peut-être le vouloir, mon père m'immunisait contre la maladie de ma jeunesse, mélange de fatuité et de dogmatisme stérile. À moins que le remède ne fût l'Espagne elle-même avec sa passion du concret, du geste et de l'attitude, ce que Gonzalo appelait *le style* ?

XXIV

Avant mon départ pour Nancy, nous décidâmes de rendre une nouvelle visite à Véra. Par une journée ensoleillée nous roulâmes lentement dans la campagne qui, par ce temps clair, nous parut moins rébarbative. Pas un souffle d'air. Dans cette atmosphère limpide, le paysage semblait figé.

Pour déjeuner, nous nous arrêtâmes à la même auberge, nous assîmes à la même place, près de la fenêtre. Sur la route, c'était toujours le même défilé de camions.

Tout en mangeant nos entrées et en goûtant un robuste vin du Lubéron, nous replongeâmes dans l'Espagne. Il avait suffi d'une question pour que Gonzalo reprît son récit à l'endroit où il l'avait laissé : après la démission du général Primo de Rivera.

Alors que le dictateur partait pour la France, Miguel de Unamuno se préparait, après six ans d'exil, à regagner son pays.

C'était, racontait mon père, une journée claire et froide de février 1931. Avec Véra, Rafael s'était rendu à la frontière pour saluer son vieux maître. Une foule de plusieurs milliers de personnes s'était massée à la sortie du pont qui enjambe la Bidassoa, du côté espagnol. Depuis plusieurs jours, le maire de Hendaye et les autorités locales organisaient des banquets en l'honneur du proscrit. On portait des toasts à l'amitié franco-espagnole, on déclamait des discours. Enfin le jour tant attendu arriva.

Le vieil homme avait demandé que personne ne l'accompagnât.

Avec un sens très sûr de la mise en scène, il s'avança seul sur le pont, sans bagages, marchant à pas comptés, toujours aussi droit. Un pas après l'autre, il cheminait vers cette ligne invisible qui, pour lui, séparait le froid glacial de l'exil de la chaleur de la mère patrie ; ses yeux bleus fixaient la foule, rendue muette par cette apparition spectrale. Médusée, elle regardait la silhouette noire, d'une orgueilleuse simplicité, qui lentement venait vers elle. Pas un cri, pas un vivat. Celui qui marchait vers elle en posant parfois son regard sur la surface de la petite rivière, c'était, certes, le lutteur indomptable, mais c'était aussi sa liberté recouvrée. À cet instant, avait confié Véra à mon père, tous crurent voir la République s'avancer vers eux, éclatante dans sa théâtrale humilité.

Incapable de contenir son émotion, Véra avait caché son visage dans la poitrine de Rafael et fondu en sanglots.

Tout à coup, un cri jaillit de cette multitude, suivi d'un remous inquiétant. Chacun se précipita pour toucher le vieillard qui, avec solennité, se baissait, prenait un peu de terre, l'embrassait en pleurant.

Le vieux hibou avait tenu sa promesse : il rentrait non seulement libre, mais apportant avec lui la liberté de tous.

Le voyage, par Bilbao, sa cité natale, jusqu'à Valladolid et Salamanque, fut une marche triomphale. Partout des foules l'acclamaient, se pressaient pour le toucher.

Dans la ville universitaire dont il avait été longtemps le recteur, la voiture à bord de laquelle il se trouvait mit plus de quatre heures à parcourir les cinq derniers kilomètres ; il lui fallut encore une heure pour atteindre son domicile, moins de trois cents mètres à pied. Ouvriers, étudiants, bourgeois mêlés remplissaient la Plaza Mayor, agitaient leurs casquettes ou leurs chapeaux. Devant sa maison, la foule s'était rassemblée et il dut, entouré de Concha et de ses huit enfants, paraître au balcon pour prononcer quelques phrases.

La littérature démontrait qu'elle pouvait l'emporter sur la tyrannie.

Bien entendu, cette réception triomphale était aussi une manifestation politique, les foules narguant le monarque en acclamant le vieux lutteur. Les oppositions au roi ne se relâchaient d'ailleurs pas, et même la haute bourgeoisie, quand Alphonse XIII apparaissait dans sa loge du Théâtre-Royal, exprimait son mécontentement par un silence réprobateur. Un vent de fronde soufflait sur tout le pays. Oubliant les faveurs dont la Couronne l'avait comblée, l'armée se désolidarisait d'elle. Seule l'aristocratie demeurait fidèle, mais, détestée, on la rendait responsable de l'aveuglement du souverain, de ses insuffisances et de ses échecs. Petit à petit, le vide se faisait autour d'Alphonse XIII.

Dans les conférences qu'il prononçait dans toutes les villes du pays, Miguel de Unamuno ne se gênait pas pour réclamer ouvertement l'abdication du roi et son départ pour l'étranger. Avec son habituelle intrépidité, il demandait à ses auditoires de ne pousser aucun cri séditieux, laissant à la police la responsabilité de s'en prendre à lui seul. Il savait que le pouvoir n'avait plus ni la force ni la volonté de réprimer, qu'il n'oserait pas toucher à un vieillard aussi glorieux.

La masse imposante du palais d'Orient, les salons, les dorures, les tapisseries et les lustres, les contraintes d'une étiquette surannée, les parades et les défilés : la monarchie avait beau déployer ses fastes, les foules s'en détournaient et regardaient vers les républicains qui, sans plus se cacher, organisaient des meetings, dénonçaient les turpitudes du régime, promettant un avenir radieux.

Au palais l'atmosphère devenait lugubre. Ébranlé par la mort de sa mère, la régente Marie-Christine de Habsbourg, sa meilleure conseillère politique, Alphonse XIII se sentait désemparé. La situation lui échappait et il multipliait les consultations, sollicitait des avis, tentant de sauver ce qui pouvait encore l'être. Le vieux navire prenait eau, s'enfonçait petit à petit, et, l'un après l'autre, les passagers et les membres de l'équipage s'enfuyaient. Autour du roi le silence se creusait.

« Bien avant de partir pour l'exil, écrivit le comte Romanones, l'un des derniers fidèles, Alphonse XIII avait disparu de la conscience des Espagnols. »

La République apparaissait à une majorité d'habitants comme une fabuleuse chimère, le règne de la justice, une régénération. Tout serait donné à tous d'un coup de baguette magique : la terre aux millions de *braceros* plongés dans la misère, les Lumières à tous les enfants du pays, l'égalité à toutes les femmes, les usines aux ouvriers...

Rarement dans l'histoire du pays une poignée d'hommes avaient suscité une espérance aussi vaste. Professeurs, avocats, médecins, ces républicains avaient échafaudé leurs rêves dans la pénombre et le silence de leurs cabinets. Étincelante et pure, la République qu'ils imaginaient devait répondre à toutes les attentes, réparer toutes les fautes. Pour ne pas décevoir, elle devait commencer par abattre les piliers de l'ancien monde, l'Église et l'armée. Comme il est plus facile de désigner les adversaires que de mener à bien des réformes, l'anticléricalisme et l'antimilitarisme devinrent, chez ces hommes, une mystique aussi dure et fanatique que la religion des cléricaux.

Depuis son retour d'exil, Unamuno publiait dans la presse libérale des éditoriaux incisifs, truffés de paradoxes qui désarçonnaient ses partisans. Où donc l'incorrigible sexagénaire voulait-il en venir avec ses provocations et ses défis ? Fidèle à l'idéal socialiste de sa jeunesse, le philosophe fustigeait le capitalisme tout en condamnant les prétentions scientifiques des marxistes, leur dogmatisme, position qui semblait le rapprocher des anarchistes pour qui le socialisme était également une mystique, un absolu au-delà de toute politique. Mais comme le vieil homme clamait son refus de la violence révolutionnaire, des fureurs anticléricales, des attentats aveugles, des incendies et des pillages, ses lecteurs s'interrogeaient avec perplexité : savait-il lui-même où il se situait ?

« Quelles étaient donc ses idées ? demandai-je à Gonzalo, qui marqua une hésitation avant de me répondre.

– Il n'avait pas d'idées. Il pensait.

– Je ne saisis pas la nuance.

– En philosophie, il avait toujours refusé l'abstraction des systèmes, affirmant que, derrière chaque idée, il y a un homme concret.

– C'est-à-dire ?

– Vivre, c'est douter. Expliquer, démontrer, c'est figer la pensée dans la mort. Tout dogme devient cadavre... Je ne connais rien de plus espagnol que ses livres, à la fois contradictoires, déchirés, mais habités d'une cohérence rigoureuse. Je crois que tu devrais les lire, lâcha mon père d'un ton découragé.

– Toi, demandai-je, tu les as lus ?

– Je les ai étudiés, oui. Assidûment, même. »

Nous buvions notre café et je fumais une cigarette. Le soleil baissait à l'horizon ; deux rais de lumière où la poussière tourbillonnait traversaient la salle, faisant scintiller des cuivres exposés dans une crédence, sur le mur du fond.

« Tu n'as jamais songé à écrire sur lui ? demandai-je.

– Si. J'ai même rédigé une centaine de feuillets, avant de renoncer.

– Pour quelle raison ?

– On n'écrit pas sur un tel homme comme on écrit sur un littérateur ou un philosophe.

– Tu veux dire qu'il était plus que cela ?

– Un maître non à penser, mais à vivre. Je me sentais trop mou, trop veule. J'ai toujours souffert de ma faiblesse. Au fur et à mesure que j'écrivais, sa force et son courage m'écrasaient. Tu vois, j'arrive au bout du chemin et je me demande : qu'ai-je fait dans ma vie ?

– Tu as survécu.

– Avec Unamuno, avec mon père, survivre ne suffit pas. Je n'ai pas vécu, puisque je n'ai jamais lutté. Pour Unamuno, la vie était un combat.

– Véra te parlait de lui ?

– Souvent. Il l'a profondément marquée. Mais je doute qu'elle accepte de t'en parler. Unamuno, c'est son jardin secret.

– Elle l'a admiré ?

– Mieux qu'admiré, je pense. Pour elle comme pour beaucoup, il incarnait l'Espagne. Non l'Espagne réelle, mais ce qu'il appelait le songe de l'Espagne. Il disait pareillement que l'homme est le songe de Dieu. *Sueño*, répétait-il en baissant la voix : aucun mot n'est plus espagnol que celui-là. S'il rejetait les idées, c'est parce que la pensée devait être incarnée. On retrouve la même exigence chez Dostoïevski : ressentir une idée, c'est la faire chair. Les Français pensent avec leur intelligence, les Espagnols vivent leurs pensées avec tout leur corps.

– Selon toi, il faut être espagnol pour le comprendre ?

– Pas pour le comprendre, non. C'est un fils spirituel de Kierkegaard et de Nietzsche – le premier Nietzsche, celui de *Généalogie de la morale*. Ce n'est pas un écrivain qu'on comprend.

– Ton père partageait ses opinions ?

– C'était son maître.

– Qu'avaient-ils donc en commun ?

– L'inquiétude. Une manière de prendre la vie au sérieux. »

Nous commandâmes un second café. Petit à petit, le restaurant se vidait. Nous nous installions dans une sorte d'hébétude pâmée.

« Après son retour d'exil, Rafael l'a vu souvent ?

– Chaque semaine, ou presque. À Salamanque, il l'accompagnait dans ses promenades sur la route de Zamora, allait ensuite rejoindre son cercle au Casino des Messieurs. Comme tu sais, ils s'étaient beaucoup écrit. Une sorte d'intimité épistolaire s'était établie entre mon père et son ancien professeur... En 1930, Rafael n'était plus l'étudiant admiratif, mais l'une des gloires de l'Université. Leurs retrouvailles se situaient désormais sur un plan d'égalité.

– Véra l'a connu ?

– Bien sûr ! Je t'ai dit qu'il existait entre mon père et elle une intimité... Ils ne se quittaient jamais.

– Comment le vieux hibou l'a-t-il accueillie ?

– Au début avec réticence. Je crois me souvenir qu'elle gardait une impression mitigée de leur première rencontre, car il l'avait ostensiblement ignorée, ne s'adressant qu'à Rafael. Ce sont des manières que ma mère appréciait peu.

« Tu sais, reprit mon père après une courte pause, sans être misogyne, Unamuno était de son époque et de son pays : les femmes... »

Gonzalo émit un petit rire saccadé, secoua la tête, but une gorgée de café et, reposant sa tasse :

« Les discussions intellectuelles, c'était l'affaire des hommes. Mais, très vite, il a été intrigué, puis séduit. Véra m'a souvent rapporté la scène. C'était au cours de la promenade que le vieil homme faisait chaque soir le long de la rivière, entouré d'une cour d'admirateurs et de disciples. La conversation roulait sur Nietzsche et, selon son habitude, Unamuno monologuait. J'ignore ce qu'il déclara, mais Véra, qui connaissait parfaitement Nietzsche, osa le contredire sur un point. D'abord stupéfait, il s'arrêta de parler, se tourna vers elle et, d'une voix sèche, demanda : "Que voulez-vous dire ?" Sans se démonter, elle développa son objection. Parmi les courtisans, c'était la consternation. Oser contredire le maître ! Et une femme, qui plus est ! Lui la regardait fixement, puis il lui sourit, d'un sourire magnifique, me rapporta Véra, un sourire d'enfant. "Je crois que notre amie a raison. Je vérifierai tout à l'heure ses citations." À partir de ce jour, il saisissait le moindre prétexte pour se tourner vers elle : "Qu'en pense notre Hegel ?" lui demandait-il avec le même sourire complice. Il prenait plaisir, un plaisir candide, à la provoquer. Petit à petit, une complicité malicieuse s'établit entre eux.

– Elle a connu tous les artistes importants ; pourquoi n'a-t-elle jamais écrit ses souvenirs ?

– Je lui ai souvent posé la question.

– Et... ?

– Pour elle, ce monde était mort. À l'en croire, plus personne ou presque ne connaît le sens de ce mot : *poète*. Elle pense que les idéologies ont tout saccagé.

– C'est aussi ton avis ?

– Je crois moi aussi que l'Europe dont je te parle est morte, remplacée par celle des technocrates. Il n'y a plus de poésie nulle part. Je te parais sans doute pessimiste ? »

Je ne répondis pas à sa question.

Ayant réglé l'addition, nous quittâmes le restaurant, prîmes la voiture, roulâmes en direction de Neufmoutiers.

« Que penserais-tu si nous faisions quelques pas pour nous dégourdir les jambes ?

– Excellente idée, répondit mon père. Je me sens lourd. Je me demande si nous n'avons pas bu trop de vin. »

Je pris une petite route, roulai un instant au pas, m'arrêtai près d'un bois qui, tel un îlot, se dressait au milieu de l'immense plaine noyée sous un soleil doré. C'était à peine une campagne : une mer brune, d'une platitude onirique, aux horizons incertains.

Nous fîmes quelques pas, nous assîmes sur un tronc d'arbre couché, contemplant en silence ce paysage irréel. Je sentais la présence de mon père, entendais son souffle. Dans mon adolescence, jamais je n'aurais imaginé que j'aurais pu éprouver une telle intimité avec cet homme que je jugeais conventionnel, ni ressentir cet abandon. Tout ce qu'un père est capable de transmettre à son fils, Gonzalo venait, en dix jours, de me le livrer, me rendant plus qu'une famille : une histoire qui devenait la mienne. Désormais, dans mon esprit, les morts et les vivants se mêlaient.

« Ce n'est pas une terre, c'est une fortune, murmura tout à coup Gonzalo.

– Tu parles du paysage ? demandai-je distraitement.

– L'Espagne est pauvre, sèche, toute en os, poursuivit-il. Peut-être est-ce cette âpreté qui a engendré des caractères forts et endurcis.

– Véra était républicaine ? fis-je tout à coup, reprenant le cours de mes pensées.

– Elle m'a souvent raconté cette journée du dimanche 12 avril 1931, l'une des plus heureuses qu'elle ait vécues. Voulant renouer avec la légalité constitutionnelle, mais n'osant pas organiser des élections législatives vraiment libres, le roi crut habile de procéder par étapes en commençant par des municipales. Grâce aux campagnes où les caciques se chargeraient une fois encore de faire voter les paysans, il se sentait sûr de remporter la victoire. La manœuvre a échoué, toutes les grandes villes accordant leurs suffrages aux partis républicains. Ce fut, me racontait Véra, une journée radieuse, claire et ensoleillée. La température était douce, il régnait dans Madrid une atmosphère étrangement calme. La foule déambulait dans les parcs et jardins, baguenaudait sur le Paseo del Prado, canotait sur le grand étang du Retiro, sirotait des *horchatas*[1] aux terrasses des cafés, apparemment nonchalante,

1. Boisson rafraîchissante à base d'amandes.

au point que Rafael et Véra se demandaient si le résultat du vote ne se traduirait pas par une abstention massive.

« Toute la journée ils restèrent dans leur appartement, entourés de leurs amis. Grandes ouvertes, les fenêtres laissaient passer le soleil printanier. Assis au piano, Lorca jouait de vieilles chansons populaires que ses copains reprenaient en chœur. Le déjeuner se prolongea en palabres et discussions.

« Vers cinq heures, une rumeur d'abord sourde monta de la rue, elle enfla, devint un grondement terrible : des milliers de voitures passaient en klaxonnant, ornées de drapeaux républicains, des foules envahissaient la chaussée en chantant des hymnes et en scandant des cris. La rumeur grossissait, une avalanche déboulant de tous les quartiers. Des centaines de milliers de personnes marchaient vers la Puerta del Sol, vers le ministère de l'Intérieur où les résultats commençaient à s'afficher. La monarchie conservait une écrasante majorité grâce au vote des campagnes, mais toutes les capitales provinciales – Barcelone, Bilbao, Valence, Séville, Saragosse... – avaient voté en masse pour les partis républicains. C'était pour le roi un désaveu cinglant.

« Avec leurs amis, mes parents prirent leur voiture qu'ils décorèrent de drapeaux républicains, ils avancèrent lentement vers la place d'Orient, par la Calle Mayor. Dans la rue, les gens hurlaient, s'embrassaient, se donnaient l'accolade. J'ai conservé une photo de Véra et de Rafael, prise place d'Orient, devant le palais. Je te la donnerai, je te passerai toutes mes archives. Elles te reviennent.

« La tête posée sur la poitrine de mon père, Véra essuie avec un mouchoir son visage baigné de larmes. Derrière elle, on aperçoit Lorca, Alberti. Tous regardent vers le palais avec une expression extasiée...

– Le roi s'est incliné ?

– Il a hésité, et cette hésitation l'a perdu. Les dirigeants républicains se cachaient, peut-être effrayés par l'ampleur et l'ambiguïté de leur victoire. Conservant une majorité confortable, le roi aurait pu réagir. Lorsque le général commandant la garde civile le lâcha, il choisit non l'abdication – un monarque n'abdique pas – mais la démission. Avant son départ pour Carthagène et son embarquement pour la France, ce fut dans tout le pays une expectative anxieuse. Chacun retenait son souffle... Il y a comme ça des heures où le destin semble suspendu. Puis la joie éclata, frénétique, insensée. La IIe République fut proclamée, des élections générales eurent lieu ; Alcalá Zamora, un catholique modéré, fut élu président, le Parlement vota tout un train de réformes attendues depuis plus d'un siècle. Le nouveau ministre de l'Éducation créa l'Institut d'études arabo-andalouses que mon père réclamait depuis plus de cinq ans. Avec Véra il partit pour Grenade après avoir rendu visite à Miguel de Unamuno, qui venait d'être élu député et nommé recteur honoraire à vie de l'université de Salamanque. La République le comblait d'honneurs et son jubilé donna lieu, dans le Paraninfo, vaste salle rectangulaire au plafond bas et voûté, à une cérémonie solennelle. La journée fut déclarée fête nationale.

« Plusieurs fois dans sa vie, Unamuno avait, dans ce Paranymphe, présidé des manifestations publiques, prononcé des discours. C'est étrange, quand on y réfléchit : cet austère décor aura aussi été la scène de son ultime défi, peu de temps avant sa mort.

– Tu crois au destin ? demandai-je avec une nuance d'ironie.

– Je relève des signes.

– Il y aurait, dans la vie, des sens cachés ?

– Pourquoi pas une logique ? Le hasard est une solution de paresse.

– Je ne te croyais pas superstitieux.

– Il y a peut-être des fatalités nécessaires... Nous devions nécessairement nous retrouver, toi et moi. Je savais quelles questions tu me poserais, les mêmes qui m'ont longtemps obsédé. »

Gonzalo se tut, contempla le paysage.

« L'Espagne est hantée par ces fatalités mathématiques, murmura-t-il. *Eran las cinco en punto de la tarde.* »

Je gardai moi aussi le silence.

« Cet espoir magnifique dura un peu plus de trois mois, lâcha enfin mon père d'une voix mélancolique. Après quoi...

– La nuit ne va pas tarder à tomber, dis-je en m'ébrouant. Nous devrions peut-être y aller... »

XXV

Lorsque nous arrivâmes à « La Chênaie », le soleil venait de disparaître à l'horizon, mais une lueur pâle restait accrochée au crépuscule d'hiver.

À l'intérieur du bâtiment, les lampes étaient allumées ; de faible voltage, les ampoules dispensaient un éclairage parcimonieux.

Alors que j'enfilais ma parka de chez Armani et marchais vers le perron, je retrouvai ce malaise, une sorte d'irritation mêlée de tristesse, que j'éprouvais à chacune de mes visites.

Dans le vestibule régnait une activité silencieuse et ordonnée qui m'évoqua l'un de ces ballets modernes, une gymnastique parfaitement réglée ; des aides de cuisine poussaient des chariots ; portant des plateaux avec, répartis dans des casiers, des gélules et des cachets, sans doute des tranquillisants et des somnifères, les soignantes se dirigeaient vers le salon.

J'imaginais, dans tout le pays, des milliers de lieux, des plus sordides aux plus raffinés, où des dizaines de milliers de vieillards tendaient au même instant leurs paumes ouvertes pour recevoir la communion chimique, les pilules roses ou bleues qui étoufferaient leur sentiment de solitude et d'abandon.

Dans cette vaste organisation, aucune intention perverse ; mille raisonnements irréfutables, au contraire : l'étroitesse des logements, la dispersion des familles, les contraintes du travail, la cherté du personnel – plaidoyer qui me rappela ceux que nous développions dans les bureaux de Provalis. Dans les deux cas, c'était la même rhétorique fallacieuse.

Rien, je le distinguais avec une aveuglante clarté, rien ne justifiait cet abandon honteux, rien que la logique déréglée de cette industrie de la souffrance, réclamant plus de personnel, mieux formé, une enveloppe budgétaire sans cesse augmentée, invoquant avec force la noblesse et la difficulté de sa mission, la pureté de ses intentions.

Marchandises semblables à toutes les marchandises, la vieillesse et la décrépitude participaient du même vaste marché. Malgré les divergences d'opinion, il existait un accord tacite entre tous les acteurs, les uns préoccupés avec cynisme de rentabilité, les autres, sous les déclamations humanitaires, soucieux d'améliorer la procédure. Plus de souplesse, criaient les premiers ; tout au public, clamaient les autres ; mais aucun ne mettait en cause l'existence même de cette industrie.

Je repensai à Frédéric, à Roger, je revis leurs regards désemparés, j'entendis leurs voix saccagées. Depuis ma jeunesse dogmatique, je rejetais sur le politique la responsabilité de cette débâcle, incriminant le système, accusant la bourgeoisie ; mais ce système, je l'entretenais ; de cette bourgeoisie fantomatique j'étais la parfaite illustration. Ce que j'esquivais, c'était la conscience, et elle venait tout à coup de me rattraper dans ce hall à l'éclairage anémique, parmi ces ombres blanches, devant ces spectres entassés dans la grande salle à l'éclairage avaricieux.

L'exiguïté des logements ? Je possédais assez d'argent pour acheter ou louer une maison dans les environs de Paris. L'éclatement des familles ? Il ne tenait qu'à nous d'en préserver l'unité. Les horaires ?...

Tout, dans ces plaidoyers sociologiques, n'était qu'hypocrisie. La place de Véra était parmi les siens, dans une chambre à elle remplie de ses souvenirs, avec son petit-fils et son arrière-petite-fille. Si elle languissait dans ce mouroir ouaté, c'est que sa vieillesse, bientôt ses infirmités dérangeaient nos égoïsmes.

Je sacrifiais Véra à notre confort, j'échangeais ma conscience contre un salaire mirobolant, des actions et des stock-options. Tel était le prix de mon habileté et de ma souplesse d'esprit. Non pas un plat de lentilles, mais des louches de caviar que je dégustais en dénonçant la cruauté du système.

La réalité de « La Chênaie », c'était notre démission. Nous déposions notre responsabilité dans les institutions, nous accusions l'État de nos faiblesses, nous rejetions sur lui notre lâcheté.

Les objections, je les connaissais ; je croyais entendre la voix de Faby : était-ce plus doux, plus humain, quand, dans les fermes, les paysans laissaient mourir leurs vieillards sans soins, leur faisant une place près de l'âtre, leur accordant chichement un bol de soupe ? Mais cette réfutation, elle aussi sociologique, ne me persuadait pas, car la responsabilité de chacun demeurait intacte. La morale n'est ni statistique ni sociologique : un appel que les uns suivent et les autres ignorent.

Je m'étais longtemps persuadé que Véra aurait pu m'éclairer sur moi-même. Mais ce qu'elle aurait pu me dire, *je l'avais toujours su*. Je vivais dans l'imposture ; le mensonge collectif avait gangrené mon esprit.

Je ne développai aucun de ces raisonnements, car tout se produisit à la vitesse de la lumière, en un éclair de lucidité terrible. Je voyais plus que je ne comprenais. Préparé par les récits de mon père, par nos conversations nocturnes, par les ombres ressuscitées, le choc me laissa assommé.

Au pied du grand escalier, j'aperçus le « petit Roland » qui bavardait avec une infirmière. Tout en poursuivant sa conversation, il me décocha des regards furtifs. Devinant qu'il me faisait signe de l'attendre, je priai mon père d'aller rejoindre Véra.

« Excusez-moi, dit Roland en venant vers moi. Je ne voudrais pas vous inquiéter inutilement, mais Véra ne va pas très bien. Depuis une semaine, elle dort mal ; je la sens nerveuse...

Elle est malade ?

– Je ne pense pas, non. Elle a reçu une lettre d'Espagne, expliqua-t-il. Depuis, elle semble contrariée. J'ignore tout du contenu de cette lettre. J'ai eu beau engager la conversation, elle refuse d'en parler. J'ai l'impression qu'il s'agit d'une mauvaise nouvelle, et j'ai cru bien faire...

« N'allez pas croire, lâcha-t-il avec un sourire d'une tendre douceur, que je me mêle de ses affaires. Je vous l'ai dit, je suis très attaché à Véra et je connais les vieillards. Une contrariété suffit parfois... Vous ne m'en voulez pas ?

– Je vous remercie, au contraire. Je vais tâcher de tirer l'affaire au clair.

– Je la porte toujours, dit-il en me montrant son poignet avec un sourire lumineux. Elle ne me quitte pas.

– Je suis heureux qu'elle vous plaise. »

De Roland émanait une bonté spontanée.

Assise à la même place, au fond de la salle, près de la fenêtre regardant le parc, Véra, le châle que je lui avais offert autour de ses épaules, causait avec son fils. Il y avait, crus-je déceler, quelque chose de contraint dans son attitude. Elle se tenait très droite et sa main gauche, posée sur un livre, une biographie de Dostoïevski (toujours cette rigueur méthodique, dans ses lectures comme dans sa vie), pianotait nerveusement.

Après quelques banalités, je lui demandai :

« Tu n'as pas l'air dans ton assiette, quelque chose te tracasse ?

– Tout va bien, fit-elle avec un faible sourire. Un brin de fatigue, peut-être ? Je t'ai vu parler avec Roland... lâcha-t-elle. C'est un gentil garçon. Il se fait tout le temps du souci pour moi.

– Tu ne veux pas me dire ce qui te préoccupe ? insistai-je.

– Ce n'est rien. Une simple contrariété. »

Elle détourna le regard, contempla le parc que l'obscurité noyait.

« Le rectorat de l'université de Grenade a décidé de placer un buste de ton grand-père dans le hall de la faculté de lettres et de philosophie, reprit-elle d'un ton uni. Ils m'ont adressé une invitation pour l'inauguration, avec le texte de la plaque qui sera fixée au mur. Je n'approuve pas ce texte et j'ai décidé de le leur faire savoir, sans toutefois m'y opposer, puisque la famille espagnole n'a rien trouvé à redire.

– Ils ne t'ont pas consultée ? »

Véra fixa sur moi son regard pâle, ébaucha un sourire.

« J'imagine qu'ils ignorent que je suis toujours sa veuve. Ils pensent sans doute que je suis remariée, ou bien morte. Je n'ai aucun contact avec la famille Portal : des cousins éloignés de Rafael, leurs enfants. Ils ne savent pas ce que je suis devenue. »

Elle ramena d'un geste instinctif le châle autour de ses épaules.

Elle me paraissait amaigrie, les traits tirés.

« C'est un texte très court, dit-elle, je le connais par cœur : "*Rafael Portal, né à Salamanque en décembre 1905, agrégé de langues modernes et orientales, docteur de philologie arabe, docteur* honoris causa *de l'université de Tübingen, fondateur et premier directeur de l'Institut d'études arabo-andalouses de Grenade, démis de ses fonctions en août 1936.*" J'ai d'abord hésité, reprit Véra d'une voix paisible, j'ai ensuite décidé de marquer ma désapprobation.

– Est-ce tellement important ? demanda mon père.

– Évidemment, c'est important ! m'écriai-je d'une

voix qui sonna d'une manière désagréable à mes propres oreilles.

– Tu veux lire ma réponse ? » demanda Véra en me tendant deux feuillets qu'elle avait glissés dans son livre.

Je lus à voix haute, en détachant chaque mot :

Messieurs,

Je suis sensible à l'honneur que vous faites à la mémoire de mon défunt mari en lui rendant un hommage solennel. Mon âge et l'état de ma santé m'empêchant d'entreprendre un long voyage, je ne pourrai pas, hélas, venir à Grenade pour assister à la cérémonie. J'y serai par la pensée, avec une émotion que je ne vous dissimule pas.

Je ne saurais pourtant passer sous silence ma désapprobation pour la teneur du texte devant figurer sur la plaque qui sera exposée dans le hall de l'université.

Mon mari n'a pas été « démis de ses fonctions », mais torturé et fusillé à Víznar dans la nuit du 12 au 13 août 1936. C'est donc une inexactitude, et les élèves qui liront cette plaque ne sauront jamais quel a été le destin de mon défunt mari, pour ne rien dire du mien et de celui de mon fils.

Puisque la famille Portal accepte cette version, je ne m'y oppose cependant pas, par égard pour elle.

Je vous rappelle que je suis la veuve de Rafael Portal et que j'aurais dû, à ce titre, être consultée.

Je regrette que, à l'heure où tant de souvenirs

pénibles peuvent enfin se dire, cette négligence altère la vérité sur le destin de Rafael Portal.

Je repliai lentement les deux feuillets, jetant un dernier regard sur l'écriture ample et ronde, d'une régularité parfaite.

« C'est une très belle lettre, dis-je. Tu as eu raison de l'écrire.

– Certes, murmura mon père. Mais je me demande... Tout cela remonte... Plus de soixante ans ont passé.

– Comment peux-tu dire que c'est sans importance, rétorquai-je en me tournant vers lui, alors qu'il s'agit d'une falsification, d'une manipulation négationniste ? »

En proie à l'une de ces colères froides qui, depuis ma jeunesse, m'emportent dans une rage aveugle, j'aurais voulu adoucir ma voix, maîtriser mon impatience.

« Tu as sans doute raison, soupira piteusement Gonzalo. Je n'ai pas la tête politique. »

Au lieu de me calmer, ce ton contrit m'exaspéra. Confus, vaguement honteux, je ne me contrôlais plus.

Tête baissée, Véra regardait son livre en continuant de pianoter sur la couverture cartonnée.

« Manipulation négationniste ? demanda-t-elle en posant les yeux sur moi. Le terme est peut-être excessif, tu ne trouves pas ?

– Je ne trouve pas, non, rétorquai-je en m'enfonçant davantage. L'intention est claire : faire silence sur la terreur fasciste, mettre le couvercle sur les horreurs de la répression franquiste.

– La terreur fasciste..., répéta Véra, comme si elle soupesait l'expression.

– Évidemment ! lâchai-je en haussant le ton. C'est pour ça que je trouve les termes de ta lettre justes. Elle met les points sur les i. Elle rappelle le nécessaire devoir de mémoire.

– Devoir de mémoire... », soupira Véra, toujours du même ton las.

Tournant la tête, elle garda le silence. Puis, posant sur moi son regard impénétrable :

« Je me demande si je l'enverrai, cette lettre.

– Tu dois l'envoyer ! criai-je presque. C'est une question de morale politique.

– Je ne suis pas sûre, Salvador, que la morale et la politique fassent très bon ménage. Par ailleurs, je n'aime pas ces mots, “devoir de mémoire”, parce que la mémoire se souvient ou ne se souvient pas, sans qu'il soit besoin de la contraindre. Je n'aime pas non plus ces mots : “terreur fasciste”.

– Ton mari a bel et bien été tué par les fascistes, non ?

– Par des militaires et des gardes civils. Certains étaient monarchistes, quelques-uns se disaient même républicains. Il y avait trois fascistes parmi eux, des phalangistes.

– Tu joues sur les mots. Tu sais fort bien...

– Tu serais gentil, Salvador, de me laisser tirer seule les leçons de mon expérience. Je ne doute pas que tu aies beaucoup lu, étudié avec attention la guerre d'Espagne. Tu possèdes une bonne culture historique et politique. Je n'ai, moi, que ma vie, ce que j'ai vu, entendu, subi. Tu admettras que je puisse avoir une opinion. La terreur blanche a fait des milliers de victimes, la terreur rouge en a fait autant... Ce sont des réalités que tu as du mal à saisir.

– Tu ne peux pas renvoyer dos à dos les deux camps ! Ce serait trop commode. Il y a eu des excès dans le camp républicain, je ne le nie pas, mais les franquistes, eux...

– Républicain ? Ton grand-père était républicain, je partageais ses convictions. Tu n'imagines pas combien nous nous sentions seuls... Seuls une poignée d'intellectuels défendaient la république. La majorité... Syndicalistes, anarchistes, communistes, socialistes, tous détestaient une république qu'ils qualifiaient de "bourgeoise". Ils ne rêvaient que de l'étrangler au nom de la Révolution.

« Tu ne connais pas l'Espagne, Salvador, surtout cette Espagne paysanne de 1936, arriérée, misérable, profondément nihiliste. Même si je le voulais, je ne réussirais pas à te faire sentir notre isolement.

« Pour toi, reprit-elle du même ton, après un court silence, pour ta génération, tout est clair et simple. La République d'un côté, les fascistes de l'autre, un combat entre le Bien et le Mal. Pour nous, la République était morte bien avant le déclenchement du conflit. Depuis juillet 1932...

– Avec de telles arguties, on finit par tout justifier, on... »

Véra se leva calmement, ramassa son livre, se tourna vers son fils et dit avec un sourire mélancolique :

« Tu ne m'en voudras pas, Gonzalo, je me sens fatiguée. Je vais aller me reposer... Je te souhaite un bon retour. Sois courageux, mon grand.

– Tu refuses de m'écouter ? » m'obstinai-je, d'une voix que la colère faisait trembler et qui semblait me revenir du fond de ma jeunesse fanatique.

Véra me dévisagea, esquissa un sourire :

« Je n'espère pas te convaincre, Salvador. Je n'essaie plus de convaincre personne. Je sais que tu es un garçon droit, intelligent, mais je suis une vieille femme. Bien ou mal, j'ai vécu. J'ai eu des dizaines d'années pour réfléchir. Je ne crois pas que la moindre lumière jaillisse de ce genre de discussions. »

Elle se pencha pour nous embrasser, s'éloigna en serrant son livre et ses papiers. Très droite, elle marcha vers le vestibule.

Médusé, je la regardai partir. Mon père avait baissé la tête et enfilait son manteau.

Nous quittâmes « La Chênaie » sans échanger une parole et nous roulâmes en silence. Comme nous approchions de Paris, la main de Gonzalo effleura mon avant-bras :

« Ne t'en fais pas, Salvador. Véra ne te tiendra pas rigueur. Je la connais.

– Je n'avais pas le droit de lui parler sur ce ton. J'ai honte.

– J'ai souvent eu honte devant elle, moi aussi.

– J'ai du mal à accepter...

– Je sais. Tous, nous avons besoin de certitudes. Véra, elle...

– Mais on ne peut renvoyer les deux camps dos à dos, on n'a pas le droit..., ressassai-je.

– On lui a retiré toutes ses illusions. C'est une survivante. Tu peux respecter son silence, non ? »

Ce fut notre dernière soirée. Gonzalo et moi ignorions que nous ne devions plus nous revoir.

Faby, n'ayant pas eu le temps de faire des courses, s'était arrêtée chez Flo pour prendre des tranches de saumon fumé sauvage, des blinis avec de la crème aigre, une tarte aux pommes. Nous dînâmes autour du comptoir de la cuisine en buvant de la vodka polonaise.

« Qu'est-ce que vous avez ? demanda Faby en nous dévisageant. Vous faites des têtes d'enterrement.

– Je me suis bêtement emporté contre Véra.

– Un incident sans importance, corrigea mon père.

– Je me suis montré stupide et cassant, dis-je. Je l'ai blessée.

– Ce qui a blessé Véra, c'est la lettre du rectorat. Elle tentait de minimiser l'histoire, mais elle en était bouleversée.

– Quelle lettre ? » questionna Faby.

En quelques mots, je lui résumai l'affaire.

« Elle n'a vécu que pour Rafael, commenta Faby. Elle s'est sentie écartée, bafouée. Je comprends sa tristesse...

« Je voulais te dire, reprit-elle d'une voix légère pour dissiper notre malaise, deux des concepteurs du boulevard des Italiens ont sorti un projet très chouette, rapide, amusant. Je pense le présenter à Bernard. C'est une pub pour une voiture hybride. Ils ont traité le sujet avec humour. Je crois que tu aimeras. Peut-être pourras-tu appuyer le projet auprès de Bernard ?

– Je le regarderai volontiers. Je te fais confiance.

– Tu connais indirectement l'un des gugusses qui ont fait ce petit film, un type intelligent, marrant. Il s'appelle Ariel Maudry.

– Le nom ne me dit rien.

– Il est gay, son copain s'appelle Roland Boussot.

– Inconnu au bataillon.

– Il est infirmier à "La Chênaie". Il paraît que tu lui as offert une superbe montre-bracelet.

– Le "petit Roland" ? demandai-je en tombant des nues. Il adore Véra. Il s'occupe d'elle. J'ignorais son nom de famille.

– Boussot. Il nourrit une véritable passion pour Véra, Ariel me l'a confirmé. Il paraît qu'elle lui raconte tout.

– Elle ne lui avait pas parlé de cette lettre.

– Véra ne parle jamais des choses qui la touchent de près », lâcha Gonzalo.

XXVI

Après le dîner, nous allâmes nous asseoir, moi dans mon fauteuil, Faby et mon père sur le canapé. Nous nous versâmes du whisky et Faby resta un moment avec nous, bavardant gaiement de choses et d'autres, nous parlant de Sabine, de ses copines, de son « fiancé », François, âgé de sept ans, un petit rouquin aux allures décidées et à la langue bien pendue.

« Un vrai petit mec ! s'esclaffa-t-elle. Il prend des airs protecteurs. Si tu le voyais, tu serais mort de rire. »

Par sa légèreté, elle réussit à dissiper notre morosité.

Enfin elle se leva et prit congé.

« Tu as toujours été comme ça, Salvador, chuchota-t-elle en me caressant le front. Tu t'emportes, tu t'obstines, puis tu regrettes. Ton fond est bon. Ne te fais pas de bile, quand tu reverras Véra, tu lui feras tes excuses et tout sera oublié. Allez, bonne nuit à tous les deux. »

C'était une fille d'un optimisme sain, parfaitement adaptée à notre monde postmoderne. Elle croyait à la publicité, à la psychanalyse, au néomarxisme, à la libération des mœurs, au féminisme, à l'écologie, aux médecines douces, aux gymnastiques orientales ; détestant le racisme, le colonialisme, elle prêchait avec componction le devoir de mémoire, évoquait à tout bout de champ la Shoah, les génocides perpétrés en Afrique ou en Asie, condamnait la torture et les atteintes aux droits de l'homme, indignations qui ne l'empêchaient pas de célébrer les vertus du marché. Toujours prête à s'enflammer pour les causes les plus diverses – le mariage des homosexuels, le droit à l'adoption pour les couples gays et lesbiens, la situation des immigrés, la détresse des sans-logis, les intermittents du spectacle, la dernière famine en Afrique –, sa générosité verbale lui tenait lieu de pensée. Admirant tout ce que *Libération* ou *Les Inrockuptibles* déclaraient digne d'admiration, elle alignait les poncifs avec une ingénuité touchante. Ses bons sentiments la maintenaient dans un état de lévitation mystique.

Choyée par son père, Faby faisait depuis l'enfance une confiance absolue à son époque, persuadée de vivre dans la plus épanouissante des sociétés. Comment aurait-elle pu comprendre mon inquiétude ?

L'aimais-je ? À cette question je ne savais pas répondre. Dans nos vies bousculées, y avait-il une place pour l'amour ? J'aimais Véra et la laissais dans cette maison de retraite au confort sinistre, j'aimais ma fille et n'avais pas le temps de la voir. J'aimais peut-être mon père... Étais-je encore capable d'amour ?

Tout à coup, je pensai à Unamuno, à Concha, sa femme, à ce fils dont la mort l'avait terrassé, à son combat opiniâtre, à son long exil, à son déchirement intérieur.

Je me promis d'étudier ses livres pour tenter de me rapprocher de Véra.

« Tu m'as bien dit que la République a comblé d'honneurs Unamuno, qu'il a été élu député aux Cortès ? demandai-je à mon père.

– Oui, il résidait alors souvent à Madrid, chez sa fille, dans le quartier de Salamanque. Il se montrait assidu aux séances du Parlement, participait aux débats, travaillait à la rédaction de la Constitution, écrivait dans la presse.

– Il est resté fidèle à la République ?

– Il a insensiblement pris ses distances, effrayé par le fanatisme anticlérical, par les désordres et les assassinats. Quelques déclarations maladroites de Manuel Azaña ont achevé de l'écœurer. L'une, lorsque des émeutes éclatèrent dans tout le pays, que des églises et des couvents furent incendiés, des prêtres massacrés : Azaña dit alors que toutes les églises et tous les couvents d'Espagne ne valaient pas la vie d'un républicain. C'était abdiquer devant les émeutiers. L'autre, au moment de la promulgation de la Constitution, furieusement laïque : "L'Espagne a cessé d'être catholique", et Unamuno lui rétorqua : "L'Espagne n'est peut-être plus catholique, mais les Espagnols restent, dans leur majorité, catholiques", façon de rappeler la distance entre l'idéologie et les réalités du pays.

« Tu entends ? fit soudain Gonzalo en tendant l'oreille. Il pleut. Beaucoup de gens n'aiment pas la pluie ; moi, ce bruit me rassure. La respiration de la vie... Le soleil, la sécheresse, c'est le cadavre. Il y a quelque chose de mortuaire dans l'aridité de l'Espagne.

– Je ne déteste pas non plus la pluie », dis-je en écoutant à mon tour ce grattement sur la verrière.

J'étais habitué aux digressions de Gonzalo, à sa façon de contourner un sujet, de l'éclairer de biais. Des repentirs, comme ceux qui contraignent les peintres à revenir sur un détail.

« Il y avait aussi la question des autonomies, notamment la place de l'enseignement de l'espagnol en Catalogne et au Pays basque, reprit-il en buvant une gorgée de whisky puis en mirant son verre. Unamuno était linguiste. Basque, il avait toujours combattu le repliement des séparatistes, leur régression, exhortant ses compatriotes à envahir massivement le castillan, à lui imprimer leur marque, à accéder par le castillan à l'universel.

« Le statut de la Catalogne faisait du castillan une langue facultative alors que, pour lui, c'étaient les langues régionales qui devaient être facultatives. Il n'était pas pour autant partisan de la centralisation, conclut-il après un court silence. Il rêvait d'un élargissement de l'Espagne, d'une dilatation spirituelle vers l'Amérique latine. Des idées subtiles, difficiles à saisir pour la majorité qui n'entendait pas son langage. »

Les bavardages et les plaisanteries de Faby avaient réussi à dissiper notre malaise. Nous retrouvions une intimité détendue.

Bien calé dans mon fauteuil, les jambes allongées, les pieds sur un pouf, j'écoutais le chuintement de la pluie qui rythmait les paroles de Gonzalo.

Par courtes séquences, mon père projetait devant mon imagination un film fait de violence et de fureur : grèves révolutionnaires, jacqueries dans les campagnes, pillages et incendies, exécutions sommaires. J'imaginais sans mal le désarroi, la désillusion, le désenchantement de Rafael et de Véra. « La République, déclara alors Martínez Barrio, un radical, pourtant, c'est le sang, la violence et la boue. » Comment Véra n'aurait-elle pas été désespérée par cette dérive, elle qui avait accueilli le nouveau régime avec ferveur ?

Ce tableau chaotique ravivait ma honte pour la réaction brutale que j'avais eue devant elle. De quelle autorité pouvais-je me prévaloir pour asséner des leçons de morale politique à une femme qui avait, dans sa chair, vécu cette déliquescence ? Ma suffisance me soulevait le cœur. Je n'étais qu'un petit péteux gonflé d'arrogance, bardé de certitudes idiotes.

Mon père évoquait les ministres républicains.

« C'étaient des hommes honnêtes, intelligents, chuchota-t-il. Leurs idées étaient généreuses. Leurs réformes, sans doute indispensables. Abstraites, elles se heurtaient pourtant aux pesanteurs d'un pays arriéré. Appliquant aux campagnes le schéma de la lutte des classes, ils firent des paysans des salariés, rédigèrent des contrats de travail censés régir les relations entre propriétaires terriens et ouvriers agricoles. Ils instituèrent un tribunal chargé d'arbitrer les litiges, recrutèrent des milliers de fonctionnaires. Résultat ? Les propriétaires cessèrent d'embaucher, la misère des paysans s'accrut. Rendus furieux, ils occupèrent les grands domaines, tuèrent ou chassèrent les propriétaires. Bien entendu, le rendement des terres baissa de manière spectaculaire et, dans un contexte de crise économique mondiale, les prix s'envolèrent, la pénurie s'installa.

« Le marxisme et les campagnes ! ricana Gonzalo. Une vieille histoire, avec ses famines ravageuses, sa flambée des prix... Et l'on pourrait pareillement prendre chaque mesure l'une après l'autre, soupira-t-il en fixant son verre avec un air de mélancolie. L'enseignement... On comprend que ces anticléricaux aient voulu en chasser l'Église qui, détenant sur lui un véritable monopole, influençait les esprits. Mais lorsque des milliers d'écoles et de collèges furent fermés, il fallut, dans un contexte de récession économique, former des milliers d'instituteurs et de professeurs, construire de nouveaux établissements. Malgré des efforts considérables, on ne put combler les vides, si bien que la mesure irrita les catholiques sans vraiment satisfaire les autres qui reprochaient au gouvernement la tiédeur de ses réformes.

« De la bonne volonté d'un côté, une surenchère chaque jour plus enragée de l'autre. Petit à petit, les extrémistes ligotèrent le gouvernement, le paralysèrent avant de l'étouffer. La République devint une coquille vide, un fantôme utile à la propagande.

« Véra t'a parlé du nihilisme de cette Espagne frustrée depuis des siècles... Là gît sans doute le secret de tout. *Nada,* jeta mon père d'une voix sombre : dans les deux camps, on rencontre un identique vertige. Les uns veulent tout détruire pour bâtir un communisme libertaire, supprimer l'État, abattre l'autorité ; les autres désirent annihiler l'idée même de Révolution. Si tu écartes l'anecdotique, il ne reste que la fureur.

– L'attitude d'Unamuno eut-elle une influence sur ton père ?

– Avant leur départ pour Grenade, mes parents lui rendirent visite à Salamanque. C'était à l'été 1931, trois mois avant ma naissance. Ils s'écrivirent par la suite régulièrement. J'ai gardé leurs lettres dans mes archives. Tu pourras les lire.

« Les deux premières années, jusqu'en 1933, Rafael continue de défendre le régime, persuadé que l'autorité de l'État finira par s'imposer et que l'extrémisme sera jugulé. Il parle de la République en des termes proches du mysticisme. Puis, au fil des mois...

« C'est bizarre. J'essaie de te parler honnêtement, et j'ai pourtant l'impression de travestir la réalité. Je te décris une situation de violence et de fureur et, si tu feuillettes la presse de l'époque, tu constateras que je n'exagère pas. Pour mes parents, ce fut pourtant l'époque la plus heureuse. Ils parcouraient l'Andalousie, ils aménageaient le *carmen* de l'Alhambra, je naquis en septembre. Mon père travaillait d'arrache-pied à la création de cet institut qu'il réclamait depuis des années, embauchant des professeurs, accueillant des élèves, organisant les cours, rédigeant les programmes. Dans leur patio, ils recevaient le soir des poètes, des musiciens, des peintres, tous républicains ardents.

« Au milieu de l'horreur, il arrive que la majorité poursuive une existence paisible, comme si de rien n'était. Les désordres, les émeutes, les grèves, les assassinats se fondaient dans un grondement lointain, une menace vague.

« En quelques mois, Rafael traduisit deux des principaux ouvrages d'Ibn Rabi, rédigea plusieurs centaines de pages de commentaires, une dizaine d'articles sur le soufisme dont il était devenu un spécialiste reconnu dans toute l'Europe. Il travaillait avec acharnement, dans un enthousiasme exalté.

– Véra non plus ne craignait rien ?

– Elle voyait, elle comprenait, mais elle était heureuse... Le soir, des élèves raccompagnaient mon père depuis l'Institut. Tous s'installaient dans le patio, devant une fontaine dont l'eau se déversait dans un bassin. Dans mes rêves, il m'arrive d'entendre ce ruissellement. Leurs discussions se prolongeaient jusque très tard dans la nuit, ces nuits de Grenade denses et dures, criblées d'étoiles... »

Il s'abîma dans le silence, contemplant le verre qu'il faisait tourner dans sa main.

« Le bonheur ne se raconte pas, lâcha-t-il enfin. Jamais peut-être Véra n'avait été plus belle, épanouie par la maternité. Sur toutes les photos, on la voit sourire. Le dimanche, ils prenaient leur auto, gravissaient les pentes de la sierra Nevada, déjeunaient sur la terrasse de l'hôtel. Ou bien ils allaient à la mer, toujours accompagnés d'une bande d'amis, des artistes, des élèves de mon père. Ils parcouraient l'Andalousie, Ronda, la sierra de Cordoue, les Alpujarras. Dans leurs yeux, on sent une exaltation joyeuse.

« Il y avait deux républiques comme il y avait deux Espagne : une république de l'intelligence et de la beauté, celle dont Véra garde la nostalgie, et celle des révolutionnaires, brutale et primaire.

– On peut comprendre la fureur de ces masses frustrées depuis des siècles, non ?

– Bien sûr. Elles n'en pouvaient plus d'attendre et d'espérer, elles réclamaient tout, tout de suite. Rencontrant une résistance sourde, se heurtant aux pesanteurs du pays, elles devenaient enragées. Puisque la réalité ne se pliait pas à leurs rêves, c'est qu'elle était envoûtée, captive d'un sortilège. Alors les foules brûlaient, massacraient dans un déchaînement aveugle de colère et de rage.

« On les comprend, oui. On comprend aussi, ajouta Gonzalo avec mélancolie, les calculs des politiques qui tiraient profit de ce désespoir. Il y a des noms que je ne veux pas prononcer... Ces politiciens ont tout fait pour ruiner la République, attisant les haines, soufflant sur le brasier.

« Je pense, lâcha-t-il après un court silence, que le pouvoir est pervers. Tout pouvoir. Il cache la plus violente des passions, la plus sombre, la plus cruelle : la volonté de puissance. »

En me levant pour gagner la chambre, j'avais la migraine, je me sentais tendu, les nerfs à vif. J'avalai deux cachets de PH8 et un somnifère léger avant de me coucher.

XXVII

En me réveillant, je fus un instant frappé par le silence et par l'éclatante lumière qui régnaient dans ma chambre. Consultant ma montre, je constatai qu'il était neuf heures passées. Faby était déjà partie, Martine avait conduit Sabine à l'école ; c'était leur absence qui créait cette impression de vide et de silence.

Je m'habillai à la hâte et descendis l'escalier. Au milieu des marches, j'aperçus la valise de mon père, bouclée, son manteau soigneusement plié, posé sur le canapé avec son feutre.

Le cherchant des yeux, je finis par le découvrir à la cuisine, debout devant la machine à café. Quelque chose dans son apparence m'intrigua, jusqu'à ce que je m'aperçoive qu'il avait revêtu son uniforme britannique : pantalon de flanelle, veston de tweed, gilet de cachemire. En revêtant son armure d'universitaire anglais, il avait aussi repris ses allures guindées.

« J'ai réussi à faire marcher cet engin, une gageure ! Un véritable laboratoire, votre cuisine. Le café est prêt, dit-il avec un sourire contraint.

– Tu pars ? demandai-je en m'asseyant sur le tabouret.

– C'est la fin, oui. J'ai commandé un taxi pour la gare du Nord, ajouta-t-il très vite. Je prends l'Eurostar, c'est plus sûr.

– Elle est... ?

– Pas encore, non. Avec un peu de chance, j'arriverai à temps. Ma présence ne changera rien, bien sûr... Je dis ça pour moi, j'imagine.

– Je suis désolé, lâchai-je.

– C'était prévisible, n'est-ce pas ?... Le médecin m'a assuré qu'elle ne souffrait pas. Elle est sous morphine. Je pense qu'elle ne me reconnaîtra pas. Je te sers ? »

J'acquiesçai d'un hochement de tête. Il me versa le café à gestes prudents.

« Il ne sera pas aussi bon que celui que tu fais, je n'ai pas le sens des proportions. Je ne bois d'ailleurs que du thé. Une habitude.

« J'ai pu prendre congé de Faby. J'ai même aperçu Sabine. Je suis content de les avoir vues, ajouta-t-il en s'asseyant à son tour face à moi, de l'autre côté du comptoir. J'espère ne vous avoir pas trop dérangés.

– J'ai été heureux de pouvoir bavarder avec toi, dis-je, la gorge serrée.

– Moi aussi, dit Gonzalo. Moi aussi. J'ai passé deux semaines très agréables. Je suis content d'avoir pu parler avec toi de ce passé... Nous n'avions pas souvent eu l'occasion de le faire... »

Je retrouvais le personnage corseté et guindé qui m'insupportait dans mon adolescence ; j'entendais aussi son bégaiement faussement aristocratique. Son visage redevenait lisse, inexpressif, bizarrement massif.

« Je voulais te dire, Salvador... Ces derniers mois, j'ai profité de l'absence de Margaret pour ranger mes bibliothèques, mettre de l'ordre dans mes archives. J'avais par ailleurs souscrit une assurance vie à ton nom, au cas où... Cela te permettra de régler les frais de succession sur l'appartement et le cottage.

« Ne proteste pas, je t'en prie ! Tu es mon fils, cette éventualité n'a rien de pathétique. Tout est entre les mains de mon notaire. Il saura ce qu'il convient de faire, je lui ai laissé mes instructions. »

Il but une gorgée de thé, grimaça un sourire qu'il voulait sans doute très britannique et que je jugeai suspect.

« Je voudrais encore te demander... Tu souhaiteras peut-être venir à Londres pour... Je préférerais... Je suis sûr que tu me comprends... J'ai toujours vécu seul depuis l'enfance, lâcha-t-il dans un souffle en baissant la tête.

– Tu avais Véra, non ?

– Il y avait Véra, oui. Du moins il y avait sa présence. Son esprit, lui... Nous ne parlions guère.

– Elle était triste ?

– Je ne sais quel terme employer. Absente ? Elle vivait dans le souvenir de mon père, de tous les membres de sa famille assassinés en Allemagne. J'ai grandi au milieu des morts, ajouta-t-il avec le même sourire gourmé. Je me demande si la fréquentation des fantômes n'est pas contagieuse. Il m'arrive de me dire que je n'ai pas vécu. *Sueño*...

« Tu sais... Je regrette de n'avoir pas été un bon père.

– Je n'ai pas été non plus un bon fils et je te demande pardon. »

Il détourna la tête, regarda sa montre.

« Bon, fit-il en s'efforçant de sourire, je dois y aller.

– Je peux te conduire, j'en ai pour cinq minutes...

– Non, non, la voiture est commandée. Tu as rendez-vous chez ton docteur et tu prends le train pour Nancy. Et puis, je suis un très mauvais comédien. La scène des adieux a toujours été au-dessus de mes moyens. Quand je partais en voyage, je demandais à Margaret de ne pas m'accompagner. Je te souhaite... Au revoir, Salvador. »

Nous nous étreignîmes gauchement.

« Tu ne devines pas tout ce que tu m'as donné pendant ton séjour, parvins-je à murmurer. Je flottais dans ma vie.

– Tant mieux, tant mieux si j'ai pu te donner quelque chose. J'en suis très heureux. Ta vie est une réussite, non ? Tu as un bel appartement, une femme intelligente et jolie, une fille charmante... Tu gagnes beaucoup d'argent...

– Tu penses que ça suffit ?

– J'évite le plus possible de penser, Salvador. Les jardins, c'est peut-être ça : les fleurs ne posent aucune question. »

Il alla vers le canapé, endossa son manteau, coiffa son feutre.

« Après l'enterrement, tu reviendras nous voir ?

– Certainement, avec plaisir... En fait, dit-il très vite, il n'y aura pas d'enterrement. Elle sera incinérée. Elle prétend que c'est plus hygiénique. Elle a sans doute raison. C'est important, l'hygiène. Quoique je me demande... Mis sous terre ou brûlé, un cadavre n'est jamais très hygiénique, qu'en penses-tu ?... Bien entendu, je respecterai sa volonté. »

Il fit quelques pas vers la porte, sa valise dans une main, son chapeau dans l'autre ; s'arrêtant tout à coup, il marmonna :

« Margaret était juive, tu le savais ?

– Non.

– J'ai oublié de te le dire. Remarque, c'est un détail.

– Tu es sûr que c'est un détail ?

– Je pense, oui. Un hasard.

– Tu m'as dit que tu ne croyais pas au hasard.

– J'ai dit ça ? Je devais penser aux Espagnols. Je suis anglais, n'est-ce pas ?

– Tu es certain d'être anglais ?

– Je le suis devenu. Il faut bien s'arrêter quelque part. J'aime l'Angleterre, j'aime les jardins... Prends soin de toi, Salvador. »

Debout sur le seuil, je le vis traverser la cour, s'engouffrer dans l'ombre du porche.

Je refermai la porte, regardai autour de moi. Le vide me sauta à la gorge.

XXVIII

« Là, tu as mal ? »

Gregg appuyait avec force sur le côté droit de mon abdomen.

« C'est supportable, dis-je.

– Une palpation n'est pas un concours d'endurance. Et ici ?... »

Le souffle coupé, je grimaçai un sourire.

« Dois-je hurler pour te faire plaisir ?

– Tu dois surtout arrêter de boire... Définitivement, fit Gregg en débranchant les oreillettes de son stéthoscope qu'il laissa pendre autour de son cou. Je te l'ai dit il y a six mois : si tu le mets au repos, ton foie a des chances de récupérer. »

Après le départ de Gonzalo, j'avais eu tout juste le temps de me doucher et de sauter dans un taxi pour arriver à l'heure à mon rendez-vous à l'antenne médicale de Provalis, au vingtième étage, passant d'abord au laboratoire pour les prises de sang, rejoignant enfin le cabinet du docteur Gregory T. Beyssot, une vieille connaissance, presque un ami.

Il venait de m'ausculter, de prendre ma tension, de me palper longuement le foie ; debout devant le lavabo placé dans un coin de son cabinet inondé de soleil, avec aux murs des lithographies abstraites comme j'en voyais partout à travers le monde, dans toutes les chambres des hôtels internationaux, il m'observait dans la glace d'un air attentif ; il finit d'essuyer ses mains, reposa la serviette.

« À moins que tu ne veuilles te payer une crise d'ascite ?

– C'est grave, ce truc ?

– C'est surtout laid. Tu peux te rhabiller. »

D'une modernité qui faisait des envieux parmi les cadres des grandes sociétés de Paris, l'antenne médicale de Provalis, avec son laboratoire et son service des urgences richement équipés, rivalisait avec les meilleurs services hospitaliers. Quand ils n'allaient pas à l'Hôpital américain, les dirigeants des grands groupes venaient s'y faire soigner, sûrs de trouver en Gregg Beyssot l'un des meilleurs généralistes, des plus dynamiques.

Élancé, de carrure athlétique, le teint hâlé, la chevelure châtain tirant vers le roux, le regard noisette, Gregg, de mère bretonne et de père américain, avait fait ses études aux États-Unis. De son séjour en Amérique il gardait la franchise des diagnostics, et une confiance résolue dans les techniques et les investigations les plus sophistiquées.

En maillot de corps sous sa blouse bleue, il avait l'air, avec ses allures de sportif, de sortir d'un feuilleton télévisé. On imaginait toutes les infirmières du service amoureuses de lui. Marié à une riche héritière vénézuelienne, Luz, père de deux fillettes, le docteur Beyssot collectionnait les conquêtes. Recevant dans son cabinet de l'avenue de Messine une clientèle internationale, il amassait une fortune. Avec un bel aplomb, il avouait d'ailleurs son goût de l'argent, protestant qu'il ne « faisait pas dans le social », ce qui était un euphémisme.

« Nous y verrons plus clair quand nous aurons les résultats des analyses, dit-il en se rasseyant derrière son bureau. Je ne m'attends pas à des miracles. Tu as une superbe cirrhose. Est-ce que tu as souvent soif, une soif anormale ? poursuivit-il en prenant un bloc de papier et en décapuchonnant un Montblanc laqué rouge.

– Parfois, oui.

– Tu bois d'énormes quantités d'eau sans te sentir désaltéré ?

– Affirmatif.

– Tu as de fréquentes envies d'uriner ?

– Encore une fois, affirmatif.

– De la fatigue, des assoupissements après les repas ?

– Tu pourrais dire des sommeils courts et comateux.

– Ces derniers temps, tu as maigri ?

– J'ai perdu huit kilos. »

Je le regardais écrire, penché sur sa fiche. Par trois larges baies le soleil coulait à flots, éclaboussant les murs d'un blanc cassé.

« Quel rapport avec l'état de mon foie ? demandai-je en clignant des yeux.

– Aucun. Je soupçonne un diabète. Les analyses nous le diront. »

Ce fut si imprévu que j'eus du mal à encaisser le

coup. Menaçant, le mot me laissa une seconde décontenancé. Je ressentis un épuisement subit.

« Il ne faut pas te frapper, dit Gregg en levant les yeux sur moi. On ne meurt plus du diabète. »

En voyant mon père s'évanouir dans l'ombre du porche, en me retrouvant seul dans l'appartement, j'avais ressenti une profonde impression de vide. Peut-être étais-je dans un état de vulnérabilité ? Ma tête tournait, j'entendais un bourdonnement sourd dans mes oreilles.

« C'est le mot qui te fait cet effet ?

– La surprise.

– Il y a de plus en plus de diabétiques en Occident. Nourriture trop grasse, trop sucrée, manque d'exercice. Une pathologie de riches oisifs. Il existe d'autres formes, plus nettement génétiques. Ce n'est pas ton cas.

– Je ne suis pas obèse.

– Non, fit-il avec un sourire de connivence, on ne peut vraiment dire que tu sois gros : soixante-quatre kilos pour un mètre quatre-vingt-cinq, c'est limite maigreur... Tu picoles, tu vis sur les nerfs, tu ne marches pas assez, tu ne pratiques aucun sport... Tu as eu des contrariétés, ces derniers temps ? Un choc émotionnel ? »

Je secouai la tête et sentis mon angoisse desserrer brusquement son étreinte. Je respirais plus librement, éprouvant une joie bizarre. Mon malaise était désormais identifié. Il possédait une réalité que je pouvais nommer, reconnaître.

« C'est grave ? fis-je d'un ton que j'aurais voulu désinvolte.

– On vit très bien avec un diabète. Il suffit de s'astreindre à une stricte discipline, de prendre ses médicaments ou de faire ses piqûres. L'un de mes professeurs à Chicago, fit-il en se reculant dans son fauteuil et en m'enveloppant dans un regard chaleureux, disait que le diabète est une maladie pour gens intelligents. Une fois le diagnostic posé, le malade devient son propre médecin. Sais-tu s'il y a des antécédents dans ta famille ?

– Ma famille..., laissai-je tomber avec un sourire d'ironie. Je demanderai à ma grand-mère. Elle est seule à savoir... C'est héréditaire ?

– Il existe un terrain favorable... Chez tous les diabétiques, on découvre un parent atteint, un oncle, un grand-père... »

Cessant d'écrire, Gregg referma son stylo, le glissa dans la poche de sa blouse.

Nous nous connaissions depuis des années. Nous nous invitions, tantôt chez l'un, tantôt chez l'autre. Nous avions même passé des vacances ensemble en Corse-du-Sud, lui avec Luz et ses filles, moi avec Faby et Sabine, partageant une villa qui dominait une crique abritée par des rochers. Sans ressentir la moindre jalousie, je le soupçonnais d'avoir eu une liaison avec Faby. En l'observant, je trouvais naturel qu'elle eût succombé à sa belle santé, à son allure sportive, à sa réussite professionnelle. D'une certaine manière, ils se ressemblaient, tous deux à l'aise dans une société de vainqueurs. Auprès de ce quadragénaire juvénile et conquérant, j'avais l'air d'un perdant issu d'une lignée d'éclopés.

Je repensai à Gonzalo, à nos longues conversations

nocturnes, à sa passion des jardins, à son alcoolisme. J'imaginai sa lourde silhouette dans les couloirs de l'hôpital ; je revis Véra assise au fond de la grande salle de « La Chênaie », près de la fenêtre, ses mains posées sur un livre. Les mots de mon père résonnèrent dans ma mémoire : « C'est une survivante. » D'une certaine manière, j'étais moi aussi un survivant.

En tant que médecin de Provalis, je voyais Gregg deux fois par an pour un bilan de routine. Depuis ma dernière visite, il ne cessait de me mettre en garde. Jamais encore il n'avait adopté ce ton net, presque brutal.

« Je n'essaie pas de te faire peur, dit-il. Je te dois la vérité. Ensuite, tu restes libre. La médecine ne donne pas l'appétit de vivre.

– Si le diagnostic est confirmé, quelles conséquences pratiques ? Une hospitalisation ?

– Quelques jours en observation pour mettre le traitement en route et faire un bilan.

– C'est urgent ?

– Tout dépend du taux de sucre dans le sang. Je t'explique... »

Reprenant son stylo, il me dispensa un petit cours sur la glycémie, dessinant le pancréas, le foie, des courbes sur la chimie des sucres. Penché au-dessus de son bureau, je suivais ses explications.

« C'est très sommaire, évidemment.

– Suffisant pour moi.

– Plus que d'une maladie, il s'agit d'un dérèglement hormonal qui entraîne une usure des artères, atteint les nerfs, ce qui se traduit par toutes sortes de complications, heureusement évitables si on se soigne bien. L'alcool et le tabac augmentent les risques chez les diabétiques, alors qu'une bonne hygiène de vie les prévient. On en arrive toujours au même point.

– Je crois avoir compris. Pour le moment, ajoutai-je après un instant de réflexion, une hospitalisation est impossible. La campagne Bernottin débute la semaine prochaine. Je ne veux pas les laisser seuls.

– Bernard ne peut pas les prendre en charge ?

– Ils ont confiance en moi. Ils se sentiraient lâchés, murmurai-je.

– Je te propose de commencer le traitement dès que nous aurons le bilan sanguin, c'est-à-dire demain. Nous établirons le traitement ensuite.

– Des comprimés ? demandai-je en me levant.

– Dans ton cas, j'ai peur qu'il ne soit nécessaire d'avoir tout de suite recours à l'insuline. Des piqûres, mais très simples à faire, aucunement douloureuses. Ce sont des stylos jetables... Pour l'alcool, tu te sens dépendant ?

– On peut dire ça, oui.

– L'un de mes amis possède une clinique près de Versailles, le cadre est magnifique. Tu peux faire une cure de désintoxication, dit-il en contournant son bureau pour me rejoindre.

– J'y réfléchirai.

– Tu es vraiment décidé à te soigner ?

– J'essaierai.

– Tu sais ce que ça signifie, n'est-ce pas ? Plus une goutte d'alcool, un régime alimentaire équilibré, un exercice régulier. Si tu fais ça, tu peux mourir centenaire.

« Tu as réussi un coup de maître, avec les Bernottin,

s'exclama-t-il en marchant vers moi. Dans les dîners, on ne parle que d'eux. Et, bien entendu, de toi.

– La partie n'est pas jouée.

– Je te fais confiance. Je suis sûr qu'ils s'en tireront très bien.

« La France devient impossible, lâcha-t-il tout à coup. La frilosité, la peur, l'envie, la hargne... Un pays de vieux ronchons. Avec Luz, nous parlons de nous installer au Venezuela.

– C'est un projet sérieux ?

– Très. C'est un pays jeune. Là-bas tout reste à faire. J'envisage d'ouvrir une clinique...

« Faby va bien ? demanda-t-il en me serrant énergiquement la main.

– Très bien, merci.

– Embrasse-la de ma part. On se voit un de ces jours, quand tout ce cirque sera fini ? »

Je m'engouffrai dans l'ascenseur, rejoignis le trente-sixième étage. Soulagé de constater que Colette était partie déjeuner, j'entrai dans mon bureau, refermai la porte derrière moi. Je n'avais envie de rencontrer personne.

Calé dans mon fauteuil, contemplant le panorama, je repensais à la question de Gregg : avais-je la volonté de me battre ?

Assommé par le diagnostic, j'éprouvais la curieuse impression de flotter, de me retrouver dans une solitude que je n'avais encore jamais connue. Comme si ce vocable anodin, *diabète*, avait tracé un cercle autour de moi, je me voyais retranché des autres, isolé. À qui, hormis Véra, voudrais-je me confier ? J'en revenais toujours à elle.

Me promettant de lui écrire, je rassemblai mes affaires, fermai mon sac de voyage. Le train pour Nancy partait dans deux heures.

Vide, l'étage baignait dans un silence feutré. En traversant le palier, je me heurtai presque à Bernard qui sortait de son bureau.

« Tu files à Nancy ?

– Je pars dans deux heures. Ça ne m'enchante pas, ce séjour.

– Je te comprends. Dis-toi qu'on touche au but. Dans un mois, tout ça sera derrière nous.

– J'ai passé la visite médicale.

– Tout va bien ? demanda-t-il d'un ton distrait, alors que la porte de l'ascenseur s'ouvrait.

– Gregg pense que je suis diabétique.

– Merde ! s'écria Bernard en accusant le coup. C'est sûr ? insista-t-il en me dévisageant avec inquiétude.

– Gregg se trompe rarement dans ses diagnostics.

– C'est un excellent toubib, c'est vrai. »

L'ascenseur descendait vite. J'entendais le souffle de Bernard, respirais son eau de toilette, *Kouros*, d'Yves Saint Laurent. Vêtu d'un costume clair, d'une chemise d'un rose tirant sur le violet, d'une cravate à fleurs, les joues lisses, je déduisis de son apparence bichonnée qu'il avait rendez-vous avec une femme.

« Remarque, lâcha-t-il alors que nous arrivions au rez-de-chaussée, mon beau-père est diabétique depuis près de trente ans. Avec un régime et un traitement suivi, on vit normalement... Je devais déjeuner avec une amie, je peux décommander et te conduire à la gare ?

– Merci, je préfère rester seul un moment.

– Je comprends... Il va falloir que tu lèves un peu le pied. Ça ne sert à rien de s'user au boulot. »

Nous traversions l'immense hall décoré de plantes vertes, avec en son milieu une cascade. Une musique insipide coulait, tel un robinet d'eau tiède. On se serait cru dans un aéroport.

« Il n'y a pas moyen d'échapper à ces mélodies répugnantes, lâcha Bernard. C'est partout le même sirop... Tu prendras plus souvent des vacances... »

La voix se cassa au milieu de la phrase. Se tournant vers moi, il m'adressa un sourire timide.

« Je dis ça rarement, Salvador : je t'aime bien. Promets-moi de te soigner. »

J'acquiesçai de la tête, lui rendis son sourire. Derrière ses allures tapageuses, ses manières cassantes, derrière son cynisme, il y avait chez lui une délicatesse touchante.

Nous nous serrâmes la main et je me dirigeai vers l'une des jeunes hôtesses pour commander un taxi.

XXIX

Alors que le train courait dans la campagne, je tirai de ma sacoche un bloc de papier à lettres. Tout en jetant des regards distraits sur le paysage, j'écrivis à Véra :

Ma chère Véra,

Mon train file vers Nancy, il fait une journée printanière, éclatante et pure. Je vais retrouver les usines Bernottin, les cités ouvrières. Tu as sûrement entendu parler de l'affaire, à la fois banale et pitoyable. Je me demande ce que je défends en essayant de tirer ces personnages du bourbier. Il n'y a pas de réponse. Je me laisse entraîner par le courant. Les choses sont ainsi, répètent nos experts.

Je pense à toi avec regret, avec un peu de honte aussi. Je ne me pardonne pas mon emportement lors de ma dernière visite avec Gonzalo.

Ce mot, honte, *te paraîtra sans doute excessif. Il exprime pourtant ce que je ressens. Je me trouve ridicule d'avoir eu la prétention de te raconter, à toi, ce que fut la guerre d'Espagne. Je fais partie d'une génération d'érudits incultes. Nous savons tout, puisque nous n'approfondissons rien. Faute de connaître, nous dissertons et tranchons.*

Je sais de quelle déformation ces accès de rage proviennent. Ce sont les symptômes de cette maladie idéologique dont tu me parlais souvent. Ma jeunesse a été pervertie par des dogmes stériles. Pareils aux anciens Chinois qui fabriquaient des monstres par la torture, nous comprimions les faits, les réduisions pour les faire rentrer dans la théorie. Malgré mes efforts, je garde des séquelles de ces aberrations. C'est une pente à laquelle il n'est que trop facile de s'abandonner. Pour éviter le risque de la pensée, on se réfugie dans les généralités.

Je sais que tu m'as déjà pardonné. Il fallait pourtant que je te dise ma confusion. Tu occupes dans ma vie une place trop essentielle pour que l'idée de te causer du chagrin ne me soit pas insupportable.

Durant son séjour, nous avons, mon père et moi, beaucoup parlé. À vrai dire, c'est surtout lui qui racontait. Je me suis contenté d'interroger et d'écouter. Grâce à lui, j'ai pu non pas comprendre – je me méfie chaque jour davantage de ce verbe – mais sentir, voir, respirer notre passé, celui de Rafael, le tien, celui de Jakob, ton père, celui de l'Europe dont nous sommes des fragments détachés, dispersés.

Non pas l'Europe dont parlent nos énarques, mais une Europe que, pour moi, tu incarnes, qu'incarnaient aussi Rafael, Unamuno, son maître, tous ceux qui pensaient librement, avec l'intrépidité de leur irréductible individualité.

Dans mon adolescence, j'éprouvais pour Gonzalo un vague mépris. Je le jugeais conformiste, frileux, corseté par des conventions idiotes. Ayant appris à le connaître, je regrette aujourd'hui mes jugements péremptoires. J'ai été heureux de pouvoir enfin le rejoindre, de me reconnaître en lui ; du moins une partie de moi-même se sent-elle proche de sa timidité et de sa peur. Il m'a aussi permis de mettre au clair les sentiments qui m'attachent à toi depuis mon adolescence.

De personne je ne me sens plus proche que de toi, Véra. Si le mot amour possède un sens, il s'applique à ce que j'éprouve pour toi. Depuis le jour où j'ai franchi le seuil de ton appartement, rue des Fossés-Saint-Jacques, tu as maintenu mon unité, la préservant de la désintégration.

Tu n'as eu besoin de rien faire ou dire pour me sauver : il t'a suffi d'être toi-même.

Aujourd'hui, le médecin du travail m'a annoncé que je souffrais d'un diabète. Je ne veux en parler avec personne, sauf avec toi. (Sais-tu s'il existe des antécédents dans notre famille ? Le médecin m'a posé la question et j'ai été incapable de lui répondre.) Je ne suis pas sûr, il est vrai, d'avoir eu une famille. D'ailleurs, personne autour de moi n'en avait. Des figures, oui, mais sans réalité, des parents virtuels.

Rassure-toi, Véra : le diagnostic ne m'a pas abattu, tout juste sonné. J'ai appris de toi le stoïcisme. J'essaierai de vivre avec la maladie.

Si j'ai encaissé le coup, c'est que le diagnostic renforce un sentiment de solitude avec lequel je me débats depuis des années. Une solitude que je répugne à creuser, que j'hésite à définir, tant j'aurais peur de te paraître emphatique. Plus qu'une solitude, d'ailleurs : un désespoir lancinant qui n'exclut ni l'énergie ni la passion de vivre. Ainsi qu'on le dit autour de moi, je « fonctionne », bien, très bien, même. Tout se passe comme si mon angoisse provenait de cette adaptation. Il doit y avoir une pathologie de la bonne santé.

Je me cache derrière l'ironie, mais elle ne suffit plus à me protéger, pas plus que l'alcool ne me procure le soulagement qu'il m'a longtemps dispensé. J'avance désormais à découvert. Aucun adversaire à l'horizon, rien qu'une plaine morose, semblable à celle que je traverse pour te rendre visite. Je me demande si ce ne serait pas ce vide qui cause mon malaise.

Je repense à tout ce que Gonzalo m'a dit d'Unamuno. Peut-être n'y a-t-il qu'une question, mais qu'il nous est interdit de poser. Je sens peser chaque jour davantage le poids d'une dictature aussi sournoise qu'impitoyable. Elle nous contraint à n'avoir que des idées conformes. Dans cette normalité raisonnable, je me sens étouffer.

Je vais lire les œuvres d'Unamuno parce que mon père m'a fait percevoir que son inquiétude pouvait éclairer le sens même de ce mot : vivre, du moins vivre humainement.

J'ai aussi l'intuition qu'en me rapprochant du vieux hibou je réussirai peut-être à vous rejoindre, Rafael, toi, cette part de l'Espagne que vous avez aimée. Je sais que ce pays n'existe plus, pas plus que n'existait la chevalerie errante lorsque Quichotte s'élança sur les chemins de la Manche. Il n'y a de patrie que rêvée.

Alors que nous n'avons cessé, Faby et moi, de voyager, visitant les pays les plus exotiques, je n'ai jamais voulu me rendre en Espagne. J'avais peur d'y rencontrer partout ton ombre et celle de Rafael, peur de marcher parmi des fantômes.

Aujourd'hui je me sens enfin prêt à affronter ces spectres. Puisque tu n'as plus la force ou l'envie d'assister à la cérémonie qui se déroulera à Grenade en hommage à Rafael Portal, je te prie de m'accorder la faveur de t'y représenter.

Tu peux être rassurée : je ne dirai rien, je n'émettrai aucun avis. Comme tu m'as fait toucher du doigt ma vaniteuse ignorance, je me contenterai d'écouter, de regarder, de respirer les parfums, de m'abandonner aux sonorités des voix.

Pourquoi je souhaite faire ce pèlerinage ? Je projetais de me rendre aux Seychelles, qui ne seront jamais que des photos trompeuses dans des catalogues oniriques, images aussi artificielles que tout ce qui fait ma vie. Je n'espère pas retrouver en Espagne des racines, sachant que nous sommes, toi, Gonzalo, nous tous, des déracinés. Je n'espère y trouver rien d'autre que la trace de ton souvenir.

Je viendrai te voir dès que la campagne de communication avec les Bernottin sera finie. Nous bavarderons paisiblement, de tout et surtout de rien. Je t'écris pour te dire ce que je n'oserais jamais te confier de vive voix.

Je ne me résigne pas, Véra, à te voir attendre

la fin dans cette propriété trop nette, parmi ces vieillards dont tu ne feras jamais partie. Tu as choisi seule ; tu as toujours mené ta vie comme tu l'entendais ; tu refuses d'être à la charge de quiconque. J'entends tes raisons ; elles ne me persuadent pas.

Ta place naturelle n'est pas, Véra, dans ce paysage désolé. À chacune de mes visites je me le répète. Sans me reprocher un choix que tu as fait sans consulter personne, j'éprouve la mélancolie de ton éloignement, qui s'ajoute à ma tristesse de ne pas savoir où se trouve ma véritable place, pour autant que j'en aie une.

Tu vieillis dans la solitude institutionnelle, je m'étiole dans une activité trépidante et suspecte. Je rêve de souffler, de renouer avec la vie la plus simple, la plus immédiate. Rien que la vie, pour reprendre ton expression.

Je t'embrasse tendrement,

Salvador.

En débarquant à Nancy, je postai ma lettre, m'engouffrai dans la Peugeot que le chauffeur coiffé de son béret avait garée devant la gare. Me calant au fond de la voiture, je regardai le paysage, plus exotique que ne l'étaient Bali ou le Kenya. Derrière les coteaux et les bois, derrière les maisons renfrognées, des existences énigmatiques se cachaient, un monde à la fois familier et inconnu.

Je retrouvai la villa rembrunie, le parc dépouillé, les salons remplis de meubles robustes et pesants.

Comme lors de mon précédent voyage, les deux frères m'attendaient debout sous la marquise. Seul changement : ils avaient passé un gilet de laine sous leur veste. Sec, le froid appuyait contre les tempes, comprimait le crâne. Plus pâles encore, comme rétrécis, Antoine et Maxime me saluèrent avec toujours cette politesse onctueuse. Dans le vestibule, les épouses me souhaitèrent la bienvenue. Dans deux robes de couleurs différentes, grise pour l'aînée, Geneviève, bleue pour Sophie, arborant le même collier de perles autour du cou, un identique sourire rétracté sur leurs bouches coupantes, elles avaient l'air de ce qu'elles étaient : deux sœurs qui, heureusement, ne se ressemblaient pas.

Petite et ronde, Geneviève avait un regard malicieux cependant que Sophie, mince et menue, me parut effarouchée. Si leurs morphologies les distinguaient, elles n'en avaient pas moins un air de parenté, peut-être dû à leur regard étonnamment bleu, à leur attitude réservée. Tant de dédoublements produisaient une impression fantastique, comme si un démiurge facétieux s'était amusé à dupliquer tous les personnages de la famille.

Sensible à l'honneur que les épouses me faisaient en m'accueillant, je les remerciai, m'inclinai. Je ressentais pourtant une détresse vague. Dans cette pénombre, on se sentait enveloppé par un silence d'une densité palpable. Meubles et objets semblaient figés dans une immobilité inquiétante.

Tout en répondant avec courtoisie aux questions des

deux sœurs, l'idée traversa mon cerveau que je me trouvais dans une crypte. Antoine, Maxime, Geneviève et Sophie, tous n'avaient de vivant que l'apparence. Ils parlaient, souriaient, mais leurs yeux étaient morts. Leurs voix mêmes rendaient, dans ce silence d'ossuaire, un son épuisé.

Songeant à Véra, je mesurai tout ce qui séparait son exigence héroïque de la morale étroite des Bernottin ; l'une élevait, aspirait, quand l'autre enfermait, étouffait.

Suivant le vieux maître d'hôtel, je montai l'escalier jusqu'à la chambre qui m'avait été réservée au premier étage, au bout du couloir. Tout en gravissant les marches, je pensai que je n'éprouvais ni sympathie ni aversion pour les Bernottin. Oubliant ce qu'ils représentaient, ils m'apparaissaient confinés dans une lumière blafarde : deux fantômes.

Je me souvins des paroles de Roger, de cette rage avec laquelle il s'accrochait aux plus infimes détails. Avec lui, avec Gonzalo, je revenais d'un long voyage au royaume des idées ; je retouchais terre ; sensible à la seule présence des êtres et des choses, j'oubliais ces chimères que j'avais longtemps prises pour des créatures réelles.

Vaste et haute de plafond, avec un balcon surplombant la ville ouvrière, puis, au-delà, un horizon de collines boisées, la chambre était tapissée de toile de Jouy : chaumières stylisées, bergers et bergères se contant fleurette, assis sous les branches déployées d'un saule pleureur, troupeaux de moutons. Quelques gravures du XVIIIe, une commode, un bureau d'acajou, un grand lit de cuivre, tout dans ce décor disait la volonté de durer.

Pas un bruit, comme si la maison était inhabitée.

Ayant rangé mes vêtements dans un placard encastré dans le mur, et disposé mes affaires de toilette dans la salle de bains, j'allai vers la fenêtre, restai un long moment à contempler le paysage d'usines et de maisons de brique toutes identiques.

Je songeais aux protestations de Roger devant mes effusions. Comment connaître les pensées, les rêves, les colères et les frustrations que cachait chacune de ces habitations ? Malgré tous mes efforts, je n'entrerais pas dans ce monde. Pas davantage n'arriverais-je à comprendre les Bernottin, leur soumission austère. Ils étaient nés dans ce décor, ils y avaient grandi. Toute leur vie ils avaient vu ce paysage qui devait leur paraître aussi naturel que les étables et les granges à des paysans. C'était un ordre immuable, voulu par Dieu.

Quel entrepreneur moderne, me demandai-je, accepterait de vivre parmi ses ouvriers et ses employés, devant leurs usines et leurs ateliers ? Il n'y avait pas d'autre énigme, me dis-je, que ce monde refermé sur lui-même. Le décor avait fait les Bernottin autant que leurs ancêtres avaient fait ce décor.

Dans le vestibule, une cloche sonna pour annoncer le dîner, que nous prîmes dans la salle à manger lambrissée de chêne autour d'une table ovale. Tout au bout, les enfants, de douze à dix-neuf ans, Odile et Marie-Ange, les cadettes, Gonzague et Aurélien, les deux aînés, évidemment en costume et cravate, l'air sage, silencieux ; face à moi, Geneviève et Sophie qui avaient changé de robes ; Antoine et Maxime prirent place à mes côtés.

Antoine récita le bénédicité, tous nous nous signâmes avant de nous asseoir ; le vieux maître d'hôtel présenta ensuite les plats.

« Le repas vous paraîtra sans doute frugal, dit Antoine avec un léger sourire.

– C'est un dîner familial, compléta Maxime.

– Mais le vin, je l'espère, vous plaira. C'est Albert qui l'a choisi pour vous, dit Sophie.

– C'est un connaisseur, fit Geneviève avec un regard vers le vieux maître d'hôtel.

– Je suis navré de ne pouvoir y faire honneur, j'ai arrêté de boire. »

Sans réfléchir, je lâchai :

« Je viens d'apprendre que je suis diabétique. »

Avec un sourire d'une étrange douceur, Maxime me dévisagea.

« Je suis moi aussi diabétique depuis plus de quinze ans. On vit très bien avec un diabète. Il suffit de faire attention. »

Encore stupéfait d'avoir laissé échapper cet aveu, je finis par me dire que c'était moins une confidence qu'une résolution : je venais de prendre l'engagement d'abandonner l'alcool.

« C'est encore nouveau pour moi, fis-je. Le diagnostic a été fait ce matin.

– C'est toujours un choc, murmura Maxime.

– Je me suis permis de communiquer au médecin le numéro du fax de votre bureau pour qu'il m'envoie le résultat des analyses avec une ordonnance. Il va falloir que j'apprenne à vivre avec la maladie.

– Vous avez très bien fait, approuva Antoine avec un sourire. Dès que l'ordonnance arrivera, ma secrétaire vous l'apportera.

– Je vais prévenir notre pharmacien à Nancy, dit Maxime. Il vous expliquera le maniement des appareils qui sont d'ailleurs d'un usage commode. Le plus important est l'autosurveillance, plusieurs fois par jour. Vous vous habituerez très bien, vous verrez.

– Mon mari est très sage, très scrupuleux, dit Geneviève en se tournant vers Maxime. Il suit consciencieusement son régime. C'est d'ailleurs celui que tout le monde devrait suivre : éviter les graisses, les sucres, l'alcool, faire un exercice régulier. Comme vous l'aurez constaté, nous l'avons tous adopté.

– Nous menons une vie très simple », ajouta Sophie, l'air de s'excuser.

Dans son ton, je crus déceler une nuance de fierté : s'ils menaient une existence spartiate, les Bernottin auraient pu vivre autrement. C'était chez eux un choix, non une fatalité. Leur liberté découlait de leur fortune.

« Au début, commenta Maxime, vous aurez sans doute besoin d'un peu de repos. Lorsque la maladie a été diagnostiquée, j'ai éprouvé une grande fatigue.

– Vous devez vous sentir chez vous, libre d'aller et venir à votre guise. Nous avons préparé quelques petites balades dans la région. Je vous donnerai une carte sur laquelle nous avons souligné des routes, indiqué des lieux. Vous verrez, la Lorraine mérite d'être connue. Sans pittoresque, le pays dégage un charme austère... Si vous le souhaitez, le chauffeur se tiendra à votre disposition, mais si vous préférez conduire vous-même, vous pourrez prendre la 207.

– Nous partons à huit heures pour l'usine, nous déjeunons avec les cadres. Vous aurez vos journées libres », ajouta Maxime du même ton rassurant.

Durant tout le repas, Aurélien, le fils aîné de Maxime, m'avait observé avec une étrange attention. Haut et maigre, doté d'un grand nez et d'une bouche fine et sinueuse, ses yeux délavés gardaient une expression de franchise saisissante. Ce regard, pensai-je, ignore le mensonge.

« Aurélien voulait entrer dans les ordres, chez les dominicains, dit son père qui avait sans doute surpris nos échanges. Je crois qu'il a changé d'avis.

– La vocation n'est pas un avis, observa Aurélien d'un ton ferme.

– Tu as raison, fit Maxime. Le mot est inadéquat.

– Je ne suis pas sûr d'avoir la vocation, expliqua le fils en me fixant.

– Mon neveu a une forte personnalité, commenta Antoine en se rengorgeant.

– Savez-vous qu'il désapprouve notre campagne de communication ? dit Maxime d'un air amusé.

– Je le comprends, lâchai-je en croisant à nouveau le regard clair de l'adolescent.

– Tu devrais faire part à M. Portal de tes objections, l'encouragea Maxime.

– J'ai peur qu'il ne me juge naïf.

– Pourquoi ? demandai-je en lui adressant un sourire. Je me fais chaque jour à moi-même des objections. »

Dans l'admiration des frères pour le jeune homme, on décelait certes de l'affection, mais, plus encore, l'orgueil tribal. Ils étaient fiers de constater que la lignée se poursuivait, qu'elle produisait un caractère affirmé, que la succession était assurée.

Nous finissions de manger le dessert, une salade de fruits.

« Ce que vous appelez communication n'est rien d'autre qu'un mensonge, jeta Aurélien avec l'impétuosité des timides.

– C'est exact, fis-je en essuyant mes lèvres. Comme la publicité, comme ce qu'on appelle l'image : une illusion, une chimère. La seule question, ajoutai-je, est de savoir ce qu'est la vérité pour chacun de nous.

– Vous êtes certain de ne pas vous complaire dans les sophismes ? interrogea Aurélien avec une légère ironie.

– Il s'agit peut-être d'un sophisme. C'est aussi une inquiétude. Vous-même, êtes vous sûr de ne pas jouer un rôle ?

– J'essaie de ne pas tricher.

– Je n'en doute pas. Que vous le vouliez ou non, vous n'en offrez pas moins aux autres une image trompeuse de votre personne.

– Je sais, admit Aurélien d'un ton empreint d'une subite mélancolie. Je me le dis souvent. Mais l'image que vous voulez offrir au public est doublement fausse, puisqu'elle tend à cacher la réalité.

– Vous raisonnez fort bien, avec une maturité surprenante. Vous avez dix-huit ans ?

– Dix-neuf, bientôt vingt, lâcha-t-il en rougissant.

– À votre âge, je n'avais pas votre lucidité. Vous trouvez mal de tenter d'expliquer au public les raisons qui ont poussé votre père à ouvrir le capital familial ?

– Vous n'expliquez rien, vous manipulez. D'ailleurs, ce n'est pas la famille que vous défendez, c'est la mondialisation. L'image de mon père et de mon oncle cachera celle des ouvriers licenciés.

– Manipulation ? répétai-je. Le mot est dur. Il n'est pourtant pas faux, repris-je après une courte pause. La publicité, la communication sont en effet des formes de manipulation. Vous êtes hostile à la mondialisation ?

– Je n'ai pas d'avis. Je ne connais pas assez la question. Mais la vendre par des procédés douteux... cela vous semble acceptable ?

– Sincèrement, ça dépend des moments.

– Je suis désolé, lâcha soudain Aurélien en baissant la tête. J'ai l'air de vous juger.

– Ne vous excusez pas. Je me répète souvent ce que vous venez de dire. Le mensonge est partout, mais c'est celui du marché. Il faut vendre à n'importe quel prix.

– Vendre... même les consciences ? » demanda Aurélien en relevant la tête et en plongeant dans les miens ses yeux d'une sincérité brutale.

Durant tout cet échange, Maxime n'avait pas quitté son fils du regard dans lequel brillait une lueur d'admiration.

« Les hommes deviennent eux aussi des produits, dis-je avec tristesse.

– Vous pensez qu'une civilisation fondée sur le mensonge peut durer longtemps ? demanda l'adolescent avec brusquerie.

– Non, je ne le crois pas. Mais je ne suis pas sûr non plus qu'une société fondée sur la vérité ait jamais existé.

– L'exigence de vérité a été longtemps maintenue, vous ne croyez pas ?

– Les cyniques vous rétorqueront que la distorsion entre l'exigence et la réalité s'appelle hypocrisie.

– Vous êtes cynique ? questionna Aurélien.

– Pas assez, non, murmurai-je. Si j'étais cynique, je serais sans doute plus heureux.

– Il est coriace, hein ? murmura Maxime. Quand j'avais son âge, jamais je n'aurais osé contredire un adulte. »

Je pensai à Gonzalo, à mon enfance et à mon adolescence solitaires. C'est sans doute cette complicité-là qui m'avait manqué.

Nous nous levâmes de table.

« Si vous le voulez bien, nous allons vous montrer la collection de Gallé, dit Antoine en se dirigeant vers une énorme porte blindée semblable à celles qui protègent la salle des coffres dans une banque.

– Nous avons noté pour vous la combinaison, fit Maxime en me tendant un papier. Vous pourrez venir seul quand il vous plaira.

– On voit mieux quand personne ne vous dérange,

acheva Antoine. Dans les musées, nous sommes toujours agacés par les explications des guides.

– C'est une lourde responsabilité, dis-je en montrant le papier.

– Nous avons confiance, fit Maxime avec un sourire.

– Nous changeons régulièrement la combinaison », ajouta Antoine en repoussant la porte et en appuyant sur le bouton de l'électricité, découvrant ainsi une vaste pièce rectangulaire dont les murs, du sol au plafond, étaient faits de vitrines supportant des étagères éclairées avec discrétion.

Des centaines de vases aux formes stylisées, des coupes, des verres, des objets d'une délicatesse étonnante remplissaient les étagères.

« C'est un véritable trésor, murmurai-je.

– Notre grand-père a commencé la collection que notre père a poursuivie et que nous avons nous-mêmes continuée, dit Antoine en ouvrant l'une après l'autre les vitrines pour saisir délicatement une pièce qu'il me passait ensuite avec prudence.

– À notre mort, chuchota Maxime, tous ces objets rejoindront le musée de Nancy. C'est leur place naturelle. »

Alternant leurs monologues, les deux frères me fournirent des explications sur l'émail, le verre. Je pensai aux ouvrages techniques qui remplissaient une moitié de la bibliothèque. Dans leurs voix, il y avait une ferveur timide pour ces œuvres dont ils vantaient le raffinement, insistant sur la qualité du travail, le savoir-faire des ouvriers.

Tout en sentant entre mes mains la légèreté de ces

objets uniques, bizarrement contorsionnés, j'entendais la voix d'Aurélien, ses questions impatientes.

Je mesurais soudain l'anachronisme de ces personnages qui avaient obscurément conscience d'appartenir à un monde évanoui.

Alors que les objets produits pour la consommation de masse perdaient toute autre valeur que marchande, qu'on les jugeait toujours trop chers, qu'on les voulait immédiatement accessibles, consommables et remplaçables, les Bernottin restaient attachés à la lenteur des gestes. Pour eux, l'intelligence manuelle passait de père en fils, formant une longue chaîne. Toujours cette illusion de l'héritage et de la tradition, une mesure du temps devenue étrangère à notre monde.

Le fruit de cette maîtrise patiemment acquise se trouvait condensé dans le galbe du vase en forme de lys que je tenais entre mes mains.

Nous restâmes plus d'une heure dans la salle. Peu après, en me glissant dans mon lit, je constatai que mes réticences et mes appréhensions avaient disparu. En quittant Paris, je redoutais l'ennui de ce séjour, la fadeur des conversations, une compagnie pesante. Je me découvrais libre, léger ; dans cette maison biscornue, habitée par des personnages insolites, je goûtais le repos dont j'avais tant besoin.

Le lendemain, je reçus les résultats des analyses sanguines, qui confirmaient le diagnostic de Gregg. Après avoir, dans l'officine recommandée par Maxime, retiré mon traitement et suivi les explications du pharmacien, j'organisai ma routine de diabétique, installai sur le bureau, devant la fenêtre, mes insulines, mon lecteur de glycémie, mon carnet de surveillance. Je fis le jour même la découverte de mon premier malaise hypoglycémique – sueurs, tremblements, vertiges, panique soudaine ; j'appris les jours suivants à contrôler et corriger ces chutes brutales, découvrant une discipline qui allait régler mon existence.

Après le petit déjeuner, que la famille prenait dans la salle à manger, je m'asseyais au volant de la 207, filais au hasard des routes départementales que les frères avaient soulignées sur la carte, m'arrêtais dans des villages d'une beauté revêche, visitais des églises et des monastères.

En rentrant, j'apercevais Geneviève et Sophie assises devant la table de la salle à manger, des piles de dossiers déployées devant elles. Je surpris une fois leurs conciliabules qui portaient sur l'urgence des secours à porter à telle ou telle famille. Elles discutaient de chaque cas avec un sérieux cocasse. De leurs bonnes œuvres elles faisaient un devoir exact. Tout, me disais-je, dans la vie de cette maison, était à la fois dérisoire et admirable, chaque membre de la famille vivant dans un univers illusoire, une sorte d'hallucination. Leurs gestes et leurs propos me rappelaient les récits de mon père.

Si la Lorraine n'évoquait en rien l'Espagne, j'y respirais ce même air de chrétienté stricte, cette atmosphère de contention qui avait fait l'Europe profonde. Je croyais entendre la voix courroucée du vieux hibou : que restait-il, dans notre monde éclaté, de cette terrible exigence ?

Hostile à la vie, le jansénisme des Bernottin

m'emplissait d'une vague peur, mais notre liberté éclatée, elle, me jetait dans un abattement perplexe.

Après le dîner, nous nous réunissions au salon et les deux frères m'interrogeaient sur les paysages que j'avais traversés, les monuments et les villages que j'avais visités. Avec une érudition pointilleuse et savante, ils me renseignaient sur la fondation d'une abbaye, les particularités architecturales d'une église, l'histoire d'un château entr'aperçu. Lisant à livre ouvert dans la toponymie de la Lorraine, ils incarnaient à mes yeux ce pays. Pour eux tout se tenait, tout était lié. Ce sentiment d'unité organique me plongeait dans une admiration inquiète. Leur monde m'apparaissait comme un bloc compact, d'une dureté de granit. Pas un bosquet dans la campagne, pas un hameau, pas une ferme n'échappait à une nécessité rigoureuse. L'histoire qu'ils déroulaient devant mes yeux semblait close, sans la moindre ouverture.

Mais dans notre société fragmentée, atomisée, où trouver, me demandais-je, un sens capable de relier entre elles nos folles expériences ?

Ouvrant mon portable, j'entendis la voix excitée de Bernard :

« Salvador, tu as vu ?

– Vu quoi ?

– Cours acheter *Libé*. Une double page illustrée de photos.

– C'est bien ?

– Je pense, oui. J'ai lu en diagonale. Ce qui compte,

c'est la place. Deux pages, tu te rends compte ? Le téléphone n'arrête pas de sonner. C'est fantastique !

« Ton copain a réussi son coup. Les médias ont déjà oublié les Bernottin pour ne polémiquer que pour ou contre la mondialisation. Tu connais les journalistes, des moutons de Panurge : tous défilent au pas. C'est devenu un procès virtuel, sans accusés. La réalité a disparu. Nous sommes dans le summum de la communication. Bravo !... Ça se passe bien pour toi ?

– Très bien, oui.

– Pour le diagnostic, j'ai su. Tu te soignes ?

– J'ai arrêté l'alcool.

– Bonne nouvelle ! Je crois que je vais me mettre à l'eau, moi aussi. On lancera la mode. Bientôt tout le monde boira de la Châteldon, tu verras. Rentre vite ! L'opération sera une formidable réussite. »

En attendant mon train, je lus à une terrasse de café le papier de Roger. Plus qu'un portrait, c'était une nouvelle écrite dans un style d'une ironie acerbe et caustique.

Derrière chaque phrase, je sentais la personnalité de mon ami, je croyais entendre sa voix nerveuse et saccadée. Sans prendre parti, sans blâmer ni condamner, il décrivait une noyade, celle d'un monde et d'une société dont je venais, durant deux jours, de côtoyer la survivance abandonnée.

Mon ami réglait-il des comptes avec le notaire de Limoges, avec son adolescence brimée ?

Avec une fureur contenue, il s'insurgeait contre le cynisme de M. Andrew Blates, sa suffisance, sa belle certitude d'appartenir à la race des élus. Toute la chronique de Roger oscillait entre l'amertume de l'échec pour tous les Bernottin, et la sourde colère contre la sauvagerie d'un ordre inhumain incarné par M. Blates et ses émules. Entre les lignes, j'entendais l'écho des questions qui ne cessaient de me tarauder depuis l'adolescence, ces questions qui suscitaient déjà l'angoisse d'Unamuno. Une religion débarrassée des dogmes et des clergés, un sens permettant de cimenter les communautés humaines – comment exprimer cette nostalgie ?

Le texte de Roger contenait une sanction insidieuse de la politique, de ses polémiques faisandées, de ses prétentions dogmatiques, et cette condamnation faisait lever, dans l'esprit du lecteur, une question plus vaste, d'autant plus insistante qu'elle n'était pas formulée.

En proie à une violente émotion, je repliai le journal, composai sur mon écran le numéro de Roger.

« Je viens de finir ton papier, dis-je d'une voix que l'émotion faisait trembler. C'est superbe.

– Tu es sûr que tu n'exagères pas ?

– Non, criai-je presque. Je n'exagère pas. Arrête de faire le malin !

– Ne te fâche pas. Ce n'est peut-être pas ce que tu attendais ?

– C'est plus et mieux que je n'espérais. Je ne parle pas de l'affaire, je me fiche de toute cette... C'est ce que j'espérais entendre, *moi*.

– Tu es dans ton état normal ?

– Non. Je suis bouleversé. Il faut qu'on se parle. Je quitte Nancy. Tu es libre à déjeuner, demain ?

– Évidemment, je ne vois personne.

– Treize heures à la Lorraine, place des Ternes ?

– Entendu... Sans indiscrétion, qu'est-ce que tu fichais en Lorraine ?

– J'ai vu une collection de Gallé.

– Tu t'intéresses aux émaux et à la verrerie ?

– Je m'intéresse au travail bien fait.

– Il n'y a plus de travail en France. Tout se fait en Asie.

– On ne fabrique pas les mêmes choses.

– C'est vrai. Nous nous habillons, nous nous chaussons avec le travail des pauvres, et nous gémissons ensuite sur les méfaits de la mondialisation. C'est un truc fantastique, les bons sentiments. On gagne à tous coups... Bon, on se voit demain.

– Je te préviens : je ne bois plus, je suis diabétique. »

Je perçus le silence.

« Moi, je n'ai pas la chance d'avoir une pathologie nette. Je ne peux pas t'accompagner dans l'abstinence.

– Je ne te le demandais pas. Je n'imagine pas de vivre dans un monde d'abstinents. Ce serait d'ailleurs trop triste, ajoutai-je avec un ricanement.

– Mais c'est déjà désespérant, mon bon. La dictature hygiéniste sévit partout. C'est le cadeau empoisonné des puritains anglo-saxons... Je suis désolé pour toi, ajouta soudain Roger dans un murmure.

– C'est la vie, disent les braves gens aux enterrements.

– Chienne de vie ! À demain. Salut. Et merci de ton appel. »

Refermant mon portable, je restai un instant immobile, observant la foule qui entrait et sortait de la gare. Étions-nous seuls, Roger, Frédéric, moi et quelques autres, à ressentir cette sourde colère, ce sentiment de rage et d'impuissance ?

XXX

Durant tout le trajet de Nancy à Paris, j'avais dormi, me réveillant alors que le train arrivait gare de l'Est. Debout dans le compartiment, les passagers rassemblaient leurs bagages, sortaient dans le couloir. Enfilant ma veste, j'empoignai mon sac, descendis sur le quai.

Quittant la pénombre de la gare, je me tins un instant immobile sur le trottoir, ébloui par la lumière. Limpide, avec une température trop douce pour la saison, c'était un après-midi presque printanier. On respirait un parfum qui m'évoqua la floraison des lilas, les flâneries au bord de l'eau. Les femmes portaient des robes légères qui moulaient leurs formes ; les terrasses des cafés étaient bondées ; sur les trottoirs, la foule avait l'air de baguenauder. J'avais l'impression de débarquer dans une ville en liesse.

Fournissant à la presse matière à ces polémiques qui semblent se ranimer à la moindre occasion, ce temps exceptionnel perdurait depuis près d'une semaine. Assistait-on à un réchauffement du climat ? s'interrogeaient les journalistes en pointant du doigt la concentration du CO_2 dans l'atmosphère. C'était le nouvel ennemi, la cause unique de tous les maux qui accablaient l'humanité. Dans les télévisions, les experts débattaient avec gravité ; d'autres experts s'affronteraient demain pour ou contre la mondialisation. De polémique en débat, le spectacle déroulait sa liturgie.

J'avais d'abord eu l'intention de faire une courte apparition à mon bureau, mais, me ravisant, je donnai au chauffeur l'adresse de mon domicile. J'éprouvais le besoin de me retrouver seul avant le retour de Faby.

M'engouffrant dans le premier porche, large et profond, gorgé d'ombre, j'atteignis la première cour, passai sous une voûte pour en atteindre une deuxième, plus intime, aux allures de jardin monastique. Les enfants se trouvaient encore à l'école, les parents n'étaient pas revenus du travail ; il régnait un silence engourdi.

Au cœur de Paris, ce jardin dont on n'aurait pu, depuis la rue, deviner l'existence avait quelque chose de provincial. La circulation y faisait une rumeur à peine audible ; on entendait le pépiement des oiseaux, quelques bruits isolés, l'écho assourdi de voix.

Je me rappelai l'émotion qui m'avait saisi en découvrant jadis les six marronniers couverts de fleurs, les parterres de sauge devant la porte de l'atelier, deux gros chats couchés sous un massif. Plus de dix ans avaient passé, le charme agissait toujours. Il y avait quelque chose de balzacien dans ce décor qui m'évoquait la description des vieilles maisons de Saumur.

Filtrant à travers les lamelles des stores, deux rais traversaient la grande pièce du rez-de-jardin, elle aussi emplie d'un silence assommé. Un instant, je restai debout à regarder mon fauteuil. Par quoi allais-je remplacer la liturgie de l'alcool ? Comment occuperais-je mes soirées ? Une autre question me traversa l'esprit : quelle réponse ferais-je à Faby quand elle découvrirait que j'avais renoncé à boire ?

C'était ma femme, nous nous aimions. Pourtant, je répugnais à lui avouer ma maladie, alors que je m'en étais spontanément ouvert à Bernard, à Véra, aux deux frères Bernottin, des inconnus ou presque.

Après avoir défait mon sac et m'être lavé dans la salle de bains, je descendis dans l'atelier, allai à la cuisine, me versai un jus de pamplemousse. Alors que je remplissais mon verre, un détail éveilla ma curiosité. Quelque chose me paraissait changé dans le décor, je n'aurais su dire quoi. Enfin mon attention se fixa sur la bouteille, ensuite sur le frigo. J'aperçus plusieurs jus de fruits estampillés bio, des barquettes de haricots verts, des choux-fleurs et des salades. Sur la desserte, des fruits remplissaient une corbeille.

Je revis aussitôt le visage hâlé de Gregg, sa silhouette athlétique. Sans éprouver la moindre jalousie, je compris que sa liaison avec Faby se poursuivait. Ils devaient se voir de temps à autre, se téléphoner, déjeuner ensemble. Il l'avait sans doute appelée pour lui annoncer ma maladie et lui donner des conseils de diététique.

Sans ressentir ni déception ni colère, j'imaginai les réactions de Faby. Elle m'était attachée, elle avait dû éprouver de l'inquiétude, elle s'était dépêchée d'acheter des fruits, des légumes, des boissons non alcoolisées, tout ce que Gregg lui avait conseillé. J'imaginai de même ses consignes : ni traque paranoïaque, ni attention trop appuyée. Une compréhension bienveillante.

Tout comme moi, Faby se demandait sans doute quelle attitude adopter.

Avec sa silhouette de champion de tennis, pensai-je en inspectant ma discothèque, la place de Gregg se trouvait auprès de Faby. Seule la fortune de Luz devait le retenir. Faby en éprouvait-elle du regret ?

Ayant introduit le septuor de Schubert dans le lecteur laser, je me calai dans mon fauteuil, fermai les yeux. Il y avait longtemps que je n'avais pas écouté de la musique, ne faisant qu'entendre la même partition austère, indéfiniment répétée. En m'abandonnant à ce chant d'une mélancolie poignante, je tentais de rejoindre Véra. Elle, si réfractaire aux effusions, à quoi était-elle sensible, chez Schubert ? Simplicité, avait-elle dit. N'est-ce pas la même claire honnêteté qui l'attachait à la poésie de Hölderlin ?

Lorsque Martine arriva, ramenant Sabine du square où elle la conduisait à la sortie de l'école, la petite courut vers moi, se blottit dans mes bras.

Après avoir échangé quelques mots avec Martine, une Martiniquaise solidement charpentée, dotée d'un caractère placide, je tentai de bavarder avec ma fille, lui posant des questions sur l'école, sa maîtresse, son petit copain. Ne sachant plus quoi dire, je me réfugiai dans le silence.

Je n'avais jamais su parler aux enfants. Ils m'intimidaient, me causaient un vague malaise, comme s'ils avaient appartenu à une espèce étrangère. Enviant la spontanéité de leurs relations, j'admirais l'aisance avec laquelle Faby babillait avec sa fille. J'étais sans doute trop compliqué – trop « tordu », aurait dit Frédéric.

Sabine s'éloigna, gravit d'un pas léger les marches de l'escalier, courut s'enfermer dans sa chambre.

« Tout s'est bien passé ? demanda Faby en m'embrassant.

– Mieux que je ne l'imaginais. Ils m'ont laissé tranquille, ont su respecter mon indépendance. J'ai pu parcourir seul la campagne, visiter des monastères et des abbayes. À table, les conversations étaient libres, détendues, sans rien de contraint. Ce sont des gens très simples. Évidemment, ajoutai-je avec un sourire d'ironie, c'est une simplicité de riches qui ont l'air de vous murmurer à l'oreille : "Nous pourrions nous montrer arrogants, nous avons choisi d'être simples." Reste leur courtoisie très...

– ... provinciale, acheva Faby en se dirigeant vers la cuisine. Je suis lyonnaise, ne l'oublie pas ! En province, on fait attention aux gens. »

Me levant, j'allai la rejoindre.

« J'ai vu que tu as acheté tout ce qu'il faut », dis-je d'un ton que je voulais léger.

Elle défaisait un paquet qu'elle venait de poser sur la desserte.

« Que veux-tu dire ? interrogea-t-elle d'un ton où perçait une pointe d'agressivité.

– Les jus de fruits, les légumes, c'est exactement ce qu'il me faut.

– Gregg m'a renseigné sur ton régime, expliqua-t-elle d'une voix gênée. C'est d'ailleurs un régime très sain. Il me fera le plus grand bien, à moi aussi.

– Il t'a téléphoné ?

– Non, hésita-t-elle. Je suis passée voir Bernard pour... Tu sais, le petit sketch dont je t'ai parlé. Ça lui a beaucoup plu. J'ai rencontré Gregg par hasard. Je suis ta femme, il est normal qu'il me tienne au courant. »

Elle froissa le papier d'emballage, le jeta dans la poubelle, ouvrit le carton dont elle retira une cocotte à vapeur.

Avaient-ils passé l'après-midi ensemble ? À défaut de jalousie, j'aurais dû au moins éprouver du dépit. J'étais content pour elle.

« Il a bien fait. C'est tout à fait naturel.

– On vit très bien avec un diabète. Il suffit de faire attention. »

Dans quelques jours, pensai-je avec amusement, elle aura consulté tous les sites médicaux sur le web, elle dissertera sur le diabète et ses complications. Parfaitement adaptée à ce monde de réunions, débats, forums et autres « dialogues », ses papotages faisaient écho au fond sonore qu'on subissait partout.

« Le plus dur pour toi, ce seront les déjeuners d'affaires. Il faudra faire attention aux sauces.

– Je vendrai mon régime, tu verras. Autour de nous, tout le monde va s'y mettre !

– Tu es capable de tout vendre, même le diabète, dit-elle en éclatant de rire. Tu es passé au bureau ? À tous les étages on ne parle que du papier de ton copain.

– Je suis rentré directement. J'irai demain.

– Bernard ne tient pas en place, je ne l'ai jamais vu

dans cet état. Il est devenu fou. Tous les grands quotidiens de province ont fait leur une avec l'affaire, pas un éditorialiste ne manque à l'appel. Le grand jeu !

« Bien entendu, les Bernottin ont disparu, évanouis derrière la mondialisation, les délocalisations, le grand marché et j'en passe ! Même les Belges et les Suisses s'y sont mis : le "malaise français", tu devines la suite. Il paraît qu'il y a un papier dans la *Süddeutsche Zeitung* et que le *Times* va publier une double page. »

Tout en papotant, Faby nettoyait et lavait un chou-fleur, puis en disposait les morceaux dans la cocotte à vapeur.

« Tu aimes le chou-fleur, j'espère ?

– J'adore la béchamel.

– Pas de béchamel ! Je le ferai revenir à la poêle avec une pointe d'ail. C'est excellent, tu verras... Les Bernottin arrivent demain ?

– Nous allons à Europe 1, oui.

– Les journalistes vont s'étriper pour les avoir. Ceux que tu as écartés risquent de t'en vouloir à mort. Au *Figaro*, ils gueulent parce que *Libé* leur a brûlé la politesse.

– Ils ont l'exclusivité des Bernottin.

– L'article de ton copain a tout dévoilé, ou presque. Que veux-tu qu'ils disent de plus, les Bernottin ?... Il a vraiment du talent, ce Roger. Quand on a fini son article, on ne sait que penser. On se sent partagé entre la pitié et la colère.

– Tu sais ce que tu penses, toi ?

– De la mondialisation ? Le protectionnisme, c'est la régression. De ça, je suis certaine.

– Pour certains, la mondialisation constitue également une régression. Tu ne trouves pas ?

– Parce qu'avant, il n'y avait pas de pauvres ? Nous sommes atteints de myopie. On oublie de regarder en arrière... Tu as vu Sabine ? demanda-t-elle en changeant de voix.

– Nous avons bavardé un moment. Elle est dans sa chambre.

– Je vais monter lui faire prendre son bain. Elle a dû être contente de parler avec toi. Pour elle, tu es un dieu. »

S'arrêtant tout à coup, elle se tint immobile, l'air de réfléchir :

« Je crois inutile de lui dire que tu es malade, tu ne trouves pas ?

– Je ne me suis pas posé la question.

– Elle n'a que six ans.

– Tu as sûrement raison, murmurai-je en pensant à Véra, à Gonzalo.

– Elle risque d'être perturbée.

– Sûrement, fis-je distraitement. Je la trouve marrante, murmurai-je.

– Elle a une forte personnalité, admit Faby. Elle s'exprime très bien pour son âge. Elle est très sérieuse, réfléchie. Elle te ressemble. »

Après le dîner, je m'installai dans mon fauteuil pour feuilleter la presse que j'avais achetée au kiosque de la gare. Nous réussissions le grand chelem : les Bernottin faisaient la une de tous les journaux avec des éditoriaux, des commentaires et des analyses, des pages entières autour de la mondialisation, ses avantages et ses méfaits. Les deux frères s'étaient évaporés derrière ce tapage : c'était le but de l'opération.

Avec le bruit fait autour de leur nom, les ventes de la firme devaient grimper. Les actions du groupe étaient d'ailleurs réservées à la hausse.

Ayant fini de remettre de l'ordre à la cuisine, Faby me rejoignit dans l'atelier.

« Je suis crevée, dit-elle en bâillant. Je ne vais pas tarder à monter me coucher. »

L'observant avec attention, je constatai qu'elle avait les traits tirés, des cernes sous les yeux. Est-ce que Gregg baise bien ? me demandai-je, pensant aussitôt que cette question triviale, je ne me la serais jamais posée au sujet de Véra.

Je connaissais Faby, je n'avais aucun mal à deviner ce que cachait son air somnolent et repu. Rien d'indécent dans cette béatitude pâmée. Gonzalo avait lui aussi évoqué l'intimité troublante qui existait entre Véra et Rafael.

Dès que j'évoquais la sexualité, j'éprouvais pourtant un malaise. Il en allait déjà ainsi dans mon adolescence. Je me souvenais de ma gêne lorsque nous regardions, Frédéric et moi, des films porno. Je n'avais pas changé depuis mes seize ans.

Je n'avais rien d'un ascète, je connaissais ma sensualité rageuse, mes appétits sauvages. Je n'aimais tout simplement pas évoquer la question, comme si le fait d'étaler crûment l'intimité portait atteinte au secret de la personne.

Quand je pensais à toutes les femmes avec lesquelles j'avais fait l'amour, je m'étonnais de ne garder un souvenir distinct que de quatre d'entre elles, peut-être cinq, les autres disparaissant dans un brouillard d'où n'émergeaient que des postures cocasses, la brutalité d'un geste ou d'un mot. Cette gymnastique m'avait procuré des satisfactions, elle m'avait rarement comblé. Malgré notre concentration technique, une part de la sexualité restait hors d'atteinte. C'est cette part d'ombre que je voulais préserver.

Cette zone obscure existait-elle pour Faby ? Je connaissais chaque point sensible de son corps, je savais quelles parties exciter pour la conduire à la jouissance ; j'avais appris à maîtriser le rythme de son plaisir ; s'abandonnant avec naturel aux caresses, son corps répondait à la moindre incitation. Aucune hardiesse ne rebutait Faby qui prononçait souvent ce mot : expérience, comme s'il s'agissait de découvrir un continent inconnu.

Pour elle, pensai-je, faire l'amour est un plaisir plus complet, mais guère différent de celui de manger un beau fruit, de boire un verre d'eau quand on a soif, de jouir du soleil ou de se baigner dans la mer.

Faby appartenait au monde des sensations, et c'est sans doute cette simplicité qui la rapprochait de Gregg. Après les emportements de la passion, ils devaient maintenant jouir paisiblement de leur complicité, s'amusant à exciter chaque partie de leur corps avec l'innocente gravité des enfants.

En faisant l'amour avec Faby, j'avais été souvent surpris par sa concentration. Comme face à la vitrine d'un pâtissier, chaque geste stimulait sa gourmandise : le pied, la cuisse, le ventre, les couilles, la verge, autant de gâteaux.

Son appétit de vivre me rappelait Léopoldine. Toutes deux avaient la même gaieté, la même légèreté ; ignorant les états d'âme, ni l'une ni l'autre ne s'encombrait de scrupules ou de vains regrets. La vie, toute la vie, semblaient-elles dire.

La vie, certes, mais laquelle ? me demandais-je de mon côté – question peut-être oiseuse, mais à laquelle je n'arrivais pas à échapper.

XXXI

Colette avait téléphoné pour réserver une table isolée, à l'écart des clients qui remplissaient la brasserie. Retenu par Antoine et Maxime qui, après leur émission d'Europe 1, avaient tenu à décortiquer avec moi leur prestation, j'étais arrivé avec un quart d'heure de retard. Assis sur la banquette au fond de la salle, Roger m'attendait en lisant la correspondance Gide/Martin du Gard.

« Tu as des lectures très littéraires, dis-je en lui serrant la main. Désolé pour le retard : les Bernottin ne me lâchaient pas.

– N'est-ce pas ? fit-il en montrant le volume. Un curieux bonhomme, Gide. D'une sincérité affectée, avec des contorsions de danseuse étoile.

– Danseuse ? m'esclaffai-je.

– Un pas à droite, un pas à gauche. Mais il y a le style... La Normandie, c'est le pays du style. Je pense au Flaubert de la correspondance, le plus spontané, le plus naturel. »

Vêtu d'un t-shirt rouge, d'une veste de cuir et d'un jean délavé, chaussé de baskets, un foulard autour du cou, Roger, peut-être à cause de cet uniforme juvénile, me parut plus usé, plus fripé que lors de notre dernière rencontre.

Il commanda des huîtres avec un meursault blanc. Je décidai de l'imiter en remplaçant le vin par une eau minérale.

« Je les ai écoutés, ce matin, tes clients. Parfaits, vraiment parfaits ! Aucun dérapage. Tout était impeccable. Des victimes résignées de la mondialisation. Les auditeurs ont dû les plaindre. Tu possèdes à fond ton métier... Tu es satisfait, j'imagine ? Toute la presse sonne le clairon. Les journalistes se copient les uns les autres, répètent les mêmes considérations oiseuses. L'unanimité !

– Satisfait ? Je dirais : soulagé, répondis-je. J'ai fait mon boulot. On me paie pour ça.

– On dirait que mes compliments te déplaisent. Pourtant, je ne me moque pas. Les Bernottin sont aussi des victimes, non ? Fortunées, bien sûr, mais victimes quand même. Je suis sûr que nous arriverions également à comprendre M. Blates et, avec un peu de bonne volonté, les retraités de Miami, les actionnaires des *hedge funds*. On finit par tout comprendre.

– Mais admettre ? rétorquai-je en saisissant une belon.

– Qu'on admette ou non, ça change quoi ? »

Avec des gestes délicats, il étalait du beurre sur les tranches de pain noir, pressait un citron sur les huîtres, goûtait le vin, approuvait d'un hochement de tête.

« Cette résignation, c'est l'air du temps. J'entends ça à longueur de journée, lâchai-je avec un sourire crispé.

– On entonne le refrain parce que la musique est partout la même.

– Il m'arrive de ne plus la supporter.

– Qu'est-ce qui t'arrive ? D'habitude, c'est moi qui entonne l'air du désenchantement. C'est le diabète qui te rend morose ?

– De la fatigue plus que de la morosité, dis-je en buvant un verre d'eau.

– Ça doit pouvoir se soigner.

– Toi, que fais-tu pour guérir ?

– Je lis, dit-il en reprenant le volume de correspondance. Je médite sur le style.

– Justement, ton papier, c'est du style, rien que du style. Tu dois écrire, Roger, tu es fait pour ça.

– Je *dois* ? fit-il avec un sourire amusé. Je crois entendre le notaire de Limoges. Et pourquoi devrais-je ?

– Tu le dois à toi-même. Tu as le talent.

– La parabole des vierges folles, le papa la citait à la moindre occasion ! Admettons que je possède ce que tu appelles le talent ; on n'écrit pas avec du talent, fit-il d'un air désabusé.

– Le talent ne nuit pas.

– Évidemment non. Mais on écrit avec de l'obstination, avec de la patience, avec la foi, lâcha-t-il avec rage. Je ne crois à rien, surtout pas en moi-même. Sur la petite longueur, je tiens le coup, mais je suis vite essoufflé. L'à quoi bon, tu connais ?

– Je t'en prie, Roger, tous ceux qui t'ont lu sont unanimes. Il y a dans ton papier...

– Je ne joue pas les modestes, je sais emballer une dizaine de feuillets. Au-delà, le soufflé retombe.

« Je parle souvent du notaire. Je ne sais pas pourquoi, les Bernottin me font penser à lui, dit-il d'une voix plus étouffée. Même douceur polie, une exigence terrible, pas mal de tartufferie, bien sûr. Quand j'étais gosse, je ne voyais que ça, l'hypocrisie. Pourtant, en Mai 68, quand je m'exhibais partout, jacassant et caustique, le notaire s'est effondré. Pas une petite dépression, non, un affaissement subit. Il a cessé de fréquenter l'église, il a largué sa foi. Au lieu de blâmer mes diatribes, au lieu de se moquer de ma suffisance, il s'est senti coupable, se reprochant de n'avoir pas été un bon père. Coupable ! ricana-t-il en buvant une gorgée de vin puis en reposant son verre. Tu te rends compte ? Coupable devant moi !

« Un remords, non pour telle ou telle faute, mais un remords total. Il regardait sa vie avec dégoût. Et pourquoi, je te le demande ? Parce que son chenapan de fils s'agitait sur les estrades, vitupérait sur les plateaux de la télé.

– Tu es sûr de ne pas exagérer ?

– J'exagère, oui. J'ai toujours exagéré... Le notaire est mort sans m'avoir revu, dit-il tout à coup d'un ton las. Seul. Persuadé d'avoir raté sa vie. Il ne se pardonnait pas son intransigeance, sa dureté. Il reprenait à son compte les accusations que je portais contre sa caste, contre sa morale étroite et sévère. »

Pendant qu'il parlait, je réfléchissais à ses propos. Je lui rapportai alors ma brève conversation avec Aurélien.

« Il aura réussi ça, ton Maxime. Il écoute son fils, il l'encourage à parler.

– Ce sont des propos d'un autre temps. Il pourrait être un contemporain de Gide, Aurélien.

– Le décalage..., murmura Roger en secouant la tête. Il y a toujours eu des gens décalés. Le monde bouge par les marges. La norme se contente de suivre et d'imiter. Nous sommes décalés, nous aussi. Je l'ai toujours été.

– C'est ce qui fait de toi un écrivain.

– Je ne suis pas écrivain ! protesta Roger avec une soudaine violence. Je suis... je ne sais pas ce que je suis. Un chroniqueur ? J'arrive à écrire, oui, pas trop mal, mais ce petit talent ne fait pas de moi un écrivain. Si on aime un peu la littérature, et je crois l'aimer, on la respecte, Salvador. J'en ai assez de ce fatras ! N'importe qui aujourd'hui se prétend écrivain. La créativité, le témoignage... De la bouillie pour les chats ! Tu veux connaître la maladie de l'époque ? Elle s'appelle confusion. »

Il s'essuya les lèvres, se pencha, me fixa d'un regard qui élargissait ses yeux magnifiques, étirés vers les tempes :

« Il y a une hiérarchie des talents, Salvador. Il y a une hiérarchie tout court. Le raisonnement sociologique ne vaut rien. Absolument rien ! Il n'est pas vrai que tout se vaut, que nous sommes tous égaux.

– Ça n'est pas un rien réactionnaire, ça ?

– Je t'en prie, Salvador. Pas toi ! Ton intelligence n'est pas moyenne, la mienne non plus.

– Une hiérarchie naturelle ?

– Pourquoi naturelle ? Culturelle, Salvador, culturelle ! L'inquiétude plus l'effort, ça ne vient pas de la nature.

– Mais l'inquiétude n'est pas acquise.

– Tu te moques de moi, ou quoi ? Bien sûr que si !

Le notaire, tu sais pourquoi il s'est écroulé après Mai 68 ? Je le croyais bardé de certitudes. En réalité, il vivait caché dans ses convictions, tapi derrière sa foi. C'est ça qu'il m'a légué : la pusillanimité. »

Je songeai à Gonzalo. N'était-ce pas de lui que je tenais mon inquiétude, mon insatisfaction ?

« Tu n'as pas tort, lâchai-je.

– J'écoutais les Bernottin. Parfaits, je te l'ai dit. Mais parfaits en quoi, et pourquoi ? La mondialisation, les délocalisations, l'ouverture des marchés, c'est de la poudre aux yeux. Ils prêtaient leurs voix à une supercherie assez abjecte. Car enfin, Salvador, tu le sais mieux que personne... »

Il fit une pause avant de plonger son regard dans le mien :

« Prêter sa voix, c'est engager la personne. Si on parle pour se cacher, on triche, on ment... C'est la leçon du style, dit-il en brandissant le livre. Le fond qui affleure à la surface, l'homme même, la voix, le ton... n'importe quel terme fait l'affaire. Tous désignent la même tension pour arracher cette part enfouie.

« Tu leur as appris à cacher leur fond, à dissimuler, à esquiver leur responsabilité. Tu leur as appris à bien mentir.

– La communication est un mensonge.

– Mais quand une société ne parle plus et qu'elle se contente de communiquer, où passe la vérité ?... Je ne te blâme pas, Salvador. Je te l'ai dit lors de notre dernier dîner, j'ai de l'affection pour toi. Tu n'es pas responsable de cette dérive.

– Si les Bernottin le sont de leur imposture, je le suis aussi.

– Dans ce cas, nous le sommes tous. Le mensonge nous habite, il est en nous... Je ne réclame pas la transparence, remarque, je déteste la limpidité protestante. Il y a, il y aura toujours de l'ombre, des contradictions, des déchirures. Il y a de la saleté, de la boue. Mais l'imposture, c'est la grimace de la sincérité. »

Nous avions fini notre repas, nous prenions le café et Roger se recula, s'adossant à la banquette.

« Je regarde de temps à autre la télévision. Des nanas superbes, fardées et pomponnées, évoquent avec un sourire ambigu les tremblements de terre, les inondations, les attentats, les guerres. Quand on y réfléchit, la juxtaposition des deux images devrait lever le cœur. On sollicite notre compassion et on l'enveloppe dans un regard de séduction. Bandez, mes amis, le monde coule !

– C'est une mise à distance.

– C'est une saleté, point ! Et toutes les salades de tes clients sont elles aussi une immondice. L'arrière-plan est vrai, bien sûr : la mondialisation, la concurrence, la liberté des échanges..., tout ça existe bel et bien, comme existent les guerres ethniques, les famines, les épidémies. Mais ces malheurs n'effacent pas le premier plan : la responsabilité personnelle.

« Ça me rappelle les conneries que nous racontions dans notre jeunesse : les structures, le système... Que devient l'homme, là-dedans ? Que devenons-nous, toi et moi ? Que faisons-nous de notre responsabilité ? Veux-tu que je te dise ? Il n'y a qu'une question, une seule, et nous l'avons évacuée, niée. C'est la morale, son fondement. Si tu enlèves cette fondation, tout l'homme s'écroule.

« Que disaient nos bolcheviks, que répétions-nous avec eux dans notre belle jeunesse ? La morale n'existe pas, c'est une ruse de la bourgeoisie... Les nazis disaient la même chose : la guerre des races, la force. C'est ça, notre siècle : le refus brutal de la morale. Résultat ? fit-il avec un ricanement. Toi, moi, nous tous, désorientés, paumés, égarés ! »

Je bus une gorgée de café tout en gardant le silence, tête baissée.

« Tu ne dis rien ? » me demanda Roger.

Relevant la tête, je le regardai avec attention.

« Je suis à bout, Roger », soupirai-je, étonné de cet aveu.

Il y eut un nouveau silence.

« N'écoute pas ce que je dis. Ce sont des conneries », dit-il en haussant les épaules et en écartant les bras.

Sa bouche grimaçait un sourire mélancolique.

« Je suis venu pour t'écouter, au contraire.

– Mais je raconte n'importe quoi ! Il ne faut pas m'écouter !... *À bout*, comment ? demanda-t-il d'une voix presque timide.

– Au bout de tout, au bout de rien. Sans ressort. Je n'ai plus la force d'aller plus loin.

– J'ai connu ça. Il ne faut pas lâcher, Salvador. Sans ça, on risque...

– Je n'ai pas l'intention de me suicider, rassure-toi. J'ai seulement besoin de repos.

– Je t'aime bien, tu le sais. Je ne voudrais pas...

Il m'arrive de déconner à plein tube. Après, je m'en veux.

– Tu dis ce que je ressens. Je suis fatigué du mensonge.

– Change d'air, prend des vacances.

– C'est ce que je vais faire, oui. Je pense aller en Espagne.

– Tu es bien sûr que l'Espagne t'est indiquée ? »

Son regard ne me quittait pas. Dans ses yeux je lisais une inquiétude émouvante.

« Pourquoi pas l'Espagne ? Je voudrais retrouver les traces de quelqu'un qui n'a jamais menti de sa vie.

– Méfie-toi des justes, Salvador. La pureté peut mentir, elle aussi. »

Nous nous levâmes ensemble, marchâmes vers la sortie.

« Pas elle, non, murmurai-je. Elle ne prétend pas être pure. Seulement droite. Elle a accepté de payer le prix fort... Allez, je te ferai signe.

– Tu sais...

– Je sais, oui. Je t'aime bien, moi aussi.

– Tu comptes vraiment pour moi. Quand je te vois, je me sens moins seul. Je vais essayer d'écrire un truc. J'y pense, depuis quelque temps. Quand j'aurai fini, je te montrerai. Ne me lâche pas.

– Je n'ai pas l'intention de te lâcher. »

Je marchai jusqu'à la station de taxis, place des Ternes. Il faisait une journée printanière, tiède et ensoleillée. Une de plus.

Le climat changeait-il vraiment ?

XXXII

Un vent d'euphorie soufflait sur la tour Provalis ; de toutes les régions de France, de l'étranger, les journalistes appelaient pour solliciter un entretien avec les frères Bernottin, insistant, se fâchant quand on leur répondait par la négative ; je passais des heures accroché au téléphone pour tenter d'apaiser leur colère.

Tout ayant été écrit, analysé dans la presse, martelé sur les ondes, leur obstination avait quelque chose de puéril. Il fallait qu'ils obtiennent eux aussi un entretien exclusif, fût-il vide. Ils en faisaient une question d'honneur.

Trois fois par jour Colette m'apportait des liasses de lettres et de télégrammes qu'elle déposait avec un sourire amusé sur mon bureau. Nullement dupe de cette effervescence, elle souriait de l'affolement des journalistes. Personne, chez Provalis, ne prenait au sérieux cette poussée de fièvre. C'était de la communication, non de l'information. Moins encore de la réflexion.

Profitant de l'engouement du public, quotidiens et hebdomadaires titraient en gros caractères sur les Bernottin, publiaient des photos dont certaines remontaient à plus de vingt ans. Les épouses, les enfants, les ancêtres, l'oncle Laurent, mort d'épuisement à Buchenwald, la villa bretonne, le voilier ancré dans le port de Douarnenez, la maison sur la colline, les usines, les centres sociaux et culturels, les colonies de vacances, l'église et le dispensaire, les visages épuisés des vieux ouvriers ahuris de susciter un tel intérêt : pas un détail n'échappait à la furie cannibale des reporters. Toute la France se passionnait pour ce qui devenait un psychodrame collectif.

Alors que le malaise causé par les délocalisations, les licenciements et les fermetures d'usines donnait lieu à des polémiques acerbes, l'affaire tombait à pic. Le Berni appartenait à la mémoire collective, le drame qui se déroulait en Lorraine touchait toutes les familles. Avec le sort et les visages des ouvriers de Bernottin, c'était le déclin industriel de la France qui apparaissait au grand jour.

Ce qui, un peu partout dans le pays, remplaçait cette industrie désuète, personne ne songeait à le montrer. S'agissait-il d'une chute ou d'une mutation ? La question n'était posée nulle part. Aucun journal ne pensait non plus à établir un bilan rigoureux. Le combat se déroulait dans le brouillard le plus opaque, opposant non des intelligences, mais des sentiments aveugles.

Dans la presse, les radios, les télévisions, économistes et experts s'affrontaient, les uns pour défendre une ouverture qualifiée d'inévitable et de bénéfique, les autres pour accuser le capitalisme financier, les fonds de pension américains, l'Europe libérale, sans qu'aucun des deux camps avance l'ombre d'une solution.

Incapable de tenir en place, Bernard arpentait les couloirs en brandissant des exemplaires des journaux les plus prestigieux comme autant de trophées :

« *Die Zeit !* hurlait-il. Le *Financial Times !* »

Passant la tête par l'entrebâillement de la porte de mon bureau, il criait :

« Un triomphe, petit ! Un véritable triomphe ! Tu as regardé le cours de la Bourse ? Les actions Provalis montent en flèche ! Tu t'enrichis chaque jour. Mais moins que moi ! » ajoutait-il dans un éclat de rire.

Étant convenu d'un rendez-vous à heure fixe, je profitais de l'accalmie du déjeuner pour appeler le « petit Roland », que je retrouvais avec soulagement au bout du fil. Tenaillé par un vague remords, je me reprochais de négliger Véra.

D'une voix douce mais bizarrement évasive, Roland me rassurait : tout allait bien, oui, Véra se passionnait pour la campagne, lisait tous les articles sur l'affaire, prenait même des notes.

Malgré ses propos apaisants, j'avais, en raccrochant, l'impression confuse que le « petit Roland » me cachait quelque chose. Je dus plusieurs fois me retenir pour ne pas prendre la voiture et foncer vers Neufmoutiers. Me persuadant que mes inquiétudes étaient sans fondement, je maîtrisais mon impatience. C'est l'affaire d'une quinzaine de jours, pensais-je.

Reclus dans la chambre de Maxime, au troisième étage du La Pérouse, les deux frères attendaient ma visite en fin d'après-midi. Refusant toutes les invitations, ils restaient cloîtrés, Antoine prostré dans un fauteuil, près de la fenêtre, Maxime assis sur le lit ; avec découragement, ils contemplaient les journaux étalés autour d'eux. Ils avaient négligé d'allumer le lustre et seule la lampe de chevet répandait une lumière malingre dans la vaste pièce. On aurait dit deux naufragés sur un radeau.

L'ouragan les secouait, les ballottait, les fouettait, les laissant hagards, assommés. Abattus, ils contemplaient la marée de papiers éparpillés sur la moquette, répandus sur les tables, les chaises, partout. Autant de débris abandonnés par la tempête, mais ces déchets renfermaient des morceaux de leurs vies déchiquetées. Ils les regardaient avec timidité, presque avec honte. Une part d'eux-mêmes leur échappait, leurs secrets s'étalaient sur la place publique ; ils se sentaient dépossédés.

Visiblement heureux de retrouver un visage ami, d'entendre une voix familière, ils m'accueillaient avec soulagement lorsque je pénétrais dans la pièce. Par expérience, je n'ignorais pas quels effets dévastateurs cette avalanche de simplifications brutales produisait chez mes clients ; je savais qu'il ne fallait pas les laisser livrés à eux-mêmes ; que c'était le moment de les soutenir, de calmer leur angoisse, de les entourer d'une présence amicale.

Avec une sorte de désespoir, ils s'accrochaient à moi, me prenaient à témoin :

« Ils mentent, protestait Maxime en brandissant un quotidien.

– Je n'ai jamais dit ça, reprenait Antoine. Pourquoi faut-il qu'ils inventent ?

– On nous fait passer pour des imbéciles.

– Ils étalent notre vie privée. Pourquoi mêle-t-on les enfants à tout ça ? se lamentait Antoine.

– Ils exploitent le filon, disais-je d'une voix calme. Ils vendent du papier. Mais tout ce bruit vous sert. Les actions Bernottin ont gagné 12 p. 100 depuis le début de la campagne. Vous êtes devenus célèbres. Le public se range de votre côté. Nous gagnons sur toute la ligne.

– Vous croyez vraiment que c'est une bonne chose ? interrogeait Maxime en désignant du menton les journaux éparpillés sur le lit. Je me demande si ce n'est pas Aurélien qui a raison.

– Il y a des inconvénients, répondais-je avec un sourire rassurant. Mais les avantages l'emportent largement. C'est ce que nous voulions, non ? Déplacer le débat, le rendre abstrait. Une polémique virtuelle...

– Mais ils parlent de nous, rétorquait Maxime. Ils épluchent nos vies, ils les dissèquent, les interprètent.

– Ils racontent un feuilleton qui n'a qu'un lointain rapport avec la réalité. Vous devenez des personnages. Vous n'êtes que le prétexte. Il ne faut pas vous laisser ébranler. »

J'avais eu raison de prévoir une campagne courte. Les deux frères semblaient à bout. Il fallait qu'ils tiennent jusqu'à l'émission sur TF1.

J'essayais de les raisonner, de leur insuffler une force dont j'étais moi-même dépourvu. Je comprenais leur désarroi, il m'arrivait même de les plaindre ; je n'en ressentais pas moins à leur endroit une forme de mépris.

Cette tempête qui les sidérait, les épouvantait, ils l'avaient provoquée en prenant une décision impitoyable dont ils auraient dû prévoir qu'elle ne passerait pas inaperçue. Ils récoltaient ce qu'ils avaient semé.

Qu'auraient-ils dit s'ils avaient deviné que ma sympathie était purement professionnelle ? Ils croyaient avoir en moi un allié, je n'étais qu'un illusionniste. Mais les ouvriers licenciés étaient-ils pour eux plus vrais que je ne l'étais quand je leur prodiguais des encouragements fallacieux ? En les renvoyant, ils pensaient accomplir leur devoir de patrons ; moi, je faisais mon métier en les dorlotant. Chacun tenait son rôle.

Souvent je dînais avec eux, m'arrangeant pour faire dévier la conversation vers des thèmes éloignés de l'actualité, les interrogeant sur des points de théologie, sujet dont ils parlaient avec compétence et gravité.

Sur la grâce et la prédestination, ils se montraient inépuisables, rapprochant les jansénistes des cathares et tentant de me démontrer que l'hérésie manichéenne habitait le christianisme depuis ses origines. Ils citaient saint Augustin, remontaient à l'arianisme.

En élevant des objections de pure forme, je me disais que ces sujets abstrus constituaient leur véritable actualité, plus présente que les polémiques autour de la mondialisation. Sur l'existence du Mal, de Satan, ils étaient intarissables. Lecteurs fervents de Bernanos, de Péguy et de Bloy, ils connaissaient chaque argument de l'apologétique chrétienne. Je prenais plaisir à suivre leurs raisonnements alambiqués. Quelles conséquences réelles, m'interrogeais-je, ces élucubrations avaient-elles sur leurs vies ?

Le soir, le chauffeur me déposait à la Bastille, roulait ensuite dans Paris ; il longeait les quais, de Notre-Dame au Trocadéro, enfin place de l'Étoile, les Champs-Élysées, jusqu'à leur hôtel.

Assis à l'arrière, côte à côte, les deux frères s'extasiaient devant les illuminations. C'était leur unique sortie. En bons provinciaux, ils jouissaient du spectacle, ayant l'air de découvrir une ville qu'ils connaissaient pourtant depuis leur enfance.

En observant leurs silhouettes réduites, leurs visages flétris, leur apparence terne, j'étais frappé par le contraste entre leur allure rabougrie et la hauteur vertigineuse de leurs préoccupations théologiques. On aurait dit que la religion, la morale – le moralisme, aurait dit Véra – avaient aspiré toute leur personne, les vidant de leur sang.

Je me rappelais les propos de Roger : existait-il un lien entre la morale dont il déplorait l'absence et ce moralisme étriqué ? Qu'est-ce qu'une morale à hauteur d'homme ?

Je pensais alors à Rafael, à Véra, à Unamuno, leur maître.

XXXIII

Dans les situations exceptionnelles, TF1 n'hésitait pas à étaler sa toute-puissance. Des bataillons d'hôtesses pimpantes, des régiments d'assistants, une armée d'intermittents du spectacle recrutés à bas prix, des buffets fastueux, des gerbes de fleurs monumentales, des courses affolées, des bousculades : c'était la cohue des grands soirs ; grands patrons, directeurs de journaux, éditorialistes connus, économistes habitués des plateaux, une poignée d'écrivains abonnés aux cocktails et aux galas, des comédiennes et des acteurs, des ambassadeurs, des députés, deux ministres, tout ce monde se pressait, s'interpellait, riait, plaisantait, faisait des bons mots.

Lorsque Antoine et Maxime débarquèrent à dix-neuf heures précises, sortant de leur voiture dans leurs costumes d'un gris tirant sur le bleu, une cravate rouge pour l'un, verte pour l'autre, je les trouvai changés ; le teint plus frais, plus lisse, plus détendu, je devinai qu'ils s'étaient confiés aux soins d'une esthéticienne. Elle les avait massés, bichonnés, parfumés. Conscients de l'enjeu que représentait leur prestation, ils s'y étaient soigneusement préparés.

Depuis trois jours, j'avais repassé avec eux toutes les questions que PPDA (la direction de la chaîne avait persuadé son présentateur vedette de procéder lui-même à l'entretien) pourrait leur poser, insistant sur les points les plus délicats. Je leur avais désigné les embûches, les pièges, décortiquant les réponses, insistant sur les pauses, les sourires, les regards.

De l'humilité, leur conseillais-je, mais sans excès. Ils étaient de grands patrons, le public n'attendait pas qu'ils se lamentent ou gémissent. Ils devaient paraître sûrs d'eux-mêmes, certains d'avoir, dans des circonstances difficiles, fait le seul choix possible. Dix fois nous avions tourné et retourné la formule : « *Décider, c'est trancher*. Toute décision comporte des avantages et des inconvénients. Nous avons fait ce qui nous semblait le mieux pour l'entreprise », argumentation qui résumait toute leur intervention.

Puisque la question la plus épineuse serait celle des délocalisations, avec l'ouverture d'usines au Brésil et en Chine, que c'était sur ce point que les téléspectateurs les attendaient, je les avais persuadés non de se défendre, mais d'attaquer : il était pour le moins contradictoire de s'attendrir sur la misère des sociétés en voie de développement, d'en appeler à la solidarité entre les peuples, pour s'indigner ensuite qu'on favorise leur développement économique ! Car enfin, ces usines, ce n'étaient pas seulement des bénéfices pour la firme, c'étaient des emplois, c'était de la croissance dans des sociétés arriérées. Il s'agissait certes d'ouvrir à l'industrie française de nouveaux marchés, mais, plus encore, en favorisant la consommation chez des populations avides d'accéder aux biens dont les nations occidentales regorgeaient, d'en élargir l'accès à tous les habitants de la planète.

Si on prenait le temps de réfléchir, le raisonnement apparaissait spécieux. Retournant les arguments des tiers-mondistes et autres adversaires du libéralisme, je faisais des délocalisations une œuvre de progrès, plaidoyer suspect qui écartait la disparité des salaires et les conditions de travail en vigueur dans les pays pauvres. J'écartais les hommes pour n'évoquer que le marché.

Pour désarmer l'esprit critique, une seule tactique, disais-je aux Bernottin : jeter cette tirade avec force et enthousiasme.

« Le téléspectateur, martelais-je, ne retient aucun argument. Attaché à ce qu'il voit, vos visages, vos expressions, il ne garde qu'une impression fugitive. Il doit avoir le sentiment que vous exprimez une conviction mûrement réfléchie, enracinée dans vos consciences. Vous ne cherchez pas à le persuader, mais à l'entraîner. »

Jouant de leur gémellité intellectuelle, ils devraient tirer parti de ce troublant mélange, faire alterner leurs voix comme ils parlaient dans la vie, dans un dialogue qui créerait le sentiment d'une fusion. Une seule âme en deux apparences distinctes, disais-je, afin de donner l'impression d'une foi partagée.

« Vous ne plaidez pas, vous montrez un avenir meilleur. L'épanouissement, par le vaste marché planétaire, d'une humanité délivrée de la misère.

– N'est-ce pas... excessif ? hasardait Antoine.

– Nous risquons de paraître ridicules, remarquait Maxime.

– Le temps, vous oubliez le temps ! La télévision

abolit la durée, ne laissant aucune place à la réflexion. Pour répondre, vous parlez plus vite, comme saisis d'une fièvre soudaine. Pas *trop* vite, bien sûr, juste une accélération. Le public ne comprendra pas, ou à peine, ce que vous dites. Il retiendra votre indignation, votre enthousiasme. »

Autour de la cabine de maquillage où je venais de conduire les deux frères, l'atmosphère était électrique. Debout devant la porte de la loge, je tentais de contenir la foule, ne laissant entrer que les « personnalités », une centaine de privilégiés qui tenaient à saluer les héros de la fête.

Assis chacun dans un fauteuil, devant des glaces qui multipliaient leur image, Antoine et Maxime, des serviettes blanches autour du cou, semblaient rapetissés, écrasés. L'air imperturbable, ils serraient des mains, ébauchaient un sourire, répondaient d'une phrase ou d'un mot aux encouragements. Alors que je contemplais leur image dans la glace, je croisai tout à coup leurs regards. Dans leurs yeux délavés, je crus déceler une lueur de cruauté amusée. Ce fut si bref que je doutai de ma perception. Avais-je vu ou *cru* voir cette étincelle de malignité ?

Appliquant un nuage de poudre sur le nez, promenant leurs pinceaux autour des yeux, sous les paupières, les maquilleuses, intimidées par cet afflux de célébrités, redoublaient de zèle. Bizarre autant qu'inquiétante, une métamorphose s'opérait petit à petit sous mes yeux : plus la réalité des Bernottin s'estompait derrière les fards, plus leur personnalité ressortait.

Le masque révélait plus qu'il ne cachait. Leur humanité ordinaire disparaissait, laissant place à une réalité enfouie, celle des grands patrons dont les décisions influaient sur le destin de milliers de familles. Je n'avais, depuis notre première rencontre, jamais ignoré à quel type d'hommes j'avais affaire, mais, déconcerté, amadoué par leurs mines chafouines, par leurs manières patelines et leurs paroles onctueuses, j'avais oublié leur puissance redoutable. C'est cette lueur de brutalité que je venais de surprendre dans leurs pupilles.

Je les imaginais dans leurs bureaux, l'air engourdi, les paupières closes, immobiles, prononçant d'une voix sourde des arrêts de mort. J'avais connu deux hommes timorés, effacés, sans relief ; je regardais deux masses inertes, deux pierres, bouger de manière d'abord imperceptible, à peine un frémissement, puis se déployer avec une lenteur fascinante, ébaucher des mouvements mous ; ces pierres, deux reptiles, s'animaient, rampaient : une vie se cachait dans ces deux fossiles.

L'affaire que j'avais réussi à diluer, à escamoter, dont j'avais fait ce spectacle qui, dans moins d'un quart d'heure, connaîtrait son apothéose, cette affaire, c'était aussi ça : la cruauté du pouvoir. J'avais pu croire que ces deux personnages falots ignoraient les conséquences de leurs décisions, mais leurs regards venaient de me détromper : j'y avais lu la ruse, le calcul. « Bien joué ! » semblaient-ils dire. J'avais cru les manipuler – et si c'étaient eux qui nous manipulaient tous ? Maintenant la télévision, ce monstre froid, allait à son tour procéder à une manipulation plus vaste, persuadant les Français qu'ils assistaient à un débat réel, une liturgie démocratique d'une importance décisive.

Qui, pour finir, tirait les ficelles ?

Éprouvant tout à coup de la honte pour ce que j'avais fait, pour ce que je faisais depuis des années, je songeai à Véra, à Roger.

« Dans douze minutes, c'est à nous », s'époumonait un jeune homme en rameutant la foule vers le plateau où se déroulerait l'émission, sans quitter des yeux les écrans où se succédaient les spots publicitaires.

La curiosité suscitée dans tout le pays par les deux personnages anachroniques, les débats et les polémiques autour de la mondialisation, la présence de Poivre d'Arvor : l'émission s'annonçait comme un événement. Du coup, les publicités n'en finissaient pas de défiler, remplissant l'escarcelle de la chaîne dont les dirigeants ne songeaient pas à dissimuler leur satisfaction, serrant des mains, distribuant des sourires, cependant que les assistants couraient en tous sens, plaçant et déplaçant les invités en un ballet dérisoire et comique. C'était bien un spectacle. Le public, qu'on apercevrait à peine, assurait la figuration.

Lorsque Poivre d'Arvor arriva, un dossier sous le bras, il y eut, parmi les invités, un frémissement d'excitation. Il venait de présenter le Journal de vingt heures et grimpa sur l'estrade, serrant la main des deux invités, leur glissant quelques mots ; s'installant dans son fauteuil, devant une table basse, il vérifia d'un regard expert l'emplacement des caméras et des projecteurs, laissa la maquilleuse effectuer d'ultimes retouches, promena un regard complice sur le public, distribua des sourires et des hochements de tête. Tout se passait en famille, entre gens qui se connaissent, se rencontrent et se côtoient. Rien de fâcheux ou d'incongru ne troublerait la cérémonie, qui se déroulerait entre gens de bonne compagnie, dans une complicité de bon ton.

La seule inconnue était l'attitude de ces deux personnages impénétrables. Leur mode de vie solitaire, leur attachement à des valeurs démodées, leur indifférence aux signes de la richesse, leur orgueil dissimulé, leur réserve, où certains flairaient le mépris, tout en eux alimentait la curiosité d'un public friand de mondanités. Liée par des complicités multiples, des intérêts communs, c'était une unique société, mais c'étaient aussi deux mondes, incarnant deux conceptions antagoniques du pouvoir. Alors que les uns l'exhibaient avec une vanité frôlant le ridicule, les frères Bernottin dissimulaient leur puissance avec une coquetterie suspecte. Les uns jacassaient, plaisantaient, riaient ; eux restaient figés, immobiles, le regard éteint.

Cette réserve, ils la gardèrent durant tout l'entretien, répondant aux questions précises et courtoises de PPDA avec simplicité, sans jamais hausser le ton, donnant cette impression de calme et de maîtrise que nous avions, durant les deux mois écoulés, mise au point avec une attention pointilleuse. Ils avaient tout enregistré, tout retenu, tout assimilé. Une question après l'autre, leurs voix alternaient, paisibles, raisonnables, irréfutables. Ils se sentaient, disaient-ils, responsables du sort de leurs ouvriers et de leurs employés. Ils n'avaient pas pris de gaieté de cœur des mesures aussi *cruelles* que nécessaires. « *Décider, c'est trancher,* etc. » L'évolution des économies, l'élargissement des marchés, la brutalité de la concurrence les avaient contraints à sauver l'essentiel, la survie de la firme, en réduisant les effectifs. C'était *regrettable, douloureux,* mais *indispensable.* Pour paradoxal que cela puisse paraître, ils *défendaient l'emploi* en créant du chômage. Cela s'appelait la reconversion, ajoutait Antoine.

Qu'adviendrait-il de l'industrie française si elle se recroquevillait sur elle-même, se refermait, ignorait la réalité, c'est-à-dire la mondialisation ? feignait de demander Maxime. Or, pour se développer et pour s'étendre, la société avait besoin de capitaux. Dans cette contrainte, toute cette *triste* affaire était résumée.

Ceux qui critiquent le capitalisme oublient que *partout* où leurs théories égalitaristes ont été appliquées, cela s'est traduit non seulement par l'abolition des libertés, par la terreur policière, mais également par la misère et par la ruine. Il n'y a pas, martela Antoine, d'autre alternative, car la mondialisation, c'est aussi la démocratie politique, les libertés sociales et individuelles, le progrès.

Un argument après l'autre, chacun condensé dans une formule qui faisait mouche, l'échafaudage rhétorique que j'avais bâti s'élevait. Suivant le plaidoyer avec une attention distraite, je savourais en connaisseur son efficacité médiatique. J'aurais pu dire quelles formules la presse et les radios reprendraient le lendemain, quels commentaires et quels débats ces petites phrases déclencheraient. Poursuivant et multipliant l'impression produite par les deux frères, cette apologie ferait couler des fleuves d'encre.

Aux réactions de l'assistance, ravie d'entendre ce qu'elle ne demandait qu'à croire, ce qu'elle avait besoin de penser pour se rassurer, je sentais que ma construction tenait bon.

Plusieurs fois mon regard croisa celui de Bernard, assis au premier rang, sa femme auprès de lui. Il avait l'air d'exulter et, m'adressant un clin d'œil complice, leva le pouce pour me dire : « Formidable ! » Je lui renvoyai un sourire de connivence.

Qui mieux que nous connaissait les ressorts et les ficelles de cette comédie ? Nous n'entendions pas des explications, nous écoutions les formules percutantes de la communication.

Tous les arguments, si on les examinait avec lucidité, se révélaient douteux. Le progrès, lequel, et pour qui ? La mondialisation causait autant de dégâts qu'elle apportait de bienfaits ; la démocratie défaisait et ruinait des civilisations millénaires ; elle brisait les liens de solidarité, produisait des solitudes et des égoïsmes féroces ; la consommation de masse creusait le fossé entre riches et pauvres, accentuait les inégalités, ravageait les continents. Pouvait-on de bonne foi entonner le los de ces hécatombes ?

Pas une de ces questions ne serait posée et tout mon effort, depuis des mois, avait consisté à empêcher qu'elles le soient, bâtissant un discours inflexible, sans la moindre faille.

Hochant la tête, souriant, la foule des invités semblait boire du petit-lait. Les frères Bernottin faisaient l'apologie de leur monde, leur donnait bonne conscience. Ils se sentaient flattés d'incarner le progrès, la démocratie, les libertés collectives et individuelles, alors qu'il suffisait de les regarder pour connaître ce qu'ils symbolisaient réellement : l'argent. Un argent cynique, éhonté, d'une désolante trivialité. Un argent qui ne songeait même plus à se dissimuler, s'exhibant avec une arrogance impudique.

Lorsque Poivre d'Arvor posa avec professionnalisme la question des délocalisations, de la création d'usines en Chine, au Brésil, au Venezuela, un silence plus dense se fit, chacun retenant son souffle.

« Vous faites bien de poser cette question, dit Antoine. C'est celle qui préoccupe tous les Français.

– Légitimement, reprit Maxime, car ils ont le sentiment que délocalisations et chômage sont liés.

– Perception *er-ro-née*, lâcha Antoine en détachant chaque syllabe du mot.

– Les emplois créés à Canton ou à Brasilia n'auraient pas été créés en France. Il s'agit de chercher les consommateurs là où ils se trouvent, en l'occurrence dans les pays en voie de développement.

– La France ne peut pas vivre en autarcie, barricadée derrière ses frontières. Puisque le marché est devenu mondial, la production aussi doit se mondialiser et se globaliser.

– Je dois vous dire, monsieur Poivre d'Arvor... Nous ne comprenons pas comment on peut se lamenter sur la misère du tiers-monde, prôner la solidarité entre les peuples, et s'indigner qu'on y ouvre des usines...

– ... qui créent des emplois, résorbent le chômage,

contribuent à augmenter le niveau de vie des plus pauvres.

– Pour nous, cette attitude est non seulement contradictoire...

– ... elle est *égoïste*, injuste ! protesta Maxime avec force.

– Le capitalisme, avec ses défauts, reste le seul système capable d'assurer le développement général.

– Ce capitalisme est maintenant mondial, ouvert à tous vents.

– Il entraîne dans son mouvement toutes les populations du globe.

– L'avenir de la France ne dépend pas de l'ouverture ou de la fermeture d'usines appartenant à un stade dépassé de la production.

– L'avenir du pays réside dans les innovations technologiques, dans les industries de pointe, dans l'éducation et dans la recherche.

– Ou nous allons de l'avant, ou nous nous jetons hardiment dans la modernité, ou nous dépérirons, conclut Maxime.

– Je vous remercie d'avoir accepté de répondre à nos questions. Nous connaissons tous votre discrétion, nous savons que vous n'aimez pas vous montrer. Les spectateurs de TF1 sont, j'en suis sûr, sensibles à l'honneur que vous leur avez fait en vous adressant à eux par notre truchement. Ils apprécient votre franchise. Le débat d'ailleurs continue, car la mondialisation reste un sujet d'actualité qui préoccupe nos concitoyens.

« En leur nom, au nom de TF1, je vous redis un grand merci », jeta pour finir Patrick Poivre d'Arvor.

Des applaudissements crépitèrent. L'assistance s'ébroua, se leva. On se congratulait, on s'ébaudissait. Les uns se précipitaient vers les Bernottin pour leur serrer la main, d'autres quittaient le plateau pour arriver les premiers aux buffets dressés dans les salons attenants.

Soulagés et heureux d'avoir réussi leur épreuve, Antoine et Maxime saluaient des connaissances, souriaient. De nouveau mon regard croisa le leur. Dans leurs yeux, je surpris la même étincelle de malice. Ce n'était pas seulement le soulagement d'avoir passé avec succès leur examen, c'était une fine raillerie. « On t'a bien eu ! » avaient-ils l'air de dire.

Qui, me demandai-je, a possédé qui ? Ils avaient retenu mes leçons, appliqué mes recettes, mais ils y avaient ajouté un accent de sincérité propre à persuader. Croyaient-ils à ce qu'ils disaient ? Que pensais-je moi-même de leurs arguments à la fois vrais et captieux ? Cette plaidoirie ambiguë, je l'avais conçue, mise en forme, préoccupé seulement de son effet sur le public et sur les journalistes.

« Extraordinaire, murmurait Bernard en serrant ma main entre les siennes. Ils ont été extraordinaires, tu ne trouves pas ? Ils sont restés droits, simples, directs, sincères. Ce sont quand même de sacrés bonshommes !... Il paraît qu'on a battu des records d'audience. Autant que pour la dernière intervention du président de la République, tu te rends compte ? Tu as réussi un coup sensationnel. Je ne pensais pas qu'ils s'en tireraient comme ça. Pour les délocalisations, tu as eu une idée géniale. Cette manière de retourner les arguments des altermondialistes et autres zozos... Et ils ont dit ça avec un naturel, une conviction... Je n'en reviens pas. Bien entendu, tu soupes avec nous au Plaza ?

– Désolé, Bernard. Je me sens vidé. Sûrement le diabète. Je vais aller me coucher. Tu m'excuseras auprès des autres.

– Va dormir. Tu as bien mérité de te détendre.

– Il se peut que je ne vienne pas non plus demain au bureau.

– Prends des vacances, soigne-toi. File aux Seychelles ou aux Maldives. Tape-toi quelques jolies filles », dit-il dans un éclat de rire.

Les deux frères vinrent à moi.

« Ça s'est bien passé, je crois, chuchota Antoine avec ce sourire fané que je lui connaissais et qui, maintenant, me paraissait suspect.

– Pour les délocalisations, je crois que nous avons réussi à nous en tirer, fit Maxime avec la même humilité matoise.

– Parfaits, vous avez été parfaits, dis-je. De grands acteurs.

– Oh, nous n'avons pas eu à jouer, protesta Antoine en fixant sur moi son regard éteint.

– Nous pensions ce que nous disions, poursuivit Maxime dont les prunelles prirent tout à coup un éclat métallique.

– Je n'en doute pas. C'est ce qui faisait la force de vos propos. Le public ne s'y est pas trompé. Je faisais uniquement allusion à la prestation, ajoutai-je d'un ton suave.

– C'est bien ainsi que nous l'avions compris, commenta Antoine avec un sourire ténu.

– La télévision est aussi un spectacle, c'est vous

qui nous avez appris ça, ajouta Maxime en plongeant son regard dans le mien.

– Vous soupez avec nous, n'est-ce pas ? demanda Maxime.

– Vous m'excuserez, je suis épuisé. Le diabète. Je vais rentrer chez moi.

– Nous sommes désolés, fit Maxime en secouant la tête. Ces coups de pompe, je les connais. Vous pensez à bien faire vos tests ? Les hypoglycémies sont plus embêtantes que les hyper ; plus dangereuses aussi.

– Je vais vérifier mon taux, merci.

– J'espère que vous reviendrez nous voir en Lorraine. Nous serons ravis de vous accueillir, dit Maxime.

– Vous serez toujours le bienvenu.

– Pour le moment, je pense prendre quelques vacances. J'ai besoin de changer d'air.

– Je vous comprends, approuva Maxime dont le regard ne quittait pas le mien, avec ce qui me parut être une lueur soupçonneuse.

– Vous avez bien mérité de vous détendre. Vous faites un métier usant pour les nerfs.

– Nous en avons souvent parlé, mon frère et moi, glissa Maxime. Nous avons pu admirer votre professionnalisme. Sans votre aide, nous n'aurions pas su comment maîtriser la situation. Téléphonez-nous à votre retour. Vous faites pour ainsi dire partie de la famille. »

Nous nous serrâmes la main et je me dirigeai vers le premier salon où la foule, dans un bourdonnement sourd, s'entassait.

Alors que je tentais de me frayer un passage vers la

sortie, Faby se jeta dans mes bras, passa ses mains autour de mon cou, me déposa un baiser sur le front, me murmurant à l'oreille :

« Tu es le plus fort, Salvador, tu es le meilleur. »

Par-dessus son épaule, j'aperçus Gregg, une coupe de champagne à la main, debout devant le buffet.

« Je vais marcher un peu, dis-je. Je suis vidé. Toi, va au Plaza. Tu me représenteras auprès de Bernard.

– Tu es sûr que tu ne veux pas que je t'accompagne ? Ça m'embête d'y aller seule.

– C'est important pour Bernard, pour les Bernottin. Fais-le pour moi, insistai-je en respirant son parfum sans quitter Gregg des yeux. J'ai besoin d'être seul un moment. La tension, dis-je avec un sourire.

– C'est bon, je le fais pour toi. On se retrouve tout à l'heure. »

Me faufilant à travers la cohue, j'atteignis les ascenseurs, pressai le bouton. Dans le hall, je commandai un taxi, me dirigeai vers les portes.

Derrière une plante verte, tout au fond du hall, j'aperçus Aurélien. Adossé à la paroi, il gardait la tête baissée. Je l'avais remarqué au milieu des invités, flanqué d'une petite blonde qui était peut-être sa copine. Je l'avais revu dans le salon, une coupe à la main.

« Vous vous êtes défilé, vous aussi ? demandai-je en m'approchant de lui.

– Il fait une chaleur insupportable. J'avais besoin de respirer.

– Votre amie est restée là-haut ?

– Karine ? Sûrement, oui.

– Vous êtes rassuré, maintenant ?

– Rassuré ? Pourquoi ? Je n'étais pas inquiet, chuchota-t-il d'une voix lasse en relevant la tête et en me dévisageant.

– Ils s'en sont bien sortis, non ?

– C'était impeccable. Un numéro réussi.

– Vous n'avez pas l'air content.

– Je devrais l'être ?

– Votre père et votre oncle auraient pu se trouver en difficulté.

– En difficulté, eux ? Vous auriez tort de les sous-estimer.

– Je ne les sous-estime pas.

– Ils s'en tireront toujours. Dans la famille, on se tire de tout depuis plus d'un siècle.

– C'est tout de même une belle aventure, les Bernottin, vous ne pensez pas ?

– Évidemment, lâcha-t-il dans un souffle tout en se dandinant bizarrement. À l'époque, on y croyait... Le progrès, les Lumières, la technique...

– Vous désapprouvez toujours ?

– Vous parlez de l'opération de communication ?... Je n'approuve ni ne désapprouve, murmura-t-il d'une voix à peine audible. Vous connaissez votre métier. Ils ont parfaitement tenu leur rôle.

– Mais vous, quel est votre sentiment ?

– Ce que je ressens... ça n'est pas très important.

– Pour moi, ça l'est peut-être. Votre opinion m'intéresse.

– Je n'ai pas d'opinion, dit-il avec un accent de mélancolie. Je ne suis pas fait pour ce monde, je crois.

– Vous faites allusion à la télévision ?

– Entre autres. Je connais mon père, mon oncle. Dans la vie, ils ne sont pas comme ça.

– Vous voulez dire qu'ils sont plus durs, plus sûrs de leur bon droit ? »

Gardant le silence, Aurélien me dévisageait avec, dans ses yeux, une expression de concentration.

« Je ne sais pas s'ils sont plus durs, ils sont différents.

– La télévision déforme.

– Je sais, murmura-t-il. Pourquoi est-ce que vous me posez toutes ces questions ? Je suis jeune, sans expérience. Je n'entends rien à la communication.

– J'ai l'impression que je suis plus proche de vous que vous ne l'imaginez.

– Vous le croyez vraiment ?

– Je peux me tromper, bien sûr. C'est une intuition.

– Je ne sais pas ce que je pense. Je suis...

– Perdu ?

– Pas perdu, non. J'ai honte, murmura-t-il en baissant la tête.

– Honte de cette comédie ?

– Non, protesta-t-il, non. Je ne juge pas. J'ai honte pour moi. »

Par la vitre de la porte, j'aperçus le taxi qui venait d'arriver, adressai un signe au chauffeur, lui demandant de patienter une minute.

« Vous avez des enfants ? demanda tout à coup Aurélien.

– Une fille, oui, Sabine. Elle a un peu plus de six ans. »

Hochant la tête, le jeune homme parut réfléchir.

« Vous demandez-vous parfois quel monde vous allez lui léguer ?

– Ça m'arrive, oui.

– Vous êtes satisfait ? Moi, je..., fit-il en regardant autour de lui comme s'il cherchait quelque chose ou quelqu'un, l'air d'un animal traqué. Je ne suis pas fait pour tout ça. Excusez-moi, je dois... »

Me tournant brusquement le dos, il s'éloigna à pas pressés, sans me laisser le temps de réagir. Je suivis avec mélancolie sa haute et maigre silhouette qui disparut dans l'ascenseur.

Le taxi m'avait déposé au rond-point des Champs-Élysées, à hauteur du théâtre du même nom. La nuit était tiède ; l'atmosphère était d'une douceur émolliente. Marchant lentement sous les arbres, je finis par m'asseoir sur un banc. Des bandes de jeunes passaient en riant, des touristes circulaient, montant ou descendant l'avenue. Je pensai à Aurélien, à Roger, à Véra. Partageaient-ils ce sentiment de honte dont avait parlé le fils de Maxime ? Le mot me semblait excessif pour définir ce malaise que, tout au long de l'émission, j'avais éprouvé. Rien de ce que j'avais fait dire aux deux frères n'était faux. Était-ce pour autant la vérité ? Nos bouches ne mentaient peut-être pas. Contaminées, gangrenées par une subtile imposture, c'étaient nos vies qui mentaient. Toute ma personne n'était plus que mensonge. J'habitais la duperie, vivais de l'imposture. Une vie mentie.

Je me rappelai les angoisses d'Unamuno lors de son exil à Paris, les questions qu'il ressassait, qui le précipitaient dans le délire : suis-je dans ma vérité, ou est-ce que je joue un personnage ? J'imaginais le vieil homme étendu tout habillé sur son lit, dans sa chambre d'hôtel, fixant le plafond. Je le voyais arpenter les rues de Paris, se débattant contre cette panique : comment, en quelles circonstances un homme peut-il se sentir sûr de sa vérité intime ?

Reprenant ma promenade, je suivis les jardins jusqu'à la Concorde, pris la rue de Rivoli jusqu'à l'Hôtel de Ville. Je marchais ainsi dans ma jeunesse, un peu au hasard, m'abandonnant à la nuit.

XXXIV

En ouvrant les yeux, j'éprouvai une impression d'étrangeté et de confusion, presque de désorientation. Le silence où baignait la chambre, la lumière haute et claire, la place vide de Faby dans le lit, le décor me parurent insolites ; comprenant qu'il devait être tard, je consultai ma montre : onze heures passées. Cela faisait des mois que je n'avais pas dormi aussi longtemps, d'un sommeil lourd, traversé de rêves confus. En rentrant de ma longue marche dans les rues de Paris, j'avais avalé un somnifère qui me laissait un goût d'amertume dans la bouche. La tête me pesait, la migraine me vrillait les tempes.

Enfilant ma robe de chambre, je fis, debout devant une commode, mon test, préparai l'injection d'insuline, descendis l'escalier pour me rendre à la cuisine. Sur le comptoir, je trouvai un mot de Faby :

Mon chéri, Je te laisse te reposer. Tu as l'air épuisé. Quand je suis rentrée, il était trois heures du matin (la soirée a traîné, d'un ennui mortel), tu dormais profondément. Comme tu occupais tout le lit, j'ai couché dans l'atelier, sur le canapé. Je ne voulais pas te réveiller. J'ai demandé à Martine et à Sabine d'éviter de faire du bruit.

Je crois que tu as trop tiré sur la corde, ces derniers mois. Il faut que tu prennes des vacances. Gregg m'a dit que la tension nerveuse avait de mauvais effets sur le diabète. Tu dois changer d'air, te détendre, penser à autre chose. Prendre de vraies vacances loin de Paris, loin de tout. Même de moi, oui.

Je te l'ai dit hier soir : tu as fait un boulot formidable. Les frères Bernottin ne tarissaient pas d'éloges sur ton compte ; Bernard, lui, ne jure que par toi.

Si tu avais pu entendre tous les compliments qu'on te faisait, tu rougirais, discrètement, à ta manière : juste une tache rose sur les pommettes.

Moi, ta femme, je suis très fière de toi. Je t'aime d'ailleurs plus que tu ne l'imagines peut-être. Je dépose des baisers sur tout ton corps, surtout sur ses parties secrètes, celles qui m'appartiennent un peu, non ?

Appelle-moi quand tu seras bien réveillé.

Faby.

Reposant le billet là où je l'avais trouvé, je me versai un café, un jus d'orange, tartinai avec application deux tranches de pain de campagne, pris un yaourt dans le frigo, un fruit dans la corbeille : mon petit déjeuner diététique. J'allai vers mon fauteuil, m'assis, regardant autour de moi.

Après avoir conduit Sabine à l'école, Martine prenait le courrier, le laissait sur le guéridon. Distraitement, je compulsai les imprimés, les publicités, les invitations, vérifiant l'identité des expéditeurs.

Au premier regard, je reconnus l'enveloppe bleue, l'écriture grande et ronde de Véra. Retournant vers mon fauteuil, j'ouvris avec précaution l'enveloppe :

Mon cher Salvador,

Je te remercie pour ta longue lettre, écrite dans le train. Tu m'as fait le plus beau des cadeaux. Si tu éprouves de l'affection pour moi, la tendresse que j'ai, que j'ai toujours eue pour toi n'est pas moins forte, quand bien même je n'ai pas toujours su te la montrer. J'ai une vive conscience de la froideur apparente de mon tempérament, de ma sécheresse. On me les reprochait déjà dans mon adolescence.

Depuis le jour où tu es venu habiter avec moi, rue des Fossés-Saint-Jacques, un lien puissant m'unit à toi. À ma manière distante, j'ai suivi avec attention ton évolution, fière de ta réussite.

Entre deux êtres qui s'aiment, les mots ne sont pas toujours nécessaires ; un regard, un sourire suffisent. Nous avons longtemps cheminé du même pas. Touchant au terme du voyage, l'idée que notre entente a résisté aux aléas de la vie me réconforte et m'apaise.

Cette lettre, je demande à Roland de ne l'expédier qu'une fois passé l'agitation de l'affaire Bernottin dont, tu t'en doutes, j'ai suivi les péripéties et les rebondissements, moins par sympathie pour ces deux personnages falots (en fait, je n'éprouve pas pour eux la moindre sympathie) que par intérêt pour toi, pour ton travail.

N'entendant rien, ou fort peu, aux contraintes de ce qu'on appelle la mondialisation, je me garderai bien d'émettre une opinion sur le fond. Peut-être ont-ils agi pour le mieux dans une situation difficile ? Peut-être ont-ils eu raison de faire le choix qu'ils ont fait ? Ce que je supporte mal, ce sont leurs plaidoyers suspects.

Dans ton adolescence, tu ne cessais de me harceler de questions pour savoir ce que je mettais dans ce mot : morale. Je n'ai jamais su te répondre parce que je ne suis pas certaine de le savoir moi-même. Une chose est sûre, nos conduites ne se jugent pas à l'aune d'un code rigide. Ce qui sépare le Bien du Mal n'est pas une Loi implacable dont il suffirait d'appliquer les articles. Ce légalisme engendre le moralisme, caricature de la véritable morale, qui est une exigence intérieure.

Tes clients, les Bernottin, m'apparaissent comme des sectateurs de ce légalisme borné. Leur prestation à TF1, techniquement réussie (j'imagine que tu y es pour beaucoup), m'a causé un indéfinissable malaise. Je ne sais pas s'ils pensent vraiment ce qu'ils disent ; leur sincérité subjective n'est pas en cause. Mais, en plaidant devant des millions de spectateurs, ils éludaient ce qui, à mes yeux, fait le fondement de la personne : la responsabilité.

Chacun trouve des justifications à ses pires lâchetés. Ces esquives, je les trouve indignes. Ils ont agi avec sauvagerie, ils ont vendu leur entreprise, s'inclinant devant l'argent : qu'ils aient le courage d'assumer leur mauvaise action !

En les regardant, en écoutant leur plaidoyer, je pensais aux ouvriers licenciés, à leurs familles : quelle consolation ces raisonnements alambiqués leur apportent-ils ?

Je me dis parfois que l'irresponsabilité ravage nos sociétés, les disloque et les détruit. Si les grands patrons, les politiques, ceux que nous appelions jadis les élites, se défaussent cyniquement de la leur, comment s'étonner que les plus pauvres la rejettent ? En maquillant la conscience, l'habileté des Bernottin justifie la pire violence. Ils le font dans le style jésuitique, avec componction, ce qui ajoute l'écœurement à la révolte.

Je n'ignore pas qu'en blâmant ces deux personnages j'ai l'air de juger ton métier. Je ne le ferais pas si, dans ta lettre, tu ne parlais pas de ta solitude, de ton impression lancinante de vivre dans l'imposture.

Je te rassure, Salvador. Si ton singulier travail te plonge dans la perplexité, ta conscience reste droite. J'ignore ce que tu feras, comment tu réussiras à coïncider ou non avec toi-même. J'ai en toi une confiance absolue.

Du judaïsme de ma petite enfance, de cette aspiration à une liberté fondée sur la justice, je te sens l'héritier. Nous n'étions pas des Juifs de synagogue, nous rejetions tous les nationalismes ; Jakob, mon père, ses frères, ses sœurs, ses cousins, tous croyaient à l'émancipation universelle, à la puissance de l'intelligence, aspiration que, plus tard, j'ai respirée en Espagne, notamment chez Unamuno. Croire, contre sa réalité grossière, à l'homme, à son avènement, cette foi n'appartient à aucune religion ; elle ne se trouve pas dans les clergés, ce qui t'explique mon indifférence pour les Églises établies.

... Je reprends cette lettre après l'avoir interrompue, voulant, certes, répondre à la tienne, mais retardant aussi ce que j'ai à te dire et que je te prie, Salvador, d'écouter sans t'abandonner à l'émotion.

Ton père est mort il y a maintenant une semaine. Il s'est suicidé en avalant toutes sortes de barbituriques et de somnifères qu'il gardait depuis des mois, peut-être des années. En arrivant, la femme de ménage l'a trouvé dans son salon, assis dans son fauteuil. Margaret était morte la veille, mais tu aurais tort d'en déduire que c'est à cause de cette perte que mon fils a pris la décision d'en finir.

Tu n'as sans doute jamais su qu'il avait, après son divorce, fait une première tentative dont il réchappa de justesse. J'imagine qu'il ne t'en a jamais parlé ; de mon côté, je ne me sentais pas le droit de te dire ce qu'il gardait secret. Il n'a jamais aimé se confier, tu le sais. Il était ainsi à l'âge de dix ans, quand je l'ai retrouvé en Angleterre. Nous ne savons pas ce qu'un enfant comprend, retient du spectacle de la cruauté.

Gonzalo a grandi dans un déchaînement de sauvagerie et Jakob, mon père, enclin depuis l'avènement du nazisme au pessimisme et au découragement, n'a pas contribué à le guérir de sa terreur.

Je pense que cette peur n'a jamais quitté mon fils. Malgré tous mes efforts, je n'ai pas réussi non plus à l'en délivrer. On parle maintenant de « dommages collatéraux » : les enfants subissent ces dommages, premières victimes de la fureur meurtrière des adultes.

L'idée du suicide ne l'a jamais abandonné. Plus que la mort de Margaret, inéluctable depuis des mois, je crois que c'est l'angoisse de la déchéance qui a précipité sa décision. Depuis des années, il menait une lutte épuisante contre l'alcoolisme qui, tu le sais, avait corrodé une partie de sa vie. En constatant qu'il rechutait de manière cette fois irrémédiable, Gonzalo a préféré s'en aller.

Ne va pas non plus penser que tu es à l'origine de cette rechute. Incapable de supporter la tension causée par la maladie de Margaret, il s'était remis à boire. C'était déjà le cas quand il est venu me visiter, ce printemps. Tu n'y es donc pour rien. C'est sans doute pourquoi il t'a avoué sa maladie : il voulait te mettre en garde. Ne sachant comment s'y prendre, il t'a parlé de lui.

Maintenant que tu te sais diabétique, j'espère que tu cesseras de boire. J'ai trop souffert des écroulements de mon fils pour ne pas mettre de l'insistance dans mon propos.

Il y a, oui, des antécédents familiaux, mon oncle Karl était diabétique et on a dû l'amputer d'une jambe, puisque, à cette époque, le traitement par l'insuline n'existait pas. Aujourd'hui, la maladie se soigne très bien. Le gentil Roland, qui est lui-même diabétique, me l'a confirmé.

Inutile de te dire que la disparition de mon unique enfant m'affecte profondément. Lorsqu'il était venu au printemps pour me parler de la maladie de sa femme, j'avais pressenti ce qui est arrivé. Je l'avais consolé, réconforté, tentant de l'arracher à ses noires obsessions. La mort a été plus forte que moi.

Une idée me console : que vous ayez pu, avant cette fin brutale, parler. C'était un homme fin, intelligent, doté d'une sensibilité délicate. Pour masquer sa faiblesse, il s'était construit un personnage que tu jugeais, avec raison, conventionnel. Il n'avait trouvé que la botanique et les jardins pour échapper à la peur. Attaché au passé avec une ténacité malsaine, il avait plusieurs fois parcouru l'Espagne, espérant, en visitant les décors de sa petite enfance, dénicher le secret de son malaise. Bien entendu, il n'a rien découvert que sa nostalgie.

Je ne suis pas étonnée qu'il t'ait parlé de l'Espagne, manière d'évoquer les parents qu'il n'a pas eus. Son père l'adorait, nous étions très fiers de lui, et nous faisions mille rêves autour de l'homme qu'il deviendrait, évidemment exceptionnel. La guerre a ruiné nos illusions comme elle a ravagé nos vies.

Tu te demandes sans doute pourquoi j'ai attendu avant de t'annoncer la nouvelle. Tu étais pris dans la tourmente de cette affaire minable, mais la vraie raison est que Gonzalo, dans une lettre que je te montrerai, m'a impérativement demandé de te tenir à l'écart. Il ne voulait pas que tu assistes à la cérémonie de l'incinération, que tu te montres au crématorium. Il tenait à s'en aller seul, dans la discrétion, presque dans l'anonymat. Selon sa volonté, ses cendres ont été dispersées dans la mer. C'est une certaine Jane, la sœur cadette de Margaret, qui a procédé à cette formalité (je n'ose pas parler de cérémonie).

Au fond, il est parti comme il a vécu, dans l'effacement.

Dans sa lettre, il ne fait pas la moindre allusion aux motifs de sa décision, se contentant de nous demander à tous deux pardon.

Il avait pris soin de régler toutes ses affaires, rédigeant un testament en ta faveur. Il avait même souscrit une assurance vie pour t'épargner les frais de succession. Son notaire se mettra en contact avec toi.

Je ne pouvais pas, Salvador, ignorer sa volonté. J'ai donc gardé cette lettre, demandant au fidèle Roland de ne la mettre dans la boîte que lorsque le tumulte Bernottin serait apaisé. Je te demande pardon pour ce silence qui m'a été imposé.

Mes nuits deviennent de plus en plus longues. Je ressasse des souvenirs, je passe et repasse dans ma tête des images délavées, je feuillette l'album du passé. Le jour, je reste assise devant la fenêtre, dans ma chambre. Je n'ai plus la force ni l'envie de descendre au salon.

Pour faire plaisir à Roland, j'ai accepté de faire quelques pas dans le jardin appuyée à son bras. Il faisait un beau soleil, les bourgeons s'ouvraient, découvrant les premières pousses des feuilles. Tout annonçait le printemps. Je sais pourtant que, pour moi, il n'y aura plus de printemps, ni d'été. Mes saisons s'achèvent.

Tu me demandes l'autorisation de me représenter à Grenade pour l'hommage universitaire rendu à ton grand-père. Rien, Salvador, rien ne saurait me causer une joie plus grande que de savoir qu'une part de moi, toi, sera là pour évoquer la mémoire d'un homme qui fut mon mari, mon confident, mon amant, le seul homme que j'aie jamais aimé.

Sois courageux, mon grand garçon. Ne cède pas à la tristesse. J'attends ta visite avec impatience. J'attends de pouvoir te serrer dans mes bras et de pleurer enfin.

Ta grand-mère,

Véra.

Je repliai soigneusement les feuillets, les glissai dans l'enveloppe, fermai les yeux. Inhabituelle pour la saison, la chaleur persistait. Dans l'atelier, l'atmosphère s'alourdissait.

Je me sentis couler dans un engourdissement hébété dont je sortis quelques minutes après pour composer machinalement le numéro de Faby sur mon portable.

« Tu es réveillé ? Tu as bien dormi ?

– Trop, j'avais pris un de tes somnifères.

– Tu sais bien qu'ils te laissent abruti.

– Je vais filer à Neufmoutiers, dis-je brusquement. Gonzalo est mort. »

Au bout du fil, je perçus le silence.

« Ton père est mort ? De quoi ?

– Il s'est suicidé en avalant des barbituriques.

– Tu comptes aller à l'enterrement ? J'irai avec toi.

– Il n'y aura pas d'enterrement. Il a été incinéré, ses cendres jetées à la mer. »

Au bout du fil, j'entendais la respiration de Faby.

« C'est arrivé quand ? demanda-t-elle.

– Il y a une semaine environ.

– Tu l'as appris comment ?

– Véra me l'a écrit.

– Tu veux dire qu'elle a attendu... ?

– Gonzalo lui a demandé par lettre de garder le silence.

– Vous êtes une famille bizarre... Véra, comment le prend-elle ?

– Pas très bien, j'en ai peur. Elle semble effondrée. »

Faby se tut et son silence me parut, cette fois, plus long, plus dense.

« C'est sûrement à cause de Margaret. Les réactions du deuil provoquent souvent des dépressions subites. C'est Dolto, je crois, qui en parle.

– C'est sûrement ça, oui.

– Tu tiens le choc ?

– Ça va... On en reparlera ce soir.

– Je suis avec toi, Salvador. Je... Tu sais que je t'aime, n'est-ce pas ?

– Moi aussi, oui. »

Sans réfléchir, je fis le numéro de « La Chênaie », demandai à parler à Roland, patientai de longues minutes en entendant une musique de Vivaldi.

« C'est moi, Salvador, murmurai-je en entendant la

voix de Roland. J'ai reçu la lettre. Vous connaissiez son contenu ?

– Pas vraiment, sauf la nouvelle de la mort de votre père. Je vous fais mes condoléances... J'ai beaucoup hésité, vous savez. Quand je vous avais au bout du fil... Je ne sais pas mentir. J'ai failli lâcher le morceau. J'avais le sentiment de vous tromper. Elle m'avait fait jurer de garder le secret, vous comprenez.

– Je comprends, oui... Ne vous tracassez pas. Je voulais savoir... Comment va-t-elle ? »

Cette fois, le silence me parut insupportable.

« Je préfère vous parler de vive voix. Je ne suis pas seul. Vous venez aujourd'hui ? Vous savez vers quelle heure vous arriverez ?

– Je pars dans une heure. Je serai là vers quinze heures.

– Je vous attendrai dehors, devant le perron. Je m'installe souvent là pour profiter du soleil.

– Dites-moi seulement, Roland : elle est malade ?

– Non, elle n'est pas malade. Je vous le jure. Excusez-moi, on m'appelle. À tout à l'heure. »

XXXV

« Je voulais vous le dire de vive voix. Au téléphone, c'est... Je ne sais pas bien parler. »

J'avais trouvé Roland à l'endroit qu'il m'avait indiqué, à droite du perron, le dos appuyé au mur. Dans sa blouse blanche, une cigarette à la main, il me parut encore plus frêle, plus délicat. Tournant en tous sens la tête, son regard inquiet évoquait celui d'un oiseau.

Le soleil chauffait ; la lumière avait la dureté de l'été.

« Vous allez la trouver changée, très changée, murmura-t-il en évitant mon regard.

– Qu'est-ce qui lui est arrivé ?

– Rien, tout. Le choc, la vieillesse. Il arrive à certaines pensionnaires de lâcher brusquement, sans raison. Je croyais qu'elle avait très bien encaissé le coup. Elle semblait tranquille, parlait normalement ; elle descendait au salon, s'asseyait à sa place habituelle, tout au fond, près de la fenêtre. C'est là qu'elle vous a écrit. Ça lui a pris plusieurs jours, cette lettre. Et puis... »

Il releva la tête, aspira une bouffée, rejeta la fumée.

« Quand je suis arrivé, le matin, elle ne m'a pas reconnu. Elle m'appelait monsieur. *Monsieur*, vous vous rendez compte ? Puis la mémoire est revenue. Nous avons plaisanté, ri ensemble. J'ai cru... »

Sa voix s'étrangla, il détourna la tête.

« Ça part, ça revient. À certains moments, elle est parfaitement lucide. Je la retrouve comme avant ; tout à coup... J'ai l'habitude de ces oscillations.

– C'est grave ? demandai-je à voix basse.

– Aucun danger immédiat, non. Elle ne souffre de rien de précis. Un état de sénescence.

– Ça peut durer longtemps ?

– Longtemps, oui. Il y a des paliers. C'est comme quelqu'un qui descendrait un escalier une marche après l'autre, avec des haltes pour souffler.

– Aucun traitement ?

– Il existe des médicaments. Les spécialistes prétendent qu'ils retardent... C'est possible. Je n'ai jamais remarqué cet effet.

« Véra m'a dit que vous étiez diabétique ? fit-il d'une voix changée. Je le suis moi aussi. Il faut faire attention. Vous savez, balbutia-t-il d'une voix étouffée, je suis très attaché à elle. L'idée qu'elle... Je n'y arrive pas.

– Elle peut rester ici ? dis-je en posant la main sur son bras.

– Bien sûr. Tant qu'elle ne gêne personne, tant qu'elle reste calme, tant qu'une maladie grave ne s'est pas...

– Roland, j'ai de l'affection pour vous. Je vous remercie. »

Avec un sourire timide il tendit son poignet vers moi :

« Je la porte toujours, vous voyez.

– Ce n'est rien, une babiole.

– J'ai suivi l'émission sur TF1 à ses côtés. Elle décortiquait chaque réponse, s'indignait, trépignait. C'était drôle ! Elle voyait ce que je n'apercevais pas, devinait le dessous des cartes. C'est une personne exceptionnelle. Elle m'a tout appris.

– Une belle personne, c'est vrai. Plus que vous ne l'imaginez, soupirai-je.

– Vous pensez à ce que son mari a fait ? Elle m'a tout raconté.

– Elle vous a aussi parlé de ça ?

– Elle me disait beaucoup de choses. Dans la solitude de la vieillesse, on se confie volontiers.

– Elle vous a dit pourquoi ils avaient pris cette décision ?

– *Il le fallait*, ce sont ses mots. Elle avait l'air de trouver ça naturel. Je crois qu'ils n'ont pas hésité. Mon étonnement l'étonnait, parce qu'elle n'imaginait pas qu'on pouvait ne pas agir comme ils l'ont fait. *Aucun héroïsme*, s'emportait-elle. C'est drôle, non ?

– En un sens, oui. Je vais monter. Je vous reverrai ?

– Je resterai sûrement une heure. Ce mur, c'est un solarium. Mes amis pensent que je fais des séances de rayons, pour bronzer. »

J'étais préparé, le choc pourtant me cloua sur place. Assise dans un fauteuil de moleskine, des coussins pour soutenir les reins, dans une robe de chambre molletonnée, les pieds dans des pantoufles, Véra n'était plus que l'ombre d'elle-même. Amaigrie, ratatinée, la peau fripée, son regard avait une fixité inquiétante.

Sur le plateau de la table roulante, une bouteille d'Évian, un verre en plastique ; elle voulut remplir son verre et je constatai que sa main tremblait. Me précipitant, je saisis la bouteille, remplis le verre, le lui tendis avec un sourire.

« Tu es là, mon chéri ? Je ne t'ai pas entendu. Merci. »

Elle but avidement et je l'aidai à essuyer ses lèvres.

« C'est gentil de faire un si long voyage pour me rendre visite. Il ne fallait pas. L'avion coûte cher. »

Une seconde, je restai désarçonné. Je finis par comprendre qu'elle me prenait pour Gonzalo. Un poids terrible s'abattit sur mes épaules. Par la fenêtre, je regardai le parc. Mes paupières me brûlaient, je ressentais de bizarres picotements dans mes yeux.

Saisissant ma main entre les siennes, elle la serra très fort, m'enveloppant dans un sourire de tendresse.

« Je suis si contente de te voir ! Si contente, mon chéri ! Je pense souvent à toi, tu sais.

– Moi aussi, Véra, moi aussi.

– Je sais, mon chéri. Tu as toujours été un bon fils.

– J'ai rencontré le petit Roland, en bas.

– Il n'est pas encore parti ? C'est un garçon trop gentil. Je crois que certains abusent de sa douceur. Je lui dis de se montrer plus ferme. Demain, je vais le gronder.

– Il m'a parlé de toi.

– Ça ne m'étonne pas. Je l'aime beaucoup. Tu ne peux pas savoir comme il s'occupe de moi. Il est très fier du chronomètre que Salvador lui a offert. Une Rolex, je crois. Il le montre à tout le monde. Salvador est très généreux, dit-elle en baissant la voix, en se penchant et en jetant des regards soupçonneux autour d'elle.

– Je te crois.

– Il n'y a que son métier... C'est un travail si bizarre ! Je n'ai jamais compris ce qu'il fait exactement. Tu le sais, toi ?

– De la communication.

– C'est un travail, ça ? Tu as suivi l'affaire dont il s'est occupé ? Quand il viendra, je lui en parlerai. Je ne trouve pas ça bien, ce n'est pas honorable.

– C'est un mot qui n'a plus beaucoup de sens, je le crains.

– Mais l'honneur, c'est le respect de soi ! Comment peut-on se regarder dans une glace si on ne s'estime pas un peu ?

– Beaucoup de gens y arrivent très bien. Ils se rassurent avec l'argent.

– L'argent permet de se sentir libre, il ne guérit pas du déshonneur. Ces Bernottin, avec leurs mines chafouines, leurs propos doucereux... C'est écœurant, mon chéri... Tu n'es pas de mon avis ?

– Si, bien sûr.

– Remarque, je suis trop vieille. Ces mœurs me fatiguent. Je ne les comprends pas. Il est temps que je rende mon tablier ! »

Tout l'entretien, plus d'une demi-heure, se poursuivit sur le même ton, Véra s'adressant à son fils mort, moi répondant à la place d'un fantôme. En sortant de la chambre, j'allai aux toilettes, me lavai les mains, la figure à l'eau froide. Épuisé, je descendis l'escalier, trouvai Roland à la même place, m'installai à son côté, dos à la façade, sentant m'envahir la chaleur du mur.

Le soleil baissait, de longues zébrures roses striaient le ciel.

« Elle a parlé avec mon père, finis-je par murmurer.

– Il lui arrive de confondre, oui.

– Ce n'est plus la même femme. Le visage semble...

– L'approche de la mort sculpte les figures, prépare le cadavre.

– Je devais aller en Espagne, je ne sais plus quoi faire. Je me sens... »

Se tournant vers moi, Roland me dévisagea avec un regard qui luisait bizarrement.

« Il faut partir, il ne faut rien changer. Ça peut durer des mois. Dites-vous qu'elle n'est plus là. La Véra que vous avez aimée, que j'ai... elle n'existe plus, vous comprenez ?

– La laisser seule ?

– Elle *est* seule, personne ne peut faire ce voyage à sa place. Je reste auprès d'elle. C'est mon métier. Je ne la lâcherai pas.

– Vous êtes...

– Non, non ! protesta-t-il en secouant la tête. Je ne suis pas bon, ni généreux, ni... Je l'aime, vous comprenez ?

– Je vous communiquerai mon adresse. Vous ne la donnerez à personne. À personne !

– Je ne la donnerai à personne, soyez tranquille. Si quelque chose arrive, je vous avertirai. »

Brusquement, Roland se jeta dans mes bras et je

l'étreignis avec une violence subite, comme je n'avais étreint que peu de femmes dans ma vie. Machinalement, je caressai sa nuque, ses cheveux :

« Ne pleure pas, murmurai-je à son oreille. Ne pleure pas. »

XXXVI

« J'en ai par-dessus la tête de cette histoire ! J'en ai plus qu'assez ! » glapit don Fernando, petite momie parcheminée, en agitant sa main tavelée aux ongles soigneusement manucurés.

Blotti au fond d'un énorme fauteuil tapissé de velours grenat défraîchi, le vieillard dardait sur moi ses prunelles d'acajou foncé où dansait une lueur soupçonneuse.

« Vous n'êtes pas journaliste, c'est sûr ? Je me méfie des journalistes. Ils n'approfondissent rien, toujours dans l'à-peu-près. Je prenais la peine de leur expliquer, et puis, quand je les lisais... C'est peut-être le métier qui veut ça. D'ailleurs, personne ne creuse... Pourquoi voulez-vous évoquer cet... incident ? Tragédie serait plus juste, mais ça rend un son grandiloquent. Votre mère connaissait le *maestro* ? Allemande, vous dites ? Ça me rappelle quelque chose. C'est sans doute celle que mon père avait surnommée *la Philosophe*. Une femme superbe, forte et délicate, une de ces blondes immatérielles, translucides. J'ai toujours eu un faible pour les blondes. Ma défunte femme était blonde. »

Assis près d'une fenêtre garnie de jalousies à la castillane taillées dans un bois sombre, sans doute du châtaignier, don Fernando parlait d'une voix mal assise, avec de soudains déraillements.

J'avais appris son existence par Clarissa, la nièce rejetée par Véra, maintenant une épaisse matrone vivant, depuis la mort de son mari, dans un grand appartement, rue Serrano, à Madrid. Sans trop savoir pourquoi ni ce que j'espérais apprendre d'elle, je lui avais téléphoné à mon retour de Grenade. Contente de me connaître et d'évoquer sa jeunesse, elle avait passé la journée avec moi. Nous avions déjeuné dans un restaurant de la rue d'Alcalá et poursuivi notre conversation dans son salon rempli de meubles ostentatoires, aux vitrines renfermant une argenterie massive.

Malgré leur brouille, Clarissa gardait pour Véra une affection teintée d'admiration, comprenant sa réaction qu'elle expliquait par « les circonstances », c'était son expression. Avec Manuel, son mari, elle avait mené une existence apparemment heureuse, traversant les décennies de franquisme avec placidité. Elle n'aborda d'ailleurs qu'en passant la politique, sauf pour citer avec un sourire d'ironie les noms de certains hiérarques des partis d'opposition, de journalistes et de magnats de l'industrie dont elle avait connu les pères, tous franquistes bon teint. À son pays natal, l'Allemagne, pas non plus la moindre allusion. Elle était devenue une Espagnole trop fardée, coiffée avec soin, habillée avec une stricte élégance, couverte de bijoux, et je pensais, en la regardant, qu'elle avait peut-être oublié ses origines. Tout juste sa taille, plus haute que celle de la moyenne des Espagnoles, son regard d'un bleu très pâle, qui m'évoquait celui de Véra, sa forte carrure et la franchise de son langage suggéraient son ascendance prussienne. Sur les murs, des crucifix, des vierges peintes et sculptées : avait-elle également oublié ses origines juives ?

En buvant mon thé, j'inspectais le décor, observais l'attitude décidée de Clarissa, répondais à ses questions directes. Mon long séjour en Espagne – près de trois mois – l'intriguait tout comme il intriguait Faby, Bernard, mes rares amis, tous se demandaient ce que j'y fabriquais. J'étais bien incapable de leur apporter une réponse claire.

Après la cérémonie d'hommage à Rafael Portal à l'université de Grenade, j'étais resté près de trois semaines dans la ville, visitant ses monuments, flânant dans les jardins de l'Alhambra, explorant les différents quartiers. J'avais loué une voiture et je sillonnais l'Andalousie de Séville à Ronda, d'Almería à Cordoue, séjournant dans des villages perdus dans les montagnes, à l'écart de la marée touristique. J'allais au hasard, sans but ; je restais des heures assis aux terrasses des cafés, écoutant les conversations, observant les visages ; couché sur mon lit dans des chambres passées à la chaux, d'une fraîcheur merveilleuse, je lisais les œuvres d'Unamuno, prenais des notes, remplissais des fiches. Dans des librairies vieillottes et poussiéreuses, je commandais des essais sur lui, les volumes de sa correspondance, deux biographies qui lui avaient été consacrées, caressant paresseusement le projet d'écrire à son propos un bref essai. Manière de justifier mes nonchalantes divagations.

Avec émotion je plongeais dans cette prose ardente,

suivais sa pensée contradictoire, déchirée, en guerre contre elle-même, réfutant chaque affirmation, la piétinant avec une allégresse caustique. Une pensée qui fuyait le repos, refusait au lecteur la moindre assurance. Adversaire irréductible des systèmes, des illusions de la raison discursive, il provoquait, stimulait. On sortait de chacun de ses livres à la fois transporté et fâché. On aurait voulu qu'il donnât ne fût-ce qu'une infime certitude, un point sur lequel s'appuyer, mais il ne laissait rien intact, ricanant ou s'emportant dès qu'on croyait tenir quelque chose. À la fin, que restait-il ? Dieu n'était qu'une soif inapaisée, un espoir inaccessible ; l'Espagne, un pur songe, une chimère, un mirage dans un désert de tristesse et de médiocrité ; la philosophie, une duperie et une tyrannie. Restait la joie extatique de se sentir vivant, l'appel frénétique à une immortalité non d'esprit, mais de chair crucifiée. Restait l'exigence de la pensée, le mépris des idées. Pour lui, la vérité se situait toujours ailleurs, plus loin, dans un horizon voilé.

Lorsque, dans la conversation, je prononçai son nom, Clarissa me conseilla, si je souhaitais entendre un témoin de la fin de l'écrivain, de rencontrer Fernando del Moral, se proposant même de me recommander à lui.

Depuis deux mois que je me trouvais dans la région de Salamanque, je lui avais écrit pour solliciter un entretien, citant le nom de Clarissa. Il m'avait répondu pour me fixer un rendez-vous.

Ce vieillard chétif et menu, au regard d'une prodigieuse intensité, avait été l'un des rares témoins du dernier et plus bouleversant discours de Miguel de

Unamuno, le 12 octobre 1936, en pleine guerre civile. Dix fois j'avais lu, relu, médité ce texte que j'avais fini par connaître par cœur ; n'ayant pas été écrit, il avait dû être reconstitué, ce qui rendait chacune des versions problématique. Déformé par la mémoire, enjolivé, durci, son unité n'en paraissait que plus frappante, comme si, malgré toutes les altérations, sa puissance s'était imposée à tous ceux qui, l'ayant entendu, avaient tenu, de retour chez eux, à le coucher sur le papier.

Des survivants de cette scène, il en restait trois, peut-être quatre dans toute l'Espagne, probablement malades, infirmes ou gâteux. D'où mon désir de rencontrer au plus tôt don Fernando, un ancien médecin vivant avec sa sœur au fond d'une ruelle si étroite que, depuis son bureau, on croyait pouvoir toucher la maison d'en face, un palais du XVIe siècle bâti dans cette pierre aux reflets dorés qui donnait à la ville un caractère onirique. Tout, d'ailleurs, dans cet appartement vaste et solennel, évoquait un songe baigné de mélancolie : l'interminable couloir, les plafonds à caissons, les tentures fanées, les meubles roides et solennels, l'accumulation de tableaux, de bibelots, de photographies.

« Votre mère est toujours en vie ?

– Elle se trouve dans une maison de retraite, près de Paris.

– C'est la nouvelle mode, mettre les vieux dans une maison. Dans ma jeunesse, celui qui se serait débarrassé de ses parents en les abandonnant dans une maison, celui-là n'aurait pas osé paraître dans la rue. Aujourd'hui, personne ne rougit de laisser tomber père et mère, de les confier à des soins mercenaires. On devient moderne, hi, hi, ricana-t-il en tapotant la couverture qui lui enveloppait les jambes. C'est le progrès, n'est-ce pas ? Je ne dis pas ça pour vous, je ne juge pas, ajouta-t-il très vite pour s'excuser. Chacun fait comme il peut. Avec la vie d'aujourd'hui, les logements deviennent exigus, il n'y a plus assez de place pour les vieillards. Bientôt il n'y aura pas assez de place pour personne.

« Vous vouliez que je vous parle de cette journée, n'est-ce pas ? Ce sont des moments qu'on n'oublie pas. Je vais avoir quatre-vingt-huit ans. À vingt-trois ans, les médecins m'accordaient cinq ans de vie. J'étais tuberculeux et la tuberculose, à cette époque, ça ne pardonnait pas. Ça vous apprend l'humilité, des bourdes pareilles, surtout quand on est soi-même médecin. Par la suite, je me suis toujours gardé d'émettre un pronostic vital.

« En octobre 1936, j'avais tout juste dix-huit ans, j'étais inscrit à l'université, mais la guerre a éclaté et, peut-être par contagion familiale, j'ai adhéré à la Phalange puisque mon père, mon oncle étaient phalangistes. Je devine ce que vous pensez : fasciste ! On jette le mot, et l'affaire est réglée. Vous connaissez la boutade de l'un des dirigeants du Parti ? (La pensée de don Fernando procédait par bonds, au gré de rapprochements que j'avais du mal à suivre.) "*Jusqu'en 1934, la Phalange était une tête sans corps ; à partir de 1936, elle est devenue un corps sans tête !*" C'est drôle, c'est surtout juste. Dans le camp nationaliste, la majorité des jeunes adhéraient à la Phalange qui recrutait à tour de bras. De cinq mille membres au plus, elle est passée à plus de deux cent mille en quelques mois. Ne me demandez pas si tous ces nouveaux adhérents étaient sincères. Ne me demandez pas non plus ce que le Parti représentait pour nous. L'exaltation, l'enthousiasme, une phraséologie révolutionnaire. Bâtir une nouvelle Espagne, en finir avec la lutte des classes, jeter bas les privilèges, redistribuer les terres, nationaliser les banques, j'en passe et des plus cocasses. La mode était à la Révolution d'un côté comme de l'autre. Si vous voulez mon avis – et si vous ne le voulez pas, je vous le donne quand même –, c'est ce mot qui a tué la République. Chacun s'en gargarisait, chacun justifiait par lui ses folies. Plus sûrement que la rébellion de l'armée, c'est cette surenchère démagogique qui a tué la République. Bien sûr, il y avait pour nous, les jeunes, la chemise bleue, le ceinturon et le baudrier, les bottes, les flèches et le joug. Nous cherchions nos morts dans les étoiles... Nous levions les yeux et, à l'évocation de chaque nom, nous criions : *Présent !* Ridicule, n'est-ce pas ? Si je vous racontais les liturgies des Jeunesses socialistes, vous auriez de quoi rire longtemps. Eux aussi arboraient une chemise, un foulard, eux aussi marchaient au pas, braillaient des hymnes. On pourrait résumer le siècle par cette formule : des armées de jeunes gens qui marchent au pas en scandant des hymnes ! »

Il s'interrompit pour boire un verre d'eau, s'essuya les lèvres avec une serviette qui se trouvait sur le plateau, près de la carafe de cristal, secoua la tête.

« Entre nous, ricana-t-il, la jeunesse est naïve. Rien de plus facile que d'attiser sa flamme, puisqu'elle ne demande qu'à brûler. Donnez-lui n'importe quel prétexte, dites-lui qu'elle a le devoir d'abattre l'ancien monde, de trancher les membres pourris... vous pouvez être sûr du résultat. Ce sont les jeunes qui commettent les beaux massacres. Tous les dictateurs savent ça. C'est un âge vide, on ne sait pas qui l'on est, si on est quelque chose. Alors, si quelqu'un vous annonce que vous êtes important, ce qu'il y a même de plus important, non seulement vous le croyez, mais vous êtes prêt à vous donner à lui corps et âme... Méfiez-vous, méfiez-vous de ceux qui flattent la jeunesse ! Ils ont tous une idée tordue derrière la tête.

« Ma tête, en 1936, était vide, vide mais remplie de fureur et de bruit, lâcha-t-il d'un ton amer. Nous passions nos journées à hurler, à brandir nos pistolets. Aujourd'hui, quand j'essaie d'évoquer ces temps-là, j'ai honte. Non d'avoir été fasciste ou phalangiste, mais honte de ma bêtise. Évidemment, si nous avions été intelligents, nous n'aurions rien fait, l'Espagne aurait continué de couler. Peut-être faut-il s'abêtir pour oser ? N'allez pas croire que je m'éloigne de notre sujet : je suis au cœur de l'affaire, au contraire. »

Je ne pouvais détacher mon regard du profil d'oiseau de proie, de l'attache du nez dessiné avec une précision tranchante, de la délicatesse des lèvres, de la fougue du regard. Je n'avais aucune peine à l'imaginer dans la force de l'âge, un de ces *hidalgos* portraiturés par le Greco, le menton relevé, les reins cambrés, toisant avec dédain les hommes, flattant de ses yeux d'acajou la croupe des femmes. De taille aujourd'hui relativement petite, mais alors commune pour un Espagnol, il devait s'étirer pour se grandir. Je croyais le voir marcher dans ce quartier de l'université ancienne dont, depuis deux mois, j'arpentais les ruelles, la démarche altière, vêtu avec une coquetterie sévère. Je tentais de me le représenter dans sa jeunesse, chaussé de bottes, le pistolet battant sa hanche. Ses camarades et lui, ivres de l'assurance que confère le droit de vie ou de mort sur des milliers d'individus, parlaient fort, hurlaient « *¡ Arriba España !* » en levant le bras. C'étaient des *señoritos*, des enfants gâtés, adulés par leurs mères et leurs sœurs, fiers de leur virilité incertaine, d'autant plus cruels qu'ils chassaient en meute. Depuis que, de Grenade à Madrid, je croisais ces rescapés, j'avais appris que la même innocente sauvagerie se rencontrait dans l'autre camp.

« Nous refusions de penser parce que, si nous nous étions mis à penser, nous n'aurions pas pu continuer de... Pour tuer il faut s'abêtir, devenir bestial. Et c'est ce que nous étions, des fauves. Bien sûr, je pourrais vous dire que je n'ai tué personne, ce qui est vrai, mais j'ai pris part au grand carnage, moi aussi. Je hurlais à la mort. Tout le pays criait à mort. C'est ça, le contexte : le sang. Le reste...

– C'était quoi, la fête de la Race ? réussis-je à demander.

– Vous croyez que je le sais, que je l'ai jamais su ? Pas une notion biologique : nous étions stupides, mais tout de même pas à ce point ! Une race espagnole, vous sentez l'énormité de la chose ? Il n'y a que des Allemands pour croire à de pareilles insanités. C'était une idée confuse : l'Hispanité, la tradition, la fidélité à l'Histoire. Le 12 octobre, c'était aussi la fête de la Vierge du Pilar, ne l'oubliez pas, on venait de la nommer capitaine générale de l'armée, elle était par ailleurs la patronne de la garde civile. Le siège de Saragosse, la guerre d'indépendance contre les troupes d'invasion napoléoniennes, vous voyez le tableau ! Saint Jacques, la Vierge du Pilar, tout ça dans le même sac, avec le sentiment que le soulèvement était une réaction patriotique contre l'envahisseur étranger, le bolchevisme ! Et patriotique elle l'était, je peux vous l'affirmer ! Populaire aussi, sauf qu'il ne s'agissait pas du même peuple : les ouvriers des villes d'un côté, les paysans de l'autre. Je brosse à grands traits, mais vous devinez.

– C'est Franco qui avait instauré cette fête ?

– Peut-être, comment savoir ? Lui ou Mola, ou les généraux de la junte, ou encore tous à la fois, à moins que l'idée ne soit venue de José María Pemán, un poète. C'est bien une idée de poète, ça ! Une idée lyrique, déclamatoire. Nos militaires auraient été en peine d'imaginer le moindre symbole, même galvaudé. Courageux, héroïques même... mais une idée, ils en étaient incapables, totalement et définitivement incapables ! Des brutes magnifiques. Seul Mola réfléchissait, c'était l'intellectuel de la bande, celui que nous considérions comme le véritable chef de l'insurrection. Parce que – c'est un point que les journalistes ignorent toujours, vous avez beau insister, ils n'écoutent pas –, en 1936, Franco n'était pas encore devenu le monarque absolu. Il marchait vers le pouvoir dictatorial à pas comptés, avec prudence – la cautèle des Galiciens. Il s'était fait nommer commandant suprême, il dirigeait les opérations, mais quelle forme aurait le futur gouvernement après la victoire, personne n'aurait pu le dire. Savez-vous par quel cri se terminait la proclamation que Franco avait fait diffuser par la radio marocaine pour annoncer son ralliement au soulèvement ?

– “Vive la République !” ?

– Vous êtes bien renseigné. À Séville, Queipo de Llano criait la même chose, et Mola à Pampelune. Les chefs militaires de tendances diverses pensaient rétablir l'ordre républicain ou restaurer la monarchie. Seule la Phalange, obnubilée par le fascisme italien, voulait une dictature. Aujourd'hui, on met tout dans le même sac : franquisme, alors que le franquisme a mis deux ans à s'imposer. Il y avait les *requetés* (les carlistes, si vous préférez), les monarchistes de différentes tendances, les républicains modérés, les catholiques, et j'en oublie. Un véritable panier de crabes. Et tout ce beau monde intriguait, complotait, se chamaillait. La fête de la Race, c'est peut-être une liturgie de l'unité, façon de montrer que nous étions tous des patriotes, rattachés à la tradition. Plus tard, les évêques, autrement malins, inventeront le mot croisade, une manière plus subtile de rattacher le Mouvement à l'histoire multiséculaire du pays. En le baptisant, ils se l'appropriaient. Il n'y a que l'Église pour savoir tirer ainsi les marrons du feu. Rusé, Franco se jettera sur le mot, invoquera la Vierge de Covadonga, Pelayo, la Reconquête, ce qui est assez insolite si l'on veut bien se rappeler que ses meilleures troupes, les plus aguerries, étaient composées de musulmans ! Franco prenait chaque mot, le mâchonnait, le rejetait ou l'avalait. Avec ces ingrédients, il cuisinait sa soupe qui finit par devenir le plat national. Dans cette lente manducation, il y a eu la fête de la Race, un symbole encore indistinct, une nébuleuse, une de ces auberges qu'on dit espagnoles parce que chacun doit y apporter son manger s'il ne veut pas mourir de faim. »

Le soleil se faufilait dans la ruelle, touchait la façade du palais d'en face qui réfléchissait une lueur d'un jaune plus soutenu. Dans l'appartement régnait un étrange silence, et n'eussé-je pas su que la sœur cadette de don Fernando habitait la maison, j'aurais pu la croire vide. Pas un bruit non plus dehors, sauf le tintement des cloches. Un monde englouti. Dans cette Espagne bruyante et jacassante, j'étais souvent saisi par la persistance d'îlots de quiétude au cœur de la modernité, une vie conventuelle, secrète et recueillie.

« Vous connaissiez Unamuno ? demandai-je en regardant, fasciné, les mains du vieil homme, menues, presque féminines, agitées de mouvements sporadiques.

– Qui ne le connaissait dans cette ville ? Il *était* Salamanque, sa légende, son mythe. Nous le croisions, le voyions chaque jour. De plus, j'étais étudiant à l'université et il en était le recteur, un recteur honoraire, à vie, destitué par le gouvernement républicain quand il avait pris parti pour le soulèvement militaire, rétabli dans ses fonctions par Franco lui-même. Mon père faisait partie de son cercle au Casino des Messieurs où il se rendait chaque jour après le déjeuner. Il y buvait un café et dissertait durant des heures. « Avec lui, disait mon père en riant, pas moyen d'en placer une ! » Il se moquait aussi de sa radinerie... J'avais lu deux de ses livres, *Le Sentiment tragique de la vie* et *Autour du casticisme*. Ils avaient fait sur moi une formidable impression. Je ne vous dirai pas que je les avais compris, je me demande d'ailleurs si on comprend Unamuno. On le subit. Ce qui est sûr, c'est qu'ils m'avaient bouleversé.

– Votre père était de ses intimes ?

– On peut dire ça, oui. Ils bavardaient chaque jour ensemble, ils se promenaient sur la route de Zamora. Dans sa bibliothèque il possédait tous les livres d'Unamuno, reliés plein cuir. La pensée d'Unamuno l'a profondément marqué. Y a-t-il un seul Espagnol de cette époque qui n'ait pas subi son influence ? Il parlait non à notre esprit, pas même à notre cœur, mais à ce qu'il y a en nous de plus profond. Le lire, c'était devenir plus espagnol. Pour vous, je ne sais pas si tout ça garde un sens.

– Mon grand père était espagnol, un disciple et ami d'Unamuno.

– Vraiment ? Il s'appelait comment ?

– Rafael Portal.

– Portal ? Un universitaire, n'est-ce pas ? Un arabisant... N'a-t-il pas été... ? »

Penché en avant, don Fernando m'observait avec une curiosité vorace.

« Maintenant je comprends mieux ce que vous êtes venu chercher. Le *maestro* et votre grand-père étaient très proches. Portal était son élève préféré. Puis-je vous demander dans quelles circonstances votre grand-père a été... ?

– Il s'est rendu au siège du gouvernement militaire pour protester contre la répression.

– Il a fait ça ? s'écria le vieillard en levant ses bras squelettiques. Quel pays ! Mon Dieu, quel pays ! Voyez-vous, je ne suis plus qu'un cadavre ambulant, une momie embaumée. De la nouvelle Espagne je ne sais rien, je ne veux rien savoir. J'entends seulement les bruits, cette affreuse musique qui envahit tout, empêche de réfléchir, de parler... Eh bien ! Malgré ce vacarme assourdissant, si je tends l'oreille, je perçois une autre musique, à peine audible... Ne vous laissez pas duper par l'illusion de la richesse et par les bavardages sur la modernité : l'Espagne demeure, elle se repose, elle attend...

« Rafael Portal a fait ça ! répéta-t-il d'un ton fiévreux. Lui aussi ! N'est-ce pas étrange ? Le maître et l'élève, séparés par des centaines de kilomètres... Quel pays ! »

Il se laissa retomber dans son fauteuil, le regard perdu, rajusta d'un geste las sa robe de chambre, ramena la couverture sur ses genoux.

« Pas un jour de ma très longue vie ne s'est écoulé sans que je revive... Je répugne à parler de cette affaire. Vous habitez l'Espagne ?

– Depuis trois mois, oui, dans un village à quinze kilomètres de Salamanque, Zorita.

– Zorita ? Vous y possédez une maison ?

– Je suis locataire. Une vieille maison, simple et robuste.

– Sans paraître indiscret, puis-je vous demander ce que vous faites ?

– Rien. Je lis, je médite.

– C'est un travail absorbant, ne rien faire. Cela exige de la force.

– Je ne crois pas être fort.

– Dans ce pays, l'inaction et la méditation ont occupé la vie de beaucoup d'hommes pendant des siècles. En France, on les traite de paresseux. Ils étaient tout sauf fainéants. Penser la vie est une formidable aventure.

« La famille de votre père est originaire de Salamanque, n'est-ce pas ? demanda-t-il d'une voix tout à coup posée. Votre arrière-grand-père était médecin, un authentique apôtre. Vous êtes en quelque sorte chez vous, ici. Mais la ville a beaucoup changé. On peut dire qu'elle n'est plus la même. Vous auriez du mal à imaginer la misère, la saleté, les épidémies... Rendez-vous compte : le maire d'un village des environs avait sollicité l'autorisation d'émigrer en masse avec toute la population. Les enfants mouraient en bas âge, l'eau était polluée. Tuberculose, fièvre typhoïde, rachitisme... Des milliers de paysans ne possédaient pas un lopin de terre pour nourrir leur famille alors que les grands propriétaires laissaient des dizaines de milliers d'hectares en friche pour l'élevage des taureaux de combat. C'était ça, soupira-t-il, le monde où votre grand-père est né, dans lequel il a grandi. Une société désespérante. L'Espagne était une maladie honteuse. Nous ressentions tous cette tristesse.

« Si je vous parle de ce désespoir, c'est que c'est de là qu'il faut partir si vous voulez comprendre Unamuno, votre grand-père, toute leur génération. Souffrant de cette gale, ils se grattaient jusqu'au sang. Nous étions tous malades à des degrés divers. L'agression des États-Unis devant Cuba, la perte des dernières colonies, les défaites du Rif, cette campagne marocaine ruineuse et stupide. Franco lui-même est sorti de ce marécage... »

Il remua dans son fauteuil, changea de position, se pencha pour inspecter la ruelle.

« Je vais de-ci, de-là, en zigzag. Pourtant, je ne suis pas gâteux. Je tiens mon fil. J'essaie de vous montrer...

– Je vous suis, don Fernando.

– Vous avez visité la vieille université ? Vous avez vu la salle où s'est déroulée la cérémonie ? Avec ses voûtes qui semblent écraser le décor, on se croirait dans un film de Fritz Lang. Combien de fois Unamuno n'a-t-il pas parlé sous ces voûtes, s'adressant aux étudiants avec ce ton haletant, fiévreux ? J'entends encore l'écho de sa voix haut perchée, pas aiguë, non, un rien criarde, assez semblable à la mienne quand je m'énerve. Il parlait vite, les phrases se bousculaient, les mots se pressaient dans sa bouche. On avait l'impression que sa pensée courait trop vite et qu'il tentait désespérément de la rattraper. Ce jour-là, le Paranymphe était bondé, ce qui s'appelle bondé, vous n'auriez pas pu y glisser une épingle à cheveux. Il faisait une chaleur suffocante. Dans la salle, dehors, rien que des uniformes, ceux des différentes armes, ceux de la Phalange, les bérets rouges des carlistes. S'il y avait un civil, je ne l'ai pas vu. Une cohue de caserne. Je vous laisse deviner l'atmosphère. Un millier de jeunes hommes en armes, ivres de haine, oui, de haine ! Je hurlais comme les autres, je levais sans cesse le bras. Je me rappelle que j'étais tout au fond de la salle, debout, et que je regardais, sur l'estrade, le recteur en grande tenue, doña Carmen Polo de Franco, la femme du généralissime, à sa droite, l'évêque de Salamanque à sa gauche, le général Millán Astray, le fondateur de la Légion étrangère, le *Tercio*, une figure de légende, un héros mythique, avec son bras amputé, un bandeau sur son œil borgne, le calot de la Légion sur la tête. Pemán a déclamé des banalités pompeuses que personne n'écoutait. D'ailleurs qui, dans cette assemblée de fous furieux, se souciait d'écouter ? Je serais bien incapable de vous dire ce qui se racontait, et ceux qui vous diront qu'ils s'en souviennent, ils inventent, ils mentent ! Des fabulateurs, des mythomanes ! piailla-t-il, la colère faisant dérailler sa voix. Presque tout ce qui a été écrit sur cette séance n'est qu'un ramassis d'affabulations ! »

Don Fernando se tut, but une gorgée d'eau, me dévisagea avec une ironie malicieuse.

« Je ne devrais pas m'emporter comme ça. Ce n'est pas bon pour ma santé. J'ai toujours été colérique, ce qui m'a parfois joué des tours. Regardez, dit-il soudain de sa voix la plus douce en désignant du menton la fenêtre, regardez comme la pierre est belle sous ce rayon de soleil. Une sorte d'embrasement. C'est le miracle de Salamanque, sa magie. »

Je contemplai moi aussi la réverbération de la lumière sur le vieux palais.

Le soir, lorsque j'y restais dîner, je traversais le pont et regardais la ville depuis l'autre rive ; coiffée de clochers, Salamanque devenait irréelle. Dans l'atmosphère du crépuscule, chaque son s'attardait, se prolongeait. Une impression de sérénité m'envahissait. Je croyais alors savoir ce que j'étais venu chercher en Espagne. Je me sentais en paix avec moi-même. Je pensais à Véra, regardais la cité avec ses yeux. Je la voyais assise à la terrasse d'un café, contemplant les façades de la Plaza Mayor.

« Vous avez lu ce discours, n'est-ce pas ? »

J'acquiesçai de la tête.

« Tout se tient, depuis le préambule jusqu'à la conclusion. En réalité, ce fut non pas un discours, mais trois interventions hachées, interrompues par le tumulte des vociférations et des insultes. Trois moments comme il y a trois *tercios* dans la corrida. D'une certaine façon, ce fut bel et bien une corrida, une mise à mort. Des interventions hachées qui pourtant s'enchaînent. Chaque fois que j'ai relu ce texte, j'ai reconnu sa cohérence interne. La cohérence de toute une vie. Moins un discours qu'un témoignage, le seul qui compte, celui qu'on porte face à la mort. On peut dire que cette intervention contient et justifie le destin d'Unamuno, qu'elle renferme ce qu'on appelle à tort sa philosophie, qui était une pensée vivante, tissée de provocations et de défis. »

Don Fernando fit une longue pause, regarda au-dehors, puis tourna la tête pour me dévisager :

« Je suis médecin, enfin je l'ai été, pas mauvais, si j'en crois la réputation que les patients me faisaient. J'aime l'ordre dans l'exposé des faits. Dans cette affaire, on doit répondre à une question préalable : comment se fait-il que ce discours entrecoupé de cris et d'invectives, prononcé dans un tumulte effrayant, comment expliquer qu'à sa lecture on a la révélation de sa cohérence et de son unité ? Il y a plusieurs réponses à cela, mais l'une, essentielle, est que, parmi cette assemblée de soudards et de militants enragés, il se trouvait de nombreux lecteurs et admirateurs d'Unamuno dont certains comprenaient ce qu'il disait, en admettaient la justesse. Je faisais partie de ces disciples qui, tout en vociférant, *entendaient*. Je criais, je me bouchais les oreilles, mais les mots me traversaient, m'atteignaient. Le soir même, dans ma chambre, je couchai sur le papier les paroles du vieil homme, tentant de reconstituer ses propos. Je voulais comprendre ce qu'il avait osé dire. Nous étions dix, vingt, peut-être plus, à écrire ce que nos oreilles n'avaient pas écouté mais que nos cœurs avaient été obligés, oui, *obligés* d'entendre. Connaissant la sténo, certains avaient pris des notes comme ils le faisaient dans leurs amphithéâtres, et, dans la solitude, ces scribes reconstituèrent ce texte tronqué. Dix, vingt versions du discours, les unes plus fidèles, plus scrupuleuses que les autres, ont aussitôt commencé à circuler sous le manteau. Parmi ces lévites studieux, quelques-uns appartenaient à des familles républicaines, hostiles au soulèvement militaire. Franquistes par la géographie, elles restaient républicaines de cœur. Témoins de la scène, leurs enfants s'appliquèrent avec ferveur à mettre en forme ce qu'ils estimaient être une condamnation publique du Mouvement. Ce n'était pas ça, pas ça du tout ! glapit de nouveau le vieillard en s'agitant sur son fauteuil.

« Si cette protestation n'avait été que politique, son intérêt serait purement anecdotique. Mais, pour Unamuno, il s'agissait de bien autre chose. Il s'agissait de l'Espagne, de sa vérité, de *la* vérité tout court, de ce qui fait la valeur et le prix d'une vie d'homme. Comprenez-vous ?

– Je crois, oui, murmurai-je.

– Je sais que vous me comprenez, parce que votre grand-père... C'est un même et unique témoignage.

Tous deux, le maître et l'élève, ont dit la même chose dans un style différent.

« L'Espagne fanatique, l'Espagne des inquisiteurs et des persécutions, cette Espagne noire, c'est aussi le pays de la protestation morale. Aucun autre pays ne pouvait se faire une si haute idée de l'homme, puisque cette terre, depuis des siècles, humiliait et torturait les siens. Seuls ceux qui croupissent plus bas que terre lèvent très haut les yeux. Depuis des siècles, il n'y avait pas plus bas qu'un Espagnol, et cette bassesse engendrait des aspirations sublimes. C'est ce qu'Unamuno appelle chimère, illusion : l'Histoire nous condamnait à inventer l'homme, sa dignité. Non pas une dignité laïque, politique, non celle des droits de l'homme, mais une dignité ontologique, fondamentale. »

Se laissant retomber dans son fauteuil, don Fernando saisit le verre, but une gorgée d'eau, resta un long moment silencieux, absorbé dans ses pensées.

« Telle fut son intervention. La mémoire de cette revendication morale, la voix d'une Espagne qui n'a existé que par quelques individus exceptionnels. Songez au début de son discours : "*Vous vous demandez tous ce que je vais dire. Vous me connaissez, vous savez que je ne peux pas me taire. Vous savez que je ne sais pas mentir. Il y a des moments où le silence vaut approbation...*" C'était, chuchota don Fernando, un très vieil homme, fatigué, épuisé. Il se tenait pourtant très droit, toisant l'assistance. Avec sa tête chenue, sa moustache et sa barbe blanches, ses joues émaciées, son regard sévère derrière ses lunettes rondes, avec sa toge et son hermine, il avait un imposant air de majesté. La mort de sa femme, qu'il adorait, l'avait ébranlé. Nous le savions affaibli, malade. Mais là, en cet instant... C'était Dieu le Père dressé devant nous de toute sa hauteur vertigineuse. Nous en avions le souffle coupé. Nous n'en croyions pas nos oreilles : pour une fois, l'expression exprime bien la réalité. C'était impensable, inimaginable. C'était fou ! »

Il parut réfléchir, regarda du côté de la fenêtre.

« Il faut du courage pour bondir hors de la tranchée, courir alors que les balles sifflent à vos oreilles et que les copains tombent autour de vous, fauchés par la mitraille, murmura-t-il après un silence qui m'avait paru long. C'est un acte de courage doublé d'une fuite en avant. Mais se dresser seul face à la meute déchaînée, ignorer ses insultes et ses menaces ! Il était seul, comprenez-vous, absolument seul, désarmé, vulnérable, aussi seul que le torero dans l'arène.

« Il y eut d'abord les propos insanes de je ne sais quel général aboyant des insultes contre les Basques et les Catalans, hurlant qu'il fallait les retrancher de la communauté nationale, procéder à une amputation – ce fut son mot. C'était peut-être Varela, je n'en suis pas sûr. Nous poussâmes tous des cris de haine et de fureur. En se rangeant avec les marxistes, les Basques, pourtant catholiques, traditionalistes, nous avaient trahis. Nous ne leur pardonnions pas cette désertion. Pour les Catalans, c'était le mépris, le dégoût. Des négociants rusés qui marchandaient leur autonomie, profitaient du malheur de la patrie pour faire leurs petites affaires. On entendait des vociférations : À mort ! À mort ! Un vacarme indescriptible. Et puis cette chaleur écrasante, l'odeur de sueur, l'énervement...

« C'est alors qu'il s'est dressé, fouillant dans sa poche pour en tirer une petite feuille de papier qu'on a retrouvée depuis, quelques notes griffonnées. Terrible, terrible ! Chaque mot résonne dans ma mémoire, chaque phrase reste inscrite dans ma chair. Nous entendions à peine ce qu'il disait parce que des huées, des sifflets s'élevaient de partout. D'une voix forte, il prit la défense des Basques, rappelant tout ce que son pays natal avait apporté à l'Espagne ; avec une ironie cinglante, il clama que lui, Basque, avait passé sa vie à nous enseigner le castillan, à nous qui l'ignorions. Insupportable, insupportable ! Il plaida pour les Catalans, rappela que l'évêque assis à sa gauche était, qu'il le voulût ou non, natif de Barcelone, et que même s'il l'oubliait, sa mission était de prêcher la doctrine chrétienne fondée sur le pardon et la charité. Si vous aviez pu le voir, le monseigneur ! Tête baissée, il se faisait tout petit, tremblait de tous ses membres. On entendait : "Traître, salaud, ordure ! Rouge ! À mort !" J'ai hurlé avec les autres.

« C'est cela que je ne me suis jamais pardonné, dit-il d'un ton amer, cela que je ne me pardonne toujours pas aujourd'hui. Je croyais aimer mon pays, j'étais prêt à donner ma vie pour l'Espagne, et l'Espagne se dressait tout à coup devant moi, mais je refusais de la reconnaître et de l'entendre. Je vous le disais : la jeunesse est bête et, bien entendu, sans pitié.

« Notre cri de ralliement était "Espagne une !". Mais, en menaçant d'exterminer les Basques et les Catalans, de les retrancher de la communauté nationale, nous divisions l'Espagne, nous la démembrions. Nous trahissions ce que nous pensions être notre idéal et qui n'était que du fanatisme. Ce vieillard intraitable nous renvoyait à nos contradictions, nous mettait face à nos mensonges.

« C'est alors que Millán Astray a bondi et, bras tendu, a crié : "Vive la mort !" On a dit, écrit et répété à l'étranger que c'était le cri du fascisme. Ceux qui disent ça sont des ignares. C'était le cri de guerre des légionnaires dont l'hymne disait : "Je suis le fiancé de la Mort..." et qui montaient à l'assaut en hurlant "Vive la Mort !". Ramassis de têtes brûlées, de marginaux, de condamnés de droit commun, de criminels graciés, les légionnaires ne se piquaient pas de philosophie ni de délicatesse. Le cri du fascisme, celui de la Phalange dont j'étais membre, était "*¡ Arriba España !*". Ce qui n'est pas la même chose, vous en conviendrez. Millán Astray n'avait nulle intention de célébrer la mort. Il n'avait probablement aucune intention, car, pour avoir une intention, il faut avoir une pensée, et je vous jure qu'il n'en avait aucune, pas même l'ombre d'une. C'était une brute, superbe de courage, mais une brute. Il n'avait eu qu'un réflexe, celui de son corps, la Légion, dont il était, sur le modèle français, le fondateur. Dans la salle il y avait d'ailleurs une centaine de légionnaires, pour la plupart des officiers qui ont aussitôt repris le cri de leur chef.

« Vous pensez bien qu'Unamuno n'allait pas laisser passer une occasion pareille ! Il s'est tourné vers Millán Astray : "*Je viens d'entendre un cri morbide* (en réalité, il a dit, j'en suis certain, *nécrophile*) *et dénué de sens : Vive la Mort !*" Vous connaissez le passage.

Il a traité le général d'infirme, précisant qu'il n'y mettait aucune nuance péjorative ; il ne faisait que constater la réalité puisque, borgne, manchot, amputé d'une jambe, le fondateur de la Légion était en effet un invalide de guerre. Ce qu'avait aussi été Cervantès, admit Unamuno. Mais, de son infirmité, poursuivit le recteur en détachant chaque mot, Cervantès avait fait un instrument de grandeur spirituelle. Et, filant sa pensée, le vieil homme a jeté qu'un invalide privé de la grandeur morale de Cervantès serait tenté de se venger en multipliant autour de lui le nombre des infirmes et des estropiés. Et de plaindre l'Espagne si de pareils infirmes devaient façonner la psychologie des masses. "*Il n'y a*, dit-il avec tristesse, *que trop d'infirmes en Espagne, il y en aura plus encore si Dieu ne nous vient pas en aide.*"

« À ce moment, j'ai bien cru qu'un légionnaire allait lui tirer dessus. Impossible de vous décrire le vacarme, les huées, les vociférations. Sur l'estrade, l'évêque avait disparu, l'épouse du généralissime se cachait derrière son mouchoir ; hors de lui, Millán Astray semblait prêt à bondir sur le vieil homme qui, dans cette tempête, restait impassible. On a entendu le cliquetis des pistolets qu'on armait. Je me demande encore comment il n'a pas été abattu comme un chien. Et, tout à coup, la voix a retenti pour la troisième fois : "*Vous vaincrez parce que vous disposez de davantage de force qu'il n'en faut pour vaincre ; vous ne convaincrez pas parce que, pour convaincre, il vous faudrait la raison qui vous fait défaut. Je crois inutile de vous exhorter à penser à l'Espagne. J'ai dit.*" Et il s'est rassis. »

Nous restâmes, don Fernando et moi, silencieux, absorbés dans nos pensées.

« Le chahut a continué, après, n'est-ce pas ? demandai-je.

– Des légionnaires se sont rués vers l'estrade, brandissant leurs armes, des phalangistes le menaçaient du poing. On le traitait de renégat, de salaud, de communiste... Il a quitté la salle au milieu des huées, parmi la bousculade. Devant la porte, j'ai même cru que sa dernière heure était arrivée. C'est alors que la femme du généralissime lui a sauvé la vie en le prenant par le bras et en l'entraînant vers sa voiture pour le reconduire jusque chez lui, à deux pas d'ici, vous avez sans doute visité sa maison. Avant de monter dans le véhicule, il a trébuché, a failli tomber... Un spectacle abject, un hallali. En vous décrivant cette scène, j'en ressens toujours la honte.

– Dix jours plus tard, Franco le destituait, n'est-il pas vrai ?

– Il ne pouvait pas faire moins ! Millán Astray était un vieil ami, ils avaient combattu ensemble au Maroc. Il commandait la Légion, les meilleures troupes avec les *regulares* marocains. En réalité, Franco, tout en le destituant, l'a protégé. Pas par sentimentalisme, soyez-en sûr, ce n'était pas un sentimental, mais parce que Unamuno servait la Cause. On a dit qu'il avait été assigné à son domicile et placé sous surveillance. Un policier le suivait partout, se tenait devant sa porte, c'est vrai. Le gardait-il ou le protégeait-il ? Car le récit de la scène s'était répandu dans toute la ville ; l'indignation et la colère étaient unanimes. Les mêmes qui l'avaient acclamé à son retour d'exil, sept ans plus tôt, l'auraient lapidé, mis en morceaux. Je ne connais rien de plus hideux qu'une foule apeurée... »

Entendant un léger grattement à la porte, don Fernando tourna la tête :

« Entre, Pilar », dit-il en haussant la voix.

La sœur, une petite souris noire aux cheveux blancs, pénétra dans la pièce, poussant devant elle une table roulante.

« J'ai préparé du thé et du café avec des gâteaux secs, mais peut-être préféreriez-vous un alcool ? demanda-t-elle d'une voix très douce en se tournant vers moi.

– Pilar est pour moi une sœur de charité, fit don Fernando avec un tendre sourire. Si je ne l'avais pas, je serais depuis longtemps dans une maison, comme votre mère.

– Ne dis pas de bêtises, Fernando.

– Merci. Je prendrai volontiers du thé », répondis-je.

Elle nous servit le thé, puis s'éclipsa sans le moindre bruit et le silence envahit de nouveau la pièce.

« La scène eut une suite, lâcha don Fernando après avoir bu une gorgée de thé et grignoté un biscuit. On n'en parle guère, peut-être parce que l'incident semble trop médiocre, d'une lâcheté ordinaire. Ainsi que je vous l'ai dit, Unamuno se rendait chaque jour au Casino des Messieurs, après le déjeuner. Ce jour-là, les membres du club, sidérés, le virent paraître à la même heure, marcher d'un pas tranquille vers la table autour de laquelle se réunissait son petit cercle. Le matin, lors de la séance solennelle à l'université, il avait fait preuve d'un courage inouï en affrontant la meute ; là, dans ce décor banal, ce n'était plus du courage, c'était un défi absurde dans sa témérité. Il avait l'air de dire : Je ne changerai rien à mes habitudes, j'agirai comme j'agis chaque jour depuis des années. Mais ces messieurs n'étaient pas des militaires, c'étaient des notables de province repus et satisfaits de leur médiocrité. D'un air outragé ils se levèrent l'un après l'autre, s'écartèrent avec des grognements d'indignation, le laissant seul à sa table tel un pestiféré. Même mon père, fervent admirateur de son œuvre, un ami, même lui s'éloigna en murmurant : "Vous n'auriez pas dû venir ici, don Miguel." Mon père ! Quand il évoquait la scène, il baissait la tête et regardait ailleurs. Et puis ces gros phoques macérés dans leur graisse ont haussé le ton, demandé au recteur de partir, protesté, manifesté à voix forte leur réprobation. S'enhardissant mutuellement, ils sont allés vers le vieil homme, l'ont bousculé. Ils l'auraient sûrement frappé si son fils aîné n'était arrivé pour le tirer vers la sortie. Pour éviter la petite foule rassemblée devant la porte principale, il a voulu le faire sortir par la porte de derrière, mais, secouant la tête, Unamuno a désigné la grande porte : "Non, par là !" Et il a quitté le Casino au bras de son fils, la tête haute, au milieu des huées. Tel fut le dénouement de cette sinistre journée.

– Il a survécu près de trois mois, n'est-ce pas ?

– Il est mort le 31 décembre 1936, chez lui. Il faisait encore ses promenades, de plus en plus courtes, refusant de se cacher. Il recevait des journalistes étrangers, écrivait des lettres. Il a même rédigé un court texte pour expliquer les raisons de sa protestation.

C’est ce qu’on a appelé son testament. Vous devez être au courant de tout ça.

– J’ai lu, oui.

– Quand on considère cette journée avec le recul du temps, dit don Fernando d’une voix lente, ce qui frappe, c’est la lucidité, la clairvoyance d’Unamuno. Il a tout compris de ce qui allait faire la tragédie du siècle. Il avait condamné l’idéologie totalitaire du communisme parce qu’elle niait, bafouait la dignité humaine ; pour les mêmes raisons, il condamnait le totalitarisme fasciste, la Phalange, son paganisme et son mépris de l’homme. Son discours allait bien au-delà de la politique, telle du moins qu’on l’entend. Il se situait sur un autre plan, affirmant ce qu’il avait dit, écrit, clamé toute sa vie : l’homme n’appartient ni à l’État ni à l’Église, il s’appartient à lui-même. Il est sa propre fin. Attenter à l’homme, c’est nier sa vocation immortelle, sa liberté ontologique. J’étais fasciste, je ne pouvais pas entendre cette protestation furieuse, pas plus que les communistes ne pouvaient l’entendre, ni les socialistes englués dans un marxisme grossier. Personne, à cette époque, ne voulait écouter de tels propos. Les entend-on mieux aujourd’hui ? J’imagine la fureur d’Unamuno devant ce déferlement du plus bas des matérialismes. Pour lui, l’homme n’est pas une réalité, c’est une aspiration, c’est ce bon Quijana quand il quitte sa famille et son toit pour devenir Quichotte. Telle est la leçon d’Unamuno, tel l’enseignement de l’Espagne : l’homme est à faire ; inachevé, c’est une créature chétive et veule, mais appelée, aspirée par le rêve de ce qu’elle peut et désire devenir.

– Il est mort de maladie, n'est-ce pas ? demandai-je après un silence.

– Dans l'après-midi, il avait reçu la visite d'un collègue nommé Aragon, un phalangiste. C'était l'hiver, il faisait un froid terrible. Assis dans un fauteuil, Unamuno avait posé ses pieds sur le brasero. On ne sait de quoi les deux hommes ont parlé, on a prétendu qu'ils discutèrent de l'Espagne. On l'a dit avec une certaine emphase pour montrer que le vieil homme restait proche de la Phalange alors que, nous avons là-dessus des témoignages écrits de sa main, il détestait, il haïssait la Phalange, l'accusant de vouloir instaurer un régime totalitaire, lui reprochant de pratiquer la terreur. Il avait raison, je peux en témoigner. Ce fut un bain de sang ici comme à Grenade, comme à Madrid ou à Barcelone, dans tout le pays. Dans notre camp, nous procédions froidement, en bon ordre : un nettoyage systématique. Il avait raison, oui. Tout en discutant avec Aragon, sa voix s'est cassée au milieu d'une phrase, sa tête est retombée sur sa poitrine. S'étant aperçu que ses pantoufles fumaient, Aragon s'est précipité : il était mort. Après l'avoir relevé, éloigné du feu, Aragon est sorti en sanglotant : "Je ne l'ai pas tué, je ne l'ai pas tué !" La discussion avait sans doute était vive et Aragon craignait qu'on ne lui reprochât d'avoir précipité sa fin... Voulez-vous connaître le détail le plus cocasse et le plus affligeant ? demanda soudain don Fernando avec un ricanement amer. À son enterrement, ce sont des phalangistes qui portèrent son cercueil ! Des phalangistes ! Vous vous rendez compte ? »

Dehors, l'après-midi était déjà avancé ; un lent crépuscule se préparait dans le ciel ; la lumière s'alanguissait. Montant de la ruelle, on entendit des pas, des voix, un éclat de rire qui se prolongea dans le silence. Dans toute la ville, les gens quittaient leurs domiciles et se dirigeaient vers la Plaza Mayor. Ni la voiture ni la télévision n'avaient tué la liturgie de la promenade vespérale, qui avait seulement abandonné son ritualisme pudibond, mélangeant à présent les sexes et les générations, rassemblant des bandes qui s'apostrophaient, plaisantaient. Ce qui était resté, c'était le besoin de se réunir, de se regarder, de se parler, de se toucher.

Souvent, quittant Zorita, je venais en ville pour assister à ce rituel, un *auto sacramental*, une liturgie sociale ; assis à la terrasse d'un café, je contemplais la foule endimanchée qui allait et venait, formait des groupes compacts ; j'écoutais la rumeur des conversations entrecoupées de rires, d'interpellations joyeuses. Les hommes se prenaient par le bras, se tapaient sur l'épaule, les femmes se déhanchaient avec gravité, les jeunes, malgré leur uniforme – blue-jeans, t-shirts, chaussures de tennis –, gardaient le souci de leur apparence. La Plaza devenait un théâtre avec son décor éblouissant, ses portiques garnis d'une foule à la fois grave et légère, ses acteurs pénétrés de leur rôle ; l'atmosphère vibrait, se chargeait d'électricité. Je ressentais cette stimulation que j'avais plusieurs fois éprouvée en écoutant don Fernando.

« J'ai eu toute une vie, une très longue vie, pour réfléchir à cette journée, reprit le vieil homme d'un ton posé. Ce discours condamnait ma jeunesse, prononçait sur mes fanatiques déclamations un verdict implacable. Il condamnait aussi notre siècle, ses affreux massacres. Pensez : au moment où Unamuno prononçait ces paroles, Staline était adulé, encensé par des millions de gens ; personne ne connaissait encore le véritable visage du nazisme ; les dictateurs avaient le vent en poupe. Et cet homme seul et affaibli se levait pour crier : Non ! Il n'avait d'ailleurs fait que ça depuis sa jeunesse : non au capitalisme cynique et débridé, non au dogmatisme idiot des socialistes, non à la guerre coloniale, non à une monarchie veule, non à la dictature grotesque de Primo de Rivera, non aux crimes des marxistes qui étouffaient la République, l'étranglaient en la déshonorant, non à la répression perpétrée par la Phalange. Un maître, murmura don Fernando, c'est celui qui vous instruit, vous construit de l'intérieur, vous dote d'une conscience, vous maintient debout, fait de vous un homme, un animal vertical. Unamuno fut ce maître. Et c'est le 12 octobre 1936 qu'il prononça sa dernière leçon, la plus haute et la plus exigeante. »

Après avoir dîné dans un petit restaurant de la rue des Librairies où j'avais maintenant mes habitudes, un endroit ignoré des touristes, fréquenté par quelques hommes seuls, des habitants du quartier, probablement veufs, je flânai autour de la vieille université, contemplai sa façade dentelée, m'assis sur un banc, réfléchissant aux propos de don Fernando. Cette université était née la même année que la Sorbonne, il y avait plus de huit cents ans. Nebrija et Fray Luis de León y avaient enseigné. Combien de générations d'étudiants avaient fréquenté ses salles, parcouru ses couloirs, flâné dans sa cour ? Dans une ville de province alors médiocre dont la guerre avait fait un campement militaire rempli d'uniformes, de drapeaux, en 1936, parmi les vociférations, les clameurs, dans le bruit étouffé des exécutions et des tueries, la voix d'un vieil homme s'était élevée pour protester contre la barbarie. Ces murs gardaient l'écho de cette superbe plaidoirie, comme ils conservaient la mémoire d'une voix plus lointaine : *Decíamos ayer... – Nous disions hier... –*, la voix de Fray Luis de León, après six ans passés dans les cachots de l'Inquisition, reprenant, imperturbable, son enseignement là où il l'avait laissé. Et tout recommençait.

Dans ma jeunesse brutale, j'avais disserté avec superbe sur le marxisme-léninisme, sans une pensée pour tous ceux qui avaient péri au nom de cette folie. J'aurais pu facilement savoir, j'avais tous les moyens à ma disposition : livres, témoignages. Peut-être savais-je ? Je fermais les yeux, me bouchais les oreilles. Combien avaient fait de même pour le nazisme ? Je pensais à Roger, voyais son visage ravagé, écoutais sa voix fiévreuse. Je songeais à Véra, à Rafael.

Après Gonzalo, j'avais, à Grenade, fait à pied le trajet depuis la colline de l'Alhambra jusqu'au siège du gouvernement militaire, tentant d'imaginer les sentiments et les pensées de mon grand-père. Je devinais de quoi sa tête et son cœur étaient emplis alors que, un pas après l'autre, il marchait vers la torture et la mort. Il revoyait le visage de Véra, il tentait de retenir son regard, de figer un geste, une attitude. Elle, de son côté, seule dans ce *carmen* de l'Alhambra, assise dans le patio, suivait Rafael par l'imagination. Juché sur mes échasses idéologiques, je n'en avais pas moins fait la leçon à cette femme. J'avais bafoué sa souffrance ! Étions-nous condamnés à répéter indéfiniment les mêmes folies ?

Lorsque les cloches de la cathédrale sonnèrent minuit, je rejoignis à pas lents la Plaza Mayor, pris ma voiture, quittai la ville par cette route de Zamora qui, durant des années, avait été la promenade rituelle de Miguel de Unamuno.

La nuit était d'une étrange douceur ; dans un ciel d'un noir profond, les étoiles tremblaient et scintillaient ; la lune baignait les pins parasols d'un brillant éclat. Laissant la vitre ouverte, j'appuyai mon bras à la portière, respirant les arômes de cette campagne plongée dans le silence. Après avoir quitté la nationale, je roulai plus lentement sur une petite route courant dans un paysage de pins et d'oliviers.

Je rentrais chez moi, un bivouac plus qu'une maison, une tente dressée dans le désert de ma vie inachevée. Je n'étais pas espagnol, je ne le serais jamais. Étais-je pour autant français ? Dans le village, les habitants m'appelaient *el Francés*. C'était un sobriquet qui leur permettait de régler leurs rapports avec un étranger énigmatique. Dans ce pays ritualiste, nommer permet de trouver la juste distance. J'acceptais cette situation avec simplicité. J'avais moi aussi du mal à me situer.

Retournerais-je un jour en France ? Sûrement. Quand et pour quoi faire, je ne me posais pas la question. Mon avenir ne me causait pas la moindre inquiétude. J'y pensais peu et, lorsque j'y pensais, c'était avec détachement.

Deux fois par semaine, j'allais au bureau de poste pour retirer les lettres de Faby et de Roland que je lisais dans la grande salle du bas, avec ses murs chaulés, ses grosses poutres, sa longue table. Au début, Faby m'écrivait des missives passionnées, impatientes et pressées. Au fil des semaines, sa prose s'était faite plus sereine, apaisée, presque amicale. Je remarquai que le nom de Gregg y revenait avec insistance et je m'en réjouis pour elle.

Elle me parlait de son travail, de Sabine, de ses progrès à l'école. Je lui répondais sur le même ton, expliquant que je me reposais, reprenais des forces, et que, si je ne lui donnais pas d'adresse fixe, c'est que je n'arrêtais pas de bouger, visitant le pays, changeant sans cesse d'endroit. Je ne mentais pas : rien qu'une restriction mentale qu'elle devinait sûrement. De peur de la voir débarquer, de subir ses questions, d'écouter ses explications, je cachais le nom de ma tanière qui disposait de tout le confort nécessaire à un célibataire : un bon lit, un fauteuil confortable, un réfrigérateur et un congélateur, un four à micro-ondes pour réchauffer mes plats, un poste de radio pour me tenir informé, des livres et du papier en quantité suffisante. C'était plus qu'il n'en fallait et je ne regrettais aucun de ces objets dont ma vie à Paris était remplie, ni la télévision ni même ma chaîne haute fidélité. Les images m'irritaient autant qu'elles fâchaient Véra ; si j'éprouvais le besoin d'écouter de la musique, j'allais au concert, rarement au cinéma.

Dans ses lettres d'une simplicité émouvante, Roland

me donnait des nouvelles de Véra qui, jour après jour, s'enfonçait dans la nuit. Ses souvenirs s'effaçaient, surtout les plus récents ; elle ne reconnaissait plus son entourage et, le confondant avec moi, elle lui parlait de son adolescence à Berlin, de ses années à Madrid et à Grenade, évoquait ses rencontres avec Lorca, Machado, Unamuno, ses séjours à Salamanque, ses balades dans la campagne de Castille. Il l'écoutait, me racontait-il, avec passion, découvrant un monde dont il ignorait tout. Il était décidé, me disait-il, à l'accompagner le plus loin possible, à ne pas lui lâcher la main. Il n'agissait pas ainsi par conscience professionnelle, mais par affection. Il glissait parfois une discrète allusion à son compagnon avec qui, devinais-je, il avait enfin trouvé un équilibre. J'étais content de le savoir apaisé, lui aussi.

De mon côté, je lui parlais du village, de la vie solitaire et studieuse que j'y menais. Une correspondance amicale avait fini par s'établir entre nous.

Dans les boutiques de Salamanque, de Zamora ou de Madrid, je choisissais avec soin des présents dont il me remerciait avec émotion. J'en envoyais aussi à Faby, à Sabine, sans oublier Roger qui finissait son livre et projetait de venir me rejoindre pour passer une semaine auprès de moi. C'était le seul ami dont je souhaitais la présence.

Sans que j'aie eu besoin de rien lui expliquer, Bernard m'avait accordé une année sabbatique, me conseillant de profiter à plein de ce répit. Il me versait par ailleurs mon salaire, m'épargnant tout souci.

Tout était en ordre.

Avec les beaux jours, je m'installais dehors, au soleil, sous la tonnelle ; je restais des heures immobile, lisant ou m'abandonnant à de vagues rêveries. Je ne bougeais pas. Je laissais les minutes, les heures s'écouler, contemplant le paysage, écoutant les bruits qui montaient du village en contrebas. Étais-je heureux ? Le mot me paraissait suspect. Je me sentais tranquille, en accord avec ce décor, ce paysage, ces gens qui me saluaient en me lançant des regards à la fois chaleureux et intrigués, se demandant ce que j'étais venu chercher là, pourquoi je vivais seul, s'inventant des explications aussi oiseuses que celles de Faby : une déception amoureuse, pensaient les uns ; un deuil, disaient les autres ; la maladie, affirmaient ceux qui se croyaient bien informés. « C'est un original », finissaient-ils par lâcher avec un sourire, sans y mettre la moindre nuance péjorative. *Es un hombre raro*, un type bizarre : sans doute était-ce là le jugement le plus sensé. Ils auraient dit la même chose d'un artiste, de tous ceux dont le genre de vie leur échappait.

C'était bien plus simple, mais incommunicable : je réapprenais à vivre, à regarder, à respirer, à sentir. J'étais un convalescent qui ménage ses forces, calcule ses gestes, ses mouvements.

Je n'avais rien découvert en Espagne où je retrouvais la même agitation qu'à Paris, les mêmes faits divers sordides, les mêmes envies, les mêmes angoisses. Ce silence et cette paix, j'aurais pu aussi bien les découvrir en France, au fin fond d'une région délaissée, dans les Cévennes ou en Auvergne. Si mon choix s'était arrêté sur l'Espagne, c'était sans doute à cause de

Véra, du souvenir de Rafael Portal, mon grand-père, des longs récits de Gonzalo.

À la radio, j'entendais les mêmes débats, des mots familiers résonnaient à mes oreilles : dialogue, concertation, chômage, violences urbaines, Sécurité sociale, retraites, PIB, balance commerciale... Je ne m'étais converti à rien, n'avais subi aucune initiation, pas eu la moindre révélation. Ce que je croyais, j'aurais été bien en peine de le définir. Je restais celui que j'avais toujours été depuis ma jeunesse. Pourtant, quelque chose avait changé en moi, ne cessait jour après jour de me transformer. Les parties composant mon moi, longtemps antagoniques, se réconciliaient, finissaient par s'harmoniser. L'un après l'autre les mensonges qui me recouvraient la peau tombaient, me laissant plus vulnérable et plus fort à la fois. Mensonges qui tissaient ma vie, mensonges que je fabriquais, mensonges qui avaient fini par se confondre avec mon être. Une vie fausse, un habit d'arlequin fait de pièces disparates. Plus que fausse, une vie mentie.

Je ne possédais aucune vérité, je n'en détiendrais jamais aucune, mais je savais désormais où elle se situait, loin, très loin, dans un ailleurs inaccessible. Je savais que l'important n'est pas ce qu'on possède, mais ce qu'on cherche.

Gonzalo, Véra, l'ombre de Rafael, celle de leur maître Unamuno, chacun avait ouvert des brèches par lesquelles je sentais s'engouffrer une brise ténue. Ce n'était peut-être que le souffle de la vie et je le respirais avec avidité, reconnaissance, sans me demander ce que la vie signifiait, ni comment l'interpréter. Je me contentais de l'accueillir avec ferveur.

Du même auteur :

TANGUY, Julliard, 1956, Prix des Neuf, 1992, Gallimard, 1995, « Folio » n° 2872
LA GUITARE, Julliard, 1957, Seuil, 1984, « Points » n° P580
LE COLLEUR D'AFFICHES, Julliard, 1958, Seuil, 1985, « Points » n° P614
LE MANÈGE ESPAGNOL, Julliard, 1960, Seuil, « Points Roman » n° R303
TARA, Julliard, 1962, Pocket, 1980, Seuil, « Points Roman » n° R405
GERARDO LAIN, Christian Bourgeois, 1967 et 1997, Seuil, « Points Roman » n° R82
LE VENT DE LA NUIT, Julliard, 1972, Prix des Libraires, Prix des Deux-Magots, Seuil, « Points Roman » n° R184
LE SILENCE DES PIERRES, Julliard, 1975, Prix Chateaubriand, Seuil, « Points Roman » n° R552
LE SORTILÈGE ESPAGNOL, Julliard, 1977, Fayard, 1996, Gallimard, « Folio » n° 3105
LES CYPRÈS MEURENT EN ITALIE, Julliard, 1979, Seuil, « Points Roman » n° R472
LA NUIT DU DÉCRET, Seuil, 1981, Prix Renaudot, « Points » n° P250
LA GLOIRE DE DINA, Seuil, 1984, « Points » n° P590
LA HALTE ET LE CHEMIN, Bayard, 1985

SÉVILLE, Autrement, 1986
LE DÉMON DE L'OUBLI, Seuil, 1987, « Points Roman » n° R337
MORT D'UN POÈTE, Mercure de France, 1989, Gallimard, « Folio » n° 2265
UNE FEMME EN SOI, Seuil, 1991, « Points » n° P591
ANDALOUSIE, Seuil, 1991, « Points Planète » n° P116
LE CRIME DES PÈRES, Seuil, 1993, Prix RTL-Lire, « Points » n° P198
CARLOS PRADAL, en collaboration avec Yves Belaubre, F. Loubatières, 1993
RUE DES ARCHIVES, Gallimard, 1994, « Folio » n° 2834
MON FRÈRE L'IDIOT, Fayard, 1995, Gallimard, « Folio » n° 2291
LE SORTILÈGE ESPAGNOL : LES OFFICIANTS DE LA MORT, Fayard, 1996, Gallimard, « Folio » n° 3105
LA TUNIQUE D'INFAMIE, Fayard, 1997, Gallimard, « Folio » n° 3116
DE PÈRE FRANÇAIS, Fayard, 1998, Gallimard, « Folio » n° 3322
COLETTE, UNE CERTAINE FRANCE, essai, 1999, Stock, Prix Femina, 1999, Gallimard, « Folio » n° 3483
DROIT D'AUTEUR, Stock, 2000
L'ADIEU AU SIÈCLE, JOURNAL DE L'ANNÉE 1999, Seuil, 2000, « Points » n° P815
LES ÉTOILES FROIDES, Stock, 2001, Gallimard, « Folio » n° 3838
COLETTE EN VOYAGE, Éditions des cendres, 2002
ALGÉRIE, L'EXTASE ET LE SANG, théâtre, Stock, 2002
LES PORTES DU SANG, Seuil, 2003, « Points » n° P1202
LE JOUR DU DESTIN, théâtre, L'avant-scène, 2003
SORTIE DES ARTISTES, « DE L'ART À LA CULTURE, CHRONIQUE D'UNE CHUTE ANNONCÉE », Seuil, 2004
LE DICTIONNAIRE AMOUREUX DE L'ESPAGNE, Plon, 2005, Prix Méditerranée 2006
LA RELIGIEUSE DE MADRIGAL, Fayard/Le Seuil, 2006